Seit Jahren wollen Katie, Luke und Nick nur eines: vergessen, was damals am Fluss geschehen ist. Sie waren Kinder, sie spielten ein harmloses Spiel. Doch dann geschah etwas, das seit diesem Nachmittag ihr ganzes Leben überschattet. Jeder hat auf seine Weise versucht, mit dem dunklen Geheimnis zu leben. Bis Luke eines Nachts aus seinem Haus verschwindet. Und auf seinem Schreibtisch das Foto liegt, das ihn zusammen mit Nick und Katie an jenem Nachmittag am Fluss zeigt. Jemand scheint zu wissen, was sie getan haben. Und macht vor nichts Halt, um späte Rache zu üben ...

»›Was wir getan haben‹ wirft die packende Frage auf, wer wir tief im Herzen sind, wie sehr uns Schuld beeinflusst und ob und vor allem wie wir Vergebung finden können.« *Tana French*

Karen Perry – hinter diesem Namen verbergen sich die Autoren Karen Gillece und Paul Perry. Karen und Paul stammen beide aus Dublin, wo sie auch heute mit ihren Familien leben. Ihre psychologischen Spannungromane »Bittere Lügen« und »Was wir getan haben« sind Bestseller.

Außerdem bei FISCHER erschienen:
›Bittere Lügen‹

Weitere Informationen finden Sie auf www.fischerverlage.de

KAREN PERRY

WAS WIR GETAN HABEN

ROMAN

Aus dem Englischen
von Ulrike Wasel und Klaus Timmermann

FISCHER Taschenbuch

FSC
www.fsc.org
MIX
Papier aus verantwortungsvollen Quellen
FSC® C083411

Erschienen bei FISCHER Taschenbuch
Frankfurt am Main, August 2017

Die Originalausgabe erschien 2015 unter dem Titel
»Only We Know« bei Michael Joseph, an imprint of Penguin Books

Druck und Bindung: CPI books GmbH, Leck
Printed in Germany
ISBN 978-3-596-03485-7

PROLOG

KENIA, 1982

Eine Frau liegt auf einer Wiese und sonnt sich. In dem hohen Gras um sie herum wispern und summen unsichtbare Insekten. Nicht weit von ihr sitzen die Kinder, zappelig und gelangweilt, aber sie lassen sie zum Glück in Ruhe. Über ihr flimmert die Luft vor Hitze. Es ist fast Mittag.

Sie hat sich die Plane im Gras ausgebreitet, die ihnen als Zeltboden gedient hat und von der ein schaler Geruch nach Schweiß oder Schimmel aufsteigt. Doch das stört die Frau jetzt nicht, wie sie so daliegt, ausgestreckt, die Beine an den Knöcheln gekreuzt, ein aufgeschlagenes Taschenbuch ungelesen auf dem Bauch, die Augen mit einer Sonnenbrille vor dem gleißenden Sonnenlicht geschützt. Sie will einfach nur eine Weile entspannen und die Hitze in sich aufsaugen.

Sie atmet die drückende Luft ein, spürt die sengende Erde unter sich und lässt die Stille der weiten Graslandschaften ringsherum auf sich wirken. Die anderen sind vor einer halben Stunde aufgebrochen, folgen der ausgefahrenen Piste zum Massai-Dorf, und sie, Sally, ist geblieben, um auf die Kinder aufzupassen. Aber die sind in einem Alter, das sich elterlicher Aufsicht widersetzt. Den ganzen Sommer über haben sie sie schon auf Abstand gehalten, sind voll und ganz in ihrem neu entdeckten Bündnis aufgegangen, ihren eigenen geheimen Spielen, ihrem eigenen heimlichen Code. Sie fühlt sich ausgeschlossen durch dieses neue Bedürfnis der Kinder nach ungestörter Privatheit. Auch jetzt, wo sie unruhig werden, offenbar mit einmütiger Entschlossenheit vom Boden aufstehen. Sie setzt sich auf und schaut ihnen nach, wie sie zielstrebig über die Wiese gehen.

»Jungs!«, ruft sie ihnen hinterher, und als sie ein zweites Mal ruft, bleiben sie stehen. Luke dreht sich zu ihr um, Nicky flüstert Katie irgendetwas zu.

»Was ist?«

Sie muss die Augen mit einer Hand abschirmen, um das Gesicht ihres älteren Sohnes zu sehen, und obwohl es im Schatten liegt, kann sie seine mürrische Miene erkennen, den argwöhnischen Blick, mit dem er sie in letzter Zeit immer ansieht. Neuerdings hat sie das Gefühl, dass der Junge sie irgendwie verachtet.

»Wo wollt ihr hin?«

»Zum Fluss.«

»Nein, Luke, das ist gefährlich –«

»Dad lässt uns immer hin.«

»Trotzdem, mir ist nicht wohl dabei –«

»Ach, verdammt nochmal.«

»Luke!«, ruft sie empört.

Er öffnet den Mund, um etwas zu sagen, verkneift es sich aber und steht einfach da, nagt an der Unterlippe und wartet. Sally ist gereizt und fühlt sich unbehaglich, spürt die gewaltige Hitze, die um sie herum aufsteigt. Als sie an die Bäume denkt, die den Fluss säumen, den wohltuenden Schatten dort, bringt sie es nicht über sich, mit ihm zu streiten.

»Also schön«, sagt sie, bemüht, entschlossen und konsequent zu klingen. Sie wünschte, sie würde nicht sitzen. Ihre Autorität wirkt angeknackst, sie unten auf der Plane, während ihr Sohn überheblich auf sie hinabschaut. Ein Zehnjähriger mit dem Hochmut eines Aristokraten. »Aber seid gefälligst vorsichtig, verstanden? Alle drei.«

Sie hebt die Stimme, damit auch die anderen beiden sie hören. Katie schaut zu ihr rüber, aber Nicky hält die Augen stur auf die staubige Erde gerichtet.

»Luke«, sagt sie schneidend, als er sich zum Gehen wendet. »Du passt auf die anderen auf, ich verlass mich auf dich. Ist das klar?«

Er wirft ihr einen Blick zu, verschlossen und unergründlich, und da ist es wieder, dieses Gefühl, das sie in letzter Zeit hat, dass er sich beherrschen muss, um nicht mit irgendetwas rauszuplatzen und sie zur Rede zu stellen.

»Ist das klar?«, wiederholt sie.

Er zuckt die Achseln und wendet sich ab. Sie sieht, wie er zu den anderen läuft, sie überholt, die Schultern mit grimmiger Entschlossenheit gestrafft, und dann scheinbar unaufhaltsam weiter zum schattigen Flussufer strebt, während die anderen hinter ihm hertraben. Wie unterschiedlich sie sind, ihre beiden Söhne. Der eine ist unerschrocken und von geradezu animalischer Energie beseelt, der andere zurückhaltend, verträumt und schüchtern. Sally fällt es manchmal schwer, zwei so verschiedenen Kindern gerecht zu werden. Wenn sie ehrlich zu sich ist, weiß sie, dass sie eine größere Schwäche für ihren jüngeren Sohn hat, weil sie spürt, dass sie ihn intuitiv versteht, dass sie sich mit seiner Verträumtheit, mit seinem reichen Innenleben identifizieren kann. Ihr älterer Sohn ist ihr ein ewiges Rätsel, obwohl er sein Leben so geradlinig lebt, fast aggressiv, mit einer Tatkraft, die sie manchmal verblüfft. Ein warmes Gefühl erfasst sie, während sie ihnen nachschaut, bis sie die Bäume erreichen und im Schatten verschwinden – ihre beiden Söhne, ihre wunderbaren Jungs.

Die Sonne ist zu grell, und die drückende Hitze macht es unmöglich, noch länger mitten auf der Wiese zu bleiben. Sie spürt förmlich, wie ihr Körper austrocknet, genau wie die hart gebrannte Erde um sie herum. Außerdem hat sie einiges zu erledigen, ehe die anderen zurückkommen. Sie steht auf und geht zurück zum Lager, lässt ihr Buch und die Plane liegen – sie wird sie später holen, wenn Ken und Helen mit einem anderen Fahrer zurückgekehrt sind.

Die Zelte sind schon abgebaut, müssen aber noch zusammengefaltet und eingepackt werden, eine Arbeit, die sie unterbrochen haben, als Mackenzie wieder aufkreuzte und sie merkten, dass er betrunken war. Gott, was für eine Szene. Sally möchte gar nicht mehr daran denken. Sie bleibt an dem weißen Minibus stehen, um nach Mackenzie zu sehen, bevor sie die Zelte in Angriff nimmt. Sie späht durchs Beifahrerfenster und sieht ihn ausgestreckt auf der Vorderbank, ein Arm über dem Kopf, der andere in den Fußraum hängend, beobachtet kurz das stetige Heben und Senken seiner Brust, während er seinen Rausch ausschläft. Sein Gesicht kann sie nicht sehen, weil es zur Rückenlehne gedreht ist.

»Ich mag ihn nicht«, hatte sie gleich am ersten Tag zu Jim gesagt.

Sie waren im Büro in Kianda, zu zweit. Mackenzie war gerade gegangen.

»Wieso nicht?«, hatte Jim überrascht gefragt.

»Ich trau ihm nicht«, war ihre Begründung, und Jim hatte kopfschüttelnd gelacht, um den Blick dann wieder auf seine

Unterlagen zu richten, während er mit dem Stift in der Hand einen Rhythmus klopfte.

»Du traust doch niemandem«, hatte er gesagt, doch in seiner Stimme lag Zuneigung, ein heiterer Unterton, der seinen Worten die Schärfe nahm.

Aber es stimmte – sie traute dem Mann nicht, obwohl es keinen Grund dafür gab, nur ihr eigenes Bauchgefühl. Er hatte kaum das Büro betreten, als sich bei ihr auch schon Skepsis meldete. Er war klein, hatte dünne, angespannte Schultern, ein eckiges Gesicht und eine platte Nase, mit Nasenflügeln, die ständig geweitet schienen. Sie hatte ihn beobachtet, wie er sich eine Zigarette ansteckte und dann die ganze Zeit paffte, während sie die Einzelheiten besprachen. Seine kleinen Augen huschten durch den Raum, verweilten aber so gut wie nie auf ihr. Er sprach ausschließlich mit Father Jim, als wäre Sally gar nicht da. Das Weiß seiner Augen war gelblich, wie vom Nikotin verfärbt, und er sah ihr nicht ein einziges Mal direkt ins Gesicht.

»Er wirkt durchtrieben«, hatte sie gesagt.

»Hör mal«, sagte Jim, bemüht vernünftig, »er kennt sich in der Gegend gut aus, und er kennt die Safarirouten wie seine Westentasche. Such von mir aus jemand anderen, aber du wirst niemanden finden, der so einen Riecher für Großwild hat wie Mack, glaub mir.«

Sie hatte eingewilligt. Deshalb war es in gewisser Weise ihre Schuld, dass ihr Fahrer am letzten Tag der dreitägigen Safari nach dem Aufwachen verschwunden war.

Am späten Vormittag dann näherte sich der weiße Minibus in Schlangenlinien und kam in einer Staubwolke schlingernd zum Stehen. Sobald Mackenzie ausstieg, hatte sie gewusst, dass er betrunken war. Seine schiefe Mütze, sein torkeliger Gang, als er auf sie zukam, die Art, wie er würgend einatmete, als müsste er die aufsteigende Galle unterdrücken.

»Ach du Schande«, hatte Ken gesagt. »Er ist besoffen.«

Und das war er. Sogar stockbesoffen. Er war auf sie zugewankt, hatte versucht, ein paar Worte aneinanderzureihen, aber nur eine zusammenhanglose gelallte Entschuldigung herausgebracht. Helen war förmlich explodiert. Ken war der Geduldsfaden gerissen, und Sally war dermaßen wütend geworden, dass sie jemanden hätte umbringen können. Ein furchtbarer Streit entbrannte. Als hätte der Alkoholrausch des Fahrers ein Streichholz an eine hochentzündliche Atmosphäre gehalten, die seit Tagen geschwelt hatte und nun endlich in Flammen aufging.

Als Sally sich in der sengenden Hitze der Mittagssonne bückt, um die Zelte zusammenzufalten, spürt sie, wie Scham sie durchflutet. Sie hätte es nie so weit kommen lassen dürfen. Die Worte, die sie ausgesprochen, die Dinge, die sie gesagt hatte – vor ihren Kindern, vor Helens Tochter –, waren unverzeihlich.

Sie würde sich mit Helen aussöhnen müssen, obwohl es schwierig sein würde, dafür eine gute Gelegenheit zu finden. Heute Abend würden sie zurück nach Nairobi fahren – falls sie einen Fahrer fanden –, und am nächsten Tag würden Helen und Katie nach Hause fliegen. Und was dann?

Sie packt die Zelte ein, verstaut die ordentlichen Bündel beim übrigen Gepäck und schaut sich um, ob noch irgendwelche Habseligkeiten herumliegen. Von den anderen ist noch immer nichts zu sehen.

Rufe schallen von den Bäumen am Fluss herüber – Freudenschreie und Lachen, kecke Herausforderungen. Helens Worte fallen ihr wieder ein – *Du passt doch auf Katie auf, ja?* Sie spürt einen kleinen Stich schlechten Gewissens. Die Rufe locken sie zum Fluss, ebenso wie ihr Wunsch, aus der prallen Sonne herauszukommen.

Selbst hier, im Schatten der Akazien, ist es noch höllisch heiß. Schweiß perlt ihr auf der Stirn, und sie wischt ihn mit dem Unterarm ab, und als sie hinunter ins Halbdunkel blickt, müssen ihre Augen sich erst an das jähe Verschwinden des Sonnenlichts gewöhnen. Ein freudiges Juchzen, das kreischend aus dem Schatten ertönt, lässt sie zusammenzucken; unwillkürlich weicht sie einen Schritt zurück, dann hört sie ein lautes Platschen. Sie blickt nach unten aufs Wasser, sieht, wie es sich kräuselt und kleine Wellen schlägt, ehe Lukes blonder Kopf auftaucht, dann sein nackter Oberkörper. Seine Haut glänzt, und als sie ihn ruft, sieht sie für einen ganz kurzen Moment pure Freude auf seinem Gesicht, doch sogleich ist die Maske wieder da und löscht das Strahlen.

»Was?«, fragt er mürrisch.

»Ich hab doch gesagt, ihr sollt nicht ins Wasser gehen.«

»Nein, hast du nicht.«

»Doch, Luke, das hab ich. Es ist zu gefährlich.«

»Du hast gesagt, wir sollen vorsichtig sein, und das sind wir. Aber du hast nicht gesagt, dass wir nicht reindürfen.«

Sie zögert – ein schwerwiegender Fehler. Er lässt sich wieder ins Wasser sinken, sieht ihr dabei herausfordernd in die Augen.

»Wo ist Nicky?«, fragt sie.

»Da drüben.« Sie folgt seinem ausgestreckten Arm, sieht das dunkle Haar ihres jüngeren Sohnes ein Stück weiter weg. Er hockt im seichten Wasser, und es sind zwei Mädchen bei ihm, aber keins der beiden ist Katie.

»Hallo«, sagt sie zögernd und sucht sich vorsichtig einen Weg hinunter zum Wasser. »Wie ich sehe, hast du neue Freunde gefunden, Nicky.«

Der Junge schaut nicht auf, bleibt einfach, wo er ist, die Knie an die Brust gedrückt, und starrt ins Wasser, mit einem seltsamen kleinen Lächeln im Gesicht.

»Hallo, Lady!«, ruft das Mädchen neben ihm.

Sally lacht über die Begrüßung und sieht das Mädchen an – weißblondes Haar rechts und links zusammengebunden, zwei große neue Schneidezähne leuchten Sally entgegen, daneben auf beiden Seiten Lücken, wo die zweiten Zähne sich gerade erst zeigen. Ein kaninchenartiges Gesicht voller Sommersprossen, Pausbacken. Das Lächeln der Kleinen ist offen und warm, doch sie hat etwas an sich, das Sally nicht genau benennen kann. »Beschränkt« scheint ihr schließlich das passende Wort dafür zu sein. Der Blick des Mädchens wirkt irgendwie stumpf und tranig. »Nicht sehr helle«, hätte Sallys Vater gesagt.

»Wie heißt du?«, fragt sie freundlich.

»Cora.«

»Hallo, Cora.«

»Und das ist Amy.«

Ein Daumen deutet ruckartig auf ein kleines Mädchen, das hinter ihr steht. Es trägt ein zerschlissenes, in den Schlüpfer gestopftes Kleidchen, hat das gleiche weißblonde Haar wie ihre Schwester, aber die Augen sind scharfsichtiger, der Blick aufgeweckter. Sally schätzt das Mädchen auf vier oder fünf.

»Dürft ihr denn hier am Fluss spielen?«, fragt sie, verwundert darüber, dass das kleinere Kind in der Obhut des älteren Mädchens gelassen wird.

»Ja klar. Pops hat nichts dagegen.«

Sally blickt über die Schulter des Mädchens, vorbei an der Baumreihe am anderen Flussufer. Da ist eine Lichtung mit den undeutlichen Umrissen eines Hauses. In den vergangenen Nächten haben sie durch die Bäume den Schein eines Lagerfeuers gesehen, Rauch, der in die Nacht aufstieg. Als sie Mackenzie fragten, wer da wohnen würde, hatte er abfällig geschnaubt. »Zigeuner.«

Sally betrachtet diese Mädchen mit ihren verwaschenen Kleidern, dreckigen Gesichtern und Füßen, und ist plötzlich verunsichert.

»Wo ist Katie?«, fragt sie.

»Hier bin ich.«

Die Stimme, direkt hinter ihr, lässt Sally zusammenfahren. Sie dreht sich um, sieht Katie noch im Schatten sitzen, die Füße in Sandalen nebeneinander, die Hände um die Knie gelegt und große runde Augen, die durch das Halbdunkel ernst zu ihr hochschauen.

»Was machst du da?«, fragt Sally, unangemessen scharf, aber sie hat den Schreck noch nicht ganz verwunden.

»Nichts«, sagt Katie, die Augen unverwandt auf Sally gerichtet.

»Kommt jetzt, es wird Zeit, wir müssen zum Lager zurück«, sagt Sally entschieden.

»Ist Dad schon wieder da?«, fragt Luke.

»Nein. Aber es kann nicht mehr lange dauern.«

»Noch zehn Minuten.«

»Nein, sofort.«

»Och, bitte, Mum«, sagt er, ein wehleidiges Jammern in der Stimme. Es geht Sally unter die Haut, dass er zum ersten Mal seit Tagen wieder »Mum« zu ihr gesagt hat. Irgendetwas in ihr wird schwach.

»Also schön.«

Und warum auch nicht? Besser, sie lässt sie weiter hier spielen, wo sie ihren Spaß haben, als sie zurück zum Lager zu schleppen, wo sie nörgeln und stöhnen und sie laufend fragen würden, wann die anderen wiederkommen.

Sie klettert die Uferböschung hoch, bleibt stehen, um einen letzten Blick auf die Kinder zu werfen – Luke, der durchs Wasser gleitet, Nicky, der sich dem Mädchen mit den Hasenzähnen zugewandt hat, Katie, die still und teilnahmslos dasitzt und die beiden beobachtet. Sally betrachtet sie noch einen kurzen Moment, ehe sie sich abwendet. Und als sie wieder hinaus in die gleißende Hitze tritt und spürt, wie das trockene Gras ihre Knöchel streift, ahnt sie nicht, dass sie die Kinder gerade zum letzten Mal in ihrer Unschuld gesehen hat, zum letzten Mal eine so bedingungslose Liebe empfindet. Sie weiß es noch nicht, aber in weniger als einer Stunde wird sich ihr ganzes Leben verändert haben.

Alles ist jetzt gepackt und abfahrtbereit, doch die anderen sind noch immer nicht zurück. Sally legt sich wieder bäuchlings auf die Plane und versucht, ihr Buch zu lesen. Doch die Wörter verschwimmen auf der Seite, Schweiß rinnt ihr in die Augen. Bald gibt sie es auf, dreht sich auf den Rücken und schließt die Augen.

Sie spürt, wie ihr Körper in der Hitze glüht, stellt sich vor, sie wäre ein winziges Insekt, das unter dem sengenden Blick der afrikanischen Sonne gefangen ist. Drei Jahre sind sie mittlerweile hier, und jetzt, wo Kens Vertrag ausläuft, steht eine Entscheidung an. Kehren sie nach Irland zurück, oder wird er mit allen Mitteln versuchen, seinen Vertrag um ein Jahr zu verlängern? Die Jungs werden langsam groß und brauchen eine schulische Perspektive. Außerdem ist da Sallys eigene Arbeit in Kianda, die ihr immer wichtiger wird. Sie denkt an das Haus in Irland, in den Wicklow Mountains, an die Zimmer voll mit geerbten Antiquitäten, und versucht, sich vorzustellen, dorthin zurückzukehren, da weiterzumachen, wo sie aufgehört hat.

Afrika hat sie verändert. Sie ist nicht mehr dieselbe Frau, die in diesen Räumen mal den Haushalt geführt hat. Eine Tür in ihr ist geöffnet worden, und sie fürchtet, die Rückkehr nach Irland würde bedeuten, sie für immer zuzuschlagen.

Müdigkeit kriecht in ihre Glieder, zerrt sie Richtung Schlaf. Sie sollte die Kinder holen. Nur noch fünf Minuten, dann wird sie aufstehen und zum Fluss gehen.

Es muss eine Entscheidung getroffen werden – Ken wird sie bald dazu drängen. Tatsächlich hatte sie gehofft, sie wüsste es inzwischen, hatte gedacht, ihr würde irgendwie klarwerden, was sie tun sollte. Doch ihre Gedanken sind trübe, völlig undurchsichtig. Und da ist noch eine andere Entscheidung, die ihr keine Ruhe lässt – ein Ultimatum, das ihr kurz vor ihrer Abfahrt in die Masai Mara gestellt wurde, ein Ultimatum von jemand ganz anderem.

»Ich muss es wissen«, hatte der Mann gesagt. »Ich kann nicht ewig hierbleiben und auf dich warten.«

Sie hatte die drei Tage auf Safari eigentlich zum Nachdenken nutzen wollen. Aber wenn sie mal einen Moment Zeit für sich hat, will sie darüber am allerwenigsten nachdenken.

Dann kommt er, der Schlaf, schwingt sich herab und packt sie. Unter der brennenden Sonne lässt sie alles los – den Streit heute Morgen, ihre bröckelnde Freundschaft, das Ultimatum, die Unentschlossenheit und die Furcht, die ihr in letzter Zeit im Nacken sitzt – das alles verschwindet, als sich die Dunkelheit des Schlafes über sie breitet.

Ein Schrei.

Schrill, von Panik durchsetzt.

Sie hört ihn im Traum. Sofort reißt sie die Augen auf, blinzelt im grellen Sonnenlicht, spürt, dass sich sonnenverbrannte Haut an Stirn und Wangen spannt.

Wieder ein Schrei. Sie stemmt sich hoch, den Kopf schwer und benommen vom Schlaf. Sie schaut sich um, desorientiert, hinter den Augen das erste Pochen eines nahenden Kopfschmerzes.

Stille umfängt sie. Nur das sanfte Säuseln einer Brise im Gras, das Ticken und Summen von Insekten. Vögel in den Bäumen. Und doch lässt das Fehlen jedes anderen Lauts eine Alarmglocke in ihr losschrillen. Sie kann die Kinder jetzt nicht hören, aber sie erinnert sich an den Schrei, und ihr Herz versetzt ihr einen jähen angstvollen Stich. Sie weiß, sie hat ihn nicht bloß im Traum gehört.

Sie rappelt sich hoch, lässt den Blick über die leere Wiese schweifen und wendet sich dann zum Fluss. Sie geht mit schnellen Schritten, die Erde hart und unnachgiebig unter den Fußsohlen, wird angetrieben von der Furcht, die in ihr erwacht ist.

Die Stille scheint sich zu vertiefen, dichter zu werden, als die dunkle Baumreihe vor ihr auftaucht.

Eine Stimme flüstert in ihrem Kopf.

Die Jungs.

Und dann setzt sie ein, die Flut beängstigender Möglichkeiten – ein Sturz, ein gebrochener Arm, ein aufgeschlagener Kopf, ein Schlangenbiss –, das alles wirbelt durch sie hindurch, während sie sich einen Pfad durchs Buschwerk bricht. Die Stille scheint jetzt rings um sie herum zu tosen, und die warnende Stimme in ihrem Kopf ermahnt sie, ruhig zu bleiben, sich zu wappnen für das, was sie erwartet.

Ein weiterer Schrei – diesmal vom anderen Ufer – lässt sie wie angewurzelt stehen bleiben.

Und dann begreift Sally mit verblüffender Klarheit, hat eine Erkenntnis, die so deutlich ist, dass sie einfach wahr sein muss.

Der Fluss.

Ein Kind unter Wasser.

Für einen Moment weicht die Furcht zurück, als der Schock sie erschüttert und Kälte ihren Körper durchströmt. Der Moment dauert nur eine Sekunde. Dann rennt sie los.

TEIL EINS

DUBLIN 2013

1.

KATIE

Es fängt mit den Fotos an.

An einem Donnerstagmorgen, einem Morgen wie jeder andere im Büro, stehen wir drei um Reillys Schreibtisch und plaudern, während wir auf die Ankunft des stellvertretenden Redaktionsleiters warten. Die anderen lästern über mein Aussehen – mein verschmiertes Make-up von letzter Nacht, das Haar noch teilweise hochgestylt, weil ich das Wachs nicht richtig ausgebürstet habe. Mir ist, als wäre ich nur halb da. Die andere Hälfte von mir kann es kaum erwarten, zu meinem Schreibtisch zurückzukommen, meinen Artikel fertig zu schreiben, dann nach Hause abzuhauen, um zu duschen und mich auszuschlafen.

Colm von der Rechtsabteilung sagt: »Mensch, Katie, du hast eine Fahne, die glatt ein Pferd umhauen könnte.«

Peter neben ihm kichert, und ich lächele zuckersüß. »Ich mach bloß meine Arbeit, Jungs. Opfere meinen soliden Lebenswandel für die ganz große Story, ihr kennt das ja.«

Und Colm sagt, nein, kennt er nicht, aber es ist alles in Ordnung, wirklich, bis auf die heftigen Schmerzen in meinen Schläfen und die Müdigkeit, die mir die Beine hochsteigt wie Quecksilber in einem Thermometer. Alles nichts Neues für mich. Und dann kommt Reilly, sichtlich aufgewühlt, als ob er uns etwas Wichtiges mitzuteilen hat. Er schmeißt sich in seinen Sessel, wirft die Fotos auf den Schreibtisch und sagt: »Seht euch die mal an.«

Alle vier beugen wir uns vor, um auf die Fotos zu schauen, und sofort spüre ich, wie es anfängt.

Fotos von einem toten Mädchen, das in einem Swimmingpool treibt.

»Die sind eben reingekommen«, sagt Reilly. Eine Tote auf einer Party in den frühen Morgenstunden. Alkohol. Drogen, ein Haufen Studenten, ein Spiel, das aus dem Ruder gelaufen ist.

Peter breitet die Fotos aus, so dass sie die Hälfte des Schreibtischs bedecken. Das Wasser ist so klar. Das Mädchen, noch ein Teenager, das Haar, das sich im Wasser auffächert.

»Irgendein Perverser auf der Party hat die mit seinem Handy gemacht«, erklärt Reilly.

»Die können wir nicht drucken«, sagt Colm energisch. »Auf gar keinen Fall.«

»Echt makaber«, flüstert Peter mit faszinierter Miene. Seine Augen saugen die Fotos geradezu auf.

»Ihre Eltern haben sie wahrscheinlich noch nicht mal identifiziert, und wir ziehen uns hier schon die Bilder rein«, sagt Colm angewidert.

»Wir können sie nicht drucken, aber wir haben trotzdem eine Story«, sagt Reilly, »über die moralisch fragwürdige Verwendung von Kamerahandys.«

Sein Kommentar richtet sich an uns alle. Ich höre ihm zu, kann aber die Augen nicht von den Fotos losreißen. Die cremeweiße Haut des Mädchens, die rötliche Haarwolke, die sich im

Wasser ausbreitet. Die Kleidung, die an ihren Gliedmaßen klebt. Der Körper halb gedreht, wie zu einem langsamen Abschied. Die Augen offen und blicklos, der Mund zu einem überraschten O erstarrt. Ich stelle mir vor, wie das Wasser in sie eindringt, sie ausfüllt, die Lunge bis zum Bersten aufbläht.

Jemand sagt meinen Namen.

Doch ich starre die Bilder an, wie gebannt. Nicht eine einzige Luftblase. Bloß die Reglosigkeit des Mädchens unter einem Wasserfilm. Ich schaue sie an und spüre die Veränderung, die mich überkommt, die zarte Stelle in meinem Innersten, an der plötzlich herumgestochert wird. Meine harte Schale löst sich in Luft auf.

»Katie?«, sagt Reilly wieder, doch ich sehe ihn nicht an, sehe keinen von ihnen an.

Ich bücke mich und greife nach meiner Tasche. Wie unter einem inneren Zwang taumele ich weg von dem Tod, der da auf dem Schreibtisch ausgelegt ist. Ohne ein Wort zu sagen, laufe ich vor den Fotos davon, bleibe erst am Aufzug stehen.

Ich trete hinaus in die regengraue Tristesse der Talbot Street, überquere die Straße, ohne nach links oder rechts zu schauen, und gehe schnurstracks in den Pub.

»Whiskey«, sage ich zu dem Barmann und krame nach Kleingeld in meiner Handtasche.

»Powers oder Jameson?«, fragt er. Seine Miene verrät weder Überraschung noch Missbilligung. Es ist nicht mal Mittag.

»Jameson.«

Es ist die Sorte Pub, wo die Wände mit gerahmten Spiegeln und verstaubtem Nippes dekoriert sind, Pferderennen im Fernseher laufen und ein Geruch nach klammer Kleidung in der

Luft hängt. Es kann noch so früh am Tag sein, irgendein einsamer Trinker steht immer an der Bar, übellaunig über sein Bier gebeugt. Ich gehe mit meinem Glas in eine ruhige Ecke und warte, dass meine Nerven sich beruhigen. Mir ist flau im Magen, und das hat nichts mit meinem Kater zu tun. Das junge Mädchen im Wasser. Ein kaltes Frösteln findet zielstrebig die zarte Stelle in mir. Ich schließe die Augen und warte, dass es vergeht, rede mir zu, mich am Riemen zu reißen.

Ich kann spüren, wie es einsetzt. Das Engegefühl, als würde ein Gürtel um meinen Hals zugezogen. Jedes Mal, wenn so etwas passiert, spüre ich, dass der Gürtel ein Loch enger gezurrt wird. Wie vor einigen Jahren, als ich hörte, dass Ken Yates bei einem Autounfall ums Leben gekommen war – ein Loch. Und Sallys Beerdigung letztes Jahr – wieder ein Loch. Jedes Mal, wenn eine Nachricht aus der Vergangenheit durchsickert – ein weiteres Loch.

Die meiste Zeit spüre ich ihn nicht – diesen Würgegriff um meinen Hals. Aber dann passiert irgendetwas, aus heiterem Himmel, wie die Fotos vorhin, von einem Mädchen und einer Tragödie, die absolut nichts mit mir zu tun hat. Und sofort merke ich, wie die Tentakel der Vergangenheit sich nach mir ausstrecken und mich packen, bis ich nicht mehr atmen kann, als wäre ich selbst unter Wasser. Erst vor ein paar Wochen hatte ich es wieder gespürt, hier in diesem Pub.

Ich habe den Abend noch lebhaft in Erinnerung. Ich war mit ein paar Kollegen auf ein Feierabendbier hergekommen, woraus mehrere wurden; im Hintergrund lief der Fernseher. Irgendwer sagte: »He, mach mal lauter, ja?« Ich drehte mich zum Bildschirm um, und da war Luke Yates auf dem Sofa einer Talkshow und richtete einen leidenschaftlichen Appell an die Öffentlichkeit. In einer Runde von Unternehmern, Wirtschaftsexperten und anderen Fernsehköpfen, die über die Konjunkturkrise diskutierten und forderten, dass wir als Nation das Wachstum ankurbeln müssten, statt einen Sparkurs zu fahren, hielt Luke sich anscheinend nicht an die ihm vorgegebene Rolle und forderte von den Zuschauern, sich nicht länger auf das eigene Elend zu konzentrieren, sondern endlich mal über den Tellerrand zu schauen, damit sie begriffen, was echtes Leiden bedeutete.

»Dieses kleine Land hat schon immer in einer höheren Liga gespielt«, sagte er. »Was internationales Ansehen und internationale Hilfe betrifft, haben wir denjenigen, deren Not größer ist als unsere, niemals die kalte Schulter gezeigt. Generationen von Iren haben gespendet, um den Armen in anderen Ländern zu helfen – und das schon lange bevor es die katholische Hilfsorganisation Trócaire und die Live-Aid-Benefizkonzerte gab. An der Bereitschaft, in die eigene Tasche zu greifen, um unseren Mitmenschen zu helfen, hat es in diesem Land noch nie gemangelt. Aber jetzt sind Sturmwolken aufgezogen, und die Buhmänner sind da, der IWF, die Troika, und wir reden bloß noch über Sparmaßnahmen, Etatkürzungen, Hypothekenrückstände, Arbeitslosigkeit. Die Angst hat Irland fest im Griff. Überall um mich herum sehe ich Menschen, die sich nur noch um sich selbst kümmern. Und das Schlimmste an der Angst ist ihre Auswirkung auf uns als Nation. Sie isoliert uns. Wir sind nicht mehr weltoffen, wollen uns selbst schützen, uns abschotten und das festhalten, was wir haben. Nach uns die Sintflut. Die Angst tötet unsere Großzügigkeit, sie unterdrückt unser kollektives Gewissen, sie macht uns hart, kleinlich und habgierig, und so sind wir meiner Ansicht nach nicht. So sind die Iren nicht.«

In dem Stil ging es weiter und weiter. Der Moderator und einige der anderen Talkgäste unterbrachen ihn mit Bemerkungen zur Arbeitslosigkeit und der schleichenden Verarmung, doch Luke ließ sich nicht zum Schweigen bringen.

»Meine Fresse, der regt sich aber ganz schön auf«, sagte jemand.

Und das stimmte. Ich konnte sehen, wie sein Gesicht rot anlief, als er sich mühsam beherrscht auf seinem Stuhl vorbeugte. Wo war das hergekommen, sein leidenschaftliches Engagement, sein soziales Gewissen? Wie die anderen um mich herum hatte ich bis dahin keine Ahnung gehabt, dass er so feste Prinzipien oder Überzeugungen besaß. Während ich zuschaute, fiel mir noch etwas anderes auf: Es war still geworden im Pub. Alle Gäste starrten auf den Bildschirm. Biergläser blieben unangetastet, jeder war nur noch auf den Fernseher konzentriert, auf den Mann mit dem schicken Anzug und den telegenen Gesichtszügen, der mit der Faust auf den Tisch schlug und uns unsere Versäumnisse vorwarf, uns bekniete, nicht zuzulassen, dass diese Wirtschaftskrise unsere Grundwerte veränderte, dass unser menschlicher Anstand unter dem Druck zerbrach. Auch das Studiopublikum war verstummt, und mir kam plötzlich eine Erinnerung: Luke als Junge, bis zur Taille im Fluss, Schlingpflanzen, die von den Bäumen über ihm herabhingen. In dem Moment spürte ich es, während ich ihn da oben auf dem Bildschirm sah – das Engegefühl um den Hals –, was seltsam war, weil wir einander kaum noch kannten, zumindest nicht richtig.

Er kam zum Ende, und es entstand eine Pause. In der kurzen Stille hob ein Mann an der Bar sein Bierglas Richtung Fernseher. »Bravo.« Dann applaudierte das Studiopublikum, und die Leute um mich herum hoben ihre Gläser, nickten und sprachen den Rest des Abends über nichts anderes mehr.

Am nächsten Tag war Luke mit seinem Auftritt in der *Late*

Late Show Thema in allen Radiosendern. Auch die Zeitungen berichteten ausführlich. Im Gegensatz zu manchen Geschichten, die schnell wieder aus dem öffentlichen Bewusstsein verschwinden, blieb diese haften. Deshalb war es keine Überraschung, als von unserem Chefredakteur die Anweisung kam, jemand solle ein Feature über Luke für die Zeitung schreiben. Ich hatte bloß nicht damit gerechnet, dass mir diese Aufgabe zufallen würde.

Ich trinke mein Glas aus, nehme meine Tasche und gehe hinaus in die Nachmittagssonne. Ich spiele mit dem Gedanken, einen Spaziergang am Kanal zu machen, weil ich weiß, dass ich durch die Bewegung an der frischen Luft wieder einen klaren Kopf bekommen werde. Doch stattdessen setze ich mich an einen der Holztische draußen vor dem *Barge* und schicke der Redaktion eine E-Mail, dass ich nach Hause gegangen wäre, weil mir schlecht sei. Dann schalte ich das Handy aus und verbringe den Rest des Nachmittags damit, Coronas zu trinken und dem Gespräch am Nebentisch zu lauschen, bis die Schatten länger werden und es frostig wird. Reggae dringt aus einem offenen Fenster in der Nähe, untermalt vom Verkehrslärm der dahinterliegenden Straßen.

Gestern um diese Zeit war ich dabei, mich zu schminken und das Haar hochzustecken, ein rotes Kleid auf dem Bett ausgelegt, daneben die kleine Handtasche mit meiner Einladung. Eine Charity-Veranstaltung im Morrison. Nichts, worauf ich besonders scharf war, aber Luke würde da sein, mit einigen anderen, über die ich Recherchen anstellen sollte. Es war für mich eher ein Pflichttermin als Vergnügen.

Als ich dort ankam, war die Party schon in vollem Gange. Gut gekleidete und gepflegte Körper schmiegten sich aneinander, schlürften Champagner; Kellnerinnen in gestärkten weißen Blusen und Schürzen jonglierten Tabletts mit Kanapees durch das Gedränge. Wir alle zusammengepfercht in der obersten Etage eines Hotels in einem Raum mit Aussicht auf die Dächer, Türme und Baukräne, die die Skyline der City durchsetzen. Luke und Julia Yates, das Glamourpaar, standen mitten im Gewühl, und ich beobachtete sie von weitem: ihr geübtes Lächeln, die Art, wie sie gemeinsam mit den Leuten plauderten, ihr sorgsam choreographiertes Auftreten, den Glanz ihres Selbstbewusstseins und ihrer Privilegien. Ein Neidgefühl beschlich mich. Nein, Neid war es nicht. Es war eher, als würde ich mit einem Spiegelbild von mir selbst konfrontiert: eine Frau in den Dreißigern mit nichts Beständigem in ihrem Leben. Keinem Mann, keinen Kindern, keinem eigenen Haus. Stattdessen lebte sie in einer Mietwohnung – nur eine weitere von vielen, in denen sie vergeblich versucht hatte, sich zu Hause zu fühlen. Allein ihr Job, die einzige Konstante in ihrem Leben, sorgt dafür, dass sie nicht die Bodenhaftung verliert. In letzter Zeit hat sie öfter das Gefühl, dass diese Heimatlosigkeit auch auf ihre Arbeit übergreift. Selbst im Büro, wo sie sich sicher fühlt, läuft sie trotzdem Gefahr, den Halt zu verlieren.

Ich setzte mein Strahlelächeln auf und bahnte mir einen Weg durch das Getümmel, floh auf die Terrasse, um Luft zu schnappen, um wieder Sauerstoff in meinen Körper zu saugen und meine zitternden Hände zu beruhigen. Ich trank meinen Champagner und spürte, wie sich Wut in mir regte, Wut auf mich selbst. Warum war ich zu dieser Party gegangen? Wie um alles in der Welt war ich auf die Idee gekommen, dass ich hierherpassen könnte? Mittlerweile hätte ich eigentlich wissen müssen, wann ich etwas besser lassen sollte.

»Ich würde zu gern wissen, was du gerade denkst.«

Ich drehte mich um. Er stand draußen vor der Glastür. Er

schloss sie hinter sich, um den Lärm der Party zu dämpfen, und ich sah ihn an, während er grinsend auf mich zukam. Das Herz schlug mir bis zum Hals. Elegant und lässig in seinem schwarzen Smoking, das Haar glatt aus dem attraktiven Gesicht nach hinten gekämmt, hielt er mir eines der beiden Gläser Champagner in seinen Händen hin. »Wie ich sehe, sitzt du auf dem Trockenen.«

Die frische Luft hatte meine Unsicherheit nicht vertreiben können. Luke lächelte, doch ich konnte nicht sagen, ob es ein echtes Lächeln war oder ob er sein Unbehagen einfach besser kaschieren konnte als ich.

»Ich hab gedacht, du kommst hallo sagen«, fügte er hinzu.

»Du hättest ja auch kommen können«, sagte ich trotzig.

»Stimmt.« Er trat neben mich und blickte über die Stadt.

»Ich hatte das Gefühl, wir würden uns gezielt aus dem Weg gehen, Katie.«

»Ich weiß nicht, was du meinst.«

Und doch spürte ich die Anziehung zwischen uns und wusste, dass auch er sie spürte, genauso wie ich wusste, dass er sich gleichermaßen der Vergangenheit bewusst war, die jeden Kontakt zwischen uns gefährdete. Selbst die zwangloseste Begegnung war belastet mit Angst, Reue oder irgendeiner anderen schwer fassbaren Emotion.

»Ich habe gar nicht mit dir gerechnet«, sagte er. »Nach unserem letzten Gespräch dachte ich, du würdest Abstand halten.«

Sein zuvor amüsierter Tonfall war weicher geworden. Wir standen zusammen, während die untergehende Sonne die Dächer von Dublin in sanftes Licht tauchte. Ich sah das Gold an seinem Finger glänzen, ehe seine Hand sich auf meine legte.

Er ließ sie dort ruhen, und ich machte keinerlei Anstalten, meine Hand wegzuziehen. Ein Stück entfernt auf der Terrasse scherzte eine Gruppe von Rauchern miteinander. Ihr Lachen drang zu uns herüber, während die Schatten unten in den Straßen dunkler wurden.

»Ich hab mir gedacht, so eine Party könnte lustig werden.«

»Du siehst nicht so aus, als würdest du dich amüsieren, Katie.«

»Aber was ist mit dir?«, sagte ich und zog meine Hand unter seiner weg. »Der Sonnyboy. Der Mann der Stunde.«

Enttäuschung huschte über sein Gesicht. Dann lachte er und winkte ab, als wollte er meine Worte verscheuchen. Es war auch schwer zu begreifen. Eben noch war er ein Geschäftsmann gewesen, der ein paarmal Glück gehabt hatte. Im nächsten Moment war er aufs hohe Podest katapultiert worden – Mann des Volkes, Held der Massen, mit dem Finger am Puls der Öffentlichkeit. Und das alles nur wegen eines aufsehenerregenden Fernsehauftritts. Die richtigen Worte zum richtigen Zeitpunkt.

»Und wohin geht die Reise?«, fragte ich, während ich ihn über den Rand meines Champagnerglases hinweg beobachtete. »Sitz im Parlament? Ministeramt? Oder vielleicht sogar Präsident? Ich könnte mir gut vorstellen, wie du mit Julia in die Residenz im Phoenix Park einziehst.«

Das war natürlich ein Witz: In Lukes Vergangenheit gab es zu viel, das einer erfolgreichen Politikerkarriere im Weg stand.

»Mensch, Katie, jetzt lass mal gut sein!« Er lachte. »Politik ist nicht mein Ding, das weißt du.«

Doch irgendetwas an der Art, wie er das sagte, ließ mich aufmerken, und ich musterte ihn genauer. Leichte Schatten unter den Augen, angespannte Körperhaltung. Ich fragte mich, ob er sich übernommen hatte. Aber ehe ich ihn das fragen konnte, sagte er: »Nick hat sich gemeldet.«

Sein Bruder.

»Ach ja?«

»Er hat vor ein paar Tagen angerufen, aus heiterem Himmel.«

Mein Magen zog sich nervös zusammen.

»Ist er noch in Nairobi?«

»Ja.« Er nickte, sagte dann: »Wusstest du, dass er heiratet?«

Mein Mund wurde trocken.

»Eine Amerikanerin, die er offenbar dort kennengelernt hat. Scheint noch so eine Hippie-Aussteigerin zu sein. Sie kennen sich gerade mal fünf Minuten.« Er trank einen Schluck Champagner. »Die Hochzeit ist morgen.«

Bevor ich etwas erwidern konnte, öffnete sich hinter uns die Glastür, und jemand kam heraus. Luke trat sofort ein Stück von mir weg.

»Gott, ist das heiß da drin«, sagte der Mann, kam zu uns und gab Luke einen freundlichen Klaps auf die Schulter. Ich erkannte ihn auf Anhieb – Damien Rourke, ein Selfmade-Multimillionär, der noch immer aussah wie ein zerknitterter Lebensmittelhändler. Er hatte ein weißes Taschentuch aus der Tasche gezogen und wischte sich damit über die Stirn, ehe er seine Aufmerksamkeit auf mich richtete. »Sie sind das, nicht?«, fragte er unfreundlich.

Ich hatte mal einen nicht unbedingt schmeichelhaften Artikel über ihn geschrieben. »Leibhaftig.«

»Sie schreiben noch immer für das Schmierblatt, was?«, fragte er mit einem Grinsen.

»Von irgendwas muss ich ja leben.«

Er schnaubte und wechselte das Thema. Wir unterhielten uns eine Weile über Politik und die europäische Wirtschaftskrise. Ein graues Wolkenband schob sich über den Horizont, während die Sonne versank. Ich schaute Luke möglichst nicht zu oft an, war mir aber ständig seiner ruhigen Selbstsicherheit und der Konturen seines markanten Gesichts bewusst. *Nick heiratet.* Nick: dunkles Haar, das ihm in die Stirn fiel, der versonnene Blick und das schüchterne Lächeln, als wäre ihm gerade etwas Komisches oder Anrührendes eingefallen, das er niemandem erzählen wollte.

Ich lächelte und nickte während des Gesprächs, trank aus meinem Glas und fühlte mich die ganze Zeit wie benommen. Ich sagte mir, dass es keinen Grund dafür gab, warum die Nachricht von Nicks Heirat mir dermaßen unter die Haut gehen sollte.

Jetzt, da ich vor dem Pub ein weiteres Corona trinke und die Schwäne auf dem Kanal vorbeigleiten sehe, denke ich an Nick und versuche mir vorzustellen, wie er vor dem Altar steht und auf eine namenlose, gesichtslose Frau wartet. Es hatte mal einen Bund zwischen uns gegeben, Nick und mir – die Narbe, die ich habe, beweist es. Aber jetzt sind wir Fremde. Ich spüre den Drang, ihm eine SMS zu schicken, ihm zu sagen, dass ich mich für ihn freue, obwohl das nicht annähernd beschreibt, wie ich mich fühle.

Reiß dich zusammen, sage ich mir streng. Gib dich nicht diesem rührseligen Schwachsinn hin. Ich stehe von der Bank auf und lasse meine halbleere Bierflasche stehen. Im flotten Tempo gehe ich Richtung City, ziehe meine Jacke enger um mich, verschränke die Arme, als würde ein kalter Wind wehen, dabei ist es noch warm, und vom Kanal kommt höchstens der Hauch einer Brise, obwohl schon Abend ist.

Ich gehe ins Bett und sinke in einen Schlaf, der an Bewusstlosigkeit grenzt.

Als ich vom Klopfen an meiner Wohnungstür wachwerde, kommt es mir vor wie mitten in der Nacht. Ich stehe auf und tapse schlaftrunken zur Tür. Reillys vertrauter massiger Körper steht im Licht der nackten Glühbirne über seinem Kopf.

»Reilly? Was ist los? Was machst du hier?«

»Ich hab versucht, dich anzurufen, aber dein Handy ist ausgeschaltet.«

»Scheiße, es ist mitten in der Nacht!«

»Es ist acht Uhr morgens, Katie«, sagt er, mit einem Anflug von Sorge in der Stimme. »Geht's dir gut? Du siehst jedenfalls nicht danach aus.«

»Alles bestens«, erwidere ich plötzlich verlegen und ziehe meinen Bademantel fester um mich.

»Du bist gestern nicht zurück in die Redaktion gekommen.«

»Mir war schlecht.«

Ich drehe mich um und lasse ihn mir in die Wohnung folgen, höre, wie er die Tür schließt, ehe er zu mir in die Küche kommt. Ich schalte die Kaffeemaschine ein, lege den Kopf auf die Küchentheke, spüre den Schmerz, der mir von den Schläfen bis ins Kreuz zieht.

Ich fühle, dass Reilly mich beobachtet, also richte ich mich auf und fange an, Kaffee zu machen, weil es, so sehr ich Reilly auch mag, ein seltsames Gefühl ist, ihn in meiner Küche zu haben. Er ist anders als die meisten Männer, die mir dabei zugesehen haben, wie ich morgens im Bademantel Kaffee koche. Dichtes helles Haar, einen rötlichen Stich im Bart, der die tiefen Falten rechts und links vom Mund ebenso wenig kaschiert wie die Belustigung, die jetzt sein Gesicht belebt. Schwarze Lederjacke, graues Hemd, verwaschene Bluejeans – die Journalistenuniform, aber an ihm wirkt sie irgendwie deplatziert. Ich stelle mir gern vor, dass Reilly, wenn er von der Arbeit kommt, einen Hausrock und Samtpantoffeln anzieht.

Er nimmt eine Tasse Kaffee von mir entgegen, lässt dann den Blick durch meine Wohnung gleiten. Sie ist ziemlich armselig – zwei in Pastelltönen gestrichene Zimmer, eine Küchenzeile und ein Bad kaum größer als ein Schrank, wackelige Bücherstapel an einer Wand und Grünpflanzen in unterschiedlichen Stadien des Absterbens. Diese Wohnung im Herzen von Dublin, in einer dreistöckigen edwardianischen Backsteinvilla mit einer traurigen, lieblosen Fassade, ist seit vier Monaten mein Zuhause.

»Seit wann machst du Hausbesuche, Reilly?«

»Du bist meine erste Patientin.«

»Ich Glückliche.«

»Ich hab mir Sorgen gemacht, Katie. So, wie du gestern aus dem Büro abgehauen bist –«

»Mir war schlecht ...«

Er fixiert mich mit einem Blick, der mich jäh und schmerzhaft an meinen Vater erinnert.

»Hör mal, Katie«, sagt er mit gesenkter Stimme. »Was gestern passiert ist ... Wir waren alle entsetzt, angewidert von der Vorstellung, dass irgendein Perverso versucht, uns Geld für Fotos von einer Leiche abzuknöpfen. Aber du ... du warst weiß wie die Wand. Und während wir anderen darüber diskutierten, bist du so schnell weggelaufen, dass du fast deine Tasche vergessen hättest. Eddie an der Pforte hat gesagt, er hätte noch niemanden mit solchem Tempo aus dem Gebäude rennen und gegenüber im *Mother Kelly's* verschwinden sehen.« Er stockt. »Aber es waren bloß Fotos, Katie. Und du hast schon schlimmere gesehen. Du bist hart im Nehmen. Warum haben die dich so aus der Fassung gebracht?«

Ich kann es ihm nicht sagen. Sonst würde ich sämtliche

Schutzschichten entfernen und den einen dunklen Ort freilegen, an den ich niemals Licht lassen wollte. »Hör mal, Reilly«, sage ich. »Ich weiß deine Sorge zu schätzen, ganz ehrlich. Aber mir geht's gut. Ich schwöre.«

Er sieht mich auf seine prüfende Art an. »Da ist noch was«, sagt er. »Luke Yates.«

Die Art, wie er das sagt, lässt die Worte in mir versiegen. Ich sehe das Zögern in seinem Gesicht, und ich bin schlagartig alarmiert.

»Was ist mit ihm?«, frage ich.

»Du hast es noch nicht gehört.« Eine Feststellung, keine Frage.

»Sag schon.« Mein Herz rast.

»Es tut mir leid, dass du es von mir erfahren musst, Katie«, sagt er leise, »aber Luke Yates ist tot.«

2.

NICK

Die Manschettenknöpfe sind leicht angelaufen und liegen auf einem Bett aus schwarzem Samt in einer ebenfalls schwarzen Schatulle. Sie sind alt, aber die Schatulle ist neu, und ich muss an Julia denken. Ich nehme an, dass sie diejenige war, die sie für die Reise so sorgsam eingepackt hat, obwohl das Geschenk angeblich von Luke ist. Wäre es nach ihm gegangen, hätte mein Bruder sie wahrscheinlich in einen Briefumschlag gesteckt, ihn zugeklebt und adressiert und dann auf das Beste gehofft. Als ich sie ins Licht halte, zittert meine Hand leicht. Ich sehe die Initialen meines Vaters, die in eleganter Schrift auf die flachen Goldscheiben graviert sind, und muss an einen Abend auf der Veranda unseres Hauses in Lavington denken: Dad – gerade von der Arbeit zurück – sitzt mit Mum zusammen, lockert seine Krawatte und nimmt die Manschettenknöpfe ab, das klimpernde Geräusch, das sie auf der Tischplatte machen, als die Fliegentür aufgeht und Jamil die Getränke bringt.

Die Erinnerung entgleitet, übertönt von den Straßengeräuschen. Die Stadt draußen ist laut. Autohupen gellen. Ich höre das Heulen eines Motorrollers, dann den Knall, als irgendetwas Schweres auf die Erde fällt. Nairobi läuft auf Hochtouren, vibriert vor Leben und Dynamik. Aber in diesem Raum scheint die Welt für einen Moment den Atem anzuhalten.

Das Päckchen ist gestern gekommen, ein wattierter Umschlag mit der Schatulle und einem Zettel:

Trag sie an Deinem großen Tag, Nico. Und werde glücklich.
Dein Bruder, Luke.

Heute ist mein Hochzeitstag.

Die Tür geht auf. Murphy kommt herein, er sprüht vor Energie.

»Na denn«, sagt er, schlägt klatschend seine großen Hände zusammen und reibt sie energisch aneinander. »Wie fühlen wir uns?«

»Gut«, sage ich und versuche, ruhig zu bleiben.

»Komm, lass mich das machen.« Ehe ich protestieren kann, nimmt er mir die Schatulle aus den Händen. »Her mit den Manschetten.«

Er befestigt die Manschettenknöpfe mit kräftigen, aber trotz ihrer Größe sanften Fingern, Konzentrationsfalten auf der Stirn. Mir kommt unwillkürlich der Gedanke, dass eigentlich mein Vater hier sein müsste, um mir Halt zu geben. Aber Dad ist schon lange tot.

»Du bist doch nicht nervös, oder?« Murphy mustert mich mit seinen kleinen, durchdringenden Augen.

»Nein«, sage ich, obwohl ich mich beklommen fühle, seit ich Lukes Zettel gelesen habe.

»Gut. Es gibt auch keinen Grund, nervös zu sein. Du hast das ganze Leben vor dir.«

Er fasst mich an der Schulter, lässt seine Hand einen Moment dort liegen. Ich kann seine rastlose Energie spüren. Er nimmt mein Jackett von der Rückenlehne des Stuhls und hilft mir hinein.

»Wir haben noch reichlich Zeit, also keine Panik«, sagt er.

Hinter den Fenstern ist Nairobis Skyline in mildes Sonnenlicht getaucht. Ich nicke.

»Das Wetter ist schön«, sagt Murphy. Er meint es gut. Und obwohl ich bereit bin für diesen Tag, ist da irgendetwas, das an mir nagt.

Murphy kennt mich lange genug, um zu wissen, wann etwas im Busch ist, doch bevor er etwas sagen kann, hören wir einen Pfiff auf dem Flur. Es ist Karl. Er stößt schwungvoll die Tür auf. »Hallo! Hallo!« Er hat das Kästchen mit den Ringen in der Hand.

»Du hast dran gedacht«, sage ich trocken.

Er grinst und schüttelt das Kästchen neben seinem Ohr. »Wie könnte ich die vergessen? Also wirklich.« Er schließt die Tür hinter sich. Karl ist ein kleiner Mann, schmächtig und blond, mit kurz geschorenem Haar. Seine Spritzigkeit hat die Energie im Raum schlagartig verändert. Heute Morgen trägt er einen blauen Anzug, der wie angegossen sitzt, eine dünne schwarze Krawatte und Vans an den Füßen. Sein flacher Hut sitzt weit hinten auf dem Kopf. Er hat sich sichtlich Mühe gegeben – anscheinend hat er sich sogar rasiert. Kaum hat er die Tür geschlossen, holt er auch schon seine Zigaretten aus der Tasche. Als er sich eine zwischen die Lippen steckt, tritt Murphy vor und protestiert.

»Untersteh dich«, sagt er streng. »Oder willst du, dass der Bräutigam nach Rauch stinkt?«

Karl gibt sich gekränkt, tut aber wie geheißen, stellt die Autorität des Priesters weder in Frage, noch lässt er sich von ihr einschüchtern.

»Hey, Father Murphy«, sagt er mit Blick auf Murphys Haaransatz. »Wie ich sehe, waren Sie bei meinem Friseur.«

Murphy lacht. Bis vor kurzem hatte er einen grauen, aber nach wie vor dichten widerspenstigen Haarschopf, den er einfach nicht bändigen konnte. Es war ein Schock, ihn mit Bürstenhaarschnitt zu sehen. Die Frisur brachte seine Wangenknochen besser zur Geltung und ließ ihn irgendwie puritanisch wirken.

»Also, Nick«, sagt Murphy. »Deine Eltern wären heute sehr stolz auf dich, weil du diese Bindung eingehst. Ich weiß, es ist schwer für dich, dass sie nicht dabei sind.«

Mein Handy klingelt. Murphy, der nach seiner emotionalen Anwandlung leicht verlegen wirkt, greift nach dem Telefon auf dem Tisch, doch statt es mir zu geben, geht er selbst ran.

»Murphy hier«, sagt er fröhlich. »Ach, hallo.«

Ich blicke ihn fragend an, erwarte, dass er mir das Handy reicht. »Ja, er ist da ...«

Er wirft einen Blick in meine Richtung und dreht sich dann weg, die Schultern hochgezogen. Irgendetwas an seiner Haltung verrät mir, dass er gerade etwas Unerfreuliches hört. Er stöhnt auf. Ich warte, dass er sich umdreht, doch stattdessen hebt er einen Finger und verlässt den Raum.

»Was war das denn?«, sage ich zu Karl.

Er zuckt die Achseln. »Hochzeitsarrangements, schätze ich. Er will nicht, dass du dir irgendwelche Gedanken machst. Du kennst Murphy ja, am liebsten würde er alles selbst machen.«

»Zeig mir die Ringe«, sage ich, um das ungute Gefühl abzuschütteln, das Murphys Reaktion bei mir ausgelöst hat.

Ich nehme sie aus dem Kästchen und wiege sie in der Hand. »Schwerer, als ich sie in Erinnerung hatte.«

»Die werden dich nach unten ziehen«, witzelt Karl. »Komm, wir rauchen eine, solange Murphy nicht da ist.« Er öffnet das Fenster, zündet eine Zigarette an und gibt sie mir. »Wir besprühen dich hinterher mit Raumspray oder so.«

Seite an Seite lehnen wir uns gegen die Fensterbank, teilen die Zigarette wie zwei Schuljungen, die blaumachen.

»Fass dich bei deiner Rede kurz, Nick, ja? Ich meine, als dein Trauzeuge will ich meinen Teil sagen können, und wie ich dich kenne, nimmst du die ganze Sendezeit für dich in Anspruch. Die Leute mögen kein langatmiges Geschwafel.«

Ich ziehe an der Zigarette und lächele. In Wahrheit rede ich nie viel. Schon als Kind war ich zurückhaltend, habe das Reden lieber anderen überlassen. Ich hatte ja Luke, der immer jede Menge zu sagen hatte – genug für uns beide zusammen. Als ich acht war, sprach ich ein ganzes Jahr kein Wort. Es war, als würde etwas in mir festsitzen. Posttraumatische Belastungsstörung würde man so was heute wohl nennen. Damals gab's keinen Namen dafür. Meine Eltern zogen es aus persönlichen Gründen vor, die Sache nicht genauer untersuchen zu lassen. Sie warteten lieber ab, bis ich mich von allein wieder fing. Ich malte viel und hörte viel Musik. Ich saß stundenlang am Klavier. Luke war derjenige, der es schaffte, mich in die Welt der Sprechenden zurückzuholen. »Ich hab heute Geburtstag«, sagte er eines Morgens, als er an der Tür meines Zimmers auftauchte.

»Herzlichen Glückwunsch«, sagte ich unwillkürlich, die Worte ein heiser krächzender Laut in meiner Kehle. Luke rannte sofort zu Mum und Dad, um ihnen die Neuigkeit zu erzählen, und das war das Ende meines selbstgewählten Schweigens.

Jetzt lasse ich lieber die Musik für mich sprechen. Und obwohl ich kein Freund von Worten bin, findet zwischen mir am

Klavier und Karl mit seinem Saxophon die innigste Unterhaltung statt, die ich mir vorstellen kann.

Als Murphy zurückkommt, sagt er nichts über den Anruf, wirkt aber beunruhigt. Er gibt mir das Handy.

»Wer war das?«

»Niemand. Nichts, worüber du dir jetzt Gedanken machen musst«, sagt Murphy aufgesetzt heiter. Er wedelt mit der Hand durch die Luft. »Jungs, Jungs, Jungs. Also wirklich! Müsst ihr unbedingt rauchen?«

»Nichts, worüber ich mir Gedanken machen muss?«, frage ich.

»Ich erzähl's dir später«, sagt er und sieht auf seine Uhr. »So, mach die Zigarette aus, Karl. Wir müssen los.«

Karl murmelt irgendwas vom Verurteilten auf dem Weg zum Schafott, gibt mir einen freundschaftlichen Klaps auf den Rücken und trottet hinter Murphy her aus dem Raum.

Ehe ich den beiden folge, schaue ich in meinem Handy nach, wer angerufen hat, doch unter »eingegangene Anrufe« ist nichts aufgeführt.

Vor einigen Tagen habe ich abends meinen Bruder angerufen. Als er sich meldete, konnte ich hören, dass im Hintergrund eine Party im Gange war. Am liebsten hätte ich gleich wieder aufgelegt.

»Ich wollte dir nur was sagen«, begann ich und hörte, wie er sich von dem Lärm entfernte. »Luke, ich heirate.«

Eine Pause entstand. Luke hustete. »Das ist eine tolle Neuigkeit, Nick. Glückwunsch!« Er tat zwar mir zuliebe, als würde er sich für mich freuen, konnte aber seine Überraschung nicht verhehlen. »Wann ist der große Tag?«

»Nächste Woche ...«

»Nächste Woche? Donnerwetter«, sagte er. Ich hatte ihn überrumpelt. »Und wer ist die Glückliche?«

»Sie heißt Lauren.«

Ich erzählte ihm ein bisschen mehr über Lauren, obwohl das schwierig war, weil sie neben mir lag und mithörte. Ich dachte, wenn ich ihm von ihr erzählte, könnte das den Zauber brechen. Irgendwie fürchtete ich, dass Luke eine Bemerkung machen würde, die das Einzige, das mir lieb und teuer war, vergiften könnte. Dass er Zweifel anmelden würde, weil ich Lauren schon nach so kurzer Zeit heiraten wollte – dass er mir vielleicht sogar davon abraten würde. Wenn Lauren und ich zusammen sind, fühlt sich die Liebe zwischen uns uralt und verlässlich an, doch während ich mit Luke sprach, erschien sie mir fragil und nackt.

»Ich würde sie gern mal kennenlernen«, sagte Luke. Er klang aufgewühlt. »Und die Hochzeit – die ist in Nairobi, nehme ich an?«

»Ja«, sagte ich.

»Du weißt, das werd ich nicht schaffen. Nicht so kurzfristig.« Der Stimmenlärm und die Musik im Hintergrund wurden lauter. Er hatte sich wohl wieder dem Raum genähert, wo die Party stattfand, behielt die Lage im Auge.

»Hört sich an, als würdest du selbst gerade feiern«, sagte ich.

»Bloß eine kleine Party. Kein Vergleich zu einer Hochzeit.«

Mein Bruder konnte eine richtige Stimmungskanone sein, und ich hatte schon oft gehört, wie seine Schulfreunde über seine Witze lachten, wenn sie nach der Schule zu uns nach Hause kamen. Ihre ausgelassenen Scherze schlossen mich allerdings nicht mit ein – ich war bloß der kleine Bruder, der nur aus der Ferne zusehen oder lauschen konnte, was Luke mit einem engen Freundeskreis teilte, dem ich nicht mehr angehörte, seit wir Nairobi verlassen hatten.

»Tut mir leid«, sagte ich. »Wir haben erst vor ein paar Tagen beschlossen zu heiraten. Ganz spontan.«

Was immer ich mir auch für einen Text zurechtgelegt hatte, es lief nicht rund. Ich geriet ins Stocken.

»Spontan«, wiederholte Luke. Ich stellte mir vor, wie er den Kopf schüttelte.

»Keine Einladungen oder so«, sagte ich. Es sollte keine große Feier werden. Bloß Lauren und ich und eine Handvoll Freunde, im kleinen Rahmen. Von Laurens Familie würde auch niemand kommen. Sie hatte sie angerufen und genau die verdutzte Reaktion geerntet, die sie erwartet hatte. Aber wir hatten gehalten, was wir einander versprochen hatten: so wenig Tamtam wie möglich. Unsere Hochzeit sollte klein und intim sein, kein gesellschaftliches Event wie die Heirat von Luke und Julia, über die in den Sonntagsbeilagen der Zeitungen und in Hochglanzmagazinen berichtet worden war, doch dann hatte Karl von unseren Plänen Wind bekommen und anderen davon erzählt. Ehe wir wussten, wie uns geschah, war eine Party geplant worden, mit einem Lokal zum Feiern, einer Band und einer Gästeliste. Ich sagte mir, dass Luke ohnehin nicht gekommen wäre, doch in der kurzen Pause während unseres Telefonats stellte ich mir vor, was er hinterher dazu gesagt hätte, wäre er doch dabei gewesen.

»Es geht ums Prinzip«, hörte ich ihn zu Julia sagen.

Warum hatte ich ihm keine Einladung geschickt? Weil seine Anwesenheit so viel aufgewühlt hätte? Oder weil er sich vielleicht verpflichtet gefühlt hätte zu kommen, obwohl er lieber nicht nach Nairobi zurückgekehrt wäre?

Die Wahrheit ist, ich wollte ihn nicht in meine Welt hineinlassen, in eine Wirklichkeit, die ich mir selbst geschaffen hatte, in etwas, das mit ihm nichts zu tun hatte.

»Ich hätte nie gedacht, dass du mal heiratest, Nick, aber ich hoffe wirklich, du und deine Braut habt einen wunderbaren Tag«, sagte er, und seine Stimme klang ehrlich, was alles nur noch schlimmer machte. Ich fragte mich, warum er nie gedacht hatte, dass ich mal heirate.

»Ich werde an dich denken. Es ist ...« Er stockte.

»Was?«

»Nichts. Ich will nur das Beste für dich, Nick. Das hab ich schon immer.«

Ich spürte einen Kloß im Hals. Ich wollte »danke« sagen, wollte »es tut mir leid« sagen, doch stattdessen sagte ich: »Murphy hält die Trauung ab.«

»Murphy? Deine Hochzeit, Mums Beerdigung ... Was würden wir bloß ohne ihn machen?«

Der Sarkasmus war unüberhörbar, doch ich ging lieber nicht darauf ein. Luke sprach die nächsten Worte undeutlich aus: »Du warst so schnell weg nach der Beerdigung ...«

»Du kennst mich, Luke. Abschiede liegen mir nicht.«

»Scheint so«, sagte er.

Die Party wurde lauter, als er noch näher ranging und sich, so kam es mir vor, weiter von mir entfernte. Ich konnte kaum verstehen, was er als Nächstes sagte: »Es gibt wohl nie einen richtigen Zeitpunkt, um sich zu verabschieden.«

Er dankte mir für den Anruf, gratulierte noch einmal und sagte, dass wir uns in nicht allzu ferner Zukunft mal sehen müssten, doch es klang alles unklar, Worte, die ineinander übergingen, während sich in mir allmählich eine alte Panik meldete. Ich murmelte eine Verabschiedung, legte das Telefon auf den Nachttisch und drehte mich zu Lauren um. Sie zog mich an sich, sagte aber nichts.

Der Club Iguana sieht bei Tageslicht verlassen, heruntergekommen und trostlos aus. Es ist ein kleines Lokal, das sich bereits mit erwartungsvollem Raunen füllt: Laurens Freunde von der Uni, meine Freunde aus der Musikszene. Flaschen und Gläser klirren. Ein Grill fängt an zu qualmen. Lächelnde Gesichter begrüßen uns. Murphy führt mich in das dichter werdende Gedränge, wo Leute mir auf den Rücken klopfen und mich umarmen. Trotz meiner Verlegenheit rührt es mich, wie sehr sich alle für uns freuen.

Ich bin noch nicht lange da, als ich auch schon ein Auto hupen höre, gefolgt von lautstarkem Jubel. Karl nimmt meinen Arm. »Sie ist da«, sagt er und zieht mich gerade noch rechtzeitig nach draußen, um zu sehen, wie meine Braut mit einem Strauß Lilien in den Händen auf der Ladefläche eines Pick-ups ankommt.

Ihr Lächeln zittert leicht, sie hat die Augen niedergeschlagen: eine Mischung aus Schüchternheit und Nervosität, die ganz untypisch für sie ist. Für einen Moment sehe ich mich wieder in dem Club am Klavier sitzen, an dem Abend, als ich sie das erste Mal sah, wie sie am Eingang stand. Trotz des Lärms, trotz der verrauchten Luft war ich mir ihrer extrem bewusst. Es fiel mir schwer, mich auf die Musik zu konzentrieren, während sie sich zwischen den Tischen hindurchschlängelte, bis sie einen Platz fand. Meine Augen suchten sie, als würde sie mich durch das Halbdunkel zu sich hinziehen. Ich konnte es kaum erwarten, das Set zu beenden, einen Stuhl neben sie zu rücken und ein Gespräch anzufangen. Als ich den Klavierdeckel zuklappte und aufstand, mich dann selbst überraschte, weil ich einfach mit einem Bier in jeder Hand zu ihr ging und ihr eins anbot, nahm sie es entgegen, als hätten wir unser Gespräch schon vor langer Zeit begonnen. Sie lächelte mich an, nervös, unsicher. Wir unterhielten uns, und es war, als hätten wir einfach da weitergemacht, wo wir aufgehört hatten, obwohl wir uns noch nie begegnet waren. So mühelos fing das mit uns an, ganz selbstverständlich.

Ich fühlte mich seltsam ungezwungen in Laurens Gesellschaft. Ich hatte nicht das Gefühl, sie beeindrucken zu müssen. Wir hatten beide die Welt bereist, hatten uns von unseren Familien entfremdet. Ich glaube, was uns verband, war das Gefühl der Entwurzelung, das ziellos dahinlebende Menschen wie uns zusammenbringt.

Als ich sie in jener ersten Nacht in den Armen hielt, kam es mir so vor, als wäre die Begegnung mit ihr eher eine Art langsames Erinnern, als würde ich sie in meinem tiefsten Innern schon kennen, als hätte ich sie schon immer gekannt.

Es machte ihr Angst, wie schnell wir uns ineinander verliebten. Mir auch. Aber sie bedrängte mich nicht, wollte nie mehr wissen, als ich bereit war preiszugeben. Laurens eigene Verletzbarkeit gab mir irgendwie die Gewissheit, dass sie nicht wie andere vor ihr versuchen würde, meine Schutzmauern niederzureißen, bis ich ihr aus freien Stücken überließ, was ich für mich behalten hatte.

»Bist du bereit?«, frage ich sie jetzt.

»Ja«, sagt sie nervös.

Einen Altar gibt es nicht. Stattdessen steht Murphy am Klavier und wartet auf uns. Er hält ein altes Gebetbuch in den zittrigen Händen. Nach einigen Gebeten kommt das Ehegelübde.

Nachdem ich mein Jawort gegeben habe, blicke ich Lauren an.

Murphy fragt: »Nimmst du Nicholas zu deinem rechtmäßig angetrauten Ehemann?«

Das Wort bleibt ihr im Hals stecken. Irgendwer macht einen Scherz, so was wie »Mach jetzt bloß keinen Rückzieher«, und sie sagt: »Ja«, und ich spüre jähe Erleichterung.

Schließlich unterschreiben wir das Ehebuch, und dann bricht Jubel aus. Karl nimmt sein Saxophon: Die samtweichen Klänge von »These Foolish Things« ertönen.

»Okay?«, frage ich Lauren.

»Okay«, antwortet sie lachend, lächelt dann, ungläubig, glücklich. Ich nehme sie in die Arme und küsse sie. Ich möchte ihr sagen, dass ich es auch nicht glauben kann, dass es sich aber vollkommen richtig anfühlt.

Ein Stück entfernt auf einer Grasfläche reiten ein paar Kinder auf einem Strauß. Wir sind nach draußen gegangen, wo die Sonne jetzt höher am Himmel steht. Ich trinke ein Bier und spüre, wie mich eine Leichtigkeit erfasst. Die anderen von der Band haben sich mit ihren Instrumenten um Karl gruppiert: Bill am Kontrabass, Philly an der Trompete, Pierre am Schlagzeug. Ein anderer Freund, Sam, springt für mich am Klavier ein. »Kommt nicht in Frage, dass du an deinem Hochzeitstag arbeitest«, hatte Karl zu mir gesagt, mit einem breiten Lächeln, das mich eine Sekunde lang an das meines Bruders erinnert.

Und obwohl ich Luke nicht eingeladen habe, fehlt er mir. Tatsächlich fehlt er mir seit dem Sommer, als wir Kenia verließen. Auch wenn wir beide seitdem gehemmt im Umgang miteinander sind. Als wüssten wir nach allem, was passiert ist, einfach nicht mehr, wie wir uns verhalten sollen, wenn wir zusammen sind. Unsere Entfremdung ist kein böser Wille, bloß das Absterben der Nähe, die uns einst verband.

Deshalb ist mein Glück heute von Bedauern getrübt – der reine Klang meines Hochzeitstags leicht verstimmt. Aber ich entspanne mich, so gut ich kann, und beobachte meine Frau, die pausenlos tanzt, sich mit fliegendem Haar und wirbelndem Kleid ganz dem Abend hingibt.

»Wann bin ich mal dran?«, rufe ich ihr zu, Bier und Liebe und die ganze warmherzige Stimmung haben mich meine Hemmungen vergessen lassen.

Sie wirft mir eine Kusshand zu.

Ich möchte mich bei Murphy für die Trauung bedanken, kann ihn aber nirgends sehen. Eine Hochzeitstorte wird hereingetragen, und Jubelrufe ertönen. Irgendwer hat eine einzelne Kerze oben in die Torte gesteckt. Karl drückt mir ein Messer in die Hand und winkt Lauren herüber. Sie nimmt mit dem Finger einen Klecks Sahne von der Torte und schmiert ihn mir auf die Wange. Dann küsst sie mich leidenschaftlich.

Ich freue mich schon auf unsere Flitterwochen auf der Insel Sainte Marie.

»Woran denkst du?«, fragt sie.

»Ich hoffe, das Motorrad schafft die Fahrt nach Mosambik.«

»Mit möglichst wenig Gepäck«, ruft Lauren mir in Erinnerung.

Ich ziehe sie an mich und flüstere: »Wann können wir von hier verschwinden?«

»Bald«, sagt sie, und wieder spüre ich die erotische Spannung zwischen uns – sie ist so stark, dass wir sie kaum beherrschen können, wie eine außer Rand und Band geratene Jamsession.

Wir tanzen zu den hüpfenden Rhythmen der Benga-Band, die jetzt aufspielt. Alle schauen zu, tanzen mit uns. Ich spüre die Blicke auf mir und bald gehe ich von der Tanzfläche, lasse Lauren allein weitertanzen. Ich gehe an die Bar, wo Karl und

Murphy sich unterhalten. Karl erzählt irgendeine Geschichte, doch der ältere Mann wirkt bedrückt, desinteressiert. Er hält sich an einem Weinglas fest und wirkt weniger wie ein Priester als wie jemand, der bei einem Blind Date abgeblitzt ist.

»Hey, mein Bester!«, sagt Karl und schließt mich in seine warme, feste Umarmung. »Einen Drink für den Bräutigam!«, ruft er dem Barmann zu.

Drei Whiskeys werden vor uns aufgereiht. Wir nehmen einen kräftigen Schluck und stellen die Gläser wieder auf die Theke.

Murphy seufzt. »Tut mir leid«, sagt er heiser. »Ich bin sehr müde. Ich geh ins Bett. Wir können morgen reden. Und nochmals meinen Glückwunsch, Nick, für dich und deine bezaubernde Frau.«

»Danke, Father. Auch für die Zeremonie«, sage ich, dann fällt mir etwas ein. »Aber bevor Sie gehen – Sie haben mir gar nicht gesagt, wer da vorhin angerufen hat.«

Karl ist ein paar Schritte von uns weggegangen, beobachtet gebannt die schwingenden Hüften einer jungen Frau. Ich sehe, dass Murphy kurz die Augen schließt, eine kleine Geste, die verrät, wie erschöpft er ist.

»Das hat doch Zeit bis morgen, hm?« Er kratzt sich an der Stirn, und sein Blick wandert durch den Raum, als suche er nach dem nächsten Ausgang.

»Father Murphy«, sage ich leise und fasse ihn am Arm.

Er wendet sich mir zu. Ich sehe sofort, wie ernst es ist. Den ganzen Tag hatte ich den Anruf im Hinterkopf, doch jetzt, wo ich Murphy darauf angesprochen habe und die Besorgnis in seinem faltigen Gesicht sehe, die Furcht in seinen Augen, merke ich, dass ich zurückweiche.

»Es geht um Luke«, sagt er.

»Was ist mit ihm?«

»Der Anruf war von Julia. Sie wollte wissen, ob du was von ihm gehört hast, mit ihm gesprochen hast ...«

Ich denke an die Manschettenknöpfe, seinen Zettel, *werde glücklich* ... »Aber wieso?«

Er holt ein Taschentuch hervor und betupft sich die Stirn. »Nick. Heute ist dein Hochzeitstag.«

»Scheißegal, Father. Sagen Sie mir endlich, was los ist.«

Er erzählt mir von einer Party in Dublin, dass Julia allein ins Bett geht, am nächsten Tag feststellt, dass Luke verschwunden ist, sein Handy, sein Portemonnaie und seine Schlüssel dagelassen hat. Aber erst als er mir von Lukes Arbeitszimmer erzählt, von den Glasscherben und dem Blut auf dem Teppich, keimt Angst in mir auf.

»Ist er tot?«, frage ich, das Wort wie ein kalter, harter Stein in meinem Mund.

»Ich bete zu Gott, dass er wohlauf ist«, sagt er schlicht, doch seine Antwort macht mich wütend.

»Sie hätten es mir sagen müssen, Father, gleich nach dem Anruf –«

»Nick, ich wollte dich schützen.«

Das Licht an der Bar ist zu grell und hart, lässt Murphy älter wirken, als er ist. Ich frage ihn noch einmal, was er weiß.

»Mehr weiß ich nicht«, beteuert er.

Bei der lauten Musik und nach dem anstrengenden Tag, den er hinter sich hat, wirkt Murphy hundemüde. »Bitte, ich will nicht, dass du dir deswegen Sorgen machst«, sagt er, eine Hand auf meiner Schulter. »Nicht heute Abend. Lass uns keine voreiligen Schlüsse ziehen. Vielleicht gibt es eine ganz einfache Erklärung.«

Es war ein langer Tag. Ich lasse ihn gehen. Einen Moment lang stehe ich allein da, verarbeite den Schock der Neuigkeit. Der Abend geht weiter. Irgendwo weit weg von hier ist mein Bruder verloren und allein. Der Gedanke erfüllt mich mit unendlicher Traurigkeit und Bedauern. Und ich spüre noch etwas anderes: den schmerzhaften Sog der Vergangenheit.

»Hier bist du«, sagt Lauren und nimmt meine Hand. In ihrer Stimme schwingt fröhlicher amerikanischer Optimismus. »Komm«, sagt sie und zieht mich nach draußen in die kühler werdende Luft.

Dämmerlicht. Die Musiker sind kurz vor dem Zusammenbruch. Wären sie ein Zug, wären sie längst entgleist. Die Lichter von Häusern und Hotels verschwimmen. Unversehens erhellt eine Flut goldener und grüner Feuerwerkskörper den Himmel, lockt die Gäste nach draußen. Viele jubeln. Lauren ist so schön, dass ich diese Erinnerung am liebsten in meinem Gedächtnis einfrieren und für immer bewahren würde.

Aus den Augenwinkeln sehe ich, wie Murphy davongeht. Im Moment wissen nur er und ich Bescheid. Er dreht sich um, fängt meinen Blick auf und formt mit den Lippen: »Tut mir leid.«

3.

KATIE

Luke Yates ist tot«, sagt Reilly.

Einen Moment lang sackt alles weg – Reilly, meine Umgebung, sogar das Pochen in meinem Kopf scheint aufzuhören.

Dann spricht Reilly weiter: »So wird zumindest gemunkelt.«

»Was?«

»Seine Frau ist gestern Mittag nach Hause gekommen und hat festgestellt, dass eingebrochen wurde, überall Blut, von ihrem Mann keine Spur. Sie hat ihn seit dem Abend davor nicht mehr gesehen.«

»Verschwunden? Aber nicht tot?«

»Na ja, es gibt keine Leiche, aber –«

»Verdammt nochmal, Reilly! Das ist doch was anderes!«

Eine Welle der Übelkeit erfasst mich, und ich stütze mich mit einer Hand an der Arbeitsplatte ab. Ich fühle mich benommen, überwältigt.

Reilly fasst mich an den Schultern und bugsiert mich zu einem Sessel. »Entschuldige, Katie. Das war unsensibel von mir. Ich hatte keine Ahnung, dass dich das so mitnehmen würde. Ich wusste nicht, dass ihr zwei euch nahesteht.«

»Tun wir gar nicht«, sage ich rasch, versuche, meinen inneren Zusammenbruch zu überspielen. »Wir haben uns als Kinder gekannt. Meine und seine Eltern waren befreundet. Und ich hatte mit seinem Bruder auf dem College zu tun.«

Sein forschender Blick ist mir unangenehm, deshalb stehe ich auf und murmele etwas von wegen, ich wolle mich anziehen.

»Ich warte so lange«, sagt Reilly.

»Ist nicht nötig –«

»Du musst nach Dalkey, und in deiner Verfassung kannst du nicht selbst fahren.«

»Dalkey?«

Er runzelt ein wenig die Stirn. »Das ist eine Story, Katie. Und du kennst den Mann. Du warst doch auch auf der Party, nicht?«

»Ja.«

»Also musst du dahin und rausfinden, was passiert ist.«

Während Reilly sich die Zeit damit vertreibt, meine Büchersammlung zu begutachten, dusche ich und erlaube mir, unter dem harten, heißen Wasserstrahl ein paar Tränen zu vergießen. Danach ziehe ich eine Jeans und ein Sweatshirt an, schnappe mir meine Tasche, und gleich darauf sind wir unterwegs zur Südostküste von Dublin, zu einem ehemals bescheidenen Fischerdorf, das vom Megareichtum des Keltischen Tigers vereinnahmt wurde.

Reillys Auto – ein alter Mercedes – riecht nach Kokosnuss. Mein Magen, der nach den Exzessen der letzten zwei Abende noch immer empfindlich ist, rebelliert dagegen. Ich setze mich auf, ziehe den baumelnden Lufterfrischer ab und stopfe ihn ins Handschuhfach. Reilly beobachtet das ohne Protest. Erst als ich meine Zigaretten aus der Handtasche nehme, hebt er die Hand. »Sorry, Katie. Nicht hier drin.«

»Seit wann denn das?«

»Ich hab aufgehört.«

Ich mache große Augen. »Du hast aufgehört?«

»Vor drei Monaten«, sagt er mit einem stolzen Grinsen, das seine müden Gesichtszüge aufhellt.

»Wieso?«

»Für die Gesundheit natürlich.«

Ich betrachte ihn jetzt, nehme ihn zum ersten Mal seit Monaten richtig in Augenschein und bemerke, wie fit er aussieht. Er wirkt schlank und sportlich. Seine Hände und sein bärtiger Unterkiefer sind nach wie vor fleischig, doch er wirkt irgendwie gepflegter. Ich sage staunend: »Du hast abgenommen.«

Er nickt, ohne die Augen von der Straße zu nehmen, und unterdrückt ein verlegenes Lächeln. »Hör auf, mich anzuglotzen, Katie. Das macht mich nervös.«

»Hast du bloß mit Zigaretten aufgehört oder mit noch mehr?«

»Keine Zigaretten, kein Alkohol, kein rotes Fleisch.«

»Lass mich raten – du hast auch noch Gott gefunden?«

Er zieht seinen offenen Hemdkragen auseinander und holt das Kruzifix an einer Kette heraus. Grinsend sagt er: »Jesus liebt mich, Katie.«

Reilly und ich kennen uns schon ewig. Er hat mir meinen ersten Job bei der Zeitung verschafft und mir immer den Rücken gestärkt, vor allem seit er stellvertretender Redaktionsleiter wurde. Wir kennen uns gut, aber nur bis zu einem bestimmten Grad. Reilly hält sich extrem bedeckt, was sein Privatleben angeht. Klar, er kommt nach Feierabend schon mal mit ein Bier trinken und ist stets freundlich und herzlich, aber ich habe keine Ahnung, ob er eine Beziehung hat oder Kinder oder ob er lieber mutterseelenallein lebt. Im Laufe der Jahre sind schon alle möglichen Gerüchte über ihn kursiert, doch keines hat sich bewahrheitet, und ich habe den Verdacht, dass er seine rätselhafte Aura genießt.

Mir ist schwindelig, und ich versuche, einen festen Punkt zu fixieren, während er redet.

»Ich bin ihm mal begegnet«, sagt er jetzt, »Luke Yates. Ist einige Jahre her, bevor er prominent wurde.«

»Wie fandest du ihn?«

Er blickt blinzelnd auf das glitzernde Meer, während wir die Küstenstraße entlangfahren. »Ich hatte den Eindruck, dass er die große Gabe besaß, aufrichtig zu klingen.«

»Glaubst du nicht, dass er das ist?«

Er spreizt die Hände am Lenkrad und lächelt. »Wer weiß das schon, Katie, was echt und was gespielt ist? Was ist mit seinem Bruder? Wie ist der so?«

»Er ist ... na ja, er ist einfach anders«, sage ich rasch und registriere erstaunt, dass ich nervös werde und mir Hitze ins Gesicht steigt.

Reilly bemerkt mein Unbehagen und fragt interessiert: »Ach ja? War da mal was zwischen euch?«

»Gott, nein! Wir waren wie Bruder und Schwester, Nick und ich, damals als Kinder. Und im College waren wir eine Zeitlang mit denselben Leuten befreundet ...« Ich höre meine Stimme, die Unsicherheit darin, und bremse mich. »Jedenfalls, das ist gefühlte tausend Jahre her.«

»So alt bist du nun auch wieder nicht, Kleine«, sagt er, und ich muss unwillkürlich lächeln. »Und wo ist er jetzt? Der Bruder?«

»Afrika«, sage ich, und mit einem Mal sitze ich wieder in stacheligem Gras, benommen von der Sonne, und Nick kommt auf mich zugerannt, im vollen Tempo über die Wiese, in der Hand einen Becher mit Wasser, das überschwappt, als er neben mir stoppt, und er fällt auf die Knie und hält mir den Becher hin wie eine Art Preis. Seine Fingernägel sind dreckig, die Haare fallen ihm in die Augen, und er hat das schüchterne Lächeln im Gesicht, das er einfach nicht abstellen kann – er lächelt sogar im Schlaf –, und ich höre seine Stimme, tief und rau für einen Achtjährigen: »Da, Kay.« So nennt er mich. Seither hat mich niemand mehr so genannt.

»Reilly, glaubst du, er ist tot?«

»Möglich.«

»Mord?«

Er zuckt die Achseln. »Vor ein paar Jahren ging das Gerücht, dass er ein Hotelzimmer demoliert hatte.«

»Das höre ich zum ersten Mal.«

»Die Sache wurde totgeschwiegen.«

»Und was war passiert?«

»Eigentlich nichts. Der Mann hat sich betrunken, ist ausgerastet und hat sich eine Riesenrechnung eingehandelt.«

»War sonst noch jemand beteiligt?«

»Nein.«

»Willst du damit sagen, er hat eine selbstzerstörerische Ader?«

»Was weiß ich, Katie? Häufig sind solche Sachen völlig harmlos. Er und seine Frau auf einer Party, ja? Vielleicht ist sie ins Bett gegangen, und er ist umgekippt und auf einen Glastisch oder so geknallt, der zerbrochen ist, und dabei hat er sich eine böse Schnittwunde zugezogen, aber weil er so besoffen war, hat er kaum was gespürt, dann mit der Weisheit eines Betrunkenen beschlossen, sich am besten vom Acker zu machen, ehe die werte Gattin aufwacht und sieht, was er angerichtet hat.

Gut möglich, dass er genau in diesem Moment wohlgemut den Fußboden von irgendeinem Bordell in der City vollblutet.«

»Vielleicht«, sage ich ausdruckslos und starre aus dem Fenster.

Es ist eine Weile her, seit ich zuletzt in dieser Gegend war, und das Dorf kommt mir an diesem Morgen verschlafen vor, während der Wagen durch schmale Straßen und um scharfe Kurven fährt. Ein diesiger Nieselregen treibt von der Bucht herein und macht die Luft, die noch ein bisschen warm ist, drückend und stickig. Ich betrachte die hohen Mauern und die wuchtigen Tore mit Sprechanlagen auf beiden Seiten der Straße, die eigentlichen Häuser vor neugierigen Blicken geschützt. So lauschig und sicher, wie der Ort wirkt, ist es nahezu unvorstellbar, dass sich hinter den geschlossenen Türen irgendeine Form von Gewalt abspielt – keine häuslichen Albträume, keine erhobenen Fäuste, keine schweren Depressionen.

Reilly hält vor dem Tor, wo sich ein kleiner Menschenauflauf gebildet hat. Ich erkenne mindestens drei Vertreter meiner Zunft. Magnolien in voller Blüte flankieren das Tor, und dahinter, ein kurzes Stück von der Straße entfernt, erhebt sich ein Ungetüm aus Glas und Beton. Gewaltige Fenster, schwarze Rahmen rings um Spiegelglasscheiben, weiße Wände, die trotz des grauen Wetters blenden.

»Von der weinenden Witwe ist nichts zu sehen«, sagt Reilly, der durch die Windschutzscheibe späht.

Einen Moment lang betrachten wir die Villa, und zum ersten Mal stelle ich mir die Szene in dem Haus vor: der teure Teppich voller Blut, die Glasscherben, die nackte Angst ...

»Bist du bereit?«

Ich nicke, aber in Wahrheit fühle ich mich beschissen. Der Kaffee hat meinen Magen gereizt, und meine Augen sind trocken von zu wenig Schlaf. Bei dem Gedanken an eine Gewalttat wird mir flau.

»Danke fürs Bringen, Reilly«, sage ich, beuge mich zu ihm und drücke ihm einen Kuss auf die stoppelige Wange, nehme dann, so gut ich kann, den Anschein von Professionalität an und steige aus.

Ich gehe zu den anderen am Tor, wo ein stämmiger Mann mit einem Hals wie ein Nashorn die Hände hebt und alle Anwesenden bittet, zu gehen und Mrs Yates etwas Ruhe zu gönnen. Er hat breite Schultern, kühle Augen und ein kräftiges Kinn. Es scheint für ihn eine Strafe zu sein, sich mit den lästigen Fragen der Journalisten abgeben zu müssen, die wild durcheinanderrufen: *Ist Luke Yates schon gefunden worden? In welcher Verfassung ist seine Frau? Stimmt es, dass sein Arbeitszimmer das reinste Blutbad ist?* (Das fragt ein Vertreter der Sensationspresse, dem es nie brutal genug sein kann.) Nach einer Weile verabschiedet sich der Mann, schließt das Tor und geht Richtung Haus. Der Regen wird etwas stärker, und einige Gaffer treten den Rückzug an, die Journalisten auch. Ich überlege, ob es sich lohnen würde, auf der Suche nach verwertbaren Informationen bei den Festungen in der Nachbarschaft zu klingeln, doch die mit Überwachungskameras gespickten hohen Mauern signalisieren, dass ich mir die Mühe sparen kann.

Reilly ist weg, daher wäre es naheliegend, mit dem nächsten Zug zurück in die Stadt zu fahren, aber irgendwie ist mir danach, noch etwas zu bleiben. Ich spaziere durch den Regen zum Strand, der hinter den Häusern verläuft. Ich habe weder Kapuze noch Schirm, aber es regnet nicht allzu stark, die Luft ist warm, und das leise Rauschen des Meeres beruhigt mich und meine aufgewühlten Gedanken.

Das Wetter war ganz ähnlich, als ich Nick zuletzt gesehen

habe, vor einem Jahr. Ein grauer Tag in Dublin, eine Schar Trauernder, die aus einer Kirche kamen, Regenschleier. Luke und Julia standen auf den Kirchenstufen, um uns zu begrüßen, als wären wir zu ihrer Hochzeit gekommen und nicht zu Sallys Beerdigung. Nick stand ein Stück entfernt, die Hände in den Taschen, neben dem Bestattungswagen, wo er einem älteren Mann lauschte, den ich nicht kannte. Er wirkte furchtbar verloren, aber als ich auf ihn zuging und er den Kopf hob, sah er mich an, als wäre ich für ihn eine Unbekannte, die irgendwo hereingeplatzt war, wo sie nichts zu suchen hatte. Ich blieb stehen, und sein Gesichtsausdruck veränderte sich, wurde warnend. Sein scharfer Blick schien zu sagen: *Nicht jetzt, nicht hier, bei den vielen Leuten um uns herum.* Also wendete ich mich ab, fühlte mich enttäuscht und irgendwie beschämt, was unter den gegebenen Umständen albern war, ich weiß – schließlich lag seine geliebte Mutter tot in dem Bestattungswagen. »Kommst du mit zum Grab?«, hatte Luke gefragt und mit beiden Händen meine Hand umfasst. »Und hinterher noch mit zu uns?« Aber nach dem Blick, mit dem Nick mich angesehen hatte, konnte ich das nicht. Zu feige, ihm noch einmal unter die Augen zu treten.

Der Wind reißt an meinen Haaren und treibt mir Regen ins Gesicht. Ich spüre die Anstrengung in den Beinen, während ich durch den Sand stapfe, und beschließe, hinter dem letzten Haus kehrtzumachen, doch bevor ich die Stelle erreiche, sehe ich sie.

Eine schmale Gestalt, die auf einem Felsen sitzt und mich beobachtet. Graue Jeans und Flipflops, die Kapuze ihres Parkas über den Kopf gezogen, aber ich erkenne sie trotzdem und zögere für einen kurzen Moment, ehe ich auf sie zugehe. Der Wind zieht eine dünne Linie Zigarettenrauch von ihrem Mund, ihre Augen fixieren mich, als ich näher komme.

»Die Geier kreisen«, sagt sie mit eisiger Stimme.

»Julia.«

»Bist du gekommen, um dich am Unglück anderer zu weiden?«

Ich bleibe ein paar Schritte von ihr entfernt stehen und antworte vorsichtig. »Ich bin gekommen, weil ich besorgt bin und weil ich Luke mag.«

»Ach was, tatsächlich?« Ihre Stimme trieft vor Sarkasmus.

»Okay. Stimmt, Luke und ich haben nicht das engste Verhältnis, aber früher, als wir noch Kinder waren, unsere Familien ...« Etwas an der Art, wie sie mich ansieht, lässt mich verstummen.

Ihre Augen werden schmal, als sie sich die Zigarette zwischen die Lippen steckt und daran zieht. »Du und die Jungs.« Ihre Stimme ist völlig ausdruckslos, doch ich spüre die Spitze eines Vorwurfs.

Ihre Augen mustern mich von oben bis unten, kühl und taxierend, und ich fühle mich automatisch unsicher. Selbst jetzt, in all ihrer Angst, ist Julia Yates noch immer dieselbe gepflegte, kultivierte Frau, die sie an dem Abend vor zwei Tagen im Morrison war. Ihre Füße sind teilweise im hellen Sand vergraben, die Zehennägel lugen heraus – ein leuchtendes Rot passend zu ihren Fingernägeln –, und weißblonde Strähnen wehen aus ihrer Kapuze. Aber ihr Gesicht ist jetzt angespannt, der Mund eine dünne grimmige Linie, und sie sieht gequält aus. Ihr strahlender Charme ist verschwunden, zurückgeblieben ist ein kühles Wesen mit zusammengekniffenen Augen voller Misstrauen.

»Als ich dich gerade gesehen habe, wie du den Strand hochkamst, war ich für eine Sekunde enttäuscht«, sagt sie. »Ich habe nämlich gedacht, Luke wäre vielleicht bei dir.«

Ihre Augen sind starr. »Ich habe euch zwei zusammen gesehen. Im Morrison. Ich habe dich auf der Terrasse gesehen, Katie Walsh, wie du die Nachtluft genossen hast, Händchen haltend mit meinem Mann.«

Schweigen. Mein Mund ist trocken. Ihre Worte hängen schwer zwischen uns. Sie hebt die Zigarette wieder an die Lippen, wartet.

Ich möchte ihr sagen, dass es nicht so war, wie sie denkt – aber wie kann ich das erklären? Wie kann ich das Gefühl beschreiben, mit einem anderen Menschen durch etwas so Schreckliches verbunden zu sein, dass du einfach auf Abstand gehen musst? Dass es dich aber trotzdem zu ihm hinzieht, weil er der einzige Mensch ist, der Bescheid weiß … »Hör mal, Julia. Was immer du gesehen hast, da läuft nichts zwischen uns. Das war Nostalgie, mehr nicht. Eine Zuneigung aus Kindertagen …«

Sie runzelt die Stirn und tut meine Antwort mit einem Kopfschütteln ab. »Ach, interessiert mich nicht. Wirklich. Im Augenblick ist mir das scheißegal. Verrückt, nicht?«, sagt sie und lacht trocken auf. »Ich bin inzwischen so weit, dass ich fast froh wäre, wenn er mit einer anderen Frau abgehauen ist. Immer noch besser als das, was ich mir ausmale.«

»Was meint denn die Polizei?«, frage ich.

»Zwei Kriminaltechniker haben Spuren genommen – Fingerabdrücke, Teppichfasern.« Sie artikuliert jedes Wort deutlich, fast eine Spur verbittert, und ich bin überrascht, unter ihrer kühlen Fassade brodelnde Wut zu entdecken. »Die von der Kripo sagen nicht viel. Speisen mich mit den üblichen Sprüchen ab – sie ermitteln in verschiedene Richtungen, bleiben für alles offen, bla, bla, bla. Sie kommen her mit ihren Fragen – genau wie du – und ziehen ihre eigenen Schlüsse. Nur dass sie wenigstens den Anstand haben, an der Haustür zu klingeln«, fügt sie spitz hinzu. »Sie schleichen sich nicht von hinten an.«

»Ich hab nicht damit gerechnet, dich hier zu treffen, Julia. Ich wollte bloß ein bisschen frische Luft schnappen, ehe ich zurück ins Büro fahre.«

»Dann kannst du ja von Glück sagen, dass du hier über mich gestolpert bist.« Sie lächelt zu mir hoch, doch es ist eine wütende Grimasse, die rasch wieder verschwindet. Sie senkt den Kopf, lässt den Blick über die Felsen wandern, zwischen denen sie sitzt, und sagt mit leiserer, fast matter Stimme: »Ich komme hierher, wenn ich heimlich eine rauchen will.«

Ihr sanfterer Tonfall ermutigt mich ein wenig, also gehe ich zu ihr und setze mich auf einen Felsen neben ihr.

»Wir haben mit dem Rauchen aufgehört, Luke und ich. Das war unser Neujahrsvorsatz.« Sie wirft einen Blick auf die Packung Marlboro Lights in ihrer Hand und stößt ein hohles Lachen aus. »Er schafft das besser als ich. Ist disziplinierter. Deshalb komme ich hierher, wenn ich eine Zigarette brauche.«

»Er weiß nicht, dass du noch immer rauchst?«

Ihre Augen blitzen. »Ich kann ja wohl auch meine Geheimnisse haben.«

Irgendetwas an der Art, wie sie das sagt, vorsichtig, aber herausfordernd, drängt mich zu der Frage: »Und Luke? Hat er Geheimnisse?«

Wieder runzelt sie die Stirn und schaut aufs Meer, auf die graugrüne Fläche, so still und sanft heute Morgen. »Vermutlich. Luke hat einen starken Beschützerinstinkt. Er will mich vor schlechten Nachrichten bewahren. In dieser Hinsicht führen wir eine altmodische Ehe. Wenn er Probleme hat, löst er sie gern selbst.«

»Gab's denn Probleme?«

Sie zuckt die Achseln, beißt sich auf die Lippe. »Er hat Schulden. Geschäftliche Schulden, von denen ich nichts wissen soll.«

»Geht's um größere Summen?«

»Keine Ahnung. Ich vermute mal, ja. Groß genug, um Luke den Schlaf zu rauben. Und dann die Sache mit den Medien, der Öffentlichkeit. Dass Luke sich politisch geäußert hat ... an dem Abend in der *Late Late Show* ... ich hab das für einen Fehler gehalten.«

»Wieso?«

»Es ist ein übles Geschäft. Gnadenlos. Und sobald du dich in die öffentliche Arena begibst, wird jede Schwachstelle, jedes Fehlverhalten aufgespürt.«

Ihre Augen suchen meine, und die kühle Fassade bröckelt ein wenig. Ich hole meine eigenen Zigaretten heraus, und biete ihr eine an, gebe mir dann selbst Feuer.

»Julia, was ist in der Nacht passiert, nach der Party?«, frage ich zögerlich.

Sie sieht aus, als würde sie überlegen, ob es klug ist, mit mir zu sprechen, doch ich merke es ihr an: das Verlangen, endlich zu reden. Sie holt tief Luft, schließt kurz die Augen und fängt an zu erzählen, mit leiser und ruhiger Stimme, und ich habe den Eindruck, dass sie das alles in den letzten achtundvierzig Stunden schon zahllose Male durchgespielt hat.

»Wir haben die Party gegen eins verlassen und sind direkt nach Hause. Wir waren beide ein bisschen betrunken, und Luke wirkte zerstreut. Schlecht gelaunt. Aber ich hab mir nicht groß was dabei gedacht. Er ist manchmal so, besonders nach solchen Veranstaltungen. Irgendwie ausgelaugt, verstehst du? Ich habe gelernt, ihn am besten in Ruhe zu lassen, wenn er so ist. Er hat gesagt, er müsse noch jemanden anrufen, deshalb bin ich nach oben ins Bett. Ich habe eine Schlaftablette genommen und fast bis neun Uhr morgens durchgeschlafen. Als ich wach wurde, lag er nicht neben mir, und ich konnte sehen, dass das Bett unbenutzt war.«

»Warst du beunruhigt?«

»Nein. Das ist nicht ungewöhnlich. Wenn er in so einer Stimmung ist, zieht er sich meistens zurück, will allein sein. Ich habe gedacht, er hätte im Gästezimmer geschlafen oder wäre in seinem Arbeitszimmer eingeschlafen.«

»Hast du nach ihm gesehen?«

»Nein. Ich wollte ihn ausschlafen lassen. Deshalb bin ich wie immer joggen gegangen. Erst als ich zurückkam, wurde mir klar, dass da irgendwas nicht stimmte.«

»Wieso?«

»Das Gästezimmer war leer. Sein Wagen war noch da, aber ich dachte, er ist vielleicht mit dem Zug ins Büro. Ich wollte ihn anrufen, aber sein Handy lag in der Küche. Da bin ich in sein Arbeitszimmer.«

Sie stockt, beißt sich auf die Lippe. Ihre Augen sind auf irgendeinen Punkt in der Ferne gerichtet, und ich versuche, mir das Entsetzen vorzustellen, das sie jetzt vor ihrem inneren Auge sieht. Als sie weiterspricht, höre ich die Verzweiflung in ihrer Stimme.

»Er liebt das Zimmer, die alten Möbel darin. Ich nenne es seine Männerhöhle. Vor Jahren hat er etliche Fotos rahmen lassen und sie an der Wand hinter dem Schreibtisch aufgehängt. Und in einem Schrank bewahrt er alles Mögliche auf – Auszeichnungen, Trophäen, gerahmte Urkunden und Zeitungsausschnitte, Kram, der mit seiner Arbeit zu tun hat, Dinge, auf die er stolz ist. Als ich das Zimmer betrat, sah ich, dass der Schrank offen war, der ganze Inhalt auf dem Boden verstreut. Und jedes einzelne Bild an der Wand war zertrümmert.«

Ich beobachte, wie sie die Luft einsaugt, sich zusammenreißt, und zum ersten Mal merke ich, wie aufgewühlt sie ist.

»Es war so viel Wut in dem Raum. So viel Gewalt. Wer immer das getan hat, muss außer sich vor Zorn gewesen sein. Ich habe die vielen Glassplitter gesehen, die kaputten Rahmen, und ich habe Angst bekommen. Und da hatte ich das Blut noch gar nicht bemerkt.«

Sie schließt die Augen, presst sie zu, als wollte sie das Bild ausblenden. Als sie sie wieder öffnet, blickt sie mich nicht an. »Luke ist ... na ja, er ist schwächer, als man meinen würde. Er hat eine verletzliche Seite.«

Ich denke an Reillys Geschichte von dem verwüsteten Hotelzimmer. »Könnte er das selbst getan haben?«

»Er leidet an Depressionen«, sagt sie mit ausdrucksloser Stimme. »Wusstest du das?«

»Ich hatte keine Ahnung.«

»Er kann es gut verstecken«, sagt Julia. »Es kommt phasenweise. Und war noch nie so schlimm. Nicht so schlimm, dass man befürchten müsste ...« Sie spricht nicht weiter, aber ich weiß, was sie meint.

»Hältst du es für möglich, dass er das selbst getan hat?«

Sie sieht mir in die Augen. »Nein«, sagt sie.

»Ist er glücklich?«, frage ich sie dann.

Ein verblüffter Ausdruck huscht über ihr Gesicht. »Ja. Überwiegend. Aber das letzte Jahr war schwer für ihn. Er hat unter dem Tod seiner Mutter gelitten. Er hätte alles für sie getan. Obwohl sie ein kompliziertes Verhältnis hatten.«

»Kompliziert?«

Sie runzelt die Stirn, beugt sich vor, sucht nach den richtigen Worten.

»Ja. Weißt du, Luke ist ganz anders als seine Mutter, äußerlich und vom Charakter her. Nicht so wie Nick, der sich bei Sally nie anstrengen musste, weil er ihr in fast jeder Hinsicht ähnelt. Die beiden hatten eine natürliche Bindung. Luke und Sally ... das war anders. Er hat seine Mutter geliebt, klar, und sie hat ihn geliebt. Aber ich hatte immer den Eindruck, dass er sich ständig angestrengt hat, um ihr zu gefallen, während sie ihn trotzdem auf Distanz hielt, egal, was er gemacht hat. Es war keine offene Ablehnung, bloß diese sehr subtile Kälte, trotz ihrer Liebe zu ihm.«

Während sie redet, taucht wie aus dem Nichts ein Erinnerungsfetzen auf. Ich war neunzehn und saß in der Küche der Yates' in ihrem Haus in den Wicklow Mountains. Das war irgendwann in den ersten Wochen, als Nick und ich unsere Freundschaft wieder aufleben ließen. In Irland ist so was möglich – du verlierst jemanden aus den Augen, gehst davon aus, die Person nie wiederzusehen, und dann bist du eines Abends mit Freunden in einer Studentenkneipe und siehst durch den Qualm und das schummrige Licht auf der anderen Seite des Raums ein Gesicht aus deiner Kindheit, ein Gesicht, das dir plötzlich so vertraut vorkommt, dass du einfach nur dastehst und es wie gebannt anstarrst. So war das bei mir und Nick. Das erste Wiedersehen, so verlegen und unbeholfen, Nick wie gewohnt schüchtern, kaum imstande, mich anzugucken, während ich drauflos plapperte, lässiges Selbstvertrauen vortäuschte, obwohl sich in mir die ganze Zeit ein großes Loch aus Unsicherheit auftat. Und danach liefen wir uns irgendwie ständig über den Weg – Partys, Discos, auf dem Campus des UCD.

Jetzt, im Rückblick, frage ich mich, ob das wirklich Zufall war oder ob wir einander unbewusst gesucht hatten. Doch an dem Tag, an den ich mich erinnere, waren wir mit ein paar Leuten vom College in den Bergen wandern, als wir von einem heftigen Wolkenbruch überrascht wurden und Nick vorschlug, dass wir uns in das Haus seiner Eltern flüchten sollten. Ich weiß noch genau, wie mir vor lauter Nervosität fast schlecht wurde, sich alles in mir sträubte. Das Haus lag ganz in der Nähe, und wir konnten da unsere Sachen trocknen und etwas essen. Alle anderen fanden die Idee gut, also konnte ich nicht widersprechen – es hätte seltsam gewirkt und zu viel Aufmerksamkeit erregt. So kam es, dass ich schließlich mit den anderen in dem Haus saß, versuchte, mich zu entspannen und so zu tun, als wäre es nicht merkwürdig, dort zu sein. Nick machte Sandwiches, wir Übrigen saßen am Küchentisch, quatschten und rauchten, und auf einmal kam Sally Yates herein. Das Haar schulterlang und noch immer dunkel mit nur einer glamourösen grauen Strähne an einer Schläfe, im mittleren Alter etwas fülliger geworden, aber noch immer kurvenreich und sinnlich, mit demselben lockeren Hüftschwung. Ihre Kleidung hatte den Schick, den ich noch aus der Kindheit in Erinnerung hatte, eine Strickjacke über die Schulter gehängt, Riemchenschuhe mit hohen Absätzen. Und sie begrüßte uns mit einem so diffusen Lächeln, als stände sie unter Medikamenten.

»Ach, wie schön!«, sagte sie. »Dass ich die bezaubernden neuen Freunde von meinem Nicky mal kennenlerne.«

Nick lief puterrot an, während seine Mutter uns nacheinander betrachtete.

Und dann sah sie mich. Ihr Lächeln erstarrte, und sie sagte mit kühler Verwunderung: »Katie Walsh. Das gibt's doch nicht.«

Das letzte Mal hatte ich sie mit meiner Mutter am Flughafen von Nairobi gesehen, war Zeugin des steifen Abschieds der beiden Frauen gewesen.

»Hallo, Mrs Yates.«

»Na, das nenn ich eine Überraschung.«

Ich konnte den Kampf sehen, der in ihr tobte, und ich wusste, die anderen sahen es auch. Am Tisch war es still geworden.

»Und wie geht es deinem Vater, Katie?«

»Dem geht's gut.«

»Schön, schön. Bitte grüß ihn von mir, ja?«

»Mach ich.«

Kein Wort über meine Mutter. Aber damals hatte Sally bereits alles gesagt, was sie über sie sagen wollte. Ich erinnere mich an die Karte, die nach Mums Tod gekommen war, unterkühlt und förmlich, nicht eine Spur Zärtlichkeit in der akkuraten Handschrift, den sorgsam gewählten Beileidsworten.

Und da war sie, Sally Yates, lächelte mich verkrampft an, in der Küche ihres Hauses, ließ ihren Charme spielen und zog sich heiter mit einem herzlichen Wort an jeden zurück – doch kurz bevor sie den Raum verließ, sah ich, wie sie Nick einen Blick zuwarf, sah die Angst in ihren Augen, die aufblitzende Warnung, und ich hatte das Gefühl, dass sie ihn später beiseitenehmen, nach mir ausfragen und ihm dann auf ihre aalglatte Art raten würde, sich von mir fernzuhalten – dass es besser so wäre.

»Sie war nicht einfach«, sage ich jetzt zu Julia und höre das Eis in meiner Stimme.

»Weiß Gott. Ich vergesse immer, dass du sie gekannt hast.«

»Na ja, nicht richtig. Jedenfalls nicht in den letzten Jahren. Aber als Kind –«

»Du hast den Sommer mit ihnen verbracht. In Kenia.«

Sie sagt das unvermittelt, und ich bin kurz verblüfft. Mir war nicht klar gewesen, dass sie das wusste. Sofort schießt mir die Frage durch den Kopf: *Weiß sie, was wir getan haben?*

»Ja. Richtig.«

Sie sitzt reglos da, und der Wind weht ihr Haarsträhnen ins Gesicht, während ihre Augen auf mir ruhen. Es liegt etwas Herausforderndes in ihnen; sie wartet, dass ich ihr von damals erzähle, was passiert ist, und ich habe keine Ahnung, wie viel sie weiß, wie viel Luke ihr anvertraut hat, aber so oder so, ich will mich nicht darauf einlassen. In meinem Kopf rasseln die Eisentüren nach unten, schneiden den Weg zu dieser Erinnerung ab.

»Komm mit ins Haus«, sagt sie nach einem Moment und steht auf. »Ich will dir was zeigen.«

Ich folge ihr den Pfad hoch und durch eine Seitentür. Ein schmaler Gang weitet sich unvermittelt in ein Wohnzimmer mit breiter Fensterfront zum Meer hin. Draußen kann ich die Bäume im Garten sehen, die noch vom Regen tropfen, und dahinter die grüne weite Wasserfläche, auf der ein trüber grauer Himmel lastet. Die Einrichtung wird von Ecken und harten Oberflächen beherrscht. Eine hallende Stille hängt schwer im Raum. Ich folge Julia und frage mich, wo der Schrank von Mann wohl abgeblieben ist, der das Tor bewacht hat. Marmorböden, hohe Decken, reichlich Schmiedeeisen entlang der Treppe.

Kurz bevor wir den Eingangsbereich und die beiden wuchtigen alten Türen erreichen, bleibt sie stehen, wendet sich einem Spiegelschrank an der Wand zu und nimmt etwas heraus. Als sie sich zu mir umdreht, hat sie ein Foto in der Hand. »Das habe ich gestern Morgen im Arbeitszimmer gefunden, in dem – dem Chaos.« Sie dreht das Foto um. »Es stand auf Lukes Schreibtisch, gegen den Computermonitor gelehnt.«

Sie wirft einen letzten Blick darauf, reicht es mir dann.

Sobald ich die Augen auf das Foto richte, spüre ich den Gürtel um den Hals, der sich zuzieht.

Die Farben sind verblasst, und es hat einen Knick in der Mitte, als wäre es mal längere Zeit gefaltet gewesen. Drei junge Gesichter, aufgenommen im goldenen Licht eines Sommertages in der fernen Zeit meiner Kindheit. Luke, Nick und ich sitzen auf einer Mauer, im Hintergrund das Gelbgrün von hohem Gras, darüber ein blauer Himmel mit Wolkenklecksen. Luke trägt ein schwarzes U2-T-Shirt, und er blickt als Einziger in die Kamera. Grinsend. Nick hatte in dem Sommer lange Haare, und er schaut zu Boden, das Gesicht fast verborgen. Er lächelt, wirkt aber im Unterschied zu seinem Bruder verlegen, fast verschlossen. Ich sitze neben ihm, das Gesicht nach rechts gedreht, die Aufmerksamkeit auf etwas gerichtet, das nicht im Bild ist. Meine Haare sind lang und fransig, von der Sonne golden gebleicht, und meine nackten Arme sind braun, das Gesicht übersät von Sommersprossen. Ich bin die Einzige von uns dreien, die nicht lächelt.

»Wie alt warst du da?«, fragt sie.

Ich antworte, ohne zu überlegen: »Acht.«

Ich weiß es sofort. Es war der Sommer, in dem sich alles veränderte. »Das stand auf seinem Schreibtisch, sagst du?«

»Ja.«

»Aber wieso?« Die Luft in der Diele fühlt sich plötzlich kühl an.

»Ich habe wirklich keine Ahnung«, antwortet sie, die Augen ruhig und forschend. »Ich kann dir nur sagen, dass ich das Foto gestern zum ersten Mal gesehen habe.«

Ich betrachte das Bild erneut und merke, dass mir die Hände zittern.

»Weißt du, bis vor kurzem wusste ich kaum was von dir«, fährt sie fort. »Und in den letzten Tagen tauchst du plötzlich andauernd auf. In welcher Beziehung stehst du eigentlich zu meinem Mann?«

»In gar keiner«, sage ich leise. »Es ist nicht das, was du denkst.«

Ich schaffe es nicht, ihren Blick zu erwidern, aber ich spüre ihre Augen auf mir, die Anspannung in der Luft zwischen uns.

»Und das Foto?«

»Ich habe keine Ahnung, warum es auf seinem Schreibtisch stand«, sage ich knapp und halte es ihr hin, doch sie hebt die Hand.

»Behalt es. Bitte.«

Ich hole mein Notizbuch aus der Tasche, lege das Foto hinein und versuche zu überspielen, wie aufgewühlt ich bin.

Sie hält mir die Tür auf und sieht zu, wie ich hinausgehe.

Auf den Eingangsstufen drehe ich mich zu ihr um. »Luke wollte doch jemanden anrufen – weißt du, wen?«

Sie zuckt nur die Achseln.

»Nick kommt her«, sagt sie dann.

Ich stutze. »Nick? Nick kommt her?«

»Du wirkst überrascht.«

Mein Herz rast. »Wann?«

»Morgen.«

Und dann schließt sie sacht die Tür, und ich stehe auf den Kalksteinstufen, wo die Sonne meine Füße erfasst und mir hinauf ins Gesicht wandert. Auf der Straße hinter den Mauern ist es still, und irgendwer im Haus muss einen Knopf gedrückt haben, denn das Tor öffnet sich langsam wie von selbst. Das Rudel Journalisten ist verschwunden, hat sich genauso schnell verzogen wie der Regen. In der warmen Luft liegt der süße, schwere Duft von irgendeiner Blume, die ich nicht kenne, und als ich so dastehe, vor der geschlossenen Tür, überkommt mich ein seltsames Schwindelgefühl. Denn dass Nick zurückkommt, macht mir mit erdrückender Gewissheit klar, wie ernst die Sache ist. Dann gehe ich über die gepflasterte Zufahrt hinaus auf die Straße und beeile mich, von hier fortzukommen.

4.

NICK

Ich hatte vorgehabt, niemals zurückzukommen. Unter keinen Umständen. Als ich nach der Beerdigung meiner Mum im Flugzeug saß und spürte, wie es in den Steigflug ging, schloss ich die Augen und atmete aus. Mir war, als hätte ich die ganze Zeit, die ich zu Hause war, die Luft angehalten. Nie wieder, schwor ich mir.

Jetzt sitze ich, kaum ein Jahr später, wieder in einem Flugzeug, hole wieder tief Luft, nur diesmal bin ich nicht allein.

Lauren sitzt neben mir, betrachtet still die unendliche Weite des Himmels. Es kommt mir vor, als wären wir zum ersten Mal allein seit unserer Hochzeit. Die letzten zwei Tage waren geprägt von Sorge und Hektik – Flüge und Hotels buchen, packen. In gewisser Weise bin ich froh, endlich in der Maschine zu sitzen. Ich kann ein paar Stunden still sein, denn ich weiß, ich kann nichts machen, bis wir landen und die ganze Sache wieder Fahrt aufnimmt.

Das Flugzeug sackt ein wenig ab, als es in ein Luftloch gerät, und ich drücke unwillkürlich Laurens Hand, werfe ihr ein beruhigendes Lächeln zu, das sie erwidert, ehe sie sich wieder zurücklehnt und die Augen schließt. Die Wahrheit ist, ich bin wahnsinnig nervös. Ich habe kaum geschlafen, seit ich die Nachricht erhalten habe. Mein Körper ist völlig übermüdet, aber ich bin zu aufgekratzt, um mich auszuruhen, ein Nervenbündel, jede Faser von Anspannung durchdrungen.

»Sagst du mir Bescheid, sobald du was hörst?«, hatte Murphy heiser gesagt.

Sein Gesicht war zerfurcht und verquollen, und er wechselte seine Mütze von einer Hand in die andere, als er sich am Gate von uns verabschiedete.

»Ja natürlich.«

»Komm her.« Er zog mich in seine Arme, und ich legte kurz den Kopf auf seine Schulter, spürte den rauen Baumwollstoff seines Hemdes am Gesicht. »Ihm wird schon nichts passiert sein, Nick. Du wirst sehen. Wahrscheinlich erwartet er dich in der Ankunftshalle.«

»Ja. Ich wette, Sie haben recht«, erwiderte ich, aber wir wussten beide, dass das eine Lüge war.

Während die Maschine von einem Luftloch zum nächsten holpert und der Kapitän über Lautsprecher verkündet, dass wir die Turbulenzen bald hinter uns haben, muss ich immerzu an das Blut denken. Das war das Detail, das mich am meisten beunruhigt hat, als ich endlich mit Julia telefonierte.

Auf dem Fußboden war Blut, Nick.

Die anderen Passagiere um mich herum sind sichtlich nervös. Ich bin nicht der Einzige, der die Armlehnen umklammert. Ich atme tief ein und warte auf den nächsten Seitenhieb der Elemente. Mir zittert der Magen. Ich schließe die Augen, presse den Kopf gegen die Rückenlehne und warte, dass es vorbeigeht.

Die ganze Zeit, die ich wegen Mums Beerdigung zu Hause

war, fühlte ich mich wie eingehüllt von einem Gefühl der Fassungslosigkeit – empfindungslos für die Realität, die mich umgab. Nichts daran kam mir richtig vor, von dem Anzug, den ich trug, bis hin zum Händedruck anderer Leute: die gesprochenen Worte, die Beileidsbekundungen, eine Kiste mit einem Leichnam darin – dem meiner Mutter –, ihre welken Gliedmaßen, ihr geschrumpfter Körper. Ein kurzer Moment allein mit ihr, in dem ich mir nicht anmerken ließ, wie geschockt ich über ihre pergamentene Haut war, über die Furche, die sich von dem Sauerstoffschlauch in ihrer Nase ins Gewebe gedrückt hatte, über ihren Brustkorb, der sich vorwölbte wie bei einem unterernährten Kind, nur noch Haut und Knochen. Ein letzter Kuss, bevor der Sarg geschlossen wurde – und, großer Gott, dass ich nicht aufschrie vor Schreck über ihre eiskalte Stirn, als ich die Lippen daraufdrückte ...

Murphy las die Messe. Er sprach liebevoll über Sally, darüber, dass sie das Leben vieler Menschen berührt hatte, aber irgendwie reihten sich seine Worte bloß aneinander und surrten mir in den Ohren, als würde irgendetwas mit ihrem Rhythmus nicht stimmen, etwas, das mich unruhig auf meinem Platz hin und her rutschen ließ. Ich weiß noch, dass Luke ans Grab trat, nachdem Mum hinabgelassen worden war. Er bückte sich, nahm eine Handvoll Sand und warf sie auf den Sarg. Ich kann noch immer das Echo der steinigen Erde hören, wie eine melancholische Snare Drum.

Ich verdränge die Erinnerung. Die Maschine fliegt allmählich ruhiger, das Geruckel lässt nach und hört dann ganz auf. Die Leute seufzen erleichtert auf. Die nervöse Energie ist noch spürbar, reagiert sich jetzt in Bewegung und Geplauder ab.

»Alles in Ordnung?«, frage ich Lauren.

»Ja«, sagt sie, doch ich weiß, dass sie nach der Hochzeit etwas ganz anderes erwartet hatte. Sie ist noch immer kribbelig und nervös.

»Hey, das Ganze tut mir leid – ehrlich. Ich mach's wieder gut. Versprochen.«

»Das weiß ich doch«, sagt sie.

»Eigentlich wärst du jetzt auf Hochzeitsreise.«

»*Wir* wären jetzt auf Hochzeitsreise«, korrigiert sie mich.

»Die holen wir auf jeden Fall nach – Madagaskar, Whale Watching, das ganze Programm – versprochen.«

Sie hebt meine Hand an ihren Mund, drückt einen Kuss auf die Handfläche. »Ihm ist bestimmt nichts passiert«, sagt sie.

Ich zucke die Achseln, unsicher, was ich erwidern soll. »Hoffentlich«, sage ich.

»Wir sind zusammen, das allein zählt«, sagt sie. »Alles wird gut.«

Ein Teil von mir möchte ihr glauben. Ein Teil von mir glaubt ihr fast. Aber die Art, wie sie es sagt, ernst und aufrichtig, lässt sie so hoffnungslos jung wirken. Meine dreiundzwanzig Jahre alte Braut sprudelt über vor jugendlichem Optimismus, weil sie noch nicht lange genug lebt, um ihr Vertrauen in die Welt durch irgendetwas erschüttern zu lassen.

Als das Flugzeug landet, gibt es verhaltenen Beifall. Wir steigen aus, holen unser Gepäck und gehen durch den Flughafen zum Taxistand.

Im Taxi unterhält Lauren sich durch die Trennscheibe mit dem redseligen Fahrer, während ich zuschaue, wie die Stadt vorbeigleitet: die schäbigen Pubs, die übelriechenden Metzgereien, die Minimärkte und Imbissbuden meiner Erinnerung. Doch es gibt auch Neues zu sehen: polnische Lebensmittelgeschäfte, Halal-Fleischereien und Asialäden. Dublin hat sich in kurzer Zeit verändert, auch wenn die schiefen Häuser noch dieselben sind. Die Hymne, die die Stadt summt, klingt in etwa wie »Dirty Old Town«. Die Straßen haben etwas vertraut Heruntergekommenes; wie der Kuss einer Tante sagen sie: »Willkommen daheim.« Die gewundenen Straßen und die Kirchtürme sagen: »Wir wussten, du kommst wieder.« Und ich habe es wohl auch gewusst.

Als wir auf der Küstenstraße sind, bitte ich den Fahrer, oben auf dem Hügel anzuhalten. Wir bezahlen, und das Taxi fährt weiter.

»Wo ist das Haus?«, fragt Lauren.

Als ich nach unten zeige, wo sich stattliche Häuser unweit der Küste aneinanderreihen, sieht sie mich fragend an.

»Mir war nicht gut«, sage ich. »Ich brauche etwas frische Luft.«

Wir gehen los. Die Straße ist abschüssig. Auf der einen Seite schmiegen sich Häuser an den Hügel, auf der anderen fällt das Gelände ab zu einem herrlichen Küstenstreifen. An diesem sonnigen Morgen schimmert die weite Bucht von Dublin, deren Schönheit mich auf eine schmerzliche Weise lockt.

Ich erinnere mich, wie wir an manchen Sonntagen mit Dad hierherkamen, an den Strand in Killiney, und während ich vorauslief, spazierten Luke und er hinterdrein und sprachen über die Rugby-Ergebnisse. Im Herbst hatte die Küste etwas Besonderes an sich, das Dad liebte. Vielleicht war es die Luft oder das Licht oder einfach das einsame Vergnügen, ohne ein bestimmtes Ziel draufloszumarschieren. Dad sagte, man könnte den Ozean hören, wenn man sich eine Muschel ans Ohr hielt. »Und wenn ihr die richtige habt, könnt ihr hören, wie ganz weit weg die Wellen brechen.«

Ich versuchte jahrelang, die richtige Muschel zu finden, um die brechenden Wellen zu hören. Luke dagegen redete andauernd mit Dad über Taktiken und Transfers. »Wie findest du …?«, war seine Standardfrage. Zu der Zeit war ich für ihn praktisch Luft, weil er um Dads ungeteilte Aufmerksamkeit buhlte.

Auf dem Heimweg von diesen windigen Strandspaziergängen kaufte Dad uns bei Teddy's in Dún Laoghaire immer ein Eis. »Erzählt das nicht eurer Mutter«, sagte er dann, obwohl sie diese Spaziergänge nie mitmachte und nur selten fragte, wie es gewesen war. Dennoch, es war unser gemeinsames Geheimnis und eines, das uns gefiel. Es waren einige der glücklichsten Momente unseres Lebens nach Afrika, wenn wir wortlos auf dem Pier standen und bibbernd unser Eis leckten, froh, mit Dad zusammen zu sein, während er alte Evergreens vor sich hin summte.

Er hätte sich wohl niemals vorstellen können, dass Luke mal hier wohnen würde, dass Luke verschwinden würde. Oder dass ich hier auf Nachrichten von einem Bruder warten würde, der inzwischen ein Fremder für mich ist.

Lauren geht voraus. Ich erkenne an ihrer Körperhaltung, dass sie nach den vielen Stunden im Flugzeug dankbar die Seeluft einatmet. Gleichzeitig versucht sie, ruhig zu werden, sich auf die Situation vorzubereiten, in die sie so unerwartet geraten ist. Als wir uns dem Fuß des Hügels nähern, wo das Haus meines Bruders steht, wird Lauren langsamer, bleibt dann stehen und blickt gebannt auf irgendetwas weiter unten. Ich trete zu ihr.

Die Wellen des blaugrünen Meers spülen auf den schroffen Kiesstrand. Drei Männer in leuchtend gelben Jacken haben sich in weiten, gleichmäßigen Abständen verteilt und schreiten den Strand in bedächtigem und gemessenem Tempo ab.

Lauren streckt die Hand aus, um mich zu beruhigen. Sie sagt kein Wort – das muss sie auch nicht. An diesem strahlenden Morgen stehen wir da und sehen zu, wie die Polizisten den Strand nach einer Leiche absuchen.

Julia steht in der Tür, als würde sie schon den ganzen Morgen auf uns warten. »Nick«, sagt sie und kommt mir mit ausgestreckten Armen entgegen. Ich trete in ihre Umarmung. Sie fühlt sich so klein und zart an, als wäre sie aus Luft. Wir halten einander einen Moment umschlungen, und ich spüre das Beben ihres Körpers, als sie die Tränen niederringt. Wir lösen uns voneinander, und ich bemerke die dunklen Schatten unter ihren Augen, die kein noch so dickes Make-up verbergen kann.

»Warum sehen wir uns eigentlich immer nur bei traurigen Anlässen, Nick?«, fragt sie, während sie meine Hände hält. Ihr Lächeln ist bei aller Tapferkeit dünn und gequält. Sie bewahrt nur mit Mühe die Fassung.

Ich stelle ihr Lauren vor, und die beiden Frauen umarmen sich wie alte Bekannte. Wir folgen Julia ins Haus. Ein Mann mit einem Ohrhörer trägt unser Gepäck herein. Als sie ihn anweist, die Koffer ins Gästezimmer zu bringen, stammele ich verlegen, dass wir uns ein Hotelzimmer genommen haben.

»Was?«, sagt sie und bleibt auf den Eingangsstufen stehen. »Wieso wohnt ihr nicht hier?«

»Tut mir leid, Julia. Wir dachten, es wäre besser ... Wir wollten dir nicht zur Last fallen.«

»Aber das würdet ihr nicht.«

»Und unser Hotel ist nur eine kurze Taxifahrt entfernt, falls wir schnell herkommen müssen.«

Sie beißt sich auf die Lippe, während ihre Augen mein Gesicht erforschen, und ich kann förmlich sehen, was für ein Kampf sich in ihrem Kopf abspielt. Mir brennen die Wangen vor Scham.

»Natürlich«, sagt sie. »Wie ihr wollt.«

Unwillkürlich habe ich das Gefühl, sie jetzt schon enttäuscht zu haben. Julia führt uns durch die Diele in den weitläufigen Wohnbereich. Ich schaue mich in dem großen kühlen Raum mit der hohen Decke um. Ich kenne das Haus von der Beerdigung meiner Mutter. Heute kommt es mir noch riesiger vor als damals: eine Echokammer familiärer Problemgespräche. Falls es überhaupt mal eine Seele hatte, so ist diese verschwunden. Es verströmt keine Wärme, bereitet uns einen angstvollen Empfang.

Meine Schwägerin führt uns zu der Sitzgruppe und fragt, ob wir Tee oder Kaffee wollen. Selbst unter so schwierigen Umständen bleibt sie die perfekte Gastgeberin.

»Julia«, sagt Lauren und legt eine Hand auf ihren Arm, »setz dich doch. Du musst erschöpft sein.«

Julia wendet sich mir zu, und in ihrer Bewegung liegt eine Andeutung Trotz und Verzweiflung. »Bitte«, sagt Lauren sanft, aber nachdrücklich. »Lass mich den Tee machen. Ich finde mich bestimmt in deiner Küche zurecht. Ihr zwei solltet miteinander reden.«

Julia lächelt, setzt sich dann aufs Sofa. Ich nehme mit etwas Abstand von ihr Platz, während meine Frau uns allein lässt.

»Sie ist bezaubernd, Nick. Du bist ein Glückspilz.«

»Wie geht's dir?« Ich strecke die Hand nach ihr aus.

Als ich sie berühre, gibt sie schlagartig jede innere Abwehr auf. »O Gott, Nick«, sagt sie, »was ist bloß mit ihm passiert?«

Einen Moment lang sitze ich da, eine Hand auf ihrer Schulter, ein angstvolles Zittern in den Fingern. Sie legt den Kopf zurück und öffnet die Augen. »Die ganze Zeit hab ich das Gefühl, gleich geht die Tür auf, und er kommt rein.« Sie wischt sich die Augenwinkel mit den Fingern. »Es sind schon drei Tage.«

Drei Tage, denke ich. Kann es da noch eine harmlose Erklärung geben? »Was sagt die Polizei?«

»Die haben ein Videoband«, sagt sie. »Eine Überwachungskamera am Ende der Straße hat ihn aufgenommen, wie er da langgetaumelt ist, desorientiert, sich den Kopf gehalten hat. Dann steigt er in ein Auto. Jetzt fahnden sie nach dem Wagen und dem Fahrer.«

»Ein Taxi?«, frage ich.

»Die stellen so viele Fragen«, sagt sie, »nach seinen Geschäften, nach Geld, Lukes Verhalten. Ich weiß kaum, was ich denen sagen soll.«

»Als ich neulich Abend mit ihm telefoniert habe, klang er ein bisschen niedergeschlagen.«

Sie sieht mich an. »Es geht ihm schon länger nicht gut. Der Tod eurer Mutter hat ihn sehr mitgenommen.«

»Ich weiß«, sage ich fast im Flüsterton.

»In den letzten paar Monaten ging es mit ihm ständig auf und ab.«

»Wie meinst du das?«

»Stimmungsschwankungen. Sprunghaftes Verhalten.«

»Zum Beispiel?«

»Na ja, zum Beispiel der Ausbruch in der Fernsehtalkshow«, sagt sie. »Der kam doch wie aus heiterem Himmel. Und es gibt Spekulationen, dass das Ganze genau kalkuliert war, Teil irgendeines großen Plans, um eine politische Karriere anzukurbeln, aber wenn es so war, dann hatte ich keine Ahnung davon. Ich meine, Luke hat nie den Wunsch geäußert, in die Politik zu gehen. Selbst die Wohltätigkeitsorganisation, die alle immer als ein Beispiel für sein soziales Gewissen deuten, selbst die hatte nicht viel mit Luke zu tun. Die war immer Sallys Projekt. Luke hat sie nur unterstützt. Und als sie starb und die Leitung an ihn fiel, war das eine Belastung, ein Ärgernis, alles andere als eine Berufung.«

»Was ist mit dem Mann da draußen?«, frage ich mit einer Kopfbewegung. »Wer ist das?«

»Gary?«, fragt sie. »Das ist noch so was. Er war Lukes Idee. Wegen seiner Paranoia, wir bräuchten Sicherheit, Schutz. Ich habe zu ihm gesagt: ›Schutz wovor? Wovor müssen wir Angst haben?‹ Aber er wollte es mir nicht sagen. Jedes Mal, wenn ich das Thema angeschnitten habe, hat er ausweichend und gereizt reagiert.«

»Wie lang ist dieser Gary schon hier?«

»Nicht lange. Wir haben ihn kurz nach Lukes Auftritt in der *Late Late Show* eingestellt. Ich weiß gar nicht, was ich jetzt mit ihm anfangen soll. Er und ich allein in diesem Haus – das macht mir Angst. Wollt ihr wirklich nicht bei mir wohnen?«

Ihr flehender Unterton lässt mich beinahe nachgeben. Ich lächele sie an, um meiner Ablehnung die Spitze zu nehmen.

Schweigen tritt ein, nur fernes Hantieren in der Küche ist zu hören. Dann: »Hast du den Suchtrupp gesehen?«, fragt sie leise. Ich nicke und denke an die Polizisten in den gelben Jacken, die sich in gleichmäßigem Abstand zueinander über den Strand bewegten.

Julia dreht ein Taschentuch zwischen den Händen. Irgendetwas in mir löst sich – begleitet von einem Frösteln unerwünschter Nostalgie. Ich will nur noch raus aus diesem Haus, diesem Mausoleum, weg von der Witwe auf der Couch, doch da geht die Tür auf: Lauren kommt mit einem Tablett herein. Sie stellt es auf den Tisch und fängt an, Tassen und Unterteller herumzureichen. Ich bin froh über die Ablenkung und ergreife meine Chance. »Hättest du was dagegen, wenn ich einen Blick ins Arbeitszimmer werfe?«, frage ich.

»Überhaupt nicht«, sagt Julia und steht auf, doch ich bremse sie und sage, dass ich weiß, wo es ist.

Ich lasse die beiden Frauen allein, höre das Klappern ihrer Teetassen und ihr leises verschwörerisches Flüstern hinter mir.

Als ich die Tür zu Lukes Arbeitszimmer öffne, komme ich mir vor wie ein Eindringling. Ich bleibe auf der Schwelle stehen, unsicher und nervös. Die Luft riecht steril, als wäre hier mit einem Industriereiniger geputzt worden, sämtliche Spuren eines Kampfes getilgt.

Ich trete ein, lasse die Tür hinter mir ins Schloss fallen und sehe mich in dem stillen Halbdunkel um. Mein Blick fällt auf Bücher, die Golfschläger in der Ecke. Der Schreibtisch in der Mitte gehörte mal meinem Vater – wuchtig und aus Mahagoni, streng. Die Sessel vor dem Kamin stammen auch aus unserem Elternhaus, ebenso wie das Ölbild darüber an der Wand. Tatsächlich habe ich das Gefühl, als hätte dieser Raum das Leben, den Charme und die Persönlichkeit unseres alten Hauses in den Wicklow Mountains angenommen, das verkauft wurde, dann verlassen und jetzt unter Unkraut und Staub versinkt. Alles, was davon übrig geblieben ist, scheint sich in diesem Raum zu befinden, der so ganz anders wirkt als der Rest des Hauses.

Auf den ersten Blick kommt mir alles normal vor. Unangetastet. Doch bei genauerem Hinsehen fallen mir Ungereimtheiten auf. Die Wand hinter dem Schreibtisch, an der einst viele gerahmte Fotos hingen, ist leer. In einem Glasschrank sind verschiedene Auszeichnungen ausgestellt – Plexiglastafeln mit eingravierten Worten, doch ich kann mich nicht überwinden, sie zu lesen; zwei davon sind angeschlagen, eine weitere hat in der Mitte einen Riss, der von einem heftigen Schlag zeugt. Ein Sessel, der mal am Schreibtisch stand, ist verrückt worden. Ich schaue nach unten auf den Fußboden, den dicken Teppich, und sehe die Stelle, die offensichtlich mit einem nassen Lappen gereinigt wurde. Da muss das Blut gewesen sein.

Auf dem Schreibtisch liegen Berge von Papier, ordentliche Aktenstapel. Es gibt kaum ein freies Plätzchen, Arbeit nimmt den gesamten Raum ein, doch vor allen Dingen spüre ich eines: eine Präsenz.

Ich erinnere mich, wie er an dem Tag von Mums Beerdigung hinter dem Schreibtisch saß, ein Glas Whiskey in der Hand, und mich ansah, während ich am Kamin stand. Durch die Tür drang das leise Raunen von Stimmen, denn das Haus war voll mit Trauergästen. Wir waren für ein Weilchen entflohen, und es sollte das einzige Mal an dem ganzen langen Tag sein, dass wir allein waren.

»Und, Nick ... was hast du jetzt vor?«

Ich spürte einen vertrauten Stich Gereiztheit. »Wie meinst du das?«

»Mit dir. Mit deinem Leben«, sagte er.

Er übernahm bereits die Elternrolle. Aber das war nicht der einzige Grund für meine Gereiztheit. Er stellte mir diese Frage, als sei das, was ich machte, nichts Reelles, als sei Musik ein Zeitvertreib, kein Beruf, ein Hobby statt einer Berufung.

»Ich geh nach Nairobi zurück, schätze ich«, sagte ich. Ich wurde wieder zum launischen Teenager, konnte aber nichts dagegen tun.

Er seufzte, als hätte ich ihn enttäuscht. Er blickte mich einen Moment lang an, kippte seinen Whiskey in sich hinein und stellte das Glas fest auf den Schreibtisch. »Ich denke, du solltest wissen, dass Mum uns kein Geld vermacht hat«, sagte er.

Er sagte das schroff und übergangslos, und ich war geschockt.

»Ihre Charity-Organisation erbt alles. Jeden einzelnen Penny.«

»Das Geld interessiert mich nicht, Luke«, sagte ich mit leiser Stimme.

Er sah mir in die Augen, registrierte meinen Tonfall und lächelte kurz.

»Ja, ich weiß. Wusstest du, dass sie mich zum alleinigen Direktor gemacht hat?«

»Ach ja?«

»Ein verdammtes Danaergeschenk.«

»Ich dachte, du würdest die Aufgabe reizvoll finden.«

»Ach, hör mir auf. Ich hab keine Zeit für so was. Für Mum war es genau das Richtige – ihr hat es einen Mordsspaß gemacht, nach Nairobi zu fliegen, um eine neue Wasserpumpe oder was weiß ich zu besichtigen. Wo soll ich die Zeit für so was hernehmen?«

»Stell jemanden ein«, sagte ich. »Lass Murphy das machen. Er mischt doch ohnehin schon mit.«

In dem Moment veränderte sich etwas in seinem Gesicht. Er wurde still, drehte seinen Sessel langsam hin und her. »Er hat heute ein bisschen dick aufgetragen, findest du nicht? Das ganze Gerede über Mum und Dad. Und hast du ihn vorhin da draußen gesehen?« Er deutete Richtung Tür. »Wie er da in einer Ecke hockt und sich still und leise volllaufen lässt, als würde er jeden Moment in Tränen ausbrechen?«

»So ist Murphy nun mal«, sagte ich. »Du kennst ihn doch. Er trägt das Herz auf der Zunge. Er liebt die großen Gesten.«

»Was er in der Predigt gesagt hat – über Mum und dass sie viel durchgemacht hat. Was glaubst du, hat er damit gemeint?«

»Ihre Krankheit. Dads Tod. Keine Ahnung.«

»Du glaubst also nicht, dass er es weiß, oder? Was damals passiert ist?«

Ich spürte, wie die Atmosphäre sich schlagartig veränderte. Wir sprachen nie darüber. Niemals. Und ich hatte wieder die

Worte meines Vaters im Ohr: *Keiner Menschenseele. Niemals. Habt ihr verstanden? Ihr dürft es absolut niemandem erzählen.*

»Nein«, sagte ich und hörte das Schneidende in meiner Stimme. »Er weiß es nicht. Keiner weiß es.«

»Also nur noch du, ich und Katie«, sagte er irgendwie wehmütig und schwieg kurz. »Du hast recht«, bestätigte er schließlich, stand auf und nahm sein leeres Glas. »Trinken wir noch einen. Dann kannst du was für uns spielen – die Party in Schwung bringen.« Er legte einen Arm um meine Schultern und drückte mich an sich. »Für dein Essen musst du uns schon was Schönes bieten, kleiner Musiker.«

Die Flecken links vom Schreibtisch, die am Flor des Teppichbodens haften geblieben sind. Jemand hat sie mit der Bürste bearbeitet, und der dicke Webteppich ist mit einem Dampfreiniger gesäubert worden, doch das Blut, seine Dichte und Schwere, ist noch sichtbar.

Ich bücke mich, um die Stelle zu berühren: Als ich mit den Fingern über die Teppichfasern streiche, weiß ich einfach, dass es Lukes Blut ist, und ein unnatürliches Summen dröhnt mir in den Ohren.

Ein Schatten fällt über mich, und ich schreie fast auf vor Schreck.

»Nick? Alles in Ordnung?«, fragt Julia.

»Ja«, sage ich, richte mich auf und lehne mich gegen den Schreibtisch, damit das Zittern in meinen Beinen aufhört.

»Unheimlich, nicht? Die Atmosphäre hier drin«, sagt sie und schlingt die Arme um den Oberkörper.

»Ein bisschen, ja.«

Sie schaut die leere Wand an, bückt sich dann und hebt einen Karton auf, den ich nicht bemerkt hatte. Jetzt sehe ich, dass er die heruntergefallenen Fotos enthält, aus ihren Rahmen gerissen; die Glasscherben sind aufgefegt und entsorgt worden. Sie blättert die Fotos durch, nimmt dann eines heraus und hält es hoch. Es zeigt Luke und mich als Kinder. »Ich weiß nicht, wieso er das hier hängen hatte«, sage ich.

»Er hat dich geliebt«, erwidert sie, spricht von Luke in der Vergangenheit. »Ich habe noch ein anderes gefunden. Es hing nicht an der Wand, sondern stand hier, auf dem Schreibtisch. Aufgenommen in demselben Sommer, aber mit Katie drauf.«

»Katie Walsh?«

»Ja. Ich hab's ihr geschenkt.«

Ich bin so müde, dass ich Mühe habe, mich zu konzentrieren. Ich begreife kaum, was sie da sagt. »Du hast es Katie geschenkt?«

»Sie war gestern hier. Oder war das vorgestern? Ich verliere irgendwie das Zeitgefühl, seit es passiert ist.«

Sie ist unruhig, besorgt und aufgewühlt. Aber sie strahlt auch noch etwas anderes aus, etwas, das den Gedanken nahelegt, dass sie mehr weiß, als sie durchblicken lässt. Oder träume ich? Ich bin übernächtigt, ganz benommen davon, in Dublin zu sein. Meine Umgebung ist vertraut und doch fremd. Als würde ich mich an etwas erinnern, das ich geträumt habe, nicht an etwas, das tatsächlich passiert ist.

»Sie hat gefragt, ob Luke das hier gemacht haben könnte.«

Dieser stille Raum, in dem das Chaos aufgeräumt und entfernt worden ist, behält etwas von der Gewalt zurück, die ihm angetan wurde. Und als ich mir vorstelle, dass mein Bruder in einen so verzweifelten Zustand geraten sein könnte, dass er es war, von dem diese Gewalt ausging, wird mir ganz anders vor Traurigkeit und Angst.

»Er hatte eine von seinen Phasen«, sagt sie leise. »Du weißt, wie er dann sein kann ... Als würde sich ein Schatten über ihn legen und sein ganzes Selbstbewusstsein von ihm abfallen. Das Licht in seinen Augen erlischt, und er ist irgendwie leer.«

»Ich weiß, was du meinst, aber ich habe ihn lange nicht mehr so gesehen ...«

»Erst letzten Monat war er bis spätabends auf einem Meeting. Anschließend hat er zu viel getrunken, und als er nach Hause kam, kriegte er den Schlüssel nicht ins Schloss, deshalb hat er die Scheibe in der Haustür mit der Faust eingeschlagen. Ich hab ihn ins Krankenhaus gebracht, und sie haben ihn zur Beobachtung dabehalten ... Er war ein nervliches Wrack, Nick.«

»Aber ist denn in letzter Zeit irgendwas passiert? Irgendwas, das der Auslöser gewesen sein könnte?«

»Keine Ahnung«, sagt sie. »Er steht geschäftlich unter einigem Druck, aber –« Sie spricht nicht weiter.

Ich spüre, dass sie etwas zurückhält. »Was ist?«, frage ich sanft.

»Es geschieht immer nur dann, wenn etwas aus der Vergangenheit hochkommt ... Du weißt, was ich meine, Nick. Nur dann ist er verletzbar.«

Ich spüre die Enge des Raums um mich herum, aber ich sage nichts.

»Nick«, sagt sie. »Was ist damals in Kenia passiert?«

Ich versuche mir vorzustellen, was Luke ihr erzählt oder nicht erzählt haben könnte. Ob er vielleicht irgendwelche Andeutungen gemacht hat, darauf angespielt oder sogar im betrunkenen Zustand ein konfuses Geständnis abgelegt hat. Aber ich weiß es nicht. Wie auch?

Julia verliert die Geduld. »Deine Frau wartet«, sagt sie, ihre Stimme tonlos und hart. »Du solltest zu ihr gehen.«

5.

KATIE

Es ist ja nicht schlecht«, sagt Reilly bedächtig. »Aber es ist nicht annähernd genug. Keinerlei neue Informationen.«

Er wirkt heute Morgen müde, ein bisschen zerknittert, angeschlagen von dem Redaktionsmeeting, aus dem er gerade kommt. Der Redaktionsleiter, ein berüchtigter Hitzkopf, kennt kein Pardon, und Reilly hat sich seine wüsten Beschimpfungen nicht zum ersten Mal anhören müssen. Trotzdem habe ich ein schlechtes Gewissen, weil er für mich den Kopf hinhalten musste.

»War's sehr schlimm?«, frage ich.

»Hab schon Schlimmeres erlebt.«

»Keine falsche Zurückhaltung, Reilly. Was hat er gesagt?«

Er seufzt und lehnt sich gegen meinen Schreibtisch. »Dass es fade und ungelenk ist und sich wie ein Nachruf für die verfickte *Financial Times* liest. Dass man das meiste darin auch bei Wikipedia finden könnte.« Seine Augen mustern mich prüfend, ob ich die Kränkung verkrafte.

Ich ziehe die Augenbrauen hoch, lehne mich auf meinem Stuhl zurück und stoße die Luft aus. »Wow.«

»Nimm's nicht zu schwer, Katie.«

»Ein Nachruf für die *Financial Times*?«

Das löst eine ängstliche Schwingung in mir aus. Ich wollte es nicht so klingen lassen, als wäre Luke tot. Zum ersten Mal, seit das alles angefangen hat, tut sich der dunkle Abgrund dieser Möglichkeit vor mir auf.

Der Postverteiler kommt mit seinem Rollwagen vorbei und wirft ein paar Briefe auf meinen Schreibtisch, blickt Reilly und mich verstohlen an, als er weitergeht. Mir wird heiß im Gesicht, die Schärfe dieser Formulierung treibt mir das Blut in die Wangen. Ich beuge mich vor, nehme einen wattierten Umschlag vom Poststapel und drehe ihn in den Händen.

»Könntest du noch mal mit Julia Yates reden? Vielleicht kriegst du ja noch etwas mehr aus ihr raus.«

»Ich glaube nicht.«

»Und das Interview mit ihr hat wirklich nicht mehr gebracht? Kein bisschen?«

Sofort wandern meine Gedanken zu dem Foto – Luke, Nick und ich in der afrikanischen Sonne, kurz bevor alles anders wurde. Es spukt mir durch den Kopf, seit Julia es mir gegeben hat, Fragen schwirren wie Bienen durchs Unterbewusstsein. Warum hat er das Bild von uns aufgehoben? Es dorthin gestellt, wo es nicht zu übersehen war, welche Botschaft sollte davon ausgehen? Ich spüre Reillys Augen auf mir, etwas in mir verlangt nach seiner Klugheit und Intelligenz, und fast erzähle ich es ihm. Aber der Impuls vergeht, wird von der beherrschenden Stimme in meinem Kopf übertönt, die darauf besteht, dass ich ihn unterdrücke, das Geheimnis bewahre. Worte tönen schmerzlich aus der Vergangenheit: *Erzählt es niemandem.*

»Da war sonst nichts.«

»Was ist mit diesem Mann am Tor?«

»Keine Ahnung. Security, Türsteher, irgendwas.«

»Nach *Downton Abbey* sah er mir aber eigentlich nicht aus. Würde es sich lohnen, da mal nachzuhaken?«

Ich mache keinen Hehl aus meinem Widerwillen, und er lächelt, sagt: »Ich weiß, ich weiß. Lass stecken.«

Wir haben diese Diskussion schon öfter geführt, über die Risiken, die damit einhergehen, wenn man sich auf unseriöses Sensationspresseterrain begibt, um mehr Zeitungen zu verkaufen. Mich macht diese Auseinandersetzung fertig, weil Reilly eigentlich so integer ist, dass ich es unerträglich finde, wenn seine Ideale unterminiert werden. Jetzt kommt er mir wieder mit wirtschaftlichen Argumenten, spricht auf seine vorsichtige logische Art über Auflagenhöhe, Verkaufszahlen, bla, bla, bla. Ich höre nur mit halbem Ohr hin, während ich den dicken Umschlag in meinen Händen untersuche, einen Daumen unter die Lasche schiebe. Der Konkurrenzdruck durch die Boulevardblätter, sagt er gerade, und durch das Internet, durch jede rund um die Uhr arbeitende Presseagentur. Und wie sollen wir denn sonst überleben, wenn jeder mit einem Twitter-Account Nachrichten verbreiten kann?

»Katie, auch wenn dir das nicht gefällt, Skandale bringen Auflage. Wir können es uns nicht leisten, in unserem Elfenbeinturm zu sitzen.«

Aber ich sage nichts.

Ich starre gebannt auf den offenen Umschlag in meinen Händen. Er ist nicht besonders groß – höchstens Din-A4 – braun und wattiert. Meine Adresse ist mit blauem Filzstift daraufgeschrieben. Englische Briefmarken, Poststempel unleserlich.

»Was ist das?«, frage Reilly, als ich den Inhalt auf meinen Schreibtisch gleiten lasse.

Einen Moment lang sagen wir beide kein Wort. Wir starren nur darauf. Ein Spatz oder ein anderer kleiner Vogel. Ornithologie ist nicht meine Stärke. Er wirkt sehr zart, wie er so klein und still daliegt – auch ohne ihn zu berühren, ahnt man die samtene Weichheit des Gefieders. Seine Kehle leuchtet orange. Zart, bis auf den unnatürlichen Winkel des Halses – ein harter Bruch, Blut auf den Federn von einem tiefen Schnitt, der fast den Kopf abgetrennt hätte.

»Ach du Schande«, sagt Reilly.

Ich bringe noch immer kein Wort heraus.

Er ist aufgesprungen, ruft nach Janice, mit einer Lautstärke, die seine Bestürzung verrät, was an anderen Schreibtischen Köpfe hochschnellen lässt, Interesse weckt. Seine Sekretärin kommt angelaufen.

»Ruf die Polizei an«, sagt er zu ihr.

»O Gott«, sagt sie, als sie den toten Vogel erblickt, und schlägt die Hand vor den Mund.

»Reilly, das ist nicht nötig«, sage ich leise, noch immer ganz verstört.

»Das ist dir hier in die Redaktion geschickt worden, Katie. Wir müssen das ernst nehmen.«

»Ist wahrscheinlich bloß ein schlechter Scherz.«

»Ja klar, aber wir müssen trotzdem angemessen darauf reagieren«, sagt er. »War sonst noch was drin? Eine Nachricht?«

»Nein.«

»Und der Poststempel?« Er nimmt den Umschlag, inspiziert ihn.

»Verschmiert.«

»Na toll.« Er stößt einen Seufzer aus. Ihm ist deutlich anzumerken, wie besorgt er ist. Und ich schwöre, als er den Arm ausstreckt und ich das Gewicht seiner Hand auf meiner Schulter spüre, bin ich kurz davor, in Tränen auszubrechen. Der Vogel liegt vor mir, eine finstere Botschaft. Aber was soll sie mir sagen? Und warum geht sie ausgerechnet an mich? Plötzlich habe ich eine Eingebung – ein Geräusch steigt aus der Erinnerung in mir hoch: das Schlagen von Flügeln gegen Gitterstäbe. Nachmittägliches Sonnenlicht auf der Veranda, die schwere Last von herabhängenden Bougainvilleablüten. Ein rotierender Rasensprenger versprüht Wasser in Bögen und Wirbeln. Das Flattern und Zwitschern von den Spatzen in ihrem Käfig.

Nein, sage ich mir. Das kann es nicht sein. Das ist unmöglich – niemand weiß davon ... Innerlich gebe ich mir einen Ruck, um die Erinnerung abzuschütteln. Dennoch, diese seltsamen letzten paar Tage lasten auf mir. Ich nehme die Hände vom Schreibtisch und schiebe sie unter die Oberschenkel, damit Reilly nicht sieht, wie sie zittern.

»Hör mal, lass dich nicht davon fertigmachen«, sagt er leise. »So was passiert jedem hin und wieder mal. Du würdest dich wundern, wie viele Spinner da draußen rumlaufen, die einfach zu viel Zeit haben, verdammte phantasielose Idioten, die es zum Brüllen komisch finden, einer Journalistin irgendwas Makabres zu schicken, um ihr Angst einzujagen.«

»Sei froh, dass es bloß ein Vogel ist«, fügt Janice hinzu. »Kieran Fox haben sie einen Scheißhaufen geschickt.«

»Kieran Fox *ist* ein Scheißhaufen«, sagt Reilly barsch. Dann schnappt er sich mit einer raschen Bewegung den Vogel vom Schreibtisch, ehe ich protestieren kann, und Übelkeit steigt in mir hoch. Wortlos lässt er ihn in den Umschlag gleiten, übernimmt die Führung. Janice ist schon wieder davongeeilt, und die Stille, die sich kurz über den ganzen Raum gesenkt hatte, verflüchtigt sich, Telefone klingeln, Bewegung greift um sich.

»Alles in Ordnung?«, fragt Reilly mich, und ich nicke knapp.

Seine Unschlüssigkeit ist zurück, aber jetzt bezieht sie sich auf etwas anderes, und ich spüre wieder Hitze in meine Wangen steigen. Ich versuche zu lächeln. »Ehrlich«, sage ich. »Mir geht's gut.«

Die nächsten zwei Stunden verbringe ich damit, meinen Artikel aufzupeppen, und die Worte treiben wie Asche über den Bildschirm. Eine Polizistin kommt. Wir setzen uns in die Kantine, und ich beantworte ihre Fragen.

Wissen Sie, wer Ihnen den Umschlag geschickt haben könnte? *Nein.*

Haben Sie in der Vergangenheit ähnlich bedrohliche Sendungen erhalten? *Nein.*

Fällt Ihnen jemand ein, der einen Groll auf Sie haben könnte?

Bei der letzten Frage zögere ich kurz. In meiner Branche tritt man immer mal irgendwelchen Leuten auf den Schlips. Aber als sie mich fragt, ob mir noch irgendetwas anderes einfällt, das wichtig sein könnte – egal was –, ist sie wieder da: diese nagende Erinnerung, das Geräusch in den Ohren, das Schlagen von Flügeln. Ich spüre das Engegefühl um den Hals, der Gürtel zieht sich weiter zu. *Nein, da ist nichts.*

Irgendwie bekomme ich durch das alles ein ungutes Gefühl. Und es ist nicht nur der tote Vogel. Es fing mit diesen Fotos von dem ertrunkenen Mädchen an, wie ein böses Omen, obwohl ich es da noch nicht kommen sah. Aber jetzt wird Luke vermisst, und Nick kommt zurück, und ich kann förmlich spüren, wie ich mit hineingezogen werde. Kindheitserinnerungen greifen nach mir, die Fäden der Vergangenheit führen uns wieder zusammen, umschlingen uns drei.

Nach dem Gespräch mit der Polizistin fühle ich mich noch schlechter. Ihre vorsichtigen Fragen haben mich nicht beruhigt, es war eher so, als würde sie die Finger in die Wunde stecken und ordentlich darin herumstochern. Danach kann ich nicht mehr still sitzen. Ich nehme meine Sachen, verlasse das Büro und bin kurz darauf auf dem Weg zur Küste. Der schale Geruch des Autos steigt mir in die Nase. Es ist kein Triumph des modernen Fahrzeugbaus, aber das ist mir egal, und während ich über die Uferstraße an dem breiter werdenden Fluss entlangfahre, achte ich weder auf die mit Kaffeebechern, alten Zeitungen und sonstigem Krempel zugemüllte Rückbank noch auf das gequälte Geräusch, das der Motor jedes Mal von sich gibt, wenn ich hoch- oder runterschalte. Im Radio fangen die Nachmittagssendungen an, und ich wechsele mehrfach die Frequenz, um zu hören, ob es irgendetwas Neues über Luke gibt, aber da nichts gemeldet wird, schalte ich das Radio aus.

Kurz darauf steuere ich das Auto auf einen Parkplatz am Sandymount Strand, stelle den Motor ab, und Stille umgibt mich. Ich hätte in einen Pub gehen können, aber der Gedanke an andere Menschen – an Lärm und Ablenkung – ist mir im Moment unerträglich. Ich möchte allein in meinem Wagen sitzen und zusehen, wie es dunkel wird.

Ich weiß, was mich dazu gebracht hat, wieder hierherzukommen: Luke natürlich. Vor nicht ganz einem Monat hatte ich ihn kontaktiert, um ein Treffen mit ihm zu vereinbaren. Nach seinem Auftritt in der *Late Late Show* schwebte er noch immer auf einer Erfolgswelle, und ich sollte für die Zeitung ein Feature über ihn schreiben. Angesichts der ganzen belasteten Familiengeschichte zwischen uns widerstrebte mir der Auftrag, aber irgendetwas hatte mein Interesse geweckt – eine Verlockung, der ich nicht widerstehen konnte.

Meine Anfrage muss für ihn wie ein Blitz aus heiterem Himmel gewesen sein. Wir hatten uns kurz auf Sallys Beerdigung gesehen, und gelegentlich auch danach noch, da Dublin nun mal keine Riesenmetropole ist, aber ich hatte immer das Gefühl, dass er vor mir auf der Hut war. Wie herzlich er mich auch begrüßte, ich konnte mich des Gedankens nicht erwehren, dass er hinter seiner freundlichen Fassade nichts lieber wollte, als mich möglichst schnell wieder loswerden. Deshalb war ich überrascht, als er sich in einer liebenswürdigen Antwort auf meine E-Mail zu einem Treffen mit mir bereit erklärte. Ich meinte sogar, ein gewisses Interesse seinerseits zu erkennen, dass wir uns wieder besser kennenlernen sollten. Wir verabredeten uns auf einen Kaffee in einem Hotel in der Nähe vom Spencer Dock, doch eine Stunde vorher rief er an und schlug stattdessen einen Spaziergang draußen am Sandymount Strand vor.

»Es ist so ein herrlicher Morgen«, sagte er, seine Stimme selbstsicher und optimistisch. »Lass uns das ausnutzen.«

Also stand ich kurz darauf auf dem Parkplatz am Strand an mein Auto gelehnt, in jeder Hand einen Pappbecher mit Kaffee, und wartete auf ihn. Ich war nervös, ohne dass ich hätte sagen können, wieso, schließlich gab es dafür keinen Grund. Als sein Wagen auf den Parkplatz bog – ein schwarzer Range Rover, der in der Sonne glänzte –, trafen sich unsere Blicke, und ich sah, dass er schon ein breites Grinsen im Gesicht hatte. Meine Nervosität steigerte sich jäh, ich stieß mich vom Wagen ab und ging ihm entgegen.

»Zwei Doofe, ein Gedanke«, sagte er, als er auf mich zukam und zwei Pappbecher mit Kaffee hochhielt.

Er beugte sich vor, um mir einen Kuss auf die Wange zu geben, und wir lachten verlegen mit unseren beiden Kaffees in den Händen.

»Meine sind von Dunne & Crescenzi«, sagte er, während er meine Becher skeptisch beäugte. »Und deine?«

»Von der Tanke.«

»Mensch, Katie! Kipp die Brühe weg und nimm einen von meinen!«, sagte er in einem Tonfall, der barsch und herrisch hätte wirken können, hätte er nicht so charmant dabei gelächelt. Und zu meiner eigenen Verblüffung tat ich wie geheißen, wobei ich mir einredete, dass es besser war, ihm seinen Willen zu lassen, wenn ich Informationen von ihm haben wollte. In Wirklichkeit aber war es eine lahme Ausrede, denn so war es schon immer zwischen uns gewesen – er gab den Ton an, sagte, wo's langging, und ich wollte ihn nicht enttäuschen, wollte nicht diejenige sein, die sich ihm widersetzte.

An dem Morgen war gerade Ebbe, der braune Sand erstreckte sich meilenweit glatt und marmoriert, manchmal wehten kleine Windböen über die harte Fläche und wirbelten Staubwölkchen auf. Luke und ich schlenderten los, den Strand hinunter, vorbei am Martello-Turm, dann südlich Richtung Bray Head. Der Himmel über uns war ein kühles Blau. Wir tranken unseren Kaffee, plauderten, und ich staunte, wie schnell und unkompliziert wir wieder ins Gespräch kamen. Er hatte, so wurde mir klar, eine Begabung dafür, anderen die Befangenheit zu nehmen; mit seiner Offenheit gab er dir das Gefühl, dass du ein guter Freund warst und es zwischen dir und ihm keine Barrieren oder Geheimnisse gab.

Wir sprachen ausführlich über seine Geschäfte und seinen Erfolg. Zwei Pubs, ein Restaurant und eine fünfzigprozentige Beteiligung an einem Landhaus, das gerade in ein exklusives Wellness-Hotel umgebaut wurde – er galt mittlerweile als einer der wenigen Unternehmer, die für die Umgestaltung der Dubliner Freizeitkultur verantwortlich waren, indem sie Szenelokale aufmachten, die lässig und schick zugleich waren, aber mit einer augenzwinkernden Verbeugung vor dem traditionellen irischen Pub. Lukes Erfolg war unbestreitbar, sein goldenes Händchen und seine gute Nase für alles, was als »cool« galt. Als dann der Crash kam, schien er ihn unbeschadet zu überstehen. Nicht jeder hatte so viel Glück. Und als ich ihm erklärte, wie ungewöhnlich es war, dass er die Krise in einer Branche, die von einer florierenden Wirtschaft extrem abhängig war, so gut überwunden hatte, lachte er laut auf, sah mich von der Seite an und sagte: »Weitsicht, Katie. Weitsicht hat mich gerettet.«

Die verstohlenen Blicke, die ich ihm zuwarf, während wir nebeneinander hergingen, verrieten mir, dass er attraktiv gealtert war. Sein hellbraunes Haar war modisch geschnitten, nur an den Seiten leicht grau meliert. Er trug Jeans, Converse-Schuhe und einen grünen Parka – Freizeitkleidung, die aber unübersehbar teuer war. Luke hatte etwas von einem alternden Britpop-Star. Sein Ehering schien aus Platin zu sein, was, wenn überhaupt, das einzig Protzige an ihm war.

»Nicht auch Glück?«, fragte ich.

»Glück?«

»Es hätte auch leicht anders laufen können.«

Als er daraufhin die Stirn runzelte, erschien eine verkniffene Furche der Irritation zwischen seinen Augenbrauen.

»Denk doch mal an deine Mitstreiter, die anderen Unternehmer in der Pub- und Clubszene, die alle daran beteiligt waren, die Wirtschaft wieder anzukurbeln« – ich nannte ein paar Namen –, »denen ist es nicht so gut ergangen wie dir. Manche von ihnen haben schwere Verluste hinnehmen müssen.«

Es waren junge Wilde mit einem Pioniergeist, der im Rückblick schon fast an Zockerei grenzte. Sie hatten sich schwer verschuldet, um ihre Projekte zu realisieren, und aus dem schmuddeligen, provinziellen Dublin, das in den postkolonialen Jahren vergessen und vernachlässigt worden war, eine dynamische, jugendliche Großstadt gemacht, in der Geld und Musik, Kultur und Entertainment pulsierten. Luke nickte heftig, als ich über einige von ihnen sprach, die untergegangen waren.

»Arme Schweine«, stellte er fest. »Die hatten keine Ahnung, was auf sie zukam. Dachten, sie würden bis zum Jüngsten Tag Champagner und Austern schlürfen. Sie haben's übertrieben, sich zu hoch verschuldet. Es war Wahnsinn.«

»Hast du noch viel mit ihnen zu tun?«

Er zuckte die Achseln. »Mit Mulvey, gelegentlich. Farrell ist reif für die Klapse, seit er sein ganzes Geld verloren hat, und die anderen haben das Land verlassen.«

»Die müssen dich hassen«, sagte ich scherzhaft, aber er warf mir von der Seite einen Blick zu, und ich spürte, wie seine Selbstsicherheit ins Wanken geriet.

»Warum sagst du das?«

»Weil sie Schulden in Millionenhöhe haben und du noch immer gut bei Kasse bist«, sagte ich und lachte über seinen Gesichtsausdruck. Er wirkte ehrlich gekränkt.

»Kann sein.«

Ich wollte wissen, ob jemand von seinen Mitstreitern sich über seinen Fernsehauftritt geäußert hatte, aber er winkte ab, als sei ihm die Frage peinlich.

»Luke, ich muss dich das fragen: War das geplant, deine Rede an dem Abend?«

»Nein«, sagte er mit Nachdruck. »Ehrlich, das war nicht geplant. Offen gestanden, ich weiß selbst nicht, wo das auf einmal herkam, was mich da geritten hat.«

»Du hast sehr leidenschaftlich gewirkt.«

»Ich war stinksauer! Mann, dieser ganze aufgeblasene Mist, den die anderen da vom Stapel gelassen haben, die ganze vertane Zeit vorher im Studio ... Das ist mir einfach auf die Nerven gegangen, und irgendwie ist mir dann der Kragen geplatzt. In gewisser Weise war es komisch, wenn ich daran zurückdenke. Dass da plötzlich meine philanthropische Seite zum Vorschein kam.«

»Deine Mutter wäre stolz auf dich gewesen.«

»Ach, na ja ...«

Wir hatten inzwischen das Ende des Strandes erreicht, und die Flut setzte wieder ein. Das Meer kommt dann sehr schnell zurück, und Schilder warnen vor der Gefahr, vom Wasser eingeschlossen zu werden. Trotzdem blieben wir eine Weile dort stehen, während die Wellen bis an unsere Schuhspitzen spülten.

»Sag mal, Katie, wieso machst du diese Story? Ich geb nämlich längst nicht jedem ein Interview, damit du's weißt«, sagte er scherzhaft. »Hast du den Chefredakteur bekniet? Ihm unsere alte Freundschaft unter die Nase gerieben? Die anderen gierigen Schreiberlinge ausgebootet, die schon ganz wild darauf waren?«

Ich lachte, aber es klang hohl, und er wartete auf eine Antwort. Es wäre so leicht gewesen, die Sache mit einem Witz abzutun, irgendeine schlagfertige Bemerkung zu machen, von wegen Zickenkrieg im Großraumbüro oder Sex mit dem Chefredakteur. Derartige Scherze kamen mir leicht über die Lippen. Doch stattdessen überraschte ich mich selbst, indem ich ihm die Wahrheit sagte.

»Ich wollte die Story nicht machen, sie wurde mir praktisch aufgezwungen. Ich wollte dich nicht interviewen, Luke. Der Gedanke hat mir Angst gemacht.«

»Wieso denn Angst?«

Ich wandte mich ihm zu. »Ich hatte Angst davor, was es in mir auslösen würde, dass es alte Gespenster wecken könnte.«

Vielleicht war es die Art, wie er mich ansah, als wir dort an der Wasserlinie standen. Die Stille, die sich in seinem Gesicht nun widerspiegelte, und der weichere Klang seiner Stimme. Vielleicht war es nur die Tatsache, dass er aufgehört hatte, über sich selbst und seine eigenen Belange zu reden, und sich nun auf mich konzentrierte. Was auch immer es war, ich deutete es als eine Chance – als eine kleine, wahrhaftige Lücke, in die ich hineinschlüpfen konnte, um endlich ehrlich über meine Gefühle zu sprechen. Aber ich war noch nie besonders gut darin, solche Momente richtig einzuschätzen. Was ich als Chance sehe, ist, um ehrlich zu sein, oftmals etwas anderes. Und als ich an diesem sonnigen Vormittag wieder in Lukes Gesicht schaute, sah ich darin nur noch eines: Wachsamkeit.

Er sagte: »Es besteht kein Grund, Angst zu haben«, und etwas in mir schien wegzusacken.

Ich weiß nicht, was ich von ihm erwartet hatte, aber auf jeden Fall mehr als das. »Denkst du nie an sie? Denkst du nie daran, was passiert ist, und fragst dich, ob –«

»Nein.« Er sah mir direkt ins Gesicht, den Mund zu einer strengen Linie zusammengepresst, Zorn in den Augen. »Nein, ich denke nicht daran, Katie. Ich erlaube mir nicht, daran zu denken. Das ist meine Entscheidung. So komme ich durch den Tag. Und wenn du klug bist – wenn du etwas aus dir machen willst, aus deinem Leben –, dann machst du es genau wie ich. Hör auf, über die Vergangenheit nachzugrübeln, denn das ändert überhaupt nichts. Es ist bloß selbstzerstörerisch.«

Ich war so perplex, dass es mir die Sprache verschlug, verstört durch seinen jähen Stimmungsumschwung – sein Charme war verflogen und hatte diese leere Hülse eines Mannes zurückgelassen, der umhüllt war von Zorn und Furcht.

»Was ist mit Nick?«, fragte ich leise, konnte irgendwie nicht lockerlassen. »Sprichst du mit ihm darüber?«

Da lachte er auf, ein kurzes raues Prusten, das wenig Belustigung enthielt. »Was hätte das für einen Sinn, Katie? Du weißt doch, wie er ist.«

Danach sagte er nichts mehr und ich auch nicht. Wir blieben einfach da an der Wasserlinie stehen, betrachteten den geriffelten harten Sand, die seichten Stellen, auf denen Blasen trieben. Nach kurzem Schweigen sagte er: »Wir sollten umkehren.«

Auf dem ganzen Weg zurück zum Parkplatz versuchte ich, die Welle der Enttäuschung, die immer wieder in mir aufstieg, niederzudrücken. Unser Gespräch kreiste erneut um seine Geschäfte. Ich denke, in gewisser Weise schien meine Offenheit ihm gegenüber eine entsprechende Offenheit bei ihm ausgelöst zu haben: Jedenfalls waren seine Kommentare und Äußerungen auf dem Rückweg freimütiger als zuvor. Doch wir kamen mit keinem Wort mehr auf das zu sprechen, was in unserer Kindheit geschehen war, oder auf das, was es möglicherweise ausgelöst hatte, und aus irgendeinem Grund machte mir das auf eine Weise zu schaffen, die ich mir nicht mal ansatzweise erklären konnte.

Er erzählte von seinem Vater, der in wirtschaftlichen Fragen für ihn immer Inspiration und Vorbild gewesen war. Dass Kens Tod ihm nicht nur den Vater, sondern auch den Mentor genommen hatte.

»Es muss ein furchtbarer Schock gewesen sein«, sagte ich, in Erinnerung an meine eigene Reaktion auf die Nachricht. Ein Autounfall in den Wicklow Mountains. Keine sonstigen Beteiligten.

»Das kannst du wohl sagen. Ich vermisse ihn immer noch, obwohl es schon Jahre her ist.«

Daraufhin machte ich irgendeine Bemerkung über den Unfall, wie ungerecht ein solcher Tod ist und wie gefährlich sich die Straße runter zum Sally Gap windet. Er starrte auf den Sand vor uns, der jetzt, wo Dünengrasbüschel wuchsen, weicher wurde, und seine Miene schien sich zu verkrampfen. »Ich denke, das kommt auf den Zustand des Fahrers an«, sagte er beiläufig.

Irgendetwas hielt mich davon ab, genauer nachzuhaken, aber sie hatte eine misstönende Saite in mir angeschlagen, diese Andeutung eines Vorsatzes, die meine zugegebenermaßen lückenhafte Erinnerung an Ken Yates nun trübte.

Er begleitete mich zu meinem Wagen und wartete, bis ich die Tür aufgeschlossen und meine Tasche auf den Beifahrersitz geworfen hatte.

»Ich hatte vor, mich bei dir zu melden«, sagte er, »nach Mums Beerdigung. Ich fand's lieb von dir, dass du gekommen bist.«

»Schon gut.«

»Es hat uns viel bedeutet – mir und Nick –, dass du da warst. Aber du hättest hinterher noch bleiben sollen. Wir hatten gar keine Gelegenheit, uns mal zu unterhalten. Du hättest mit zu uns nach Hause kommen können.«

»Ich wollte mich nicht aufdrängen«, sagte ich plötzlich schüchtern.

In dem Moment wurde mir bewusst, dass es nach Sallys Tod sonst niemanden mehr gab, der in jenem Sommer dabei gewesen war – nur noch wir drei waren übrig. Vielleicht dachte er dasselbe, denn als Nächstes fragte er: »Hast du Kontakt zu Nick?«

Ich schüttelte den Kopf.

Er nickte, seine Augen glitten über mein Gesicht. »Ich höre auch nicht oft von ihm«, gab er zu. »Seit der Beerdigung überhaupt nicht mehr.«

»Nein?«

»Du weißt doch, wie das ist.« Er zuckte die Achseln, lachte dann und blickte zurück aufs Meer, aber in der Art, wie er das gesagt hatte, lag eine gewisse Traurigkeit, und ich fragte mich, was zwischen den beiden Brüdern vorgefallen sein mochte.

Dann, kurz bevor wir uns endgültig verabschiedeten, sah er mich noch einmal an, und ich dachte, er würde eine Bemerkung über die alten Zeiten machen, doch seine Miene verfinsterte sich, und er sagte: »Du glaubst doch nicht wirklich, dass sie mich hassen, oder? Mulvey und die anderen?«

Ich lachte auf – unwillkürlich. Er wirkte verletzt oder irgendwie pikiert, was absurd war. Ich hatte ihn doch bloß geneckt.

»Mensch, Luke. Woher soll ich denn wissen, was die denken?«

Er nickte knapp, dann fing er sich wieder, lachte sogar über seine eigene Humorlosigkeit. »Also dann, adieu, Katie Walsh«, sagte er und beugte sich näher zu mir. Ich dachte, er würde mir einen Kuss auf die Wange geben, doch stattdessen umfasste er meine Taille, zog mich an sich, und ich spürte seine Lippen auf meinem Mund. Er löste sich von mir, und ich stand da, zu verblüfft, um irgendwas zu sagen, sah ihm nach, wie er zu seinem Auto ging.

Als ich an dem Tag vom Strand zurück in die Stadt fuhr, musste ich unaufhörlich an diesen Kuss denken – wie überraschend er gewesen war, wie fest seine Lippen auf meinen geruht hatten, wie entschlossen er sich angefühlt hatte. Ich war gedanklich so damit beschäftigt, dass ich gar nicht darüber nachdachte, was Luke unmittelbar davor gesagt hatte. Zu abgelenkt von allem, was in mir aufgewühlt worden war, um mich daran zu erinnern, wie bedrückt er gewirkt hatte – die Sorgen in seinem Gesicht –, und was das alles bedeuten mochte.

Ich denke jetzt an ihn und daran, was er gesagt hat. Ich halte die Augen auf den Horizont gerichtet, Dunkelblau gegen das Lavendelgrau des Abendhimmels, und seine Worte fallen mir wieder ein: *Hör auf, über die Vergangenheit nachzugrübeln, denn das ändert überhaupt nichts.* Für Menschen wie Luke und mich ist die Vergangenheit eine geschlossene Tür mit einem schweren Riegel, um dieses Etwas mit seinen Tentakeln in Schach zu halten.

Mein Handy klingelt, und mein Herz schlägt vor Schreck schneller. Mit zitternder Hand gehe ich ran.

»Katie?«

»Ja?«

»Ich bin's, Nick.«

Ich halte die Luft an und spüre das Flattern in der Brusthöhle. »Nick. Irgendwas Neues?«

»Nein. Er ist noch nicht wieder aufgetaucht.«

Ein banges Gefühl setzt ein; mein Herzschlag beruhigt sich etwas. Ich spüre die beklemmende Stille zwischen uns.

»Du bist also wieder im Lande«, sage ich, bemüht, die Stimme ruhig zu halten, damit sie möglichst keine der zahllosen Empfindungen verrät, die im Augenblick in mir vibrieren, weil es seltsam ist, seine Stimme nach so langer Zeit wieder zu hören, das weiche Timbre, den tiefen, rauen Klang – Kieselsteine unter Wasser.

»Ja. Wir sind heute gelandet.«

»Stimmt ja. Ich hab gehört, dass du geheiratet hast. Glückwunsch.« Das Wort kommt tonlos heraus, und ich lege die Stirn ans Lenkrad, angewidert von mir selbst und dem sarkastischen Ton, der sich ungebeten eingeschlichen hat.

»Hör mal«, sagt er, ohne auf meine Bemerkung einzugehen, derselbe alte Nick, der immer über alles hinweggeht.

»Ich denke, wir sollten uns unterhalten. Können wir uns treffen?«

»Klar«, sage ich. »Wo?«

»Im Grogan. Ich könnte in einer halben Stunde da sein.«

Nachdem wir uns verabredet haben, lege ich auf und werfe das Handy auf den Beifahrersitz. Im schwächer werdenden Tageslicht atme ich tief durch, versuche, meine Gedanken zu ordnen. Jenseits des Strands sieht die Landspitze von Shellybanks aus, als würde sie unter dem Gewicht der Industrie zerquetscht – Kräne und Schornsteine und riesige Containerstapel, alles von der untergehenden Sonne in ein blassrosa Licht getaucht. Ich betrachte die letzten Spaziergänger auf der Promenade und merke, dass ich nach Luke Ausschau halte, als hoffte ich, ihn unter ihnen zu entdecken, obwohl ich weiß, dass er nicht hier ist. Ich denke an seinen Gesichtsausdruck an dem Tag, an dem wir uns getroffen haben, und das einzige Wort, das mir in den Sinn kommt, ist »furchtsam«. Dieser Gedanke überdeckt jede Erinnerung an den Kuss und lässt mich frösteln, als ich den Motor anlasse und losfahre.

6.

NICK

Das Taxi hält vor unserem Hotel, wir werden von einem livrierten Türsteher mit Zylinder begrüßt und dann durch die Drehtür in die Lobby geführt – Marmorböden und verspiegelte Wände und Kronleuchter hoch über uns. Als wir zur Rezeption gehen, sehe ich rechts einen Salon – weicher Teppichboden, schürzentragende Bedienung, dicke Blumensträuße in übergroßen Vasen und überall im Raum elegant gekleidete Damen, die ihren Tee trinken. Meine Frau trägt Flipflops und zerrissene Jeans, ihr einziges Gepäck ist der Rucksack auf ihrem Rücken, und mir wird klar, wie sehr wir hier auffallen, wie fehl am Platz wir sind.

Im Lift stehen wir Seite an Seite. Die Stimmung zwischen uns ist gereizt, und erst als ich die Tür zu unserem Zimmer hinter uns schließe und Lauren ihren Rucksack auf den Boden fallen lässt, bricht sie das Schweigen.

»Sag's schon«, fordert sie leise, aber provozierend. »Na los. Sag's schon, Nick.«

»Was?«

»Dass du das Hotel hasst. Dass du denkst, ich hätte es nicht buchen sollen.«

Ich tue so, als wüsste ich nicht, was sie meint, aber wir wissen beide, dass sie den Nagel auf den Kopf getroffen hat. Ich finde das Hotel zu exklusiv für das, weswegen wir hier in Dublin sind, aber das sage ich ihr besser nicht. Im Augenblick ist ein Streit mit ihr nun wirklich das Letzte, was ich gebrauchen kann. Ich gehe an ihr vorbei, stelle meine Tasche auf die niedrige Bank am Fußende des Bettes und trete an das Fenster, das auf den öffentlichen Park St. Stephen's Green geht.

»Dir wäre lieber gewesen, ich hätte was Billiges gebucht, das schön abgelegen ist. Irgendein Hostel für Rucksacktouristen, wo wir in einem Schlafsaal mit einem halben Dutzend anderer Leute pennen könnten. Ich meine, das sollen unsere Flitterwochen sein, verdammt nochmal!«

»Lauren –«

Sie rauscht an mir vorbei, hat sich jetzt richtig in Wut geredet, geht ins Bad und knallt die Tür hinter sich zu. Ich lasse mich in einen Sessel fallen und vergrabe das Gesicht in den Händen. Aus dem Bad kommt das Geräusch von fließendem Wasser, das Summen und Zischen der Dusche. Nach ein paar Minuten stehe ich auf, gehe zur Minibar und mache mir einen Gin Tonic, und als ich den intus habe, bin ich ruhiger, und meine Gereiztheit hat sich gelegt. Meine Frau kommt aus dem Bad, eingehüllt in einen weißen Bademantel. Sie ist rot im Gesicht und wirkt kleinlaut.

»Fühlst du dich besser?«, frage ich freundlich.

»Ja. Du auch?«

Ich hebe mein leeres Glas. »Viel besser.«

Dann lächeln wir uns an, mit einer gewissen Schüchternheit, und ich frage mich nicht zum ersten Mal, wie viel wir noch übereinander lernen müssen, darüber, wie wir miteinander umgehen, bis unsere Ehe einen festeren Rhythmus gefunden hat.

»Machst du mir auch einen?«, fragt sie. Sie setzt sich aufs Bett, ein Bein unter den Körper gezogen, und trocknet sich mit einem Handtuch die feuchten Haare. »Wir können uns ja morgen was anderes suchen«, sagt sie versöhnlich, als sie ihr Glas nimmt, aber ich lege meine Hand unter ihr Kinn und hebe sacht ihr Gesicht, so dass wir uns in die Augen sehen.

»Lauren, das Hotel ist prima.«

Sie lächelt, und ich beuge mich vor und küsse sie, spüre ein elektrisiertes Prickeln, als unsere Lippen sich berühren. Dann lege ich mich neben ihr aufs Bett, verschränke die Hände hinterm Kopf und schaue zu, wie sie weiter ihre Haare trocknet und zwischendurch an ihrem Gin Tonic nippt.

»Meinst du, wir hätten bei ihr bleiben sollen? Julia, meine ich«, sagt sie.

»Nein.«

»Sie tut mir leid, wie sie da ganz allein in diesem Riesenhaus rumgeistert.«

»Die beiden haben jede Menge Freunde. Wenn sie allein ist, dann bestimmt, weil sie es will.«

Lauren lässt den Drink in ihrem Glas kreisen, fragt dann: »Wieso haben sie keine Kinder?«

»Viele Leute haben keine Kinder.«

»Stimmt. Aber wie lange sind sie schon verheiratet?«

»Weiß nicht genau. Sechs oder sieben Jahre. Warum?«

»Weil es doch normal wäre, wenn sie Kinder hätten, finde ich. Also was ist der Grund? Können sie keine bekommen? Liegt's daran?«

»Ich weiß es nicht. So was kann man nicht einfach fragen.«

»Er ist dein Bruder.«

Wie soll ich ihr erklären, dass es viele Dinge gibt, über die Luke und ich nicht reden können? »Ich glaube einfach, Luke war nie besonders daran interessiert, eigene Kinder zu haben.«

»Und du?«, fragt Lauren. Sie hat aufgehört, sich die Haare zu trocken, und sitzt ganz still da. »Willst du Kinder?«

Vor dem Fenster ist das Licht verblasst. Von meinem Platz auf dem Bett aus sehe ich lila Wolken am Abendhimmel aufziehen. Ich höre Straßengeräusche von draußen und versuche, mich auf sie einzustimmen, auf die Musik der Stadt, ihren eigenen unverkennbaren Beat, aber irgendwas stimmt nicht mit meinem Gehör – als hätte sich durch den Flug eine Luftblase in meinem Innenohr gebildet. Das Zimmer um uns herum ist dämmerig geworden, so dass ich Laurens Gesichtsausdruck nicht richtig sehen kann. Aber ich spüre seine Intensität.

»Noch nicht«, sage ich leise.

Die Worte schweben zwischen uns. Falls sie mein Ausweichen spürt, übergeht sie es. Wir haben über so vieles noch nicht gesprochen. Ich denke an die Bindung, die wir eingegangen sind, und spüre ein angstvolles Kribbeln entlang der Wirbelsäule. Der Alkohol ist mir direkt in den Kopf gestiegen. Ich hatte nicht mit einer derartigen Gefühlsverwirrung gerechnet. Lauren beugt sich näher zu mir. Ihr Handtuch liegt auf der Seite, vergessen, zusammen mit ihrem leeren Glas. Ich spüre ihren Blick auf mir ruhen, und ein kleines Lächeln breitet sich auf ihrem Gesicht aus. Ich muss mich konzentrieren, sage ich mir. Ich muss herausfinden, was mit meinem Bruder passiert ist. Sie schiebt sich näher heran, hebt ihren Körper, und ich kann ihren Atem an meinem Hals spüren, ihre Haare, die mein Gesicht streifen.

Nachdem wir uns geliebt haben, schläft sie ein. Ich spüre das Gewicht ihres Kopfes, der auf meinem Arm ruht, aber ich kann die Augen nicht schließen. Gedanken schwirren mir durch den Kopf, Worte hallen durch die Windungen meines Bewusstseins. Ich denke an Lukes Arbeitszimmer, den Karton mit den Fotos, und ich erinnere mich an Julias Frage: Was ist damals passiert ... in Kenia?

Sachte, um sie nicht zu wecken, ziehe ich meinen Arm unter Laurens Kopf weg und kleide mich leise im Dunkeln an. Draußen auf dem Gang mache ich den Anruf. Katies Stimme klingt fremd – mit einer Heiserkeit, an die ich mich nicht erinnere, als hätte sie seit unserer letzten Begegnung nonstop türkische Zigaretten geraucht.

»Können wir uns treffen?«, frage ich, und sie sagt, klar, aber sie klingt kühl.

»Wo?«

»Im Grogan«, sage ich. »Ich könnte in einer halben Stunde da sein.«

Ich bin vor ihr da, quetsche mich auf eine Bank vor einer Wand, an der kitschige Kunstgegenstände hängen. Der Pub ist rappelvoll, und ich bin froh, dass ich noch einen Platz ergattert habe und mit einem Bein einen Hocker für Katie freihalten kann. Trotz des Rauchverbots stinkt es im Grogan nach Zigaretten und schalem Alkohol, als wäre der Geruch in die Polster gezogen, um sich dort für alle Zeiten einzunisten. Die Barkeeperin hat langes Haar, das ihr schlaff über den Rücken fällt, bis unterhalb der Hüften. Ich starre irgendwie gebannt darauf, weshalb ich Katie erst bemerke, als sie direkt vor mir steht.

»Hallo, du«, sagt sie, und ein Lächeln hebt ihre Mundwinkel.

»Hey«, sage ich und stehe auf. Wir beugen uns zueinander,

küssen uns auf die Wange und weichen wieder zurück, verlegen und steif.

»Ich hol uns was zu trinken«, sagt sie, während sie ihre Jacke über den Hocker legt. Als sie zur Bar geht, ist es, als ob die Jahre verschwunden und wir wieder Studenten wären.

Auf den ersten Blick wirkt sie fast unverändert. Sie trägt Jeans und ein enges T-Shirt, die Haare fallen ihr offen auf die Schultern – mädchenhaft, studentisch, nicht das professionelle Aussehen, das ich erwartet hatte. Sie hat noch immer die gleiche beherrschte Körperhaltung, die gleiche ruhige Ausstrahlung, und erst als sie sich wieder zu mir umdreht, ein Glas Bier in jeder Hand, fallen mir die dunklen Schatten unter ihren Augen auf, die Anspannung um ihren Mund.

»Danke«, sage ich, nehme mein Glas und warte, während sie sich auf dem Hocker niederlässt, die Haare nach hinten wirft.

»Dann sollten wir jetzt wohl auf deine Heirat anstoßen«, sagt sie mit einem Lächeln im Gesicht, »oder ist das unter den gegebenen Umständen unpassend?«

Zuerst bin ich zu verblüfft, um etwas zu erwidern. Müde, wie ich bin, traue ich mir nicht zu, etwas Vernünftiges zu sagen, aber zugleich hat ihre Bemerkung etwas Bissiges, eine versteckte Spitze, die mich verunsichert.

»Zum Wohl«, sage ich.

»Chin-chin«, antwortet sie.

Einen Moment lang schweigen wir beide. Mir fällt nichts ein, um das Gespräch zu eröffnen. Es ist so lange her, und ich spüre die Kluft zwischen uns. Vielleicht geht es ihr genauso. Sie trommelt mit den Fingern gegen ihr Glas und wippt mit einem Knie, schaut immer wieder zur Tür. Es ist seltsam, sie wiederzusehen – schwierig, und doch irgendwie erleichternd: Als hätten wir uns unser ganzes Leben lang umkreist und wären nur gelegentlich zusammengekommen, um dann wieder auseinandergetrieben zu werden.

»Ist echt komisch«, sagt sie schließlich.

Ich sehe das Zucken ihrer Kiefermuskulatur, die Anstrengung, die dieses Treffen ihr abverlangt. »Ich weiß.«

»Ich komm nicht drüber weg, dass du geheiratet hast ... Wo ist sie – deine Frau?«

»Im Hotel. Sie schläft. Sie heißt Lauren.«

»Lauren«, sagt sie lächelnd.

Ich weiß nicht, ob in ihrem Lächeln ein Hauch Eifersucht liegt oder Bitterkeit, als finde sie meine Heirat absurd. »Sie ist müde. Es war ein langer Tag«, sage ich.

»Wann seid ihr angekommen?«

»Heute Morgen. Wir sind direkt zu Julia gefahren.«

»Julia ...« Ihre Augen weiten sich.

»Ich hab gehört, du warst bei ihr.« Ich lasse ein Schweigen auf diese Bemerkung folgen, ein Schweigen, das von Missbilligung durchsetzt ist.

Sie nimmt das unverzüglich wahr. Verdreht die Augen und stößt einen Seufzer aus. »Ich wollte bloß helfen.«

»Wem helfen?«

»Hör mal«, sagt sie, in härterem Tonfall. »Ich hab Luke an dem Abend gesehen, bevor er verschwand. Er und ich haben uns in letzter Zeit ein paarmal getroffen. Mein Chefredakteur wollte nämlich, dass ich ein Feature über ihn schreibe – Luke Yates, der erfolgreiche Macher. Deshalb hab ich mich mit ihm in Verbindung gesetzt.«

»Du hast dich mit ihm in Verbindung gesetzt?«

»Nick, ich hab nicht darum gebeten, was über deinen Bruder zu schreiben. Das ist mir aufgedrückt worden.«

»Und du tust immer, was man dir sagt?«

»Also haben wir uns getroffen«, sagt sie, ohne auf meine Provokation einzugehen. »Und wir haben über seinen Erfolg geredet und darüber, was er für ein Glück gehabt hat, den Crash so unbeschadet überstanden zu haben, wo es vielen seiner Mitstreiter anders ergangen ist.«

»Lucky Luke.«

»Deshalb hab ich Julia aus beruflichen Gründen aufgesucht, ja. Ich war als Journalistin da. Aber ich hab mir auch Sorgen gemacht, Nick. Ich wollte helfen.«

Ich höre zu, aber verstehe sie kaum, weil ich immerzu daran denken muss, dass sie und Luke sich getroffen haben, geredet haben, Zeit zu zweit verbracht haben.

Sie trinkt einen Schluck von ihrem Bier, und ich sage in die Pause hinein: »Hattest du eine Affäre mit ihm?«

Der Blick, mit dem sie mich ansieht: als hätte ich sie geohrfeigt. Ich kann selbst nicht fassen, dass ich das laut gefragt habe. Als sie antwortet, ist ihre Stimme eisig. »Nein, Nick. Hatte ich nicht.«

Scham überfällt mich wie eine Welle Übelkeit. »Sorry«, sage ich. »Aber im Augenblick ist einfach alles ein Scheißdurcheinander.«

Ich stütze den Kopf in die Hände, starre auf den verdreckten Teppich, Blut pulsiert mir in den Schläfen. Dann spüre ich ihre Hand auf meinem Knie. »Können wir noch mal von vorne anfangen?«, fragt sie, und ich nicke.

Sie stellt ihr Glas ab und steht auf. Ich erhebe mich ebenfalls, und wir beugen uns zueinander. Sie schlingt die Arme um meinen Hals, und ich ziehe sie an mich, und wir stehen da und halten einander fest wie die alten Freunde, die wir sind, und obwohl ich spüre, wie die Leute uns anstarren, ist es mir scheißegal, weil ich weiß, dass ich genau das gebraucht habe.

»Es tut so gut, dich zu sehen, Nick«, sagt sie an meiner Wange. Ich höre die Ehrlichkeit in ihrer Stimme. Aller Groll zwischen uns hat sich in Luft aufgelöst.

»Ich find's auch schön, dich zu sehen, Kay«, sage ich sanft. Sie löst sich von mir, und ich sehe eine Regung in ihrem Gesicht, eine Gefühlsaufwallung, ein Wiedererkennen. Kay – mein alter Name für sie.

Jetzt ist es leichter. Die Atmosphäre zwischen uns ist gereinigt. Wir können uns ungehindert unterhalten, und eine Weile tun wir das auch – sprechen über Luke, sein Verhalten in letzter Zeit, was sie über seine Geschäfte in Erfahrung gebracht hat, was Julia mir erzählt hat.

»Was ist mit dem Foto?«, fragt Katie. »Das auf Lukes Schreibtisch stand – das von uns dreien?«

»Ich weiß es nicht, Katie«, sage ich. »Ich weiß nicht, warum er sich so alte Fotos angeschaut hat.«

Sie denkt kurz darüber nach, nagt dabei an der Unterlippe, eine Angewohnheit, die mir schmerzlich vertraut ist. »Als du mich vorhin nach Luke und mir gefragt hast, hab ich dir nicht ganz die Wahrheit gesagt.«

Ich warte auf ihre Erklärung.

»Es war keine Affäre – nicht mal annähernd. Es war eher ein Flirt. Etwas Unbeschwertes. Kannst du dir das vorstellen?«

Unwillkürlich registriere ich erneut die dunklen Ringe, wie Blutergüsse, unter ihren Augen, die straff gespannten Muskeln in ihrem Gesicht, als würde etwas Wütendes und Gequältes hinter ihrer Miene lauern. »Kay, ich kann mir im Moment überhaupt nicht vorstellen, dass du irgendetwas Unbeschwertes machst.«

Das ist ehrlich – vielleicht zu ehrlich –, und sofort bedauere ich, es ausgesprochen zu haben. Aber ich kann es nicht zurücknehmen.

Sie spielt mit einem Ring an ihrem Mittelfinger, dreht ihn unablässig wie eine Perle an einem Komboloi.

»Du glaubst doch nicht …«, setzt sie an, »… du glaubst doch nicht, dass das – ich meine, Lukes Verschwinden –, du glaubst doch nicht, dass es irgendwie damit zu tun hat, was damals passiert ist? In Kenia, als wir Kinder waren. Oder?«

»Vorbei ist vorbei«, sage ich.

»Es macht mir Angst, Nick. Luke wird vermisst, und jetzt bist du wieder hier.« Sie breitet die Hände in einer Geste der Hilflosigkeit aus. »Es geht wieder um uns drei, nicht? Und dann, als Julia mir das Foto gegeben hat –«

»Ich glaube, Luke hat sich übernommen«, sage ich hastig. »Ich glaube, er hat sich zu viel zugemutet, und es ist ihm über den Kopf gewachsen. Ich glaube, er trauert noch immer um unsere Mum und musste mal eine Weile weg von allem, um wieder zu sich zu finden. Es hat ihn einfach alles runtergezogen. Das glaube ich jedenfalls.«

»Das war eine ziemlich lange Rede für deine Verhältnisse«, sagt sie trocken, und ich weiß, dass sie mich aufzieht, aber dennoch, ich sehe die Skepsis in ihren Augen.

Sie hat ihr Bier fast ausgetrunken und starrt auf den letzten Rest in ihrem Glas. Ich kann sie kaum verstehen, als sie mit leiser Stimme sagt: »Denkst du manchmal daran? Was damals passiert ist?«

Mein Herz schlägt dumpf, ängstlich. Das Grauen, das mir immer tief in der Magengrube liegt, wie ein schlafender Hund kurz vor dem Aufwachen.

»Nein«, erwidere ich, die Zunge schwer vor Übermüdung und vom Bier. »Nein, nie.«

Ich frage nicht, ob sie daran denkt – ich will es nicht wissen –, obwohl sie anscheinend kurz davor ist, darüber zu reden.

Dann summt mein Handy – eine SMS –, und ich beschäftige mich damit, sie zu lesen, dankbar für die Ablenkung. »Von Lauren«, sage ich. »Sie ist wach.«

Katie lächelt und leert ihr Glas. »Dann musst du wohl los«, sagt sie und wendet sich ab, um ihre Sachen zusammenzusuchen.

Als ich zurückkomme, ist Lauren nicht in unserem Zimmer. Ihre letzte SMS lautet: *Brauche frische Luft. Bin im Park spazieren.*

Ich lege mich ins Bett und falle in einen tiefen Schlaf. Als ich am frühen Morgen aufwache, fühle ich mich benommen und zerschlagen. Zuerst weiß ich nicht, wo ich bin. Die Bettwäsche fühlt sich fremd an. Ich schlage die Augen auf und greife nach Lauren, muss aber feststellen, dass ich allein bin. Ich setze mich auf und rufe ihren Namen, doch aus dem Bad kommt keine Antwort.

Ich greife nach meinem Handy auf dem Nachttisch. Ich habe einen entgangenen Anruf von Julia. Als ich die Beine aus dem Bett schwinge und aufstehe, geht die Tür auf, und Lauren kommt herein. Sobald ich sie sehe, weiß ich, dass irgendetwas passiert ist. Sie ist aufgewühlt, und ihre Bewegungen haben eine Hektik an sich, die mir fremd ist.

»Sieh dir das an«, sagt sie und hält mir eine Zeitung hin. Als ich sie nehme, habe ich vor jäher Panik das Gefühl, den Boden unter den Füßen zu verlieren, und ich wappne mich innerlich für die Nachricht, auf die ich gewartet habe.

Aber als ich die Zeitung überfliege, die Schlagzeile und die Fotos, finde ich nichts über Luke, überhaupt nichts. Stattdessen sehe ich einen Artikel über einen Terroranschlag.

»Das ist in Westlands«, sagt Lauren. »Die wissen noch nicht, wie viele Tote es gibt.«

»Nairobi?«, sage ich verwirrt, während sie das Zimmer durchquert und den Fernseher einschaltet, rasch durch die Sender zappt, bis sie Sky News gefunden hat.

»Terroristen, die mit AK-47-Sturmgewehren und Granaten bewaffnet sind, haben ein Einkaufszentrum gestürmt.«

Ich versuche, meine Gedanken zu ordnen, sie vom trüben Schleier des Schlafs zu befreien, und stelle mir diesen Stadtteil von Nairobi mit all den Nachtclubs und Einkaufszentren vor, eine wohlhabende Gegend.

»Keiner weiß, wie viele Leute sie da drin haben«, sagt Lauren, die konzentriert den Text liest, der über den Bildschirm läuft. »Nick? Schatz, alles in Ordnung?«

Ich setze mich aufs Bett, kleine schwarze Punkte tanzen mir vor den Augen, und die Zeitung gleitet mir aus den Händen. Ein sirrendes Geräusch beginnt in meinen Ohren – ein schriller Tinnitus –, und zugleich setzt der Schmerz ein.

»Um Gottes willen, Nick, du bist weiß wie die Wand.«

»Als du gerade reingekommen bist, mit der Zeitung in der Hand, da hab ich ...«

Ihre Arme umfassen mich, und sie zieht mich an sich. »Natürlich hast du gedacht, es geht um Luke. Entschuldige, das war gedankenlos von mir.«

Ich löse mich aus ihrer Umarmung, halte ihre Handgelenke fest und versichere ihr, dass mit mir alles in Ordnung ist, obwohl ich noch immer vor Schreck zittere.

»Komm, lass uns rausgehen«, sagt sie.

»Gut. Ich denke, wir sollten zu Julia fahren.«

»Nein«, sagt sie mit einer gewissen Heftigkeit. »Du brauchst eine Pause, Nick, und ich auch. Lass uns raus aus der Stadt fahren. Ich möchte gern sehen, wo du aufgewachsen bist.«

»Ehrlich?«

»Komm. Wir mieten uns ein Auto, nehmen was für ein Picknick mit, machen uns einen schönen Tag. Das wird dir guttun.«

Ich spüre ein gewisses Zögern in mir, aber ich habe das Gefühl, ich muss bei Lauren etwas wiedergutmachen. Und vielleicht hat sie ja recht – vielleicht würde es mir guttun, uns guttun. Also ziehe ich mich rasch an, und als wir gefrühstückt haben und die Wirkung des Kaffees einsetzt, finde ich die Idee richtig gut. Der Ausflug wird uns von der Suche nach Luke ablenken. Es war eine anstrengende Woche, wir brauchen diese kurze Erholungspause. Das Hotel besorgt uns einen Mietwagen, und kurze Zeit später sind wir unterwegs.

Laurens Stimmung hellt sich auf, als wir Dublin hinter uns lassen und nach Süden Richtung Wicklow Mountains fahren, und meine ebenso. Trotz des nagenden Bedürfnisses, meinen Bruder zu finden, ist es eine Erleichterung, aus der Stadt raus zu sein.

Der Verkehr lichtet sich, als wir Harold's Cross passieren, durch Terenure kommen und die Grange Road hoch Richtung Kilmashogue fahren. Ich sitze am Steuer, und Lauren ist damit beschäftigt, E-Mails und SMS an unsere Freunde in Nairobi zu schicken, um herauszufinden, ob irgendwer, den wir kennen, unter den Geiseln ist. Die Antworten sind fahrig und panisch; eine Ahnung des Schocks, der Nairobi erfasst hat, weht durch den Wagen. Im Radio spricht ein Talkshowmoderator über das Ende des EU-Rettungsschirms, den neuen Haushaltsplan und einige Änderungen der Erbschaftssteuer, woraufhin ich innerlich abschalte.

Dann, nach einer Werbeunterbrechung, kommt ein Beitrag über Luke.

»Der taucht wieder auf«, sagt einer der erfahrenen Experten.

»Der Mann ist wie Houdini. Er konnte sich schon immer aus jeder Klemme befreien.«

Der Moderator lacht. »Aber wo steckt Luke Yates, und was ist mit ihm passiert? Er war noch vor zwei Wochen hier bei uns in der Sendung, wie sich manche Hörer vielleicht erinnern, um über seine Charity-Organisation ALIVE zu reden und die großartige Arbeit, die sie in Kenia leistet, wo sie Häuser für Bedürftige baut.«

Ehe ich dazu komme, wechselt Lauren den Sender. Sie sagt nichts, starrt nur stur geradeaus. Der Klang von Streichinstrumenten erfüllt den Wagen. Eine Geige verwandelt die bedrückte Stimmung in eine entrückte Trance.

Wir erreichen Ticknock, wo die Straße steiler wird. Der Motor hat zu kämpfen, und die Reifen beißen sich in den Asphalt. Ich halte an einer Kreuzung auf der Tibradden Road.

»Guck mal«, sage ich zu Lauren.

Von hier oben kann man die ganze Stadt sehen, von Howth Head bis hinein ins Zentrum mit dem Monument The Spire wie eine schimmernde Nadel. Man kann die beiden rot-weiß gestreiften Schornsteine von Poolbeg sehen, die wie zwei Zuckerstangen aufragen. Man kann Dublin in all seiner Schönheit sehen.

Lauren genießt die Aussicht mit einem tiefen wohligen Atemzug.

Ich fahre an Bray vorbei weiter nach Süden Richtung Wicklow, nähere mich dem Ort, wo ich aufgewachsen bin. Sobald das Haus in Sicht kommt, spüre ich den Druck, der sich in meinem Innenohr aufbaut – die Luftblase, die zu platzen droht. Mein Tinnitus schrillt so hell und durchdringend, dass ich den Wagen am liebsten wenden möchte. Es war ein Fehler, herzukommen. Ich will die Geheimnisse nicht offenbaren, die hinter diesen Mauern liegen. Ich will die schlafenden Geister nicht wecken.

Aber Lauren ist aufgeregt und voll gespannter Erwartung. Ihr Staunen beim Anblick meines Elternhauses macht mich ein bisschen traurig, aber ich bringe es nicht über mich, sie zu enttäuschen.

»Wie schön«, sagt sie, als sie die elegant geschwungene Einfahrt sieht, die hohen Mauern, den prächtigen Sims.

»Es war mal schön«, sage ich zu ihr. Dann erkläre ich, dass das Haus nach dem Tod meines Vaters an einen Bauunternehmer verkauft wurde. »Er wollte es zusammen mit den Nachbarhäusern abreißen und eine Riesenvilla bauen, aber dann ging er pleite.«

Sie legt eine warme Hand auf meinen Oberschenkel, während ich fahre. Sie will mich beruhigen, aber ich empfinde bloß dumpfe Panik. Lauren will zu viel Bedeutung in diesen Augenblick legen. Müdigkeit erfasst mich, und mit ihr ein verwirrendes Durcheinander von Gefühlen. Ich sorge mich um meinen Bruder, aber da ist auch ein leiser Zorn – weil sein Verschwinden keinen Sinn ergibt, weil er mich hierher zurückgeholt hat, wo ich doch wegbleiben wollte –, und mit dem Zorn kommt Scham, die ich nicht abschütteln kann.

Einige Steine in der Auffahrt haben sich gelockert, Unkraut wächst in den Fugen, macht die Oberfläche holprig und uneben. Die Schönheit der Schiebefenster bleibt verborgen, Sperrholzplatten sind auf die Rahmen genagelt worden. Der Garten ist verwildert, Ackerwinde überwuchert alles. Wir sind weit weg von allem. Das idyllische, ehemals von Leben erfüllte Haus meiner Familie existiert nicht mehr.

Ich halte an und stelle den Motor ab.

»Komm«, sagt Lauren und steigt aus.

Sie geht auf eines der vernagelten Fenster zu, stellt sich auf zwei übereinandergestapelte Steine und versucht hineinzuspähen. Mein Blick wandert hinauf zum Sims, wo Lücken entstanden sind, in denen Mehlschwalben nisten können. Ich bemerke die Löcher im Gebälk, die Risse im Mauerwerk und denke an den Wind, der durchs Haus pfeift, spüre ein Frösteln von Einsamkeit.

»Was jetzt?«, frage ich.

»Jetzt gehen wir rein.«

»Lauren«, sage ich geduldig, »das Haus ist verrammelt. Wir kommen nicht rein.«

Sie scheint mich nicht zu hören. Stattdessen geht sie seitlich ums Haus, und ich folge ihr durch den überwucherten Küchengarten, einen verschlungenen Wirrwarr aus Büschen, Brennnesseln und Unkraut, nach hinten, wo die Tür zur Spülküche durch zwei quer davorgenagelte Bretter versperrt ist. Ich sehe zu, wie Lauren daran zerrt, einerseits beunruhigt durch ihre Hartnäckigkeit, andererseits neugierig. Plötzlich ertönt ein Knacken, als das Holz nachgibt, und sie stößt die Tür auf, dreht sich mit einem triumphierenden Grinsen zu mir um, über das ich lachen muss, weil ihre Begeisterung so ansteckend ist.

»Glückwunsch«, sage ich und folge ihr, als sie sich unter dem verbliebenen Brett hindurchbückt und das dunkle Haus betritt. »Du hast eine glänzende Karriere als Einbrecherin vor dir.«

Es riecht muffig nach Moder und Feuchtigkeit. Lauren ist ein Stück vor mir.

»Guck dir das an«, sagt sie beinahe ehrfürchtig, und ich sehe die Anspannung auf ihrem Gesicht – den Nervenkitzel des Unerlaubten, des Verbotenen. Ich ermahne sie zur Vorsicht, wie ein guter Ehemann, aber sie antwortet nicht. In der Küche hat offenbar mal jemand ein kleines Lagerfeuer gemacht. In einer

Ecke sind die Wände schwarz verkohlt. Das Herz-Jesu-Bild hängt noch immer an der gegenüberliegenden Wand, längst verblasst. Irgendwo in den Räumen meiner Erinnerung höre ich das gespenstische Echo von Stimmen, die aus der Vergangenheit nach mir rufen.

»Wow, sieh mal da«, sagt Lauren, als sie die Treppe erreicht, die trotz des Verfalls ihren eleganten Schwung bewahrt hat. Ich sehe zu, wie meine Frau nach oben geht, ihre Hand von dem schmutzigen Geländer zurückzuckt.

»Pass auf«, sage ich, fürchte, dass das Holz unter ihren Füßen jeden Moment nachgibt und sie durch die Stufen kracht.

Ich schaue ihr nach, bis sie oben verschwindet, aber ich folge ihr nicht. Stattdessen gehe ich in das ehemalige Wohnzimmer. Trübes Zwielicht erfüllt den Raum. Ich sehe, dass der Kamin herausgerissen und zusammen mit sämtlichen Möbeln entfernt wurde. Alles wirkt kahl und verlassen, als würde das Zimmer selbst seiner vergangenen Pracht nachtrauern. Ein Schwarm von Stimmen geistert mir durch den Kopf. Als würde eine Warnung in ihnen widerhallen. Ich hätte nicht gedacht, dass mich die Rückkehr hierher so tief berühren würde. Ein Schwall von Gefühlen steigt in mir auf, und mir wird schwindelig, als würde ich irgendwo aus großer Höhe in die Tiefe blicken.

Lauren ruft mich, aber ich will nicht nach oben gehen. Ich habe genug gesehen. Ich rufe zu ihr hoch, dass ich draußen auf sie warte. Wieder höre ich meinen Namen, aber diesmal liegt ein schriller, panischer Ton in Laurens Stimme. Ich laufe die Treppe hinauf, immer zwei Stufen auf einmal nehmend, und folge dem Klang ihrer Stimme bis ins vordere Schlafzimmer.

Sie dreht sich zu mir um, das Gesicht bleich vor Entsetzen. Ich schaue an ihr vorbei in die Stille des Raums.

Das Halbdunkel wird von einem Lichtstrahl durchdrungen, der es durch eine Ritze zwischen den Brettern vor dem Fenster geschafft hat.

Das Licht fällt auf seine Füße und Knöchel – schwarze Lacklederschuhe, Socken mit Rautenmuster, der Saum seiner schwarzen Smokinghose.

»O Gott«, sagt Lauren wieder und wieder leise vor sich hin.

Ich stehe reglos da, ein schmerzliches Klingeln in den Ohren, tausend stechende Nadeln in meiner Haut. Falls es Worte gibt, die man sagen könnte, so kann ich sie nicht aussprechen. Nicht hier, nicht jetzt. Ich spüre Laurens Hand auf meinem Rücken, aber ich kann sie nicht ansehen. Stattdessen stehe ich in meinem Elternhaus, wie gelähmt, und starre zu ihm hoch – zu meinem Bruder, der sachte am Ende eines Stricks baumelt, während der Balken über ihm knarrt.

TEIL ZWEI

KENIA 1982

7.

SALLY

Ich mag ihn nicht«, sagt sie.

Sie sind in dem Büro in Kianda, zu zweit. Der Fahrer ist gerade gegangen. Sally steht in der Tür und beobachtet ihn, wie er die Gasse hinuntergleitet, den lässig wiegenden Gang.

»Wieso nicht?«, fragt Jim, und als sie sich zu ihm umdreht, sieht sie, dass er sie überrascht anblickt.

»Ich trau ihm nicht.«

Er lacht, widmet sich wieder seinen Unterlagen und klopft mit dem Stift in der Hand einen Rhythmus. »Du traust doch niemandem«, sagt er sanft.

Sie wendet sich ab und blickt wieder zur Tür hinaus. Der Fahrer – Mackenzie – ist an einer Ecke stehen geblieben, um sich die nächste Zigarette anzuzünden, die Schultern in der Jeansjacke hochgezogen. Die ganze Zeit, die er im Büro war, hat er drauflosgequalmt, die Zigarette zwischen die dicken Stummelfinger geklemmt, Dreck unter den Fingernägeln. Plötzlich stellt Sally sich eine schlingernde Fahrt in einem blechernen Minibus vor, in dem ihr von dem schalen Geruch nach Zigarettenrauch schlecht wird.

»Er wirkt durchtrieben«, sagt sie und spürt ihre Gereiztheit zurückkehren. Die Art, wie er sie ignoriert, immer nur mit Jim gesprochen hatte, als wäre sie überhaupt nicht da. Zwischendurch hatten die beiden Männer immer mal wieder ins Kikuyu gewechselt, und Sally, die die Sprache nicht versteht, konnte nur stumm daneben stehen und zuhören. Jim spricht fließend Kikuyu, aber noch immer hört man in seinen Vokalen und Betonungen den Iren heraus. Sie war von einem Bein aufs andere getreten, Hände vor der Brust verschränkt, und Jim, der ihre Ungeduld spürte, hatte immer wieder zurück ins Englische gewechselt. Sobald alles Wichtige besprochen und das Honorar ausgehandelt war, hatten die beiden Männer sich die Hände geschüttelt. Sie war vorgetreten, um Mackenzie ebenfalls die Hand hinzustrecken, aber er hatte ihr bloß zugenickt und war an ihr vorbei nach draußen auf die Straße gegangen. Das hatte ihre Wut nur noch mehr geschürt.

»Hör mal«, sagt Jim, bemüht vernünftig, »er kennt sich in der Gegend gut aus, und er kennt die Safarirouten wie seine Westentasche. Such von mir aus jemand anderen, aber du wirst niemanden finden, der so einen Riecher für Großwild hat wie Mack, glaub mir.«

Er hat recht, aber sie antwortet ihm nicht, sondern beobachtet schweigend, wie Mackenzie um die Ecke biegt und in der riesigen, überfüllten Tristesse des Kibera-Slums verschwindet. Bei der Hitze heute ist der Gestank schlimmer denn je. Abwasser gluckert in offenen Rinnen, und vor den dampfenden Blechhütten verdienen emsige Hände etwas Geld mit Schuheflicken und Wäschewaschen. Der Himmel darüber ist ein trübes Weiß mit dicken Wolken, und auf allem lastet das Miasma aus drückender Hitze.

Einmal, als Sally in einer kleinen Maschine über Nairobi flog, hatte sie aus dem winzigen Fenster auf den Slum geblickt, der sich unter ihr erstreckte.

»Sieht aus wie ein großer breiter Streifen Scheiße in der Landschaft, was?«

Die Bemerkung kam von ihrem Nachbarn, einem Mitreisenden, dem sie noch nie begegnet war. Sie hatte ihn angefunkelt, entsetzt und wütend, aber er hatte an ihr vorbeigestarrt, den gefühllosen Blick auf das Land unter ihnen gerichtet.

Sally ist in diesem Teil des Slums bekannt, weil sie seit fast einem Jahr dort ein und aus geht. Sie hat inzwischen Routine darin, jedwedes Ekelgefühl angesichts des unendlichen Drecks zu unterdrücken. Manchmal kommt es ihr so vor, als würde sie sich in den Gassen aus rotbraunem Lehm mehr zu Hause fühlen als in der üppigen und grünen Gegend von Lavington – die zahllosen blitzsauberen Häuser auf dem Berg mit ihren Alarmanlagen und Wachleuten und Grundstücksmauern bespickt mit Glasscherben.

»Wahrscheinlich hast du recht«, murmelt sie und unterdrückt die Unsicherheit, die sich beharrlich immer wieder meldet.

Draußen kickt Luke eine Plastikflasche herum, zusammen mit zwei einheimischen Jungs, die offenbar viel zu große Schuhe tragen, aus denen ihre mageren Beine zu geschwollenen dunklen Knien aufragen. Sally weiß nicht, warum er heute unbedingt mitkommen wollte, anstatt bei den anderen zu bleiben. Sie vermutet, es hat etwas mit der Freundschaft zu tun, die sich zwischen seinem kleinen Bruder Nick und Helens Tochter Katie entwickelt hat. Das neue Bündnis scheint die enge Beziehung, die vorher zwischen ihren beiden Söhnen bestand, aus dem Gleichgewicht gebracht zu haben. Sally hat gemischte Gefühle gegenüber dem stillen, schüchternen Mädchen. Aber zu erleben, wie ihr geliebter Nick auf seine eigene stille, weichherzige Art einem Zauber verfällt, hat in ihr eine Traurigkeit ausgelöst, die sie sich nicht erklären kann, als würde seine wachsende Zuneigung zu dem Mädchen irgendwie die Liebe zwischen Mutter und Sohn schmälern.

Albern, sagt sie sich, während sie zusieht, wie Luke unter dem Arm eines Gegenspielers wegtaucht, die Augen fest auf den Ballersatz gerichtet. Zehn Jahre alt und sein Körper wird schon schlank und sehnig. Kantige Schultern, keine Spur mehr von Babyspeck, und in den letzten Monaten hat sie einigermaßen alarmiert die Veränderungen bemerkt, die sich im Gesicht ihres älteren Sohnes vollziehen – das kräftigere Kinn, die ovalere Gesichtsform –, so dass sie bereits den Erwachsenen erahnen kann, der auf ihn wartet. Sie will nicht, dass der Junge erwachsen wird – nicht jetzt schon. Sie ist noch nicht bereit, ihn loszulassen. Aber was sie am meisten beunruhigt, was sie in manchen Nächten wach hält und an die Decke starren lässt, das ist der Blick, mit dem er sie in letzter Zeit mustert, wenn er glaubt, sie könnte es nicht sehen – ein kalter Blick mit einer Frage darin, als wäre sie kurz davor, ihn zu enttäuschen, als wartete er förmlich darauf, dass sie strauchelt. Selbst heute, diese Fahrt nach Kianda und Lukes Entscheidung, sie zu begleiten: Irgendwie hat sie das Gefühl, dass er nicht mitgekommen ist, weil ihm langweilig war und weil er sich bei den anderen als fünftes Rad am Wagen fühlt, nein. Er ist hier, um sie im Auge zu behalten. Bei all seiner gespielten Nonchalance, seiner Weigerung, sie offen anzuschauen, will er sie dennoch nicht aus den Augen lassen.

»Du bist heute so still«, sagt Jim.

»Ach ja?«

»Nachdenklicher als sonst.«

Er sitzt jetzt an seinem Schreibtisch, die breiten Schultern nach vorne gebeugt. Er ist ein kräftiger Mann und wirkt in dem kleinen, beengten Büro wie eingepfercht, als würde eine unbändige Energie in ihm nach einem Ventil suchen. Er sieht nicht aus wie ein Priester: Ein Holzkreuz an einem dünnen Lederband um den Hals ist das einzige sichtbare Zeichen seiner Berufung. Sie kann ihn sich nicht im stillen Gebet vorstellen. Was hatte sie einmal zu ihm gesagt? Dass er kaum Ähnlichkeit mit einem Mann Gottes hatte, es sei denn, man dachte an Johannes den Täufer.

»Das liegt an dieser Fahrt in die Masai Mara«, erklärt sie ihm. »Ich habe ein ungutes Gefühl dabei.«

»Wieso?«

»Ich weiß nicht genau. Vielleicht, weil ich das Gefühl habe, ich werde dazu gezwungen.«

»Von wem?«

»Ken.«

Er schaut sie weiter an, wartet. Seine Augen sind hellblau, und ihr Blick manchmal auf eine Art entwaffnend, als würden sie eine schwere Vergangenheit erahnen lassen. Und doch weiß Sally, dass der Mann einen tiefen Quell der Güte in sich trägt.

»Wir haben uns letzte Nacht gestritten«, gesteht sie und schaut zur Wand, wie um das Pinnbrett hinter ihm zu studieren. »Er findet, Helen und Katie sind schon zu lange hier. Er glaubt, Helen ist auf der Flucht.«

»Und was glaubst du?«

Sie zuckt die Achseln, erstaunt über die jähen Tränen, die ihr in die Augen schießen. Sie blinzelt sie weg, schluckt trocken und denkt an all die Stunden, die sie mit ihrer Freundin verbracht hat, in denen sie beide über die Kluft in Helens und Michaels Ehe geredet, jede schroffe Bemerkung haarklein analysiert haben, jedes bittere Wortgefecht, die vielfachen Kränkungen und Zurückweisungen. Sie spürt, dass Jim sie beobachtet, in seinem Sessel zurückgelehnt, nachdenklich Däumchen dreht.

»Er hat mir vorgeworfen, ich würde mich in ihre Ehe einmischen«, sagt sie leise.

Jim seufzt, sagt dann mit einer Stimme, die tief und weich vor Verständnis ist: »Du bist ein guter Mensch, Sally. Du hängst an deiner Freundin. Was auch immer du möglicherweise getan hast, deine Absichten waren gut.«

Sie denkt darüber nach, sinniert kurz über das Wort »gut«. Es ist ein Wort, das man leichter mit ihm in Zusammenhang bringt als mit ihr, denkt sie. Seine Güte scheint nicht in den kühlen, erhabenen Räumen von Kirchen entstanden zu sein, sondern aus der fetten, lehmigen Erde seines Volkes erwachsen – Generationen, die das Land im County Antrim bebaut haben, bis hin zu den ersten Pflanzungen im elisabethanischen Zeitalter – als hätte die Fruchtbarkeit des Bodens, der ihn genährt hat, in ihm ein brennendes Verlangen geschürt, dem dürren Land dieses trostlosen Ortes Leben abzuringen.

»Sie ist auf der Flucht«, hatte Ken am Abend zuvor gesagt. Es war nicht das erste Mal, dass sie darüber sprachen.

Im Flüsterton, der die Dunkelheit ihres Schlafzimmers durchdrang, hatte er sie erneut beschworen, Helen nach Hause zu schicken.

»So geht das nicht weiter«, hatte er mit einem ungewohnt bissigen Zorn in der Stimme gesagt, während sie ihren Körper angespannt auf Abstand zu ihm hielt, die unerwünschte Wärme seines Atems spürte. Grund für seinen Zorn war nicht Helens fortdauernde Anwesenheit, sondern Sallys Verweigerung. Augenblicke zuvor hatte er über das zerwühlte Laken ihres Bettes hinweggegriffen, und sie war zurückgewichen.

»Himmelherrgott, Sally!«, hatte er gezischt. »Wie lange soll das noch so weitergehen?«

»Es ist nicht der richtige Moment –«

»Es ist *nie* der richtige Moment, verdammt nochmal. Nicht, seit sie da ist.«

Er warf den Kopf nach hinten ins Kissen, und sie hatte gespürt, wie seine Wut hochkochte, schneller im Raum kreiste als der träge surrende Deckenventilator über ihnen.

»Seit sie im Haus ist, haben wir kein einziges Mal miteinander geschlafen. Kein einziges Mal! Ich hab das Gefühl, du willst nicht, dass ich dich anfasse –«

»Das stimmt nicht.«

»Als hätte sie dich mit dem Gift infiziert, das aus ihrer eigenen unglücklichen Ehe tropft.«

»Blödsinn.«

»Dann erklär's mir bitte.«

»Ich bin müde, mehr nicht. Die Jungs und Katie zu beschäftigen, die Gespräche mit Helen, zu hören, was sie durchgemacht hat …«

»Was sie durchgemacht hat«, wiederholte er verächtlich. »Sie ist eine verwöhnte Göre, die rumzickt.«

»Das ist nicht wahr! Sie ist unglücklich, total deprimiert. Du hast ja keine Ahnung –«

»Sie führt sich auf wie ein bescheuerter Teenager!«

»Leise, sonst hört sie dich!«

»Ist mir scheißegal! Das ist mein Haus.«

Aber die Warnung schien ihn zu beruhigen oder ihn immerhin zum Schweigen zu bringen. Eine Weile blieben sie beide stumm.

Dann sagte er, ehe er sich in der Dunkelheit von ihr wegdrehte: »Michael ist kein schlechter Mensch, Sally. Er ist bloß ein Langweiler, und das wusste sie, als sie ihn geheiratet hat. Es reicht jetzt. Sie müssen wieder nach Hause.«

Das Gespräch hallt nun in ihr nach, während sie das Pinnbrett vor sich betrachtet, den Schweiß auf dem Rücken spürt, die Hitze, die durch das dünne Dach brennt. Sie fühlt sich nach dem Streit schwach, innerlich zittrig – es passiert alles zu schnell. Und dann der Anruf von Ken heute Morgen aus dem Büro, um ihr mitzuteilen, dass er die Fluggesellschaft angerufen hat, dass alles geregelt ist ...

Jim ist aufgestanden und neben sie getreten, die Hände in den Taschen, und sie spürt seinen Blick.

»Was ist los, Sal?«, fragt er behutsam. »Du wirkst bedrückt.«

Sie bleibt reglos stehen, die Augen weiter auf das Pinnbrett gerichtet.

»Ken sagt, diese Fahrt in die Masai Mara ist unser Abschiedsgeschenk für die beiden. Er hat die Flüge gebucht – einen Tag nach unserer Rückkehr reisen sie ab.«

»Ah.« Einen Moment lang sagt er nichts, und sie spürt, dass er sie weiterhin beobachtet. Etwas steigt in ihr auf.

Seine Stimme, so sanft, dass sie genau den wunden Punkt berührt, sagt: »Es war doch immer klar, dass sie nicht ewig hierbleiben, Sally. Und das würdest du doch sicher auch nicht wollen.«

»Mich ärgert, wie er es gemacht hat!«, platzt sie plötzlich wütend heraus. »Er hat die Entscheidung getroffen ohne die geringste Rücksicht darauf, was ich will, geschweige denn, was Helen will! Weißt du, dass er Michael heute Morgen angerufen hat? Er hat ihm gesagt, wir würden seine Frau zu ihm zurückschicken. Genau so hat er sich ausgedrückt! Als wäre Helen eine Fundsache – ein Gepäckstück! Und mich hat er da mit reingezogen. Er hat keine Ahnung, er hat absolut keine Ahnung!«

Ihre Stimme bricht, Gefühle schnüren ihr die Kehle zu, Tränen brennen ihr in den Augen.

Er sagt nichts, aber sie spürt, wie sein Arm sich um sie legt, den Druck seiner Hand auf der Schulter, die sie an ihn zieht, sie fest und ruhig hält, während sie darauf warten, dass die Welle abebbt.

»Lächerlich«, sagt sie, tadelt sich selbst mit einem wütenden Kopfschütteln.

»Na, na …«

Dann sagt sie mit leiserer Stimme: »Er hat sich entschieden, Jim – wegen der Vertragsverlängerung. Er wird ihr Angebot ablehnen. Er will, dass wir zurück nach Irland gehen.«

Sie senkt den Kopf, spürt das Flattern von Panik. Sie könnte es Jim erklären, und er würde sie verstehen, aber nicht Ken. Er würde fassungslos reagieren, wenn sie ihm erzählen würde, dass die Frau, mit der er zusammenlebte, die Gattin, die perfekte Dinnerpartys geben konnte, die gelassen blieb, wenn ihre Kinder frech und aufsässig waren, die ihren Mann herzlich begrüßte, wenn er abends von der Arbeit nach Hause kam, dass diese Frau eine Attrappe war – ein hohles Gefäß. Dass das alles reine Fassade war, gespielt, und dass darunter nichts war, nur ein Hauch aus Unsicherheit, der in einem leeren Raum wehte. Dass sie, als sie nach Kenia kam, eine Veränderung in sich wahrgenommen hatte, gespürt hatte, wie ihre Sinne plötzlich anders reagierten: Gerüche wurden intensiver, Farben wurden satter und leuchtender, ihr Geschmackssinn wurde feiner. Und das waren nicht die einzigen Sinne, die erwachten.

»Manchmal habe ich das Gefühl, ich kann keine Minute länger bei ihm bleiben …«

Sie holt Luft, bringt die Emotionen unter Kontrolle, spürt, wie sein Arm sie loslässt, und als sie sich ihm halb zuwendet, sieht sie ihren Sohn in der offenen Tür stehen. Er hat ihre Tasche in der Hand und starrt sie an, das Gesicht im Schatten unergründlich, die Augen weit aufgerissen vor Schock und Schmerz, als wäre er geohrfeigt worden.

»Luke«, sagt sie, aber er wendet sich schon ab, lässt ihre Tasche zu Boden fallen.

Sie denkt daran, was sie gesagt hat – Worte, die sich gegen seinen Vater richten –, und Reue überkommt sie.

Jim sagt irgendwas, aber sie achtet nicht darauf, antwortet ihm nicht. Sie sieht ihrem Sohn nach, der mit raschen Schritten zu den anderen Jungen hinübergeht, sich zu ihnen auf die Stufen setzt, mit wütender und verschlossener Miene, und sie überlegt, was sie ihm sagen soll, wie sie es am besten erklären kann.

Die abendlichen Schatten werden länger, und die Luft ist erfüllt von Essensdüften. Drüben in Lavington wird der Rasensprenger jetzt abgestellt sein. Jamil wird durchs Haus gehen und überall Licht machen, Nick und Katie werden schmollen, weil sie keine Lust aufs Abendessen haben. Sie fühlt sich wie erdrückt unter der Last ihrer Verantwortung und der Aussicht auf den Abend, der sie erwartet.

»Ich muss los«, sagt sie zu Jim und lächelt ihn noch einmal kurz an, ehe sie nach draußen geht und zu Luke sagt, sie müssten zurück nach Hause.

Die Stimmung auf der Heimfahrt ist gedämpft, keiner von beiden hat Lust zu reden. Als Sally die Stufen zum Haus hochgeht, hört sie zwei Stare zwitschern. Ihr Käfig hängt an einem Balken, der zwischen den geschnitzten Verandapfosten verläuft. Sie lauscht ihnen gedankenverloren, mit leerem Blick. Sie fühlt sich schmutzig, der Dreck vom Slum haftet an ihr, und das Bedürfnis, sich zu reinigen, überwiegt den Wunsch, ihren jüngeren Sohn zu begrüßen, also eilt sie nach oben, verfolgt vom Essensgeruch aus der Küche und getrieben von einer geradezu gierigen Vorfreude auf die heiße Dusche. Als sie anschließend ins Schlafzimmer geht, um sich anzuziehen, wartet dort zu ihrer Überraschung ihr Mann auf sie. Er hat sich aufs Bett gesetzt, die Füße überkreuz, einen Drink in der Hand. Er deutet auf ein Glas, das er für sie mitgebracht und auf die Kommode gestellt hat.

»Du bist früher als sonst zu Hause«, bemerkt Sally, während sie ihren Gin Tonic nimmt und überlegt, was sie zum Dinner anziehen soll.

»Im Moment ist im Büro wenig zu tun«, sagt Ken.

»Das ist gut, oder?«

»Ja. Eine angenehme Verschnaufpause.«

Sie sieht ihn nicht an, aber seine Nachdenklichkeit, die Tatsache, dass er hier im Zimmer ist, während sie sich anzieht, und nicht unten Zeitung liest oder mit den Jungs Tischtennis spielt, verrät ihr, dass er etwas auf dem Herzen hat, dass der Grund für seine frühe Heimkehr nicht die Arbeitsflaute im Büro ist, sondern etwas ganz anderes. Das Schweigen zwischen ihnen ist wie ein juckender Schorf, der unbedingt abgekratzt werden muss. Sie kleidet sich rasch an, fast verstohlen, fühlt sich vor ihrem Ehemann gehemmt.

»Hast du mit Helen gesprochen?«

Sein Tonfall ist ruhig, und sie merkt, dass er seine Worte mit Bedacht gewählt hat.

»Noch nicht«, erwidert sie, spürt die Spannung, die schlagartig zwischen ihnen entstanden ist. Das leise unbehagliche Vibrieren nach ihrem Streit letzte Nacht scheint sich zu verstärken, wird zu einer Präsenz im Zimmer.

»Hör mal, das gestern Nacht tut mir leid«, sagt er. »Ich hätte nicht so aus der Haut fahren sollen.«

»Ich auch nicht.«

»Ich möchte doch bloß, dass wir hier wieder ein normales Leben führen.«

Sie wendet sich der Kommode zu und durchsucht ihre Schmuckschatulle nach einer Halskette. »Ich hab einfach Mitleid mit Helen, das ist alles. Es wird schwer für sie sein, wieder zurückzugehen.«

Er schaut sie an, sagt nichts und wartet.

»Tut mir leid, Ken. Ich weiß, du hältst es für das Beste, aber mich schaudert bei der Vorstellung, dass sie in dieses beengte Kleinstadtleben zurückkehrt, als Gefangene einer Ehe, die in den letzten Zügen liegt.«

»Was wäre die Alternative, Sally?«

»Sie könnte sich Arbeit suchen.«

Er ist perplex. »Arbeit? Was soll das heißen?«

»Damit sie ihren Lebensunterhalt bestreiten kann.«

Seine Augen weiten sich. »*Hier?* Will sie sich etwa hier in Nairobi einen Job suchen?«

»Ja«, antwortet sie, leicht eingeschüchtert von seiner Reaktion. Angesichts der offensichtlichen Fassungslosigkeit ihres Mannes, die darauf schließen lässt, wie lächerlich er die Idee findet, befallen sie leise Zweifel. Sie wendet sich ab, um ihre Ohrclips anzulegen, hofft, die Unschlüssigkeit zu überspielen, die ihr ins Gesicht geschrieben steht.

»Sally, das ist doch lächerlich! Du kannst doch nicht ernsthaft vorschlagen, dass die zwei weiter bei uns wohnen.«

»Warum denn nicht?«, fragt sie und zuckt die Achseln mit aufgesetzter Lässigkeit, versucht, die Stimmung zu lockern.

»Aus einer ganzen Menge von Gründen! Vor allen Dingen,

weil sie ein eigenes Zuhause hat, und selbst wenn dem nicht so wäre, ich will mein Zuhause, meine Familie – meine *Frau* – nicht mit ihr teilen.«

»Du warst es doch, der gesagt hat, sie soll uns besuchen kommen –«

»Nein, nein! Moment mal! Ich hab gesagt, sie *könnte* uns besuchen kommen, wenn ihr das guttäte. Von ›sollen‹ war keine Rede. Und ich hab ganz sicher nicht gemeint, dass sie in alle Ewigkeit bleibt. Zwei oder drei Wochen, kein Problem. Aber jetzt sind sie seit über zwei Monaten hier! Es reicht, Sally!«

Er steht auf, während er das sagt, stellt sein leeres Glas fest auf das Nachttischchen, so fest, dass sie zusammenzuckt. Er stemmt die Hände in die Hüften, taxiert sie, und sie kann seine Kiefermuskulatur unter den Wangen arbeiten sehen, das Zähneknirschen, ein untrügliches Zeichen für seine Emotion, und sie weiß, sie darf ihn nicht zu sehr provozieren.

»Außerdem kann sie nicht hierbleiben, weil wir selbst bald fortgehen. Oder etwa nicht, Sally?«

Irgendetwas in ihr – der Funke Kühnheit, der am Nachmittag zu ihrem Geständnis Jim gegenüber geführt hat – gibt ihr den Mut zu der Frage: »Stellst du mir ein Ultimatum? Versteh ich das richtig, Kenneth?«

Sie stehen einander gegenüber, die Luft zwischen ihnen aufgeladen mit all der Spannung und Wut, die sich im Lauf der Wochen und Monate dieses heißen Sommers aufgestaut haben.

»Sie muss zurück nach Hause«, sagt er leise. »Und wenn du es ihr nicht sagst, mach ich das.«

Damit schiebt er sich an ihr vorbei und zur Tür hinaus, geht mit schwer und gewichtig polternden Schritten die Treppe hinunter.

Sie kleidet sich weiter an und setzt dabei das Streitgespräch im Kopf fort, formuliert Repliken voller selbstgerechter Empörung, die sie ihm in ihrer Phantasie entgegenschleudert. Das gedankliche Geplänkel dauert an, als sie das Schlafzimmer verlässt und die Tür hinter sich schließt. Von unten kann sie Helens Stimme hören, ihr helles Lachen, und sie stellt sich vor, wie die beiden mit ihren Aperitifs herumstehen, Helen über irgendeinen Witz von Ken lacht, ohne zu ahnen, welche dunklen Absichten er hegt.

Als sie oben an der Treppe ist, bemerkt sie aus den Augenwinkeln etwas – eine Bewegung hinter der halb geschlossenen Badezimmertür. Sie nähert sich der Tür, drückt sie weiter auf und sieht Nicky und Katie über das Waschbecken gebeugt. Als sie sich zu ihr umdrehen, wirkt der Ausdruck in ihren Gesichtern heimlichtuerisch und verschlossen, so dass sie eintritt und mit barscher, harter Stimme fragt: »Was macht ihr da?«

Prompt verstecken die Kinder die Hände hinter dem Rücken, Nicky blickt zu Boden, aber Katie sieht ihr direkt in die Augen, ausdruckslos, aber irgendwie auch trotzig.

»Zeigt mir eure Hände«, befiehlt Sally, und sie spürt einen Anflug von Besorgnis, als sie das Zögern der beiden bemerkt, sieht, wie Nicky leicht den Kopf neigt, zu Katie hinüberschielt, um Erlaubnis bittet. Dieser Blick erbost Sally dermaßen, dass sie hinter seinen Rücken greift, seinen Arm packt und nach vorne zieht. Unwillkürlich stößt sie einen kleinen erschrockenen Schrei aus.

Seine Hand ist voller Blut. Unter der Nässe sieht sie den Schnitt – eine tiefe Linie inmitten der Furchen und Falten seines Handtellers.

Sie fragt nicht, wie das passiert ist, sagt kein Wort. Sie greift nach Katies Hand und versucht, ihre aufsteigende Beklemmung niederzuringen, als sie die gleiche Wunde sieht, das Blut, das über das Handgelenk des Mädchens rinnt. Dieses Kind ist Gast in meinem Haus, denkt sie und empfindet ein jähes Schuldgefühl.

Sie geht vor den beiden Kindern in die Hocke, wobei sie ihr Herz so heftig schlagen spürt, dass es ihr vorkommt, als müssten die Kinder es auch hören. Als sie von einer Hand zur anderen schaut, sieht sie aus den Augenwinkeln das aufgeklappte Taschenmesser auf dem Waschbeckenrand liegen, verschmiertes Blut auf dem Porzellan.

»Wer ist auf die Idee gekommen?«, fragt sie mit tiefer, mühsam beherrschter Stimme. »Wer?«

Die Frage ist sinnlos. Der Pakt, den sie eingegangen sind – sie kann sich denken, wessen Idee das war. Die Frage, die sie stellen sollte, lautet: Warum?

»Ich«, sagt Nicky rasch, überhastet, und der scharfe Blick, den Katie ihm zuwirft, verrät Sally, dass er nicht die Wahrheit sagt. Ihr jüngerer Sohn nimmt die Schuld auf sich – meldet sich freiwillig –, und dieser kleine Akt der Ritterlichkeit bricht ihr ein wenig das Herz.

»Das hättet ihr nicht tun sollen«, flüstert sie und spürt, wie sie wieder die Fassung zu verlieren droht. »Das muss vielleicht genäht werden.«

»Tut gar nicht weh«, sagt Katie stoisch. »Nicht richtig.«

Aber Tränen brennen ihr in den Augen, und Sally ertappt sich dabei, wie sie die Hand der Kleinen loslässt, und den Arm hebt, um ihr über die Wange zu streicheln – die erste zärtliche Geste, die sie ihr gegenüber zeigt, seit sie angekommen ist.

Die Kinder schweigen, während Sally ihnen die Wunden auswäscht, zucken zusammen, als das kalte Wasser über ihre Hände läuft.

»Wartet hier«, weist sie die beiden an und geht zurück ins Schlafzimmer, um den Erste-Hilfe-Kasten zu holen.

Als sie zurückkommt, stehen die beiden mit dem Rücken zu ihr dicht zusammen, Nicky gegen Katie gelehnt, in ihren Shorts und T-Shirts, nackte Füße auf dem kalten Fliesenboden. Irgendwas an der Art, wie sie da nebeneinanderstehen und so klein und verletzlich aussehen, lässt Sally verharren, den Atem anhalten. Katie hat einen Arm um Nickys Schultern gelegt, als würde sie ihn trösten. Dann tritt Sally ein, und die beiden lösen sich voneinander, und als ihr Sohn sich zu ihr umdreht, sieht sie seine Augen in Tränen schwimmen.

»Was hast du denn, Schätzchen?«, fragt sie liebevoll. »Tut's sehr weh?«

»Luke hat gesagt, ihr schickt sie weg.«

»Was?«

»Katie. Er hat gesagt, ihr wollt sie nach Hause schicken. Ich will aber nicht, dass sie wegfährt«, sagt er, das Gesicht ganz verzerrt vor Gefühl, und sie nimmt ihn in die Arme, flüstert tröstende Worte in sein Haar.

Erst einige Minuten später, als sie die Kinder mit ihren verbundenen Händen allein gelassen hat, damit sie sich fürs Abendessen umziehen, und sie schon unten an der Treppe angekommen ist, spürt Sally es.

In der Diele hört sie Jamil in der Küche singen, und durch die offene Haustür kann sie die Stare ruhelos in ihrem Käfig auf der Veranda flattern hören. Aus dem Zimmer nebenan tönen das tiefe Murmeln von Kens Stimme und Helens perlendes Lachen, und Sally spürt, wie sich etwas in ihr verhärtet, als würde ihr Stahl ins Herz dringen, sie kann ihn förmlich auf der Zunge schmecken. Sie weiß jetzt, was geschehen wird: Sie wird zu ihnen ins Wohnzimmer gehen und ihrer Freundin ruhig, aber bestimmt erklären, dass sie gemeinsam in die Masai Mara fahren werden – ein letzter Ausflug – und dass Helen und Katie danach nach Irland zurückkehren müssen. Ken hat ihr ein Ultimatum gestellt, aber das ist nicht der Grund für ihre Entscheidung. Im Geist sieht sie das Messer auf dem Waschbecken, das Blut, den wimmernden Körper ihres Sohnes und spürt, wie ein Schauder sie durchläuft. Die Bindung zwischen den Kindern, intim, zu nah, jetzt mit Blut besiegelt, verhärtet ihr Herz gegen jeden möglichen Widerspruch. Die Entscheidung ist gefallen. Sie ist jetzt bereit, legt die Hand an die Tür, stößt sie auf, und die anderen wenden sich ihr zu, um sie zu begrüßen.

TEIL DREI

KENIA 2013

8.

KATIE

Der Tag, an dem ich von Lukes Tod erfuhr, war der Tag, an dem ich mit dem Trinken aufhörte. Es war keine richtig bewusste Entscheidung. Ich beschloss nicht plötzlich, ein neues Leben anzufangen. Es war eher ein Bauchgefühl, ein tiefer Ekel vor mir selbst und vor dem, was geschehen war, so dunkel und intensiv, dass ich mich selbst kaum noch ertragen konnte. Etwas musste sich ändern.

Drei Wochen ohne einen Tropfen Alkohol sind ohne große Anstrengung vergangen, aber jetzt, als ich mit Reilly in der Flughafenlounge sitze und mich an einer Tasse Kaffee festhalte, spüre ich die Angst in mir und mit ihr das aufkeimende Verlangen nach einem Drink.

»Was denkst du?«, fragt Reilly sanft.

Ich schaue zu ihm hoch, sehe sein Kinn in die Hand gestützt, einen Daumen, der nachdenklich sein bärtiges Kinn streichelt, eine Sorgenfalte zwischen den Augen, während er mich aufmerksam betrachtet. Er hat mich im Morgengrauen abgeholt und zum Flughafen gefahren, dann darauf bestanden, mir Gesellschaft zu leisten. Hier, an diesem geschäftigen, vergänglichen

Ort, hat er eine Festigkeit an sich – eine Stabilität –, die mir ein Gefühl von Sicherheit gibt, mich aber auch leicht panisch macht. In wenigen Augenblicken werde ich aufbrechen müssen, und Reilly wird bleiben, und das macht mir Angst.

»Ich frage mich, warum ich hier bin, Reilly – warum ich gleich in dieses Flugzeug steige.«

»Weil er das so wollte«, sagt er.

»Genau das verunsichert mich«, sage ich und beuge mich näher zu ihm. »Warum wollte Luke, dass ich dabei bin?«

»Du musst ihm etwas bedeutet haben«, mutmaßt Reilly.

»Aber das ist es ja gerade. Mich in diese Gruppe von Vertrauten mit einzubeziehen, deutet auf eine Nähe hin, die wir nicht mehr hatten. Und wieso Kenia? Ich begreife das nicht. In seinem ganzen Erwachsenenleben ist er nie wieder dort gewesen, und trotzdem will er dort die letzte Ruhe finden?«

Ich kaue auf der Unterlippe, mein Blick irrt umher. Irgendwie kann ich die Unruhe nicht abschütteln, die ich ständig empfinde, seit ich den Anruf erhielt und gebeten wurde, an der Zeremonie teilzunehmen – als eine von sehr wenigen und handverlesenen Personen, die Luke dabei haben wollte, wenn seine Asche in den Wind verstreut wird.

»Gott, was seine Frau sich wohl denkt?« Ich streiche mir mit der Hand über die Augen, und in der Dunkelheit unter den Lidern sehe ich Julia Yates' Gesicht, ihr Blick stetig und prüfend, an dem Tag in ihrem Haus, als sie mir das Foto gab. Ich habe es dabei, in meiner Handtasche, und jetzt nehme ich es spontan heraus und reiche es Reilly. »Das hat Julia Yates mir gegeben. Sie hat es an dem Morgen, als er verschwand, auf seinem Schreibtisch gefunden.«

Seine Augen gleiten darüber, studieren es: Luke, Nick und ich, wie wir in der afrikanischen Sonne sitzen.

»Wie du aussiehst«, sagt er leise, »noch ganz rein und unschuldig.«

»Das ist verdammt lange her«, sage ich trocken.

»Ach was, hör auf damit. Soll ich dir jetzt Komplimente über dein Alter machen?«

Er dreht das Bild um, schaut auf die Rückseite, schiebt es mir dann über den Tisch zu. »Glaubst du, es hat eine besondere Bedeutung?«

»Damals ist etwas passiert. Als wir Kinder waren ... da ist etwas passiert, und jetzt frage ich mich, irgendwie denke ich, dass ...«

Meine Augen füllen sich mit Tränen, der Raum verschwimmt, und er legt seine Hand auf meine, gibt mir Halt. Ich höre seine Stimme, die mir sagt, dass ich mich beruhigen muss, dass es keinen Sinn hat, darüber nachzugrübeln, warum der Mann sich umgebracht hat, dass Menschen alle möglichen Geheimnisse mit sich herumschleppen, alle möglichen Schmerzen, und dass solche Grübeleien noch niemandem genützt haben. Doch während er redet, denke ich die ganze Zeit an den kleinen Vogel und die vage Erinnerung an etwas anderes: an einen Käfig auf einer Veranda, das Flattern von Flügeln.

»Was du im Augenblick am allerwenigsten gebrauchen kannst«, sagt Reilly, »ist, dich innerlich wegen etwas längst Vergessenem selbst zu zerfleischen, das du in deiner Kindheit getan hast und das wahrscheinlich niemanden außer dich noch interessiert. Hast du verstanden, Katie?«

Es klingt vernünftig, was er sagt, und ich spüre seine Fürsorge. Ich wünschte nur, es wäre wahr.

»Was machst du eigentlich hier, Reilly?«, frage ich. »Warum bist du so gut zu mir?«

Seine Hand, noch immer auf meiner, fühlt sich plötzlich

schwer an, und etwas verändert sich in der Atmosphäre zwischen uns.

»Weil mir was an dir liegt, Katie.«

Er sagt das verlegen, dann nimmt er seine Hand weg.

Gegenüber von uns sitzt ein kleines Mädchen neben seiner Mutter, baumelt mit den Beinen und starrt mich direkt an. Die Mutter späht in einen Handspiegel und betupft sich die Wangen mit einem Schwämmchen. Wo ist der Vater?, frage ich mich.

Etwas an Reilly, die Sicherheit, die ich in seinem Beisein empfinde, die Art, wie er mich jetzt ansieht, mit einer Mischung aus Interesse und Sorge, erinnert mich an meinen Vater, und plötzlich bin ich wieder in der Küche meiner Eltern, an einem Wochenende von der Uni zu Hause, mein Vater briet Frühstücksspeck in der Pfanne, und ich sagte beiläufig zu ihm: »Rate mal, wen ich neulich ganz zufällig getroffen habe. Nick Yates.« Ich sah, wie sein Rücken, der inzwischen leicht gekrümmt war, aber noch immer elegant, sich bei dem Namen versteifte. Trotzdem plauderte ich munter weiter, erzählte ihm von meiner wiedererwachten Freundschaft, täuschte eine Unbekümmertheit vor, die ich nicht empfand, weil mich seine unausgesprochene Beklommenheit antrieb. In dem Moment sagte er nichts. Aber später, als das Wochenende vorbei war und er mich zum Bahnhof brachte, streckte er den Arm aus und hielt mich am Handgelenk fest, bevor ich aus dem Wagen stieg, sah mich warnend an und sagte mit beschwörender Stimme: »Halt dich von dem Jungen fern, Katie. Er ist nicht gut für dich.« Und das war das letzte Mal, dass wir je darüber sprachen.

Jetzt, während der Kaffee vor mir kalt wird und eine Lautsprecherstimme die Passagiere eines anderen Fluges aufruft, sage ich zu Reilly. »Ich hab Angst davor, wieder dorthin zu reisen.«

Seine Augen gleiten kurz über mein Gesicht. »Was ist da passiert, Katie?«

»Wir waren noch Kinder. Wir haben gespielt. Aber dann … dann ist etwas Schreckliches …«

Reillys Mund spitzt sich nachdenklich, und ich höre ihn ausatmen. »Möchtest du drüber reden?«

Ich spüre den Sog, der von ihm ausgeht, und im Grunde wäre es so einfach, es ihm zu erzählen, so erleichternd, es endlich rauszulassen. »Nein«, sage ich rasch und wünschte, ich hätte nicht davon angefangen.

Dennoch kann ich mich der sich anschleichenden Traurigkeit nicht erwehren. »Ich verstehe nicht, warum er dorthin zurückwill«, sage ich. »Warum wünscht sich Luke Yates, dass seine Asche genau auf dem Flecken Erde verstreut wird, an dem dieses Furchtbare in seinem Leben geschehen ist?«

»Als Sühne?«, spekuliert Reilly.

»Möglich.«

Aber das Unbehagen bleibt. Es lässt mich nicht los, als ich meine Sachen nehme und zusammen mit Reilly zu den Sicherheitsschleusen gehe. An der Absperrung bleibe ich stehen. »Wenn die sterblichen Überreste von jemandem in ein anderes Land geflogen werden, glaubst du, die kommen in den Gepäckraum zu all den Koffern und Golftaschen?«

Reilly antwortet nicht. Stattdessen umfasst er meine Schultern und beugt sich vor, um mich auf die Stirn zu küssen. Ich spüre, wie sein Bart mich streift, und im selben Moment erfasst mich jähe Angst, wie die Vorahnung von etwas Unsichtbarem, Schrecklichem. Ich möchte ihn nicht loslassen, will ihn in meiner Nähe behalten. Doch er weicht zurück und lächelt mich beruhigend an. »Du schaffst das«, sagt er dann, und ich spüre seinen Blick auf mir, der mir folgt, als ich mich mit der Warteschlange nach vorne bewege, bis ich durch den Kontrollbereich bin und er mich nicht mehr sehen kann.

Als die Maschine auf der Landebahn des Jomo Kenyatta International Airport aufsetzt, dröhnt mir der Schädel. Ich habe mich während des ganzen Fluges in meinem Sitz verkrochen, war mir der anderen, die ebenfalls in der Kabine saßen, quälend bewusst – Nick, Lauren, Julia. In dem Versuch, zu arbeiten, bin ich die Notizen durchgegangen, die ich mir auf Grundlage des Obduktionsberichts gemacht hatte, doch die Wörter verschwammen ineinander – *Alkohol und Betäubungsmittel im Blut, Anzeichen für Selbststrangulation, Quetschungen, geplatzte Blutgefäße, Verletzungen am Körper.* Beim Lesen wurde ich unruhig, unbeherrscht, spürte das Erwachen eines tief vergrabenen Gefühls in mir. Nach der Landung schaue ich nach draußen und sehe den Nachthimmel lila und grün, wo das Flutlicht des Rollfelds ihn einfärbt. Meine Arme und Beine schmerzen vom Flug. Als ich die Treppe auf die Landebahn hinuntergehe und die Dieselabgase einatme, die die weiche afrikanische Nachtluft verpesten, verwandelt sich die Anspannung meines Körpers in eine Art überwältigende Erschöpfung. Ich will jetzt nur noch in mein Hotelzimmer und ins Bett fallen.

Etwas abseits von den anderen beobachte ich, wie sie nach und nach ihr Gepäck vom Band nehmen und davongehen, um sich Taxis zu ihren jeweiligen Unterkünften zu suchen. Keiner macht Anstalten, mich anzusprechen – nicht mal Nick –, was mein Alleinsein auf dieser ohnehin schon einsamen Reise nur noch verstärkt. Nick und Lauren haben eine Wohnung irgendwo in der Stadt. Ich stelle mir ein Künstlerapartment in einem alten Kolonialhaus vor, kreisende Ventilatoren und Hartholzmöbel, gerahmte Poster und Bilder im Ethnostil, eine Cocktailbar in einer Ecke, ein Klavier in einer anderen.

Ich kann es mir nicht verkneifen, sie heimlich in Augenschein zu nehmen – Nicks Ehefrau. Es liegt etwas sehr Lockeres in ihrem Auftreten, in der entspannten Haltung, dem gelegentlichen Nachhintenwerfen der Haare, als wäre sie sich ihrer eigenen Macht, ihrer Schönheit glücklich bewusst. Ich überlege, was Sally Yates wohl von diesem blonden Geschöpf gehalten hätte – furchtbar jung, wie frisch von der Schule. Während ich sie anschaue, nach dem langen, anstrengenden Flug, fühle ich mich alt. Alt, verbraucht und unerfüllt.

Julia nimmt ihre Tasche, und unsere Blicke treffen sich. Ich bin sicher, sie wird nicht bei Nick und Lauren wohnen, eher im Hilton oder im Safari Club. Wird ihren Kummer in südafrikanischem Wein ertränken und sich von ihrer Mutter und Schwester trösten lassen. Ich dagegen habe ein Einzelzimmer im Meridian gebucht. Angesichts des Preises, den ich dafür bezahle, sind meine Erwartungen ziemlich niedrig.

Ein einzelner, nicht abgeholter Koffer dreht mit grimmiger Entschlossenheit seine Kreise auf dem Band. »Verdammte Scheiße«, sage ich leise. Offenbar ist meine Reisetasche verlorengegangen.

Nach einer Stunde, die mit Beschwerden und dem Ausfüllen von Formularen vergangen ist, sitze ich endlich in einem Taxi und fahre Richtung Stadtzentrum von Nairobi. Der Fahrer signalisiert mir, dass es ihn nicht stört, wenn ich rauche, und so stecke ich mir eine Zigarette nach der anderen an und spüre, dass ich ruhiger werde, während ich Rauch aus dem offenen Fenster puste und beobachte, wie wir den nächsten Kreisverkehr, die nächste unbeleuchtete, von kümmerlichen dunklen Büschen gesäumte Straße passieren. Wieder hier zu sein, löst ein unheimliches Gefühl in mir aus. Als wäre ich an einem verbotenen Ort. Es ist dreißig Jahre her, dass ich kenianischen Boden betreten habe. Damals war ich schließlich noch ein Kind.

Bloß Mum und ich. »Wir zwei Mädchen«, hatte sie gesagt und mich zu ihrer Verbündeten gemacht. Dad war daheim in Irland, noch immer erschüttert von der Ankündigung meiner Mutter. »Wir verlassen dich«, hatte sie ihm erklärt, den Kopf provozierend erhoben, war dann zurückgerudert, indem sie hinzufügte: »Zumindest für eine Weile.« Es war seltsam, so weit weg von ihm zu sein. Ich weiß noch, dass ich Angst hatte, wir würden vielleicht nicht zurückkehren, dass Mum es diesmal wirklich ernst meinte, aber ich erinnere mich auch, dass ich mich außerstande fühlte, ihr das zu sagen. Sie war so gereizt – eine bis aufs äußerste gespannte Sprungfeder. Es fühlte sich nicht an, als würden wir Ferien machen oder als wäre es ein Abenteuer. Es fühlte sich an wie etwas Unerlaubtes und Beschämendes, und die ganze Zeit, die wir fort waren, wurde ich den Gedanken nicht los, dass meinem Dad während unserer Abwesenheit irgendetwas Schreckliches zustoßen würde. Dass er zum Beispiel überfahren werden könnte oder so. Wenn ich in diesen heißen Nächten in Kenia wach im Bett lag, ging mir alles Mögliche durch den Kopf, wie er sterben könnte, während wir fort waren, und dass es unsere Schuld wäre, meine und Mums, weil wir ihn verlassen hatten. Ich konnte nicht ahnen, dass das Schreckliche mir zustoßen würde.

Allmählich werden die Abstände zwischen den dunklen Büschen immer größer. An den Straßenrändern, die jetzt von Lampen erhellt werden, tauchen Häuser auf. Erste Straßenschilder sind zu sehen, und die Gebäude wachsen höher und dichter. Kurze Zeit später hält das Taxi vor dem Meridian mit seiner großen unpersönlichen Fassade. Ich bezahle den Fahrer, steige schwerfällig aus und gehe durch die Türen des Hotels.

Es ist spät, als ich in meinem Zimmer bin. Ich blicke von meinem Fenster hinunter auf die Straße; das Gehupe von Autos und das Jaulen von Motoren dringen bis zu mir im achten Stock, und Rastlosigkeit ergreift mich. Es ist zu spät, um noch draußen herumzuspazieren, aber ich will nicht allein sein, also fahre ich nach unten und gehe in die Sportbar, die an die Lobby grenzt.

Lautes Stimmengewirr und Gläserklirren schlagen mir entgegen. Musikberieselung tönt aus den Lautsprechern. Ich suche nach einer ruhigen Ecke, in die ich mich verkriechen kann, als mein Blick auf eine junge Frau fällt, dunkel gekleidet, das Haar nach hinten gebunden, um ein Gesicht zu offenbaren, das klein und hübsch ist, eine Frau, die mich argwöhnisch beäugt. Ich weiß, wer sie ist – nach Lukes Tod war ihr Bild in einem der Boulevardblätter abgedruckt, als Teil einer Montage aus verschiedenen Aufnahmen von den Frauen in seinem Leben. In dem Text unter Tanya Clarkes Foto hatte irgendein Redakteur die Bezeichnung »getreue Assistentin« eingefügt. Ehe ich sie anspreche, frage ich mich, was sie wohl davon hält, dieses Etikett verpasst bekommen zu haben, und dann, als ich auf sie zugehe, sehe ich bei ihr einen Anflug von etwas, das ich wiedererkenne – Einsamkeit, Verzweiflung. Meine Stimmung hebt sich ein bisschen durch die Aussicht auf eine Gelegenheit.

»Darf ich mich zu Ihnen setzen?«, frage ich und deute auf einen freien Stuhl, woraufhin sie die Achseln zuckt und in einem lässigen Tonfall sagt: »Das hier ist ein freies Land«, doch ihre unsteten Augen verraten sie.

Ein Kellner kommt vorbei. Ich bestelle für mich ein Mineralwasser und für Tanya noch einmal dasselbe – Wodka Tonic. Sie scheint ein bisschen aufzutauen.

»Das beruhigt meine Nerven«, sagt sie leise. »Auf langen Flügen werde ich unruhig. Hinterher brauche ich immer einen Drink ...«

Ich betrachte ihr glänzendes braunes Haar, die perfekt manikürten Fingernägel, die tadellose Haltung. Aber ihre Schulterpartie wirkt müde, ihr Blick leicht verunsichert. Und ich spüre, dass auch sie mich ansieht, von Kopf bis Fuß mustert, und ich stelle mir vor, wie müde und derangiert ich wahrscheinlich wirke. Wir plaudern über Belanglosigkeiten, den Flug, das Hotel. Doch Tanya strahlt eine gewisse praktische Tüchtigkeit aus, eine extrem organisierte Professionalität, die mir signalisiert, dass sie nicht viel von Smalltalk hält, also komme ich gleich zur Sache.

»Es war bestimmt ein Schock, als Sie neulich Ihr Bild in der Zeitung gesehen haben«, sage ich.

»Mein unverhoffter Ruhm«, sagt sie trocken, als unsere Getränke kommen.

Ich beobachte, wie sie Tonic in ihr Glas gießt, den Drink einmal kurz und resolut schwenkt und dann an die Lippen hebt. »Nach dem, was ich so gehört habe, hat Luke sich immer stark auf Sie verlassen.«

»Ja«, sagt sie. »Ich kann immer noch nicht fassen, dass er nicht mehr da ist.«

»Er fehlt Ihnen sicher sehr.«

»Es ist jetzt so still im Büro. Ich weiß nicht, wie es weitergehen soll.«

»Werden Sie dort bleiben?«

»Ich denke nicht. Es wäre einfach nicht mehr so wie früher.«

Ich kann sehen, dass sie nervös ist, ihre Hände fahrig, und ich weiß, dass sie gern reden möchte, aber nicht weiß, ob sie mir vertrauen kann. »Sie haben sich bestimmt gut verstanden – Sie und Luke.«

»O ja! Er war wunderbar. Ich hätte alles für ihn getan.« Sie merkt, dass ich sie anschaue, und nimmt in ihrem Sessel eine etwas geradere Haltung ein. »Ich weiß, was Sie jetzt denken. Aber Luke war nicht so – ich meine, er war sehr charmant, flirtete auch gern. Er war gern in Gesellschaft von Frauen, aber er hätte das niemals ausgenutzt.«

Nicht zum ersten Mal frage ich mich, ob sie ein bisschen in Luke Yates verliebt war.

»Wie dem auch sei«, sagt sie abrupt, als hätte sie das Gefühl, zu viel verraten zu haben, »jetzt ist er tot.«

Ich spüre, dass sie dichtmacht. Ihr Glas ist fast leer, meines auch, und ihre Körpersprache signalisiert, dass sie gleich gehen wird.

»Fahren Sie morgen nach der Trauerfeier mit in die Masai Mara?«, frage ich, und sie nickt.

»Ich war noch nie da«, schiebt sie nach. »Eigentlich komisch, weil ich schon immer mal hin wollte. Ich hätte bloß nie gedacht, dass es dann unter solchen Umständen geschieht.«

»Ich war schon da«, sage ich. »Mit Luke.«

Sie sieht mich überrascht an, und ich registriere einen Funken Interesse in ihren Augen.

»Da waren wir noch Kinder. Seine Familie lebte hier – sein Dad hat bei der Weltbank gearbeitet, und seine Mutter hat sich für irgendeine humanitäre Organisation engagiert.«

»Waren Sie zu Besuch hier?«

»Gewissermaßen.« Dann beuge ich mich vor, um eine verschwörerische Zweisamkeit herzustellen, und sage: »Meine Mutter hat meinen Vater verlassen. Sie hat mich mitgenommen, und wir sind nach Kenia.«

Tanyas Augen werden groß. »Warum gerade Kenia?«

»Lukes Mutter und meine Mutter waren seit der Kindheit befreundet.«

»Wie lange sind Sie geblieben?«

»Fast den ganzen Sommer. An Nairobi kann ich mich kaum erinnern. Aber an die Masai Mara. Da haben wir unsere letzten Tage verbracht.«

»Das war bestimmt faszinierend.«

»Ja«, sage ich vorsichtig. »Ja, das war es.«

Vorsichtig, weil diese Erinnerungen ein gefährliches Gefühlsgewirr auslösen. Vorsichtig, weil die Freude über diesen Ausflug von allem, was danach kam, ausgelöscht wurde.

»Wir sind alle zusammen hingefahren«, erkläre ich weiter, ohne zu wissen, warum ich ihr das jetzt erzähle, aber angetrieben von dem Bedürfnis, mir die Geschichte von der Seele zu reden. Sie mir von der Seele zu reden, damit ich sie loslassen kann. »Sogar Lukes Dad. Wir sechs und der Fahrer, zusammengezwängt in einem Minibus, der aussah, als würde er nur von Stricken und Gottvertrauen zusammengehalten, und der ratternd über die schlimmste Straße in Kenia runter zum Rift Valley holperte.«

Wie heiß es in dem Wagen gewesen war. Schweißgeruch vermischte sich mit dem pfeffrigen Aroma des Tabaks, den der Fahrer rauchte. Meine nackten Knie stießen gegen die von Luke und Nick. Ich hatte den Streit um einen Fensterplatz verloren, nachdem meine Mutter mich angeblafft hatte, aus Angst, ich würde eine Szene machen. Den ganzen langen Nachmittag hindurch kniff Nick mich immer wieder, um mich zum Aufkreischen zu bringen, was ich mit aller Macht zu unterdrücken versuchte, um meine Mutter nicht noch wütender zu machen, und mir tränten die Augen von der Anstrengung. Luke schwieg mürrisch, hielt den Blick auf die vorbeiziehende Landschaft gerichtet, mit unergründlicher Miene.

Die Begeisterung beim Anblick des ersten Zebras schaffte es sogar, meine Müdigkeit und mein Unbehagen vorübergehend zu vertreiben. Und dann half uns das plötzliche Auftauchen von Giraffen, die nur wenige Meter neben der Straße gemächlich Blätter von hohen Bäumen rupften, irgendwie über die letzte lange Stunde dieser Fahrt hinweg.

»Wie lange waren Sie dort?«

»Vier Tage. Am letzten Morgen dann, als wir abfahren wollten, war unser Fahrer sturzbetrunken. Er hatte die ganze Nacht mit den Massai gesoffen, und als die Erwachsenen merkten, in was für einem Zustand er war, wurden sie fuchsteufelswild.«

Ich erinnere mich noch lebhaft daran, wie meine Mutter mit einer entnervten Geste die Arme in die Luft warf, ehe sie sich von den anderen abwandte und wegging.

»Nach einer Weile entschied jemand, dass wir einen neuen Fahrer brauchten, und meine Mutter und Mr Yates gingen los, um im nächsten Dorf einen zu suchen. Wir anderen blieben zurück und warteten.«

Sally Yates nahm ein Sonnenbad, und der Fahrer hatte sich in den Bus gelegt, um seinen Rausch auszuschlafen. Wir Kinder liefen runter zum Fluss. Vor meinem inneren Auge kann ich es sehen – die Stille des hohen Grases, gelb vor der schwarzen Masse aus Büschen und Akazien, die den schmalen Wasserlauf säumten. Die tiefhängenden Äste, kein Lufthauch, der durch die Bäume säuselt. Überhaupt keine Bewegung, nur die Geräusche der lachenden Mädchen am anderen Ufer. Ich höre ihre Stimmen im Kopf und weiche schlagartig vor der Erinnerung zurück.

»Und was ist dann passiert?«, fragt Tanya, holt mich zurück in die Gegenwart.

»Wie bitte?«

»Danach?«

Ich bin für einen kurzen Moment durcheinander.

Als die anderen zurückkamen, war es bereits passiert.

Aber das sage ich nicht.

»Sie haben wirklich einen anderen Fahrer gefunden, und wir sind zurück nach Nairobi, und am nächsten Tag sind meine Mum und ich zurück nach Irland geflogen.«

Ich trinke mein Glas leer und stelle es auf den Tisch.

»Sind Ihre Eltern zusammengeblieben?«, fragt sie, und ich sehe die Neugier in ihren Augen.

»Ja. Aber ich würde nicht sagen, dass die beiden besonders glücklich waren.«

»Oh.«

Nicht glücklich, aber erleichtert. So sehe ich das inzwischen. Sie hatten beide eine Ahnung von etwas Schrecklichem bekommen, und danach klammerten sie sich aneinander – und an mich –, aus Angst, dieses Schreckliche könnte sich wieder anschleichen, falls sie losließen. Manchmal, wenn meine Mutter glaubte, ich bekäme es nicht mit, ertappte ich sie dabei, wie sie mich anstarrte, als könnte sie mich nicht verstehen, als wäre ich eine Fremde für sie, jemand, der sich nachts hereingeschlichen hatte, und ich war das unbegreifliche Wesen, um das sie sich zu kümmern hatte, das ihr aber zutiefst fremd war.

»Glauben Sie, Luke war glücklich?«, frage ich Tanya jetzt.

Sie überlegt einen Moment, runzelt nachdenklich die Stirn. »Größtenteils.«

»Ich weiß, dass er an Depressionen litt«, sage ich.

»Hin und wieder. Luke hatte immer Stimmungsschwankungen. Wenn er ein Hoch hatte, war er überschwänglich, aber wenn er ein Tief hatte, war es, als hätte er sich im

Nebel verirrt oder so. Gelegentlich musste er sich freinehmen, um …«

»Um was?«

»Um den schwarzen Hund spazieren zu führen. So nannte er das. Die Depressionen. Ich weiß nicht. Manche Leute haben nun mal Depressionen. Wenn es richtig schlimm wurde, verbrachte er einige Zeit in einer Klinik: St. John of Gods.«

»Wie ging es ihm denn in den letzten Wochen?«

Sie verzieht das Gesicht. »Äußerlich schien alles in Ordnung mit ihm. Aber irgendwas machte ihm zu schaffen. Das sah man ihm an. Ich habe gemerkt, wie ich ihn beobachtete, förmlich auf sein nächstes Tief wartete.«

»Was war Ihrer Meinung nach der Auslöser? Hatte er Geldsorgen?«

»Eigentlich nicht.« Sie zieht die Worte in die Länge. »Es gab einige Probleme. Er glaubte, dass er sich mit dem Landhaus übernommen hatte, in das er sich eingekauft hatte. Und wenn die Banken ihm die Kredite gekündigt hätten, wäre er pleite gewesen. Die Charity-Organisation seiner Mutter hat ihn viel Zeit gekostet – sie hat ihm Sorgen bereitet, und in den letzten Monaten hatte er einen Wirtschaftsprüfer beauftragt, sich die Sache mal anzuschauen. Sally hatte viele gute Seiten, aber eine gewissenhafte Buchführung gehörte nicht dazu. Trotzdem glaube ich nicht, dass er sich übermäßig um seine Finanzen gesorgt hat. Er schien die Dinge unter Kontrolle zu haben.«

»Was war es dann?«

Ich sehe ihr Zögern, sehe, wie ihr Blick über den Tisch zwischen uns gleitet, wie sie die überkreuzten Beine öffnet und dann wieder überkreuzt. Sie weiß etwas. Ich spüre, dass meine Spannung steigt.

»Eines Tages, das ist jetzt einige Wochen her, bin ich in sein Büro gegangen, und er saß am Tisch und sah aus, als hätte er gerade einen Geist gesehen. Er war ganz bleich, seine Haut fast grau. Ich dachte, er wäre krank. Ich habe gefragt, ob ich ihm ein Glas Wasser bringen soll, eine Schmerztablette, irgendwas – aber er saß einfach bloß da, reglos, und starrte auf den Schreibtisch. Und da habe ich es gesehen.«

»Was denn?«

»Es war ein Vogel. Ein toter Vogel.«

Mir bleibt fast das Herz stehen.

»Irgendwer hatte ihm einen toten Vogel mit der Post geschickt. Dieses kleine Vögelchen lag da vor ihm auf dem Tisch, die Krallen in der Totenstarre hochgezogen.«

»Was für ein Vogel war das?«, frage ich mit zittriger Stimme.

»Ich weiß nicht. Luke wollte nicht, dass ich das Tier anfasse oder auch nur in seine Nähe komme. Als ich auf ihn zuging, hat er die Hand gehoben und gesagt, er würde sich darum kümmern.«

»Wissen Sie, wer ihm den Vogel geschickt hat?«

»Keine Ahnung. Er wollte nicht darüber sprechen – hat kein Wort dazu gesagt.«

»Glauben Sie, er wusste es?«

Sie schüttelt den Kopf. Dann, als wäre es ihr plötzlich eingefallen, sagt sie voller Überzeugung: »Er hat etwas gesagt, das mich stutzig gemacht hat. Er hat gesagt: ›Tanya, meine Vergangenheit hat mich eingeholt.‹« Dann schaut sie zu mir hoch, und falls sie die Angst in meinen Augen sieht, spricht sie mich jedenfalls nicht darauf an. »Seltsam, nicht wahr?«

»Ja«, sage ich, schaue mich nach dem Kellner um und verlange die Rechnung – sie soll nicht sehen, wie erschüttert ich bin. Sie soll die Angst nicht mitbekommen, die mir von den

Zehenspitzen aus nach oben kriecht, die Übelkeit und die Panik, die sich meines ganzen Körpers bemächtigen.

Es ist spät. Ich bin müde und unvorbereitet für den Tag, der vor mir liegt, einen Tag, der schwer sein wird. Außerdem habe ich Angst davor, was ich vielleicht alles gestehen werde, wenn ich noch länger hier sitze. Tanya wirkt jetzt weinerlich, und ich habe auch keine Lust auf ihre Geständnisse, also entschuldige ich mich, erkläre, dass ich todmüde bin und wahrscheinlich in meinen Klamotten einschlafen werde, die Schuhe noch an den Füßen. Sie lächelt mitfühlend und wünscht mir eine gute Nacht.

Aber ich schlafe nicht. Stattdessen setze ich mich ans Fenster hoch über der Kreuzung, die jetzt still geworden ist. Nur gelegentlich dringt das Brummen eines Motors zu mir herauf, während ich eine Zigarette nach der anderen rauche. Meine Gedanken folgen dunklen einsamen Bahnen, die allesamt zurück zum Fluss führen. Das Mädchenlachen; Luke, der sagt: »Kommt mit«, die Überzeugungskraft seiner Begeisterung; Nick, der sich über die Schulter nach mir umsieht. Später dann, als wir in einem anderen Minibus mit einem anderen Fahrer dahinholpern, das schwarze schmerzende Grauen in meinem Herzen, unser aller Schweigen, während wir nach Nairobi zurückkehren. Ich erinnere mich an die Stille in diesem Wagen, und wie unnatürlich sie mir vorkam, als wäre sie etwas Gefährliches, das jeden Moment zersplittern könnte. Diesmal bekam ich den Fensterplatz, aber es war ein wertloser Sieg, und ich starrte freudlos auf die Zebras und Giraffen. Meine Augen waren auf eine Weise geöffnet worden, wie ich es nie gewollt hatte. Neben mir konnte ich das leise Beben von Nicks Körper spüren. Er weinte, den Kopf gesenkt, Tränen tropften ihm in den Schoß, hinterließen dunkle Flecken auf seinen Shorts. Ich weiß nicht, ob Luke damals weinte, aber später tat er es. Er starrte auf irgendetwas draußen vor dem Fenster, das ich nicht sehen konnte.

Niemand sagte ein Wort.

Ich hatte nicht gedacht, dass ich je hierher zurückkommen würde. Ich hatte versucht, diesen Teil meiner Kindheit hinter mir zu lassen, und dennoch sah ich ihn mittlerweile als den entscheidenden Moment meines Lebens. In den dunklen Stunden, wenn ich allein und ungeliebt in meinem Bett lag und Tränen des Selbstmitleids auf meinen Wangen trockneten, kehrte ich stets zu diesem Ereignis zurück, erlaubte mir, es aus dem Abstand der vergangenen Zeit zu betrachten, und dachte darüber nach, wie es mich verändert hatte, dass ich, wenn es nie geschehen wäre, vielleicht ein anderer Mensch geworden wäre und ein anderes Leben gelebt hätte.

Ich hatte gedacht, ich wäre stark genug, wieder herzukommen. Ich hatte mir eingeredet, die Erinnerung an das, was passiert war, wäre mit der Zeit verblasst, hätte ihr Gewicht und ihre Bedeutung verloren. Wir waren damals schließlich noch Kinder. Aber während ich am offenen Fenster eines halbdunklen, ungewohnten Zimmers sitze und den Nachtgeruch dieser fremden Stadt in mich aufnehme, spüre ich, wie die Macht dieses Ereignisses erneut zunimmt. Und diesmal bin ich allein. Meine Mutter tot, auch mein Vater, Luke und Lukes Eltern. Alle verschwunden, alle bloß noch Schatten. Nur Nick und ich sind noch da. Aber Nick erscheint mir weit, weit weg, auch wenn das Geschehene uns noch immer aneinanderbindet, und als die Nacht voranschreitet, ist es, als wäre ein Schleier gelüftet, eine Tür geöffnet worden, und was dabei zum Vorschein kommt, will ich nicht sehen. Aber es ist da, zusammen mit mir in diesem Zimmer, es dringt in mich ein, ein dumpfes, beharrliches Summen, das mir die ganze Nacht durch den Kopf geht.

9.

NICK

Es setzt fast augenblicklich ein, als ich aus dem Flugzeug steige – das Gefühl von Distanz. Etwas Eigenartiges vollzieht sich. Es ist, als hätten sich die Dinge während meiner Abwesenheit minimal verändert, eine kaum merkliche Verschiebung, die jedoch ausreicht, um mich zu verwirren. Lauren spürt es auch. Auf dem Flug haben wir kaum miteinander geredet, Lauren hat ihn größtenteils verschlafen, während ich meinen Gedanken nachhing. Jetzt, als wir durch den Flughafen gehen, wendet sie sich mir zu und sagt: »Sieh mal, da drüben.«

Ihr Blick wandert zu Soldaten in Kampfanzügen, Gewehre in den Händen, die Riemen über die Schultern geschlungen, die Augen hart und unnachgiebig.

»Wie in einem Kriegsgebiet«, sagt sie.

Die Militärpräsenz ist im gesamten Flughafen zu sehen und auch draußen, wo Taxis und Busse den Bordstein säumen.

»Nichts wie weg hier«, sagt sie, und wir steigen ins erstbeste Taxi.

»Was ist mit Julia?«, sage ich, als der Wagen schon losfährt.

»Die ist erwachsen«, murmelt Lauren. »Sie kommt schon klar.«

Nach der ganzen, nicht enden wollenden Prozedur in Verbindung mit dem Tod meines Bruders ist Lauren völlig erledigt. In den letzten paar Tagen hat sich etwas in ihr verändert, und obwohl ich nicht genau benennen kann, was es ist, hüte ich mich, sie darauf anzusprechen, jetzt nicht, noch nicht, nicht im Hinblick darauf, was uns in den nächsten paar Tagen erwartet.

Das Taxi fährt durch vertraute Straßen, als wir unserer Wohnung näher kommen, doch das Fremdheitsgefühl dauert an.

»Es ist so still«, sagt Lauren.

Sie hat recht. Auf den Straßen ist keine Menschenseele unterwegs, die einzigen Anzeichen von Leben sind die Hunde, die sich auf den Bürgersteigen herumtreiben, an den Mauern entlangschleichen, die Abflussrohre beschnüffeln. Selbst nach Einbruch der Dunkelheit herrscht auf diesen Straßen normalerweise ein fröhliches Gewirr von Stimmen, Trubel und Musik, weil das pulsierende Nachtleben aus Bars und Clubs quillt, jetzt jedoch ist alles hinter verschlossenen Türen versteckt, die Atmosphäre still und lautlos. Nichts, außer dem leisen Surren von Angst.

»Ausgangssperre«, erklärt der Fahrer. Er hält an, als Lauren es ihm sagt, und ich fische Geld aus meinem Portemonnaie.

Ich nehme das Gepäck und folge Lauren die Treppe hinauf in unsere Wohnung – ein paar Zimmer über einer Bar, eine Eingangstür ohne Hausnummer, nur die gespenstischen Umrisse der nicht mehr vorhandenen Ziffer, mit jedem Tag blasser. Lauren zwängt den Schlüssel ins Schloss und dreht ihn mit einigem Kraftaufwand, stemmt dann ihr Gewicht gegen die klemmende Tür, so dass wir praktisch in die Wohnung hineintaumeln.

Als Erstes fällt mir auf, dass jemand die Fenster geöffnet hat, was eine Wohltat ist. Als ich eintrete und Licht mache, sehe ich meinen Hochzeitsanzug ordentlich in Plastikfolie gehüllt auf dem Tisch liegen, gereinigt und gebügelt, und darunter ist Laurens Kleid sorgsam gefaltet. Ein Zettel lehnt an einer ungeöffneten Flasche Wein, und Lauren liest ihn leise, sagt dann über die Schulter: »Karl.« Ich lächele über die Aufmerksamkeit meines Freundes.

Es gibt in der Wohnung keine Pflanzen, die gegossen, keine Haustiere, die versorgt werden mussten. Alles hier ist genau so, wie wir es verlassen haben. Aber irgendwie fühlt es sich jetzt anders an, als wären alle Möbel ohne unser Wissen verstellt worden. Aus der Bar unter uns dringt kein Laut.

Lauren nimmt ihre Tasche und geht ins Schlafzimmer. Durch die halboffene Tür kann ich sehen, wie sie ihre Tasche auspackt, Kleidungsstücke in den Schrank räumt. Ich mache uns Drinks und schaue mich in der Wohnung um. Diese paar Zimmer sind nicht zu vergleichen mit dem Platz, den das Haus meiner Kindheit in Lavington bot, wo die Räume endlos schienen und Sonnenlicht die Küche erhellte. Ich weiß noch, wie wir auf Fahrrädern in einem großen Kreis um das Haus herumfuhren und in dem weitläufigen Garten abtauchten. In dieser Wohnung kann man sich nirgends verstecken – wobei ich das auch noch nie gewollt habe. Wir sind hier glücklich, Lauren und ich.

Als sie aus dem Schlafzimmer kommt und zum Sofa geht, lässt sie sich sichtlich erschöpft darauf nieder und streift ihre Sandalen ab.

»Drink?«, frage ich.

»Unbedingt.«

Sie nimmt das Glas entgegen, trinkt es in einem Zug leer

und wischt sich dann über den Mund. Ich glaube, das habe ich bei ihr noch nie gesehen. Aber andererseits erleben wir in dieser Woche vieles zum ersten Mal.

Ich setze mich und sehe, dass sie etwas in der Hand hält. »Was ist das?«

»Hast du die noch nicht gesehen?«, fragt sie. »Julia hat sie machen lassen. Alle Gäste haben eine bekommen.«

Ich betrachte die schwarze elegante Beschriftung der Karte, den Ablauf der geplanten Ereignisse, als wären wir alle zu einer Hochzeit geladen, nicht zu einer Trauerfeier.

»Sieh dir das an«, sage ich kopfschüttelnd. Ich lese leise:

UM VIER UHR FINDET IM SAFARI CLUB
EINE TRAUERFEIER STATT. ICH HOFFE, SIE
ANSCHLIESSEND AUF EIN GLAS CHAMPAGNER
BEGRÜSSEN ZU KÖNNEN, UM LUKES LEBEN
ZU FEIERN, DES MANNES, DER DIE HERZEN SO
VIELER MENSCHEN BERÜHRT HAT.

Ich reibe mit Daumen und Zeigefinger über das Papier und starre fassungslos auf die schwarze Umrandung – das Ganze passt ins Viktorianische Zeitalter.

Plötzlich werde ich wütend.

»Eine Trauerfeier im Safari Club. Hör mir auf. Eine Kirche könnte ich ja vielleicht noch verstehen, aber die Vorstellung, dass wir alle in einem Hotel um eine Urne herumstehen ...«

»Geht's dir nicht gut?«, fragt Lauren.

Ich gebe ihr die Karte zurück, fahre mir mit der Hand durchs Gesicht. »Bin bloß müde«, sage ich und spüre das Blut in den Schläfen rauschen. »Ich glaube einfach nicht, dass Luke das gewollt hätte. Es kommt mir so theatralisch vor, so steif.«

»Was hätte er denn gewollt?«, sagt Lauren und sieht mich mit ihren hellen Augen an.

Etwas in ihrer Miene hält mich davon ab, es ihr zu sagen. »Ich weiß nicht«, sage ich leise.

»Ich bin erledigt«, sagt sie und steht auf. »Kommst du ins Bett?«

»Gleich«, sage ich.

»Bleib nicht zu lange auf, Schatz«, sagt sie sanft. »Morgen wird ein langer Tag.«

Ich strecke mich auf der Couch aus, halte das halbleere Glas auf meiner Brust fest und lausche auf das leise Quietschen unseres Bettes, als Lauren sich eine bequeme Schlafposition sucht. Seltsam, wie schnell und problemlos wir uns an die Eigenarten und Angewohnheiten eines anderen Menschen gewöhnen können, an seine Präsenz in unserem Leben. Ein Teil von mir weiß, ich sollte mich zu ihr legen, mich an sie schmiegen und die Wärme ihres Körpers in meinen Armen spüren, während dieser Tag verklingt. Doch der andere Teil von mir fürchtet die Fremdartigkeit dieses Raums, fürchtet, dass sie mir ins Schlafzimmer folgen wird, und das ist etwas, worüber ich nicht nachdenken möchte.

Es kommt mir so vor, als würde nichts in diesem Raum hierhergehören. Nicht die Möbel, nicht der Tisch, nicht die Töpfe und Pfannen oder die anderen Utensilien eines gemeinsamen Lebens. Die sepiafarbene Aufnahme vom Kilimandscharo, den wir zusammen bestiegen haben, hängt da in einem altertümlichen Rahmen, als würde sie mir nichts bedeuten. Die Eierbecher in Form von alten VW-Käfern, das Sofa, das wir vor einem Charity-Laden entdeckt und hierhergeschleppt haben, der Wandteppich mit drei afrikanischen Landfrauen, von denen eine einen großen Eimer Wasser auf dem Kopf trägt, die primitiven Masken, die wir uns aufgesetzt haben, als wir betrunken waren, um dann mit verstellten Stimmen zu sprechen, wobei Lauren mir die Maske vors Gesicht hielt, während wir uns schon in die Arme fielen, um uns zu lieben.

Meine Frau mag Spiele, aber dieses hatte mich doch überrascht – dass sie sich verkleiden wollte, die Rolle einer anderen annehmen. Wie schon so oft habe ich erneut das Gefühl, meine Frau nicht gut zu kennen. Wenn ich ehrlich bin, trägt es mit zu dem Reiz unserer Beziehung bei, dass wir einen Teil von uns vor dem anderen verschlossen halten, rätselhaft, unbegreiflich.

Lauren hat mich nach meiner Familie gefragt, sich meine Geschichten angehört, ein bisschen nachgehakt, mich aber nie bedrängt. Auch sie hat sich mit Informationen über ihre Familie zurückgehalten – es hat Schmerz und Enttäuschung gegeben, das konnte ich spüren: Ihre Mutter war schon einmal verheiratet gewesen, aber die Ehe war gescheitert, also hatte sie erneut geheiratet. Laurens Vater war Geschichtsdozent an einem College, und sie hatte einen Bruder.

Ich setze mich auf und lasse den Alkohol wirken. Lauren hat Julias Einladungskarte mit ins Schlafzimmer genommen, aber ein schaler Nachgeschmack ist geblieben. Ich denke an das, was mich erwartet, und spüre jetzt schon, dass die Stunden, die vor mir liegen, mich runterziehen werden. Das merkwürdige Fremdheitsgefühl dauert an. Es wäre sinnlos, mir vorzumachen, dass ich es jetzt abschütteln kann, nicht, ehe ich das alles hinter mir habe. Ich schleppe mich von der Couch ins dunkle Schlafzimmer, strecke mich auf dem Bett aus und lausche dem sanften, gleichmäßigen Atem meiner Frau.

Ich gleite in einen halb wachen, halb schlafenden Zustand,

und auf einmal bin ich wieder dort, bei der Rechtsmedizinerin. Sie geht vor mir her. »Folgen Sie mir«, hat sie gesagt. Und ich tue es. Meine Knie sind weich, als wir den Raum betreten. Etwas legt sich schwer auf meine Brust. Das Licht ist gespenstisch. Ich sehe einen einzelnen Tisch, einen Körper unter einem Tuch, das die Rechtsmedizinerin behutsam wegzieht. Ich betrachte die Leiche, die leblosen Gliedmaßen, den Torso, und als ich beim Gesicht ankomme, frage ich: »Das Blut auf seinen Lidern und Lippen?«

Von irgendwo aus dem Schatten antwortet sie: »Beim Tod durch Erhängen werden die Venen zusammengepresst, aber die arterielle Durchblutung dauert an. Das führt zu kleineren Blutungsstellen an den Lippen, im Mund und auf den Augenlidern. Der Blutstau lässt Gesicht und Hals dunkelrot anlaufen.«

Wieder betrachte ich den Leichnam. Aber das, was ich jetzt sehe, erschreckt mich, denn da liegt nicht mehr Lukes Körper auf dem Tisch in der Leichenhalle, sondern meiner. Ich sehe mein Gesicht.

Ich erwache mit einem Ruck. Ich bin in Schweiß gebadet. Das Zimmer um mich herum nimmt Gestalt an, und mein Puls wird langsamer. Ich lege mich wieder hin, um auf den Schlaf zu warten, aber das Bild bleibt bei mir: Mein eigenes bleiches Gesicht, die Lider geschlossen, leer.

Am nächsten Morgen dusche ich, gehe dann in die Küche und trinke den heißen Kaffee, den Lauren gekocht hat. Er ist schwarz wie Teer und hat einen bitteren Beigeschmack, und ich bin dankbar, weil er so stark ist. Lauren sitzt auf der Couch, die Beine unter den Körper gezogen, Kaffeetasse in der Hand, und sieht die Post durch.

»Ich denke, ich fahr ein bisschen rum«, erkläre ich, und sie blickt auf. Ich sage ihr nichts von dem Traum.

»Und die Trauerfeier?«

»Ist doch erst um vier.«

»Stimmt, aber ich hab Julia gesagt, wir würden früher kommen, um alles mit ihr durchzusprechen. Und wir haben noch nicht für die Mara gepackt ...« Sie verstummt und sieht zu, wie ich meinen Helm vom Schrank nehme. »Wo willst du hin?«

»Innenstadt. Keine Sorge«, sage ich, als ich mich zu ihr runterbeuge, um ihr einen Abschiedskuss zu geben. »Ich bin rechtzeitig wieder da.«

Das Motorrad steht in einer Garage hinter der Bar im Erdgeschoss. Nicht gerade der sicherste Ort der Welt, aber eben ganz in meiner Nähe, und als ich das Tor aufschließe, sehe ich mit Erleichterung, dass die alte KTM noch da auf ihrem Ständer steht, und die Karosserie glänzt, als Sonnenlicht in die Dunkelheit fällt. Vor der Hochzeit habe ich viel Zeit damit verbracht, die Maschine auf Vordermann zu bringen, weil sie uns in die Flitterwochen bringen sollte, und als ich meinen Helm aufsetze und sie nach draußen schiebe, überkommt mich ein seltsames Gefühl, vielleicht eine Vorahnung, dass Lauren und ich nie nach Madagaskar fahren werden.

Ich schwinge ein Bein über den Sattel, schüttele mich kurz, lasse den Motor aufheulen und brause so schnell los, dass hinter mir Staub aufwirbelt. Ich hatte vor, raus nach Lavington zu fahren und einen Blick auf mein altes Zuhause zu werfen, jetzt jedoch, wo ich unterwegs bin, sträubt sich etwas in mir gegen diese Vorstellung. Stattdessen wende ich und fahre nach Süden Richtung Kibera.

Es ist lange her, dass ich in dieser Gegend war, aber sie hat sich nicht viel verändert. Noch immer dieselbe deprimierende

Armut, dasselbe Übermaß an Dreck und Abfall. Die ausufernde Masse an menschlicher Tragik ist so gewaltig, dass sie sich auf einzelne Dörfer verteilt, und hier, im Dorf Kianda, werde ich Murphy finden.

Trotz des vielen Geldes, das auf die Konten von ALIVE geflossen ist, seit meine Mutter die Charity vor zehn Jahren ins Leben rief, scheint nur wenig davon für das Gebäude ausgegeben worden zu sein. Es ist stabil gebaut, um einiges besser als die notdürftigen Hütten, die hier die Straßen säumen, aber es macht nicht viel her. Eine gemauerte Baracke mit Blechdach und Holztür, Eisengitter vor den Fenstern. Ich parke die Maschine davor und kette sie an einen Pfosten, suche die Straße ab, ob irgendwo Ärger droht. Drei kleine Jungs sitzen auf den Eingangsstufen und springen auf, als sie mich sehen. Ich schaue zu ihnen runter, sehe ihre mageren Körper und ihr ansteckendes Grinsen. Einer trägt ein altes Sweatshirt, die Farben verblasst, aber ich kann soeben noch »E. T.« auf seiner Brust lesen.

»Hier«, sage ich und gebe ihnen etwas Kleingeld. »Passt auf mein Motorrad auf, ja?«

Prompt jubeln sie vor Begeisterung. Sie springen noch immer auf und ab und rempeln sich gegenseitig an, als ich mich von ihnen abwende und durch die offene Tür hineingehe, wo meine Augen sich an das Dämmerlicht im Raum gewöhnen müssen. Murphy sitzt hinter seinem Schreibtisch und telefoniert. Er hebt eine Hand, signalisiert, dass er gleich fertig ist. Die Wände seines Büros sind mit Postern tapeziert, die vor AIDS warnen, für sauberes Wasser, Impfungen, Schulbildung werben, und eine riesige Pinnwand ist übersät mit farbigen Karten, auf denen in säuberlicher Schrift für kommunale Angebote geworben wird. Ein großer Stadtplan von Nairobi hängt an einer Wand, markiert mit bunten Stecknadeln und Fähnchen, mit Linien in blauer und roter Tinte.

Ich setze mich an den zweiten Schreibtisch und warte, drehe den Stuhl hin und her, lasse den Blick durch den Raum wandern. Murphy ist jetzt aufgestanden, will das Telefonat möglichst schnell beenden. Schließlich erklärt er seinem Gesprächspartner knapp: »Hör mal, ich muss jetzt Schluss machen«, und legt auf.

»Ärger?«, frage ich.

»Kein Ärger, Nick«, sagt er und zwingt sich zu einem Lächeln. »Warst du schon im Safari Club?«

»Noch nicht.«

»Na, ist ja noch genug Zeit«, sagt er mit Blick auf die Uhr.

Ich spüre einen Anflug von schlechtem Gewissen. Wahrscheinlich hätte ich Julia anrufen sollen, fragen, wie es ihr geht, aber zwischen uns hat sich bereits ein Gefühl von Entfremdung eingeschlichen. Als ich sie nach dem Gottesdienst umarmte und spürte, wie dünn sich ihr Körper anfühlte, überschlugen sich die Gedanken in meinem Kopf – dass das der Körper war, den mein Bruder geliebt und begehrt und letztlich verlassen hatte, dass diese Frau und ich dem Namen nach miteinander verbunden waren, aber dass ohne Luke diese Verbindung unbedeutend schien. Ich ertappte mich bei der Frage, ob Julia und ich, wenn das alles vorüber war, je wieder miteinander reden würden.

»Es tut mir ehrlich leid, dass ich nicht nach Irland kommen konnte«, sagt er mit einem Gesichtsausdruck, der sowohl konzentriert als auch bekümmert ist. »Du weißt, ich wäre gern gekommen ... Aber hier ging es drunter und drüber, und ich hab mir die Reise nicht so recht zugetraut.«

»Kein Problem, Father, Sie müssen sich nicht rechtfertigen.

Luke wäre bestimmt froh bei dem Gedanken gewesen, dass Sie hiergeblieben sind, um das Schiff zu steuern.«

»Na ja ...« Er nickt verlegen. »Ich wünschte, ich hätte für ihn da sein können. Er hat mir viel bedeutet. Genau wie du. Als du vorhin durch die Tür gekommen bist und ich dich gesehen habe, hast du mich unglaublich an Sally erinnert. Es war genau wie vor dreißig Jahren, als sie hereinmarschiert kam und ihre Hilfe anbot.«

Er lächelt mich dabei an, ein Grinsen, das von Wehmut durchsetzt ist und von dem Licht, das immer in seinen Augen aufscheint, wenn er von meiner Mum und meinem Dad spricht. »Was hat sie damals noch mal gesagt?«, murmelt er wie zu sich selbst. »Ach ja – ›Ich bin hier, um zu helfen.‹ Als hätte ich sie erwarten sollen. Man hätte meinen können, sie wäre auf eine Stellenanzeige in der Zeitung gekommen und nicht einfach aus einer spontanen Laune heraus – ha!« Er stößt sein jähes, bellendes Lachen aus. »Aber so war Sally nun mal. Gott, du bist ihr so ähnlich, Nicholas.«

»Tja«, sage ich, »ich bin auch hier, um zu helfen.«

»Du, Nicholas? Das ist nicht dein Ernst.«

»Wieso denn nicht?«, frage ich mit einem Grinsen, um die überraschende Kränkung zu überspielen. »Es gibt sonst niemanden, der es machen könnte.«

»Ist wirklich lieb von dir, dass du das anbietest, Nick – sehr ehrbar. Aber es ist eine schwierige Aufgabe, und du und Lauren, ihr habt euer eigenes Leben. Niemand erwartet von dir, dass du dich hier einspannen lässt.«

Ich studiere das Laminat der Schreibtischplatte, und meine Finger gleiten automatisch zu der Kante, wo es anfängt, sich zu lösen. »Ich hab das Gefühl, ich sollte es tun. Luke hat mir vor einiger Zeit einen Brief geschrieben und mich gebeten ...«

»Natürlich, natürlich«, sagt er rasch. »Wenn du das wirklich möchtest, dann lass dich von mir bitte nicht aufhalten. Ich will nur dein Bestes.«

Trotz der freundlichen Worte liegt eine gewisse Schärfe in seiner Stimme. Erschöpfung spricht aus den Furchen in seinem Gesicht. Murphy ist inzwischen ein alter Mann. Es ist nicht fair, von ihm zu erwarten, dass er das alles hier allein macht.

»Also, womit fangen wir an?«, frage ich.

Er atmet tief durch, sammelt sich und geht dann zielstrebig zum Aktenschrank.

Er stapelt auf meinem Schreibtisch etliche verschiedenfarbige Ordner, die jeweils mit Filzstift beschriftet sind. Er überlässt sie mir, und etwa eine Stunde lang brüte ich über den Seiten, versuche, mir auf die Zahlenkolonnen einen Reim zu machen, auf die getippten Informationen, die Entwürfe und Memos. Die Luft im Raum ist übelriechend und stickig. Allein die geöffnete Tür sorgt für etwas Kühlung.

Schließlich stehe ich auf, gehe zur Tür und starre mit den Händen in den Taschen hinaus auf die schmalen Straßen voller Müll und Unrat. Zu meinen Füßen läuft Abwasser durch eine Rinne. Zwei von den Jungs sitzen auf meinem Motorrad, der eine hat meinen Helm auf, der über den mageren Schultern grotesk monströs wirkt, als könnte er schon allein durch sein Gewicht den Jungen aus dem Gleichgewicht bringen und in den Dreck befördern. Vor zehn Jahren hat meine Mutter hier draußen ihre Kampagne begonnen – Mum und Murphy haben die Übel der Armut gemeinsam bekämpft –, aber angesichts des riesigen wuchernden Kibera-Slums vor mir kann ich mich des Gedankens nicht erwehren, dass ihre Anstrengungen praktisch nichts bewirkt haben. Murphy wird älter, wer weiß, wie lange er noch weitermachen kann, und was dann?

»Ich weiß nicht, Murphy«, sage ich. »Ich weiß nicht, was ich machen soll. Wie mein Vater immer gesagt hat, ich bin völlig ratlos.«

»Lass gut sein, Nicholas«, sagt er freundlich. Er steht neben mir, legt mir fürsorglich eine Hand auf die Schulter. »Vertagen wir diese Entscheidungen auf einen anderen Tag, wenn wir weniger belastende Dinge im Kopf haben.«

Ich nicke, trete hinaus in die Mittagssonne und drehe mich zu ihm um. »Dann mach ich mich wohl besser mal fertig.«

»Guter Junge.«

»Fahren Sie morgen runter in die Mara?«

»Selbstverständlich.«

»Karl nimmt Lauren und mich mit, aber da wäre bestimmt auch noch Platz für Sie.«

»Nein, nein. Nicht nötig. Ein alter Bekannter fährt mich hin.«

»Nun denn«, sage ich, und meine Stimme verrät meine Verunsicherung.

Er nimmt sie sofort wahr. »Alles in Ordnung?«, fragt er besorgt. »Hast du Angst vor morgen?«

»Ich weiß nicht«, sage ich leise. »Es ist einfach ein seltsames Gefühl, glaube ich. Ich hab's noch nicht richtig begriffen.«

Ich sage nichts weiter, und Murphy nickt verständnisvoll. »Mach dir keine Gedanken, Nick. Es wird alles gut.«

Ich gehe die Stufen hinunter, luchse dem Jungen meinen Helm ab und belohne ihn und seine Freunde mit einer Handvoll Bonbons. Ihr Lachen, als sie in eine Gasse hineinlaufen, schallt bis zu uns zurück. Ich drehe mich wieder zu Murphy um. »Ehrlich gesagt«, setze ich an, »wenn ich an Luke denke – daran, wie seine Asche verstreut wird –, hab ich nicht bloß ein seltsames Gefühl. Ich habe ... Angst.«

»Angst?« Sein Gesicht ist beherrscht und reglos, ein Schatten gleitet darüber hinweg. »Aber wovor hast du Angst?«

»Vor mir?«, flüstere ich. »Ich habe Angst vor mir selbst.«

Er steht im Türrahmen und schaut mir nach, wie ich vorsichtig die Straße hinunterfahre. Ich kann ihn in meinem Seitenspiegel sehen, die breiten Schultern, das ernste Gesicht. Seine Augen blinzeln in die Sonne, bis ich um eine Ecke biege und er verschwunden ist.

Wir kommen eine Stunde vor Beginn der Trauerfeier im Safari Club an und gehen zu den anderen in Julias Suite. Von außen betrachtet sind wir eine merkwürdige Gruppe. Julia, ihre Mutter und Schwester in maßgeschneiderten engen schwarzen Kostümen, auf Absätzen, die einen Reifen durchstechen könnten. Lauren hat mich überredet, meinen Hochzeitsanzug anzuziehen, aber jetzt wäre mir lieber, ich hätte das nicht getan – es kommt mir irgendwie pietätlos vor, ganz zu schweigen davon, dass es mich verwirrt, weil die beiden Ereignisse in meinem Kopf miteinander verschmelzen. Lauren steht etwas abseits, ungewöhnlich dezent und schlicht in einem dunkelblauen Kleid und Sandalen. Wir haben heute wenig miteinander gesprochen – sie hat nicht gefragt, wo ich den ganzen Morgen war, und ich habe es ihr nicht erzählt.

Julia löst sich aus dem Kreis ihrer Familie, und ich bekomme mit, dass ihre Mutter mir einen argwöhnischen Blick zuwirft. Er gibt mir zu denken, was Julia wohl über mich erzählt hat. Oder geht es weniger um mich und mehr um meinen Bruder? Schließlich war er es, der sie verlassen hat.

»Hast du dir den Raum angesehen?«, fragt Julia mich, fasst mich am Ellbogen und geht mit mir zum Fenster.

»Ja«, sage ich.

»Meinst du, das geht so?«, fragt sie nervös.

Ich sehe ihre Anspannung, sehe, wie die letzten Wochen sie gezeichnet haben, und habe unwillkürlich Mitleid mit ihr. Deshalb sage ich ihr nicht, dass ich den Raum mit den pompösen Blumenarrangements, den sterilen Möbeln und der künstlichen Andacht für einen Witz halte, eine Art künstliche Kapelle, keinen Steinwurf von der Cocktailbar entfernt. Stattdessen sage ich: »Es wird schön werden, Julia.«

Vor dem Fenster ist der Horizont mit Kränen und Gerüsten verschandelt. Nairobi ist eine einzige Baustelle. Die Stadt wird umgegraben und in etwas anderes verwandelt. Bohrer, Maschinen und Sirenen erfüllen die Luft, dringen mir in die Ohren. Ich habe nur den Wunsch, das alles auszublenden.

Julia, die auf mich einredet, erklärt mir mit einer Stimme, die kontrolliert und ein wenig kalt klingt, den Ablauf, wer was sagen wird, welche Rollen wir übernehmen müssen. Ich höre ihr mit einer gewissen distanzierten Faszination zu, als wäre ich in dieser Szene nicht mittendrin, sondern ein Beobachter, der aus der Ferne zuschaut – versuche nebenbei, den Zorn im Zaum zu halten, der sich angesichts dieser Trauercharade in mir aufstaut. Erst als sie mir ein beschriebenes Blatt Papier in die Hand drückt, konzentriere ich mich darauf, was sie sagt.

»Ich möchte dich bitten, dieses Gedicht vorzutragen. Ich weiß, es ist sehr lang, und wenn du willst, kannst du mit meiner Schwester Andrea tauschen – die liest den Psalm vor. Aber ich glaube, du wärst gut dafür geeignet.«

Ich starre auf das Blatt – »Der Verlorene« von William Cowper –, und alles in mir sträubt sich dagegen. Ich blicke zu Julia hoch, und sie sieht die Abwehr in meinen Augen.

»Das ist falsch. Das alles. Total falsch«, sage ich, unfähig, mich noch länger zu beherrschen.

Julia versteift sich. Hinter ihr drehen sich ihre Mutter und Schwester um.

»Das hat doch nichts mehr mit Luke zu tun. William Cowper? Ernsthaft? Ich bin mir ziemlich sicher, dass er von dem Kerl nie was gehört hat.«

»Nick, bitte.«

»Weder von ihm noch von irgendeinem anderen Dichter aus dem achtzehnten Jahrhundert. Das ist nicht richtig, Julia ... Das ist Heuchelei.«

Ich hab's gesagt und kann es nicht mehr zurücknehmen.

Einen Moment lang bleibt Julia so reglos, ihr Gesicht so undurchdringlich, dass ich nicht weiß, ob sie in Tränen ausbrechen oder mich ohrfeigen wird. Sie tut keines von beidem. Stattdessen sagt sie mit leiser Stimme, die vor Wut vibriert:

»Heuchelei? Von mir aus kannst du es so nennen, aber aus meiner Sicht ist es der Versuch, diesem ganzen Schlamassel ein bisschen Würde zu verleihen. Du kannst sagen, dass Luke das nicht gewollt hätte, du kannst hier rumstehen, die Hände in den Taschen wie ein launischer Teenager – und es interessiert mich, ehrlich gesagt, einen Dreck. Weil das hier nämlich etwas ist, was *ich* will, Nick. Was *ich* brauche. Um mir selbst ein bisschen Würde zurückzuerobern.«

Julias Augen sind wild vor Wut und der Ungerechtigkeit, die ihr angetan wurde, und ich merke, dass ich zurückweiche, eine Entschuldigung stammele, mich für meinen Ausbruch schäme, vor Bedauern rot werde.

»Natürlich lese ich das Gedicht vor«, sage ich zu ihr, aber ich sage es zu ihrem Rücken, weil sie sich von mir abgewendet hat, und ihre Verachtung scheint in Wellen von ihr abzustrahlen.

Ich schaue nach unten auf das Blatt Papier in meinen zitternden Händen, versuche, mich zusammenzureißen, und aus den gedruckten Worten, die über die Seite kriechen, lösen sich zwei Zeilen und springen mir ins Auge.

Wir starben, jeder allein. Doch ich in einem rau'ren Meer,
Versank in tief'rem Schlund als er.

Ich lese diese Worte, und plötzlich bin ich wieder dort, Wasser reicht mir bis zur Taille, die Sonne brennt von oben, und die Haare von diesem Mädchen fächern sich auf wie Seegras – und sie sind so real, dass ich sie spüre, weich und schwer in den Händen. Eine Stimme in meinem Kopf, Katies Stimme, schreit. »Hör auf! Hör auf! Du musst ihn aufhalten!«

»Nick?«

Laurens Berührung ist behutsam, aber ich erschrecke mich zu Tode.

Ihre Augen sind geweitet vor Sorge. »Du siehst aus, als hättest du ein Gespenst gesehen.«

Sie nimmt meinen Arm, zieht mich zur Tür. »Komm«, sagt sie. »Es fängt gleich an.«

10.

KATIE

Es passiert am Morgen der Trauerfeier.

Ein Kuvert wird unter der Tür meines Hotelzimmers durchgeschoben.

Noch nicht ganz wach und benommen von den Kopfschmerzen, die sich anfühlen, als wäre ich verkatert, tappe ich barfuß zur Tür und hebe das Kuvert auf. Es ist braun und sieht ganz harmlos aus, doch als ich es umdrehe und meinen Namen mit dem gleichen blauen Filzstift daraufgeschrieben sehe, steigt schlagartig ein mulmiges Wiedererkennungsgefühl in mir auf. Der tote Vogel. Ich hatte ihn fast vergessen. Mit Schweißperlen auf der Oberlippe öffne ich das Kuvert und spähe hinein, wappne mich, so gut ich kann, gegen das, was ich darin finden werde.

Ein Stoß Dokumente. Ausdrucke aus dem Internet. Ich lege sie nebeneinander aufs Bett, alles Bilder von Ertrunkenen. Milchig weiße Gliedmaßen unter Wasser, Gesichter, reglos und mit offenem Mund, unter der Oberfläche. Manche sind verschwommen und unscharf; andere sind schockierend deutlich. Ich stehe in Unterwäsche in diesem fremden Hotelzimmer, studiere jedes Blatt, jedes Bild, werfe es dann zu den anderen. Furcht und Verwirrung durchströmen mich wie ein Cocktail, der mich auf unangenehme Weise betrunken macht. Gedanken schwirren mir durch den Kopf, überschlagen sich: Wer stellt so was ins Internet? Wer sucht danach? Wer sind all diese Menschen, deren Totenmasken von einem Server zum nächsten katapultiert werden? Und natürlich die Frage, die Vorrang vor allen anderen hat: Wer hat mir das geschickt?

Ich denke an den Tag in der Redaktion, an die Fotos von dem jungen Mädchen im Swimmingpool, das Haar, das sich im Wasser auffächerte, und einen Moment lang lenkt es mich ab – ich bin sogar ein wenig ermutigt durch den Gedanken, dass das hier nichts mit mir zu tun hat, nichts mit dem, was damals im Fluss passiert ist. Da ist bloß irgendein kranker Spinner sauer, weil wir seine schaurigen Handyfotos von einem toten Mädchen nicht gedruckt haben, und lässt seine Wut jetzt an mir aus. Für einen kurzen Moment kann ich mir fast einreden, dass das alles, der tote Vogel, diese Bilder, nur das Werk irgendeines fiesen kleinen Wichsers ist, der ganz eigene Ziele verfolgt. Für einen Moment rede ich mir ein, dass ich noch immer in Sicherheit bin.

Dann komme ich zum letzten Blatt, und meine Überzeugung verlässt mich. Ich halte es in der Hand, spüre wieder den Gürtel um die Kehle.

Dieses Blatt unterscheidet sich von den anderen. Es ist kein Ausdruck aus dem Internet, sondern die Fotokopie eines alten Zeitungsausschnitts. Eine Meldung über einen grausigen Fund am Ufer eines Flusses. Ein Foto von einem Mädchen, das in die Kamera grinst, die Sorte Schulfoto, die in meiner Kindheit auf den Sideboards in vielen Wohnzimmern stand: große Schneidezähne, ein kaninchenartiges Gesicht. Der erneute Anblick des Gesichts nach all den Jahren jagt wie ein Stromstoß durch meinen Körper, und ich merke, dass ich kerzengerade und stocksteif dastehe, jeder Muskel und jede Sehne angespannt. Ich kann kaum meine Hände und Füße spüren. Nervenenden kribbeln wie ein Hautausschlag. Das Gesicht grinst mich von jenseits des Grabes an. Der Name des Mädchens schwarz auf weiß gedruckt: Cora Gordon. Bis heute wusste ich ihren Nachnamen nicht. Ich war nie auf die Idee gekommen, ihn herauszufinden.

Aber irgendwer hat ihn herausgefunden.

Die Furcht ist jetzt bei mir im Raum, wie ein Wesen, das oben auf dem Kleiderschrank hockt, mich mit seinem bösartigen Blick beäugt, auf meine Reaktion wartet. Der Gürtel um meinen Hals schnürt mir die Luft ab. Das Blatt zittert in meinen Händen. Einen Moment lang kann ich mich nicht bewegen, aber ich kann auch nicht wegschauen, zu entsetzt von dem, was mir da geschickt wurde. Und ich denke an das andere Geschenk von diesem anonymen Absender –, den kleinen Vogel – und ich kann die Verbindung nicht leugnen. Diese Vögel auf der Veranda. Das Geflatter ihrer winzigen Flügel. Zwei kleine Spatzen.

Irgendwer weiß Bescheid. Irgendwer hat es herausgefunden.

Als ich im Safari Club ankomme, hat die Trauerfeier bereits begonnen. Nach dem fröhlichen Geräuschpegel in der Lobby sitze ich zusammen mit den anderen in der Stille des stark klimatisierten Raums und versuche, meine Atmung unter Kontrolle zu bringen. Der Priester steht an einem Pult neben einem pompösen Blumenarrangement und lässt sich über die Mysterien von Leben und Tod aus. Er trägt ein offenes weißes Hemd, keine Spur von einem Kollar. Er sieht auch sonst kein bisschen wie ein Priester aus. Ich sitze auf einem Klappstuhl, das Plastik heiß an den Unterseiten meiner Oberschenkel, trage die Klamotten von gestern. Mir ist kalt, und ich fühle mich seltsam und schreckhaft wie eine Katze. Tanya wirft mir einen fragenden Blick zu, und schlagartig ist mein Argwohn geweckt. Was weiß sie? Warum sieht sie mich so an? Ich starre auf meine Knie, zwinge die Paranoia nieder, die immer wieder in mir aufsteigt.

Aber sie geht nicht weg. Die Furcht verfestigt sich, nistet sich in meinem Bauch ein. Ich hab sie im Meridian gespürt, in der Lobby, wo ich gegen die Empfangstheke gepresst dastand, wirr vor drängender Angst, und die Worte nur so aus mir heraussprudelten, bis die Rezeptionistin sagte, ich solle langsamer reden, mich beruhigen, und mich dann wie ein Kind in ein Büro führte, während ich ihr von dem Umschlag erzählte, der in aller Frühe unter meiner Tür hindurchgeschoben worden war, von ihr wissen wollte, wer ihn gebracht hat, irgendwas faselte von Recht auf Ungestörtheit, persönlicher Sicherheit, und vor Panik immer lauter wurde, ohne dass mich ihre geduldigen Reaktionen beschwichtigen konnten. Sie wusste nicht, wer den Umschlag unter der Tür hindurchgeschoben hatte; es war nichts von einer Lieferung an mich notiert worden. Sie würde bei den Kollegen von der Nachtschicht nachfragen, vielleicht wussten die ja Bescheid. Alles, was sie sagte, klang vernünftig und plausibel, doch die ganze Zeit fühlte ich mich fahrig, ohne festen Halt.

Der Priester redet und redet, und ich versuche, ihm zu folgen, doch es fällt mir schwer bei diesen Schmerzen im Bauch und bei all den Leuten hier im Raum, die ich kaum kenne. Ich sehe Julia, den Kopf gebeugt, die Schultern steif vor Anspannung, und ich denke an ihre zusammengekniffenen Augen, mit denen sie mich an dem Morgen am Strand ansah, an die Kälte in ihrer Stimme, als sie sagte: *Du und die Jungs* ... Konnte der Umschlag von ihr sein? Nein, bestimmt nicht, sage ich mir. Sie hätte wohl kaum ihrem eigenen Mann einen toten Vogel geschickt. So frostig sie auch sein mag, ich spüre, dass sie und Luke sich geliebt haben und dass ihr Leiden echt ist.

Ich kann niemandem hier trauen. Bis auf Nick. Aber Nick sitzt mit dem Rücken zu mir, und ich spüre, wie abgeschottet er ist, eingeschlossen in seiner eigenen Trauer.

Als der Priester davon spricht, dass Luke im Himmel wieder mit seinen Eltern vereint sein wird, überkommt mich eine Art schwebendes Gefühl, als würde mein Herz irgendwo außerhalb meiner Brust schlagen. Diese Furcht, die mich befallen hat – es ist, als wäre ich wieder neun Jahre alt, als würde ich in der Nacht aufwachen und das verschlafen liebevolle und ängstliche Gesicht meines Vaters sehen, der zu mir sagt: »Das geht vorüber, Katie.« Das Wasser schließt sich über meinem Kopf. Seine Augen suchen nach irgendeinem Fetzen des Traums, der mich verstört hat. »Es wird alles wieder gut – das verspreche ich dir.« Und wenn er dann gegangen war, versuchte ich immer, wach zu bleiben, mir den Schlaf mit aller Kraft vom Leibe zu halten, aus Angst davor, das dunkle Wasser könnte wieder über mir zusammenschlagen, aus Angst vor der Schwere in der Brust, als bekäme ich keine Luft mehr. Jetzt, in diesem Raum, bin ich zwar hellwach, doch der Traum ist zurückgekehrt, und ich spüre erneut, wie das Wasser an meinen Armen und Beinen zieht, wie die schwarzen Äste der Bäume über mir bis hinein in den Fluss hängen.

Ich brauche eine Zigarette. Ich brauche einen Drink. Nick hat den Priester am Pult abgelöst und trägt ein Gedicht vor, den Blick starr auf das Blatt Papier gerichtet, die Stimme so leise, dass ich Mühe habe, ihn zu verstehen. Auf einem Sockel steht die Urne mit der Asche. Sie enthält Fragmente, alles, was von einem ganzen Leben übrigbleibt. Wir drei, wieder hier zusammen. Der Gürtel um meinen Hals ist jetzt so straff zugezogen, dass ich kaum noch atmen kann. Mein Stuhl schabt über den Boden, als ich aufstehe, Augen folgen mir, doch ich drehe mich nicht um. Ich haste durch die Tür in einen Raum mit kurzflorigem Nylonteppichboden, der aussieht wie Kunstrasen, die Wände sind überwuchert mit verschlungenen Ranken und hängenden Früchten. Aus versteckten Lautsprechern rieselt die Musik eines Streichquartetts. Ich nehme ein Glas Saft und leere es in einem Zug, spüre meine straff gespannte Gesichtshaut, das Nervenkribbeln in meinen Haarwurzeln. Die Trauerfeier ist zu Ende, und andere Leute kommen nach und nach herein. Irgendwer streift mich, und ich fahre zusammen, wie von einer Kugel getroffen, meine Tasche fällt zu Boden. Als ich mich nach ihr bücke, spüre ich, dass mir die Beine zittern, und ich kann nicht sagen, ob es von der Angst kommt, die in mir wabert, oder von meinen Gedanken an Luke, was von ihm übrig ist, in der Urne. Dann trifft es mich wie ein Schlag: Er kommt nicht wieder. Nie mehr. Die Tasche auf dem Boden verschwimmt vor meinen Augen.

»Kommen Sie«, sagt eine Stimme.

Ich spüre eine Hand am Ellbogen, und ich werde zu einem Sessel in der Lobby geführt, sauge gierig die Luft ein, während mir Tränen übers Gesicht strömen. Ich nehme ihn kaum wahr, diesen Mann, seine feste Hand, mit der er mich in den Sessel bugsiert, seine ruhige Stimme, als er sagt, ich soll hier warten. Fremde Gesichter in der Lobby wenden sich mir zu, während die Trauer aus mir herausfliegt, als hätte meine Brust sich geöffnet und Hunderte Vögel kämen kreischend herausgeflattert.

»Trinken Sie das«, sagt die Stimme, und ich blicke nach unten auf die gebräunte Hand, die aus einem weißen Hemdsärmel ragt und mir ein Glas mit einer bernsteinfarbenen Flüssigkeit hinhält.

Ich frage nicht, was das ist. Ich schließe die Augen und werfe den Kopf in den Nacken, spüre die Wärme des Drinks durch die Kehle strömen. Fast ein Monat Abstinenz in einem Sekundenbruchteil über den Haufen geworfen.

»Das wird Ihnen guttun«, sagt der Mann, und ich öffne die Augen.

Murphy. Der Priester.

Er setzt sich mir gegenüber. Er hält ein Glas mit dem gleichen Inhalt in den Händen. Jetzt hebt er es fast auf Augenhöhe: Er sieht aus, als würde er den Drink genauso sehr brauchen wie ich.

»Ich habe eine Regel, was das Trinken angeht. Warte mit dem ersten Drink des Tages, bis die Sonne untergegangen ist.« Er schaut an mir vorbei zu der Glastür, die auf eine in Sonnenlicht getauchte Einfahrt geht. Dann blickt er mir in die Augen, und ich sehe den Humor darin. »Bei Trauerfeiern mache ich eine Ausnahme.«

Er nimmt einen Schluck von seinem Drink, und meine Nerven beruhigen sich ein wenig. Er beobachtet mich weiter, mit offenherzigen und sympathischen Augen. Seine großen Hände lassen das Glas sehr klein wirken. Er hat etwas Müdes an sich, vorzeitig gerundete Schultern, Falten, die seine Haut durchziehen, als hätte er alle Sünden von allen Beichten in sich aufgesogen, die er je gehört hat: ein verlebtes Gesicht, das es mit dem von Beckett aufnehmen kann. Nase und Wangen sind mit einem Netz von geplatzten Kapillargefäßen überzogen – das Gesicht eines Trinkers.

Ich schaue wieder auf den Whiskey im Glas. »Entschuldigen Sie«, sage ich. »Es ist sonst nicht meine Art, in der Öffentlichkeit die Fassung zu verlieren.«

»Ach nein?«

»Ich heul mich lieber allein in einem leeren Zimmer aus.«

»Was für eine einsame Vorstellung«, sagt er und runzelt die Stirn. Dann öffnet er die Hände in einer verständnisvollen Geste. »Wir sind hier auf einer Trauerfeier. Da werden Tränen erwartet.«

»Ich bin Katie«, sage ich mit einem Lächeln, das meine Verlegenheit überspielen soll, und strecke ihm die Hand hin. Als er sie ergreift, bin ich selbst überrascht, wie verlegen ich mich fühle. Er hat einen forschenden Blick, und er hält meine Hand eine Sekunde zu lange fest, als wollte er mich genauer betrachten.

»Katie. Ich erinnere mich an Sie.«

»Wirklich?«

»Und an Ihre Mutter. Helen, nicht wahr?«

»Sie haben meine Mutter gekannt?«

»Nur flüchtig. Wir sind uns ein-, zweimal begegnet, als sie mit Ihnen hier war.«

»Aha.«

»Sie haben Ähnlichkeit mit ihr. Um die Augen herum – den gleichen interessierten Blick.« Dann wechselt er das Thema und sagt: »Es war lieb von Ihnen, dass Sie die weite Reise auf sich genommen haben.«

»Ich musste einfach kommen«, erwidere ich und spüre den Druck der Wahrheit in diesem Satz.

»Kommen Sie morgen mit uns anderen in die Masai Mara?«

»Wo ich schon mal hier bin, kann ich das auch noch mitmachen.« Ich versuche, möglichst locker zu klingen, als würde mir nicht davor grauen, dorthin zurückzukehren.

»Schön.« Er lächelt und nickt beifällig, holt tief Luft und legt sich eine Hand auf die Brust.

»Trotzdem ist mir schleierhaft, warum er das alles hier gewollt hat«, sage ich.

»Inwiefern?«

»Ich verstehe nicht, warum er an einen Ort zurückwollte, an dem er über dreißig Jahre nicht gewesen ist.«

»Vielleicht war er da am glücklichsten.«

Ich werfe ihm einen skeptischen Blick zu.

Er lehnt sich in seinem Sessel zurück, eine ausladende Bewegung, und sagt: »Ich weiß noch gut, wie die Familie Yates hier ankam. Solche attraktiven Menschen mussten einem gleich auffallen – sie waren schön, würde ich sogar sagen. Die Mutter – tja, die war etwas Besonderes. Hatte Klasse, das sah man auf Anhieb. Und auch er hatte was, Ken, eine Art muskulösen Charme, eine kompetente Ausstrahlung. Und dann diese beiden feinen Jungs – so lebhaft und bezaubernd. Die ganze Familie verströmte etwas Optimistisches. Alle vier sind hier in Afrika aufgeblüht. Es war jammerschade, als sie zurück nach Irland gingen ...« Eine gewisse Traurigkeit tritt in seine Augen.

Die Art, wie er das sagt, dieser wehmütige Blick, und schon bin ich wieder auf der Wiese – die Jungs in Shorts, die Knie verkrustet und zerkratzt, Luke ruhelos und gelangweilt, schaut zum grasbewachsenen Hügel und sagt: »Los, wir gehen zum Fluss – vielleicht sind die Mädchen ja da.« Der Befehlston in seiner Stimme, die Entschlossenheit in seinem Blick. Spürte ich den leisesten Hauch Unschlüssigkeit? Ich meine ja, doch ich traue meinen Erinnerungen an den Tag nicht – so verschlissen und abgenutzt, wie sie sind.

»Ich werde nie vergessen, wie ich bei ihnen war, um mich zu verabschieden«, sagt Murphy. »Das war an dem Abend vor ihrer Abreise. Er kam die Stufen runter auf mich zu – Ken. Noch nie hatte ich eine so radikale Veränderung an einem Menschen gesehen. Dieser bleiche, hohläugige Mann, der mir da entgegenkam. Und Sally auch, aller Glanz war aus ihr gewichen. Die Jungs habe ich nicht mehr gesehen. Und ich habe immer wieder gefragt, warum – warum sie so überstürzt abreisten? Ob irgendetwas passiert war, das sie so zur Eile zwang? Es kam mir fast so vor, als hätten sie Angst.«

»Sie hatten Vögel – Nick und Luke –, als Kinder«, sage ich darauf, und er sieht mich mit stechenden Augen an. »Ich erinnere mich an einen Vogelkäfig, der auf der Veranda hing. Zwei kleine Spatzen. Wissen Sie noch?«

Verwirrung huscht über sein Gesicht, und ich beobachte ihn genau. Ich hatte nicht vorgehabt, ihn danach zu fragen – ich könnte nicht mal sagen, warum ich es getan habe. Vielleicht aus einem Anflug von Misstrauen heraus. Weil ich nervös bin. Jeden verdächtige. Er hält meinem Blick stand, aus der Verwirrung wird etwas anderes, eine Art Begreifen.

»Das waren Stare, keine Spatzen«, berichtigt er mich. »Und ja, ich erinnere mich an sie.«

Sowohl die Art, wie er das sagt, geduldig, nachsichtig, als hätte er das alles schon öfter erlebt – unter Trauer und Verunsicherung leidende Menschen –, als auch sein großmütiges Verständnis beschämen mich, und ich senke den Blick. »Tut mir leid«, sage ich. »Ich dachte bloß –«

»Sie müssen nichts erklären. Es muss seltsam für Sie sein, wieder hierherzukommen. Unter diesen tragischen Umständen.«

»Ich muss immerzu an ihn denken«, sage ich jetzt. »An Luke, wie er in das verlassene Haus zurückkehrt, sich da ganz allein verkriecht, und dann ...« Ich bringe die Worte nicht über die Lippen, von Gefühlen überwältigt.

Er nickt, breitet dann die Hände aus. Sein Akzent ist zwar unverkennbar irisch gewürzt mit einem südafrikanischen Einschlag, doch seine Gesten sind eher mediterran – dieses typisch französische Achselzucken.

»Wenn so etwas geschieht – wenn ein geliebter Mensch sich das Leben nimmt –, suchen wir händeringend nach einer Erklärung dafür, weil uns der Gedanke so unsäglich schwerfällt, dass er aus seiner Verzweiflung keinen anderen Ausweg als den Tod gesehen hat. Wir fragen uns immer wieder: ›Warum hat er mir nicht erzählt, was ihn bedrückt? Warum habe ich nicht bemerkt, dass er so verzweifelt war? Warum habe ich nichts unternommen?‹ Das ist eine ganz normale Reaktion. Aber, Katie«, sagt er sanft, »es ist ein falscher Weg. Schlagen Sie ihn nicht ein. Quälen Sie sich nicht. Luke hatte jede Menge Probleme – finanziell, emotional. Es ging ihm nicht gut. Was auch immer ihn in den Freitod getrieben hat, es kam aus ihm selbst heraus, von nirgendwo sonst.«

Ich bin unwillkürlich enttäuscht von seiner Antwort, sie ist mir zu priesterlich.

Ich trinke mein Glas aus, stelle es auf den Tisch und bedanke mich für das Gespräch.

»Sie gehen schon?«, fragt er, als ich meine Tasche nehme und aufstehe.

»Sagen Sie Nick, es tut mir leid, ja?«

»Natürlich.«

Als ich gerade losgehen will, hält mich etwas zurück – ein Anfall von Neugier, von Argwohn. Ich sehe Murphy an. »An dem Abend damals, als Sie zu Sally und Ken gegangen sind, um auf Wiedersehen zu sagen, haben die beiden Ihnen da erzählt, wovor sie Angst hatten? Haben sie Ihnen den Grund für ihre Abreise verraten?«

Falls meine Frage ihn überrascht, so lässt er es sich jedenfalls nicht anmerken. Er sagt lediglich: »Nein, haben sie nicht. Ihre Angst oder ihr Stolz waren wohl zu groß. Und ich habe mit den Jahren gelernt, dass man gewisse Geheimnisse besser für sich behält. Eines weiß ich aber noch genau. Als ich an dem Abend wieder ging und Ken mich zur Tür brachte, wollte ich ihm die Hand schütteln, und ganz plötzlich hat er mich umarmt. Er hat mich mit einer Heftigkeit umklammert, die ich nie vergessen habe.«

Bei dem Gedanken, dass Mr Yates wild vor Angst war, am Rande der Verzweiflung, gerät etwas in mir ins Taumeln, und ich möchte nur noch nach draußen, richtige Luft einatmen, nicht diesen gefilterten Sauerstoff. Murphy beugt sich vor, um mich zu stützen. Seine Hand an meinem Arm ist so groß und kräftig, dass ich mich wieder fühle wie ein Kind, und ich weiß nicht, ob mir das gefällt oder nicht.

»Lassen Sie ihn gehen«, sagt er, und sein Gesicht wirkt alt und müde. Dann nimmt er seine Hand weg und tritt zurück. Ich kann sein trockenes Husten noch hören, als ich die Lobby durchquere und hinaus auf die Straße trete.

Im Hotel angekommen, erfahre ich an der Rezeption, dass es keine neuen Erkenntnisse zu dem Umschlag gibt, der unter meiner Tür durchgeschoben wurde, aber meine Reisetasche ist wieder aufgetaucht. Ich gehe in mein Zimmer, dusche und ziehe mir frische Sachen an. Schon allein aus den Klamotten rauszukommen, die ich die letzten paar Tage anhatte, ist eine Wohltat. Anschließend setze ich mich ruhig in einen Sessel, trinke ein Bier aus der Minibar und rauche eine Marlboro Light nach der anderen. Das Bier hat einen synthetischen Geschmack, der Geschmack von Schuld, könnte man denken. Das Nachmittagslicht malt Vierecke auf den Teppich. Im Zimmer herrscht Unordnung: Kleidungsstücke liegen verstreut herum oder hängen aus dem offenen Koffer. Mein Handy klingelt seit einer Stunde immer mal wieder, doch ich gehe nicht ran. Es liegt auf dem Nachttisch und piept gelegentlich. Ich bin noch immer höllisch nervös, doch mein Kopf wird langsam müde von den endlosen Gedankengängen, die sich darin abspulen. Der Zeitungsausschnitt über Coras Tod, die Fotos von den Ertrunkenen. Die Vögel. Ich denke an Luke – »Meine Vergangenheit hat mich eingeholt« – und spüre das schleichende Entsetzen bei dem Gedanken, der immer wieder hochkommt: *Irgendwer weiß Bescheid.*

Ein Klopfen an der Tür. Ich springe fast aus dem Sessel. Ich spähe durch den Spion, öffne dann die Tür, heilfroh, ihn zu sehen, weil ich irgendwie weiß, dass er der Einzige ist, mit dem ich darüber reden kann – über das alles.

Nick kommt herein, und sofort sage ich: »Irgendwer weiß Bescheid.«

Ich hebe eine Hand vor den Mund, wende mich von ihm ab, während er die Tür schließt, und gehe zum Fenster.

»Irgendwer hat mir Botschaften geschickt – Drohungen, schätze ich. Eine Art verschlüsselte Nachricht. Zuerst hab ich gedacht, es hätte was mit der Arbeit zu tun, aber jetzt weiß ich, das kann nicht sein, das kann einfach nicht sein. Fotos, Zeitungsausschnitte und Schlimmeres ...«

Die Worte versiegen, als ich mich zu ihm umdrehe. Er steht

da, starrt die standardmäßigen braunen Möbel an, aber ich sehe, wie leer sein Blick ist, wie sehr ihn seine Trauer überwältigt hat. Der Ausdruck in seinem Gesicht: als hätte er gerade einen Verkehrsunfall mit angesehen. Blut auf der Straße. Er hat absolut nicht mitbekommen, was ich gesagt habe.

Er setzt sich aufs Bett und vergräbt das Gesicht in den Händen. Dann höre ich seine Stimme gedämpft durch die Hände vor dem Mund leise und erstickt sagen: »Ich bin so was von im Arsch, Katie.«

Er lässt die Hände fallen, und ich sehe Tränen auf seinem Gesicht. Seine Verletzlichkeit lässt mich unwillkürlich an den dunkelhaarigen Jungen denken, den Murphy beschrieben hat, als ich mich neben ihn setze, instinktiv einen Arm um ihn lege, ihn an mich ziehe. Nur für einen Moment vergesse ich meine Panik. »Du brauchst Schlaf«, sage ich.

»Ich brauche einen Drink«, erwidert er, zieht eine Flasche Whiskey aus seiner Jackentasche und stößt einen Laut aus, der wohl ein Lachen sein soll, aber hohl und seltsam klingt.

Ich nehme ihm die Flasche aus der Hand und gehe zur Minibar, um uns jedem ein Glas einzuschenken.

»Ich hol schnell Eis vom Automaten auf dem Flur«, sage ich zu ihm, spüre den Puls in meinen Ohren pochen. »Bin gleich wieder da.«

Er lächelt müde Richtung Fußboden, als ich die Tür hinter mir schließe.

Am Eisautomaten bleibe ich mit verschränkten Armen stehen, mache mir Vorwürfe, weil ich ihn hereingelassen habe – in mein Zimmer, in meine Gedanken. Ich kann spüren, wie tief er in mir verankert ist – schon immer.

Als wir Kinder waren, war er für mich wie ein Bruder. Später, als wir studierten, an der Schwelle zum Erwachsensein standen, war noch immer die gleiche Nähe zwischen uns, doch sie war beschädigt worden. Unsere Freundschaft lebte wieder auf, und ich spürte, wie neue zarte Gefühlsfäden zwischen uns entstanden. Der junge Mann, zu dem er geworden war, hatte Anklänge an den Bruder, der er in meiner Erinnerung für mich gewesen war: die Schüchternheit, das dunkle Haar, das ihm ins Gesicht fiel, seine Herzensgüte – und die Musik. Natürlich die Musik. Aber er hatte noch etwas an sich, das mich magnetisch zu ihm hinzog: eine Traurigkeit, die immer vage in seinem Lächeln mitschwang, und ich konnte spüren, dass auch er sich verloren fühlte und verunsichert war und seinem Platz in der Welt misstraute.

Und da war noch ein Problem: Sex, das Verkomplizieren der Anziehung zwischen zwei Menschen mit einer ohnehin schon belasteten gemeinsamen Vergangenheit, zwei Menschen mit selbst beigebrachten Narben in den Handflächen, die sie für immer als Geschwister kennzeichneten. Meine Freunde an der Uni konnten die Freundschaft zwischen Nick und mir einfach nicht verstehen. »Wann werdet ihr zwei denn endlich ein Paar?«, fragten sie mich, und dann lachte ich und beteuerte, meine Gefühle zu ihm seien anders gelagert, hoffte, dass sie mich nicht durchschauten.

Eines Abends, auf einer Party, waren wir zwei irgendwann allein in einem Zimmer. Es war spät, die Party ging langsam zu Ende, und die meisten waren schon nach Hause gegangen, nur noch ein paar Nachzügler hockten versprengt in irgendwelchen dämmrigen Winkeln des Hauses. Wir setzten uns aufs Bett und redeten, und im Dunkeln kehrten wir flüsternd zurück zu jener Wiese in unserer Kindheit. Wir gingen wieder an den Fluss. Nur ein einziges Mal hörte ich, wie er alles noch einmal durchlebte – was geschehen war, welche Rolle jeder von uns dabei gespielt hatte, Nick, Luke und ich. Und ich lauschte seiner Schilderung der Ereignisse mit einer Art langsam schwelendem Schock, traute mich nicht, etwas zu sagen, weil ich fürchtete, dass er dann verstummen, dichtmachen, wieder in sein gewohntes Schweigen verfallen würde. Aber was er erzählte, verwirrte und verängstigte mich. Es ließ mich meinen eigenen Erinnerungen misstrauen, sie alle anzweifeln.

Wie lange redeten wir in dieser Nacht miteinander? Vielleicht Stunden. Das ganze Haus war still um uns herum, als wären nur noch wir beide da. Als körniges Morgenlicht in den Himmel kroch, hörten wir auf zu reden und lagen nur still auf dem Bett. Seine kontrollierten Atemzüge verrieten mir, dass er nicht schlief, sondern sich bewusst still hielt. Und auch ich stellte mich schlafend, aber jede Pore meines Körpers wartete, bereit für das, was zwischen uns geschehen könnte. Es hätte genügt, wenn einer von uns die Hand ausgestreckt oder sich dem anderen zugewandt hätte. Und doch bewegten wir uns nicht. Denn es war mit uns im Raum, das, was in der Vergangenheit passiert war. Wir hatten es mit unserem langen Gespräch heraufbeschworen wie einen Geist, und nun schien es zwischen uns zu liegen, das tote Mädchen, wie eine dritte Person. Ich spürte ihre Gegenwart, und ich wusste, dass er sie auch spürte, und da wurde mir klar, dass es zwischen uns immer so sein würde. Ganz gleich, wie nah wir uns je kamen, sie würde stets da sein und uns getrennt halten.

Und jetzt, während die Eiswürfel in den Behälter prasseln, spüre ich sie erneut. Auf dem Weg zurück zu meinem Zimmer bin ich mir dieser alten Gefühle schmerzlich bewusst, die nur darauf lauern, dass ich unvorsichtig werde und meine guten Absichten sich in Luft auflösen.

Nick sitzt auf dem Bett, als ich ins Zimmer komme, und legt gerade mein Handy zurück auf den Nachttisch.

»Ich hoffe, du hast nichts dagegen«, sagt er. »Ich hab bloß kurz Lauren angerufen.«

»Kein Problem.«

Ich setze mich auf die andere Seite des Betts. Wir trinken beide unseren Whiskey, verunsichert durch die Gegenwart des anderen. Er ergreift als Erster das Wort.

»Du bist bestimmt überrascht über mein Auftauchen.«

Ich überlege kurz, sage dann: »Nein. Ich bin nicht überrascht.« Zum ersten Mal sieht er mich richtig an, hält für einen Moment meinen Blick fest, und sein kurzes Nicken signalisiert Verständnis. Es war klar, dass er zu mir kommen würde. Schließlich sind wir die Einzigen, die noch übrig sind. Und ich spüre, wie sie sich in diesem Zimmer um uns drängen – die Geister der anderen: meine Eltern und seine, Cora und jetzt Luke ...

»Es ist seltsam«, sagt er, »aber seit es passiert ist – seit ich Luke gefunden habe –, spüre ich das ungeheure Bedürfnis zu reden.«

Er schielt zu mir rüber, als wollte er sehen, ob ich begreife, wie merkwürdig seine Worte sind, und das tue ich. Natürlich.

»Aber ich war nie besonders wortgewandt«, fährt er fort. »Du bist die Einzige, mit der ich darüber reden kann.«

»Du kannst mir alles sagen, Nicky«, erwidere ich leise.

»Ich wollte dir erzählen, was passiert ist, als ich ihn gefunden habe – Luke.«

Ich schiebe mich nach hinten, bis ich die Kissen im Rücken habe, lege die Füße übereinander, halte das Whiskeyglas auf dem Schoß und höre zu.

»Es hat so lange gedauert, bis sie endlich gekommen sind. Die

Polizei, der Krankenwagen. Es kam mir vor wie eine Ewigkeit. Und was macht man, während man wartet? Es hat bestimmt eine halbe Stunde gedauert, bis sie da waren, und die ganze Zeit hätte ich ihn da an dem Balken hängen lassen sollen?«

»Was hast du gemacht?«

»Erst mal sind wir nach draußen, haben am Auto gestanden, versucht, uns zusammenzureißen. Dann hab ich Julia angerufen.«

»Das muss hart gewesen sein.«

»Der schlimmste Anruf meines Lebens.«

»Wie hat sie reagiert?«

Er zuckt die Achseln, will es herunterspielen. Aber ich kann mir den Entsetzensschrei vorstellen, den sie ausgestoßen hat, den Schmerz und die Fassungslosigkeit darin.

»Nach dem Anruf bin ich ein bisschen panisch geworden. Die Polizei war immer noch nicht da, und ich hatte plötzlich den Gedanken, Julia könnte sich überlegen, herzukommen. Schon der Gedanke, sie könnte Luke da hängen sehen –« Er verstummt, trinkt einen Schluck Whiskey.

»Ich bekam Angst, ich hätte es mir bloß eingebildet, was sich lächerlich anhört, aber mir sind alle möglichen verrückten Sachen durch den Kopf gegangen, zum Beispiel, dass ich zurück in das Haus gehen würde und er gar nicht da wäre, oder dass vielleicht doch noch ein Fünkchen Leben in seinem Körper war, als wir ihn fanden, doch statt das zu überprüfen, hatten wir ihn einfach für tot gehalten, und nun hatten wir die Chance vertan, ihn vielleicht noch zu retten.«

Ich klopfe eine Zigarette aus der Packung und biete sie ihm an.

»Und ehe ich weiß, wie mir geschieht, renne ich zurück ins Haus und die Treppe hoch, aber er hängt noch immer da, und seine Gesichtsfarbe, die Schwellungen und Blutergüsse und seine totale Reglosigkeit verraten mir, dass er tot ist. Aber irgendwie ... irgendwie konnte ich ihn nicht so hängen lassen. Es war so würdelos. Und klar, ich hätte auf die Cops warten sollen, aber ich konnte den Gedanken einfach nicht ertragen, dass er auch nur eine Sekunde länger da hing. Ich hab mir ständig das Gesicht meines Vaters vorgestellt, wenn er hereinkäme und Luke so sähe, dabei ist der Mann seit zehn Jahren tot.«

Seine Stimme, heiser von Zigaretten und Alkohol und zu wenig Schlaf, bricht, und ich sehe seine Hand zittern, als er die Zigarette an die Lippen hebt. Er hält den Rauch einen Moment in der Lunge, bläst dann einen langen Strahl in die Luft.

»Also hab ich ihn abgeschnitten.«

Die Worte klingen hohl und verloren, und einen Augenblick lang schweben sie zwischen uns.

»Ich hab ihn runtergeholt und auf den Boden gelegt und ihn mit meiner Jacke zugedeckt.«

»Mein Gott.«

»Lauren war dabei. Zuerst hat sie Abstand gehalten und zugesehen, wie ich ihn hingelegt habe. Aber dann hat sie sich neben ihn gekniet und ganz behutsam, ganz zart, als ob er bloß schlafen würde und sie ihn nicht wecken wollte, seine Arme und Beine geradegelegt, als wollte sie es ihm bequemer machen oder so, und sie hat ihm die Haare aus dem Gesicht gestrichen und seine Hand gehalten. Ich hab bloß dagestanden und zugeschaut, und mir kam der Gedanke, dass sie Luke vorher noch nie gesehen hatte, dass sie ihn jetzt das erste und letzte Mal sah, und als ich sein entstelltes Gesicht betrachtete, verquollen und verzerrt – richtig grausig –, ohne einen Hauch Leben darin, ohne jede Spur von seinem Charme und Humor, da ist so ein Zorn in mir hochgekommen, Wut auf *sie*, auf Lauren, meine Frau, weil sie so sanft, so vertraut mit ihm umging, als hätte sie ihn schon ewig gekannt, wo er doch in Wahrheit ein Fremder für sie war und immer sein würde, und deshalb hab ich etwas zu ihr gesagt, etwas Schreckliches. Ich hab ... gesagt ...«

»Nicht, Nick. Bitte nicht.« Ich bin entsetzt darüber, was da alles aus ihm heraussprudelt und um uns herumwirbelt, und obwohl ich froh bin, dass er sich mir anvertrauen kann, will ich nicht hören, was er zu seiner Frau gesagt hat. Aber er sagt es trotzdem.

»Ich hab gesagt: ›Nimm deine verdammten Finger von ihm weg, Lauren.‹«

Die Worte, so falsch, so brutal, pulsieren zwischen uns in der Luft, ausgesprochen in dem Raum, der den jüngsten Toten ebenso barg wie die Geister der anderen. Ich denke an die junge Frau mit dem strohblonden Haar und der unbeschwerten Art am Flughafen. Er hätte ihr genauso gut ins Gesicht schlagen können.

Wir sitzen lange schweigend da. Ich schließe die Augen, lausche auf das Rauschen der Stadt draußen, höre sie ein- und ausatmen wie ein Lebewesen.

Nick sagt: »Auf dem Weg hierher ist mir ein total bescheuerter Gedanke gekommen.«

»Nämlich?«

»Wenn sich schon einer von den Yates-Brüdern das Leben nehmen musste, dann hätte ich das sein sollen.«

Ich setze mich auf. »Nick, sag so was nicht.«

Er sitzt mir gegenüber, erwidert kurz meinen Blick, und ich kann die Wärme darin spüren. Er greift mit zitternder Hand nach der Flasche. Als er sieht, dass ich ihn beobachte, lässt er die Hand in den Schoß sinken, starrt sie an, als würde sie nicht zu ihm gehören. Doch dann wird sein Gesicht ein wenig freundlicher, und er streckt mir seine Handfläche entgegen.

»Weißt du noch, Kay?«

Die Narbe dort – ein weißer harter Hautwulst inmitten der Karte aus Linien. Ich spüre, dass ich lächeln muss, und halte meine Hand hoch. »Klar weiß ich noch«, sage ich.

Wir sehen einander zärtlich an, und da ist es wieder, dieses alte schmerzliche Ziehen, das mir sagt, was hätte sein können, aber niemals war.

Seine Stimmung schlägt wieder um, als ihm ein anderer Gedanke kommt, den kurzzeitigen Frieden verdrängt. »Da ist noch was, was mir nicht aus dem Kopf geht. Etwas, dass einer von den Polizisten wissen wollte, ein Detective. Als sie endlich da waren und ich den Leichnam offiziell identifiziert hatte, fragte er mich, wer das Seil durchgeschnitten hat.«

»Wieso?«

»Weil man«, und er zitiert offenbar aus dem Gedächtnis, »weil man, wenn man einen Erhängten abschneidet, das Seil *oberhalb* des Knoten durchschneiden soll. Das hat er gesagt.«

»Und das war noch im Haus ... direkt danach?«

»Ja, noch vor Ort. Wenn man das Seil über dem Knoten durchschneidet, bleibt die Schlinge ganz, für die Kriminaltechnik, verstehst du? Wenn man unterhalb schneidet, ist die Schlinge ruiniert. Dieser Typ, dieser Detective, meinte, wenn die Abdrücke am Hals, die Blutergüsse, wenn die dasselbe Muster haben wie die Rillen im Seil, ist alles prima. Ich hab gefragt, was daran prima sein soll, Kay. Und weißt du, was er gesagt hat?«

»Nein.«

»Er hat gesagt: ›Dann wissen wir, dass es Suizid war, ganz einfach.‹«

»Ganz einfach?«

Einen Moment lang bleibt seine Miene unverändert – die Augen ein wenig zu glänzend, obwohl sein Blick starr und nach innen gerichtet ist. Dann verändert sie sich. Ganz allmählich wird ihm bewusst, wie leidenschaftlich er geworden ist, wie heftig seine Worte waren. Er blickt mich halb entschuldigend, halb vorwurfsvoll an. Ich kann förmlich sehen, wie er sich vor mir verschließt.

»Darf ich dich was fragen?«, sage ich. »Julia. Glaubst du, sie weiß Bescheid?«

Sein Gesichtsausdruck verändert sich, wird skeptisch. »Über uns drei? Was wir getan haben?« Er starrt nach unten auf seine Hände. »Keine Ahnung. Kann sein.«

»Meinst du, Luke hat es ihr erzählt?«

Er zuckt die Achseln, murmelt: »Sie war seine Frau. Durchaus möglich.«

»Hast du es Lauren erzählt?«

Das Blitzen in seinen Augen verrät mir, dass ich zu weit gegangen bin.

»Entschuldige. Ich wollte nicht –«

»Schon gut.«

Eine gereizte Stille legt sich zwischen uns, und mein Instinkt rät mir, es gut sein zu lassen, doch meine Neugier ist stärker.

»Und Murphy? Meinst du, er weiß Bescheid? Er stand deiner Mum nahe. Vielleicht hat sie –«

»Herrgott, Katie! Keiner weiß es außer uns – okay? Hast du die Regel vergessen? *Keiner Menschenseele. Ihr dürft es absolut niemandem erzählen.* Klar?«

»Okay«, sage ich sanft, hebe die Hand und berühre ihn am Arm, und er atmet tief aus, sinkt in sich zusammen.

»Entschuldige. Ich bin bloß ... ich bin bloß hundemüde«, sagt er, obwohl ich weiß, dass das längst nicht alles ist.

Das Klingeln meines Handys durchbricht die Stille. Nick wirft einen genervten Blick darauf, sagt aber, ich soll drangehen. Dann nimmt er sich zusammen und erklärt: »Mein Tinnitus. Bei bestimmten Geräuschen – elektronischen Geräuschen – wird's schlimmer.« Er blickt mich verletzt und zerknirscht an, und ich habe plötzlich Mitleid mit ihm.

»Ich geh damit raus.«

Auf dem Flur spreche ich bewusst leise mit Reilly. Ich informiere ihn, so gut ich kann, und versuche dabei, möglichst ruhig und gefasst zu klingen, damit er sich keine Sorgen um mich macht. Am liebsten würde ich ihm von dem Umschlag erzählen, dem Foto von Cora, aber irgendwie kommt es mir zu anstrengend, zu kompliziert und in gewisser Weise nicht richtig vor, es ihm zu erzählen – als würde ich dadurch gegen die Regel verstoßen, die vor so vielen Jahren aufgestellt wurde. *Ihr dürft es absolut niemandem erzählen.* Bevor er auflegt, sagt er, dass er morgen wieder anruft, und seine Fürsorglichkeit, seine Besorgnis, bringen mich zum Lächeln.

Als ich die Tür öffne, höre ich Nick tief und regelmäßig atmen. Er liegt auf der Seite, den Kopf auf dem Kissen. Ich bleibe einen Moment stehen und schaue ihm beim Schlafen zu. Dann lege ich das Handy zurück auf den Nachttisch und gehe ans Fenster, wo ich die dicken Vorhänge zuziehe, die Abendsonne aussperre, so dass nur noch das sanfte Licht vom Bad auf den Zimmerboden fällt.

Ich schalte die Klimaanlage aus, und die jähe Stille wirkt fast störend. Doch dann lege ich mich neben ihn, wende ihm den Rücken zu, so dicht, dass ich seine Körperwärme spüre, ziehe die Beine an und schiebe die Hände unters Kopfkissen, so wie ich als Kind am liebsten eingeschlafen bin. Und zum ersten Mal seit sehr langer Zeit empfinde ich so etwas wie Frieden, während wir so im Dunkeln daliegen, Nick und ich. Die Furcht in mir verschwindet wie eine Motte, die vom Licht in einem anderen Raum angelockt wird. Eine Weile lausche ich auf den stetigen Rhythmus seines Atems. Dann schließe ich die Augen und schlafe ein.

11.

NICK

Wir treffen uns im Dunkeln, laden das Gepäck in den Pick-up und machen uns ohne ein Wort auf den Weg. Es wird eine lange Fahrt in die Masai Mara. Karl sitzt am Steuer. Ich bin der Beifahrer. Lauren hat die Rückbank für sich allein. Sie starrt aus dem Fenster und sieht zu, wie der Horizont langsam hell wird.

Karl summt vor sich hin, reicht mir eine Thermosflasche und sagt: »Machst du bitte mal auf?«

Ich schraube den Deckel ab, und der Duft von heißem Kaffee zieht durch das Führerhaus.

»Bedient euch«, sagt Karl.

»Lauren?«, sage ich und drehe mich zu ihr um.

»Nein, danke«, sagt sie, ohne mich anzusehen.

Bald sind wir aus der Stadt raus und auf einer der breiten Straßen, wo der Teer aufgeplatzt und holprig ist, keine Markierungen sichtbar sind.

Der Pick-up fährt über einen großen Stein auf der Straße. »Mannomann«, sagt Karl. »Ich hoffe, die Schrottkarre macht nicht schlapp.«

Der Wagen ist verbeult. Die Sprungfedern der Sitze drücken sich durch. Die Karosserie ist angerostet, die Stoßdämpfer quietschen. Mein Vater hätte gesagt, der Pick-up ist »schlachtreif«, denn er ächzt und knarrt, als könnte er jeden Moment auseinanderbrechen. Doch Tatsache ist, dass ich niemanden lieber auf dieser schwierigen Reise dabeihätte als Karl, trotz seines erbärmlichen fahrbaren Untersatzes.

»Danke, dass du mitkommst«, sage ich zu ihm, und er grinst mich an, um dann gleich wieder die Augen auf die Straße zu richten. Er fährt vorgebeugt, aufs Lenkrad gelehnt, und klopft gelegentlich irgendeinen Rhythmus, der ihm durch den Kopf geht.

»Ich kann euch zwei das doch nicht allein machen lassen, oder?«, sagt er.

Ich stiere auf die Straße vor uns, denke an den Ort, an den ich zurückkehre, und höre, wie es anfängt, das ferne Pfeifen tief im Innenohr.

Wir fahren lange, ohne zu reden. Das Land ist größtenteils mit dürrem Gestrüpp bewachsen, ein schroffes Grenzgebiet, wo die Menschen sich mühsam durchschlagen. Die Armut in Kenia ist gewaltig, von geradezu erdrückenden Ausmaßen, doch jetzt, wo das Licht sich mehr und mehr ausbreitet und der Pick-up dahinrollt, hat die raue Gegend mit ihrer Unverfälschtheit und berauschenden Klanglandschaft für mich etwas Beruhigendes. Während wir Nairobi immer weiter hinter uns lassen und tiefer ins Land vordringen, lehne ich mich auf dem Sitz zurück und lasse meinen Verstand in eine Art Starre sinken, gebe mich ganz der Reise hin, die noch vor uns liegt.

Ich kann Lauren im Seitenspiegel sehen. Sie wirkt gedankenverloren, als würde sie über irgendetwas nachgrübeln, die

Augen auf die vorbeiziehende Landschaft gerichtet. Ihr stiller Ernst erinnert mich an eine Zeit, die einige Monate her ist, vor unserer Heirat, als sie allein irgendeine Exkursion zur Mara unternahm, doch als sie wiederkam, wirkte sie tagelang bedrückt, unruhig, wollte mir aber nicht sagen, warum. Nach einer gewissen Zeit war sie wieder die alte, und ich vergaß die Sache, doch jetzt kommt sie mir wieder genauso distanziert vor, genauso düster in sich gekehrt.

Sie sieht müde aus. Ich möchte ihr sagen, sie soll die Augen schließen und sich ausruhen, aber ich tue es nicht. Ich habe Angst, wenn ich irgendwas zu ihr sage, könnte es in einen Streit ausarten, und ich weiß nicht, ob ich das jetzt verkrafte. Alles kommt mir heute unsicher vor, deshalb halte ich mich lieber zurück.

Ich hatte Katies Zimmer vor Tagesanbruch verlassen und mich wie ein Dieb in der Nacht aus dem Hotel geschlichen. Die Straßen waren unheimlich still, das Wetter unbeständig und kühl. Sogar im Dunkeln konnte ich sehen, dass sich große Wolken am Himmel zusammenballten. Ein streunender Hund, der in einer Abfalltüte schnüffelte, blickte mich argwöhnisch an, ehe er sich wieder seiner erbarmungswürdigen Beschäftigung widmete. Als ich in der frühen Dämmerung nach Hause ging, kam mir eine Melodie in den Sinn: Dexter Gordon, der »Guess I'll Hang My Tears Out To Dry« spielt. Sie will mir seitdem nicht mehr aus dem Kopf, begleitet von den Worten: Wer hat das Seil durchgeschnitten? Wer hat das Seil durchgeschnitten?

Als der Pick-up über ein besonders marodes Stück Straße ruckelt und rumpelt, spüre ich, wie mein Kopf leer wird, bis nichts mehr drin ist als diese Worte, die unaufhörlich kreisen wie eine gesprungene Schallplatte.

Stunden vergehen, die Sonne steht mittlerweile hoch über uns. Karl beschließt, an einem Lokal, das er kennt, Rast zu machen.

»Das Essen ist nicht berauschend«, sagt er, »aber genießbar.«

Das Restaurant, das wir schließlich betreten – ein langes flaches Gebäude mit großen Fenstern, blau gestrichenen Wänden, an denen die Farbe abblättert, und Betonboden, so dass der Raum fast fabrikmäßig wirkt –, erinnert eher an eine Schulkantine. Wir drei stellen uns in die Warteschlange an der Theke und setzen uns dann mit unseren Tabletts an einen der langen aufgebockten Tische, die im Raum verteilt sind. Es wird langsam voll – die Gesichter hier sind überwiegend weiß und asiatisch, Touristen auf dem Weg nach Westen, um eine Safari zu machen. Das Essen – Eintopf mit knorpeligem Fleisch, von dem wir vermuten, dass es Ziegenfleisch ist, serviert in unterschiedlichen Tellern, die nicht zusammenpassen – ist besser, als ich erwartet habe. Lauren tunkt Brot in die Flüssigkeit, rührt das Fleisch aber nicht an. Sie trinkt ihre Cola und sagt kaum ein Wort.

Als sie zur Toilette geht, fragt Karl: »Zwischen euch alles in Ordnung?«

»Ich weiß nicht genau«, sage ich.

»Sie hat sich Sorgen um dich gemacht. Du hättest sie anrufen sollen.«

»Ich hab sie angerufen. Sie wusste, wo ich war.«

Ein Anruf, um ihr zu sagen, dass ich zu Katie gegangen war, um zu reden, weil ich es wichtig fand. Ein Anruf, in dem ich zu meiner Frau sagte: *Du vertraust mir doch, oder?* Sie hatte ja gesagt, und ich hatte gesagt, dass ich sie liebe. Jetzt jedoch komme ich mir naiv und dumm vor, sogar ein wenig rücksichtslos.

Er hebt eine Augenbraue. »Vielleicht ist das das Problem. Vielleicht hättest du ihr nicht sagen sollen, wo du warst.«

Wir steigen ein wenig abgespannt wieder in den Pick-up, aber wir wollen weiter.

»Wie lange noch, bis wir da sind?«, frage ich.

»Noch ein paar Stunden«, sagt Karl und löst die Handbremse mit einiger Kraftanstrengung.

Die Straßen sind schlecht, stellenweise so schlecht, dass wir auf den Randstreifen ausweichen müssen. Schon jetzt ist Nairobi nur noch eine ferne Erinnerung. Die Landschaft vor uns rollt weiter und weiter. Wellblechsiedlungen – anonym, namenlos und auf keiner Karte verzeichnet – tauchen wie aus dem Nichts auf. Sie wirken behelfsmäßig, zerbrechlich, darauf angelegt, rasch verlassen zu werden. Der Pick-up klappert und schwankt, fährt durch ein Schlagloch nach dem anderen. Bauern und Tiere sehen mit träger Gleichgültigkeit zu, wie wir vorbeifahren.

Lauren verändert ihre Sitzhaltung auf der Rückbank, bleibt wach. Ihr Zorn ist ein Schwelbrand.

»Wieso warst du so lange weg?«, fragte sie, als ich heute Morgen nach Hause kam.

Ein geflüstertes Gespräch in unserem Schlafzimmer, während Karl auf dem Sofa im Wohnzimmer wartete und einen Kaffee trank.

»Tut mir leid, Lauren. Wir haben miteinander geredet, und dann bin ich eingeschlafen.«

»Du bist eingeschlafen?« Ungläubigkeit in ihrer Stimme.

»Es ist nichts passiert ... Du glaubst mir doch, oder? Wir haben uns bloß unterhalten, mehr nicht.«

Sie sah mir in die Augen, musterte mich misstrauisch, und

dann antwortete sie mit leiser Stimme: »Wenn du das sagst.« Sie drehte sich um, griff nach ihrer Reisetasche und stopfte ihre letzten Klamotten hinein. Ihre Bewegungen hatten etwas Wildes an sich, etwas, das so gar nicht ihrer üblichen Eleganz und Selbstbeherrschung entsprach, und ich merkte, wie aufgewühlt sie war. Ich überlegte, was ich sagen könnte, um ihren Verdacht zu zerstreuen.

»Katie und ich sind alte Freunde, Lauren. Wir kannten uns schon als Kinder«, sagte ich beruhigend.

Lauren antwortete nicht. Hinter ihr war das Bett zerwühlt, aber ich sah ihr an, dass sie nicht geschlafen hatte. Ihr Gesicht war abgespannt und bekümmert. Sie stellte keine weiteren Fragen. Es gab kein Verhör. Bloß ein eisernes, unerbittliches Schweigen.

»Du solltest dich lieber umziehen«, sagte sie schließlich leise, und ich hörte die Kälte in ihrer Stimme. »Karl ist schon fast eine Stunde da. Wir müssen los.«

Ich wusste, dass die Sache damit nicht erledigt war – dieser Streit, wenn man ihn denn so nennen konnte. Aber wie sollte ich erklären, warum ich zu Katie gegangen war? Wie sollte ich die unlösbare Verbindung zwischen mir, Luke und ihr erklären? Wie sollte ich erklären, dass ich verstehen musste, warum mein Bruder seinem Leben ein Ende gesetzt hatte, und dass Katie der einzige Mensch war, der mir möglicherweise helfen konnte? Meine Entschuldigung genügte offenbar nicht. Und weil ich hundemüde war und wir einen ganzen Tag in diesem heißen Pick-up unterwegs sein würden, traute ich mir nicht zu, etwas zu erklären, das mich selbst verwirrte – dieses Etwas, das in den tiefsten Tiefen meiner Vergangenheit hockt und wie ein schwarzes Herz schlägt.

Bevor wir nach der Lunchpause wieder in den Pick-up stiegen, nahm ich sie kurz beiseite: »Lauren ... Bitte glaub mir, es tut mir schrecklich leid.«

»Nick, das ist auch für mich schwer. Es geht nicht nur um dich und deinen Bruder.«

Ich weiß nicht, was sie damit gemeint hat. Doch mehr sagte sie nicht. Sie kletterte einfach auf die Rückbank und starrte hinauf in den Himmel über uns, und ich merkte ihr an, dass sie ihre Enttäuschung unterdrückte. Für später aufsparte. Es kommt mir vor wie eine Art Folter. Ihre Wut wäre mir lieber als das hier. Sie ist nachdenklich, hat die Stirn gerunzelt, weil die Sonne blendet, und beobachtet mit zusammengekniffenen Augen ein einsames Propellerflugzeug, das über uns hinwegfliegt. Sie wartet ab, und auch ich warte, während die Worte *Wer hat das Seil durchgeschnitten? Wer hat das Seil durchgeschnitten?* mir jetzt mit einer eigenen Melodie durch die Gehörgänge geistern.

Es gibt auch einen ganzen Text dazu – nicht aus meiner Feder, sondern aus der meines Bruders. Sein Brief steckt in meiner Hemdtasche – die harten Kanten scheuern an meiner Brust, als wollten sie ein Loch hineinbrennen, fordern, dass ich ihn erneut lese. Ein Brief, geschrieben auf schlichtem elfenbeinfarbenem Papier, wie es unsere Mum benutzte. Ein Brief in einer krakeligen, hastigen Handschrift, mit gehetzt schrägen Buchstaben auf dem Blatt, die t-Querstriche flink, die i-Punkte wahllos und panisch.

Aber ich nehme ihn nicht heraus – das ist nicht nötig. Ich habe ihn unzählige Male gelesen, seit Julia ihn mir gab, und jedes Mal kam es mir so vor, als würde Luke mir ins Ohr flüstern, als würde sein Atem meinen Nacken streifen, so dass mir eine Gänsehaut über den Rücken lief. Auch jetzt wieder, als ich die Augen schließe und seine Stimme höre, mich an die Worte erinnere, die er mir geschrieben hat:

Lieber Nico,
als Erstes ein Geständnis. Ich habe ein paar Drinks intus ... und ich weiß, ich weiß, es ist ein Fehler, zur Feder zu greifen, wenn man einen in der Krone hat, aber heute war ein seltsamer Tag, und ich habe irgendwie das Bedürfnis, Dir zu schreiben, obwohl Du diesen Brief wahrscheinlich nicht lesen, nicht beantworten wirst. Dennoch habe ich das starke Gefühl, dass Du der einzige Mensch auf dieser Erde bist, der versteht, was ich zurzeit durchmache.
Julia und ich haben heute den ganzen Tag Mums Sachen durchgesehen. Ihre »persönliche Habe«, wie Julia das nennt – was für ein skurriler, altmodischer Begriff! Wie Du weißt, war Mum sammelwütig, und selbst nach achtstündigem Sichten von Papierkram und Fotos haben wir noch immer einen ordentlichen Berg vor uns. Das meiste ist unwichtiges Zeug, trotzdem kam es immer wieder vor, dass ich mich nicht entscheiden konnte, ob ich etwas behalten oder wegwerfen sollte – ehrlich gesagt, ich hab mich in eine regelrechte Panik hineingesteigert, und das bei Quittungen und Urlaubsschnappschüssen, Postkarten von obskuren Orten, geschickt von Leuten, die ich nicht mal kenne. Lächerlich, nicht? Aber das hat die Trauer aus mir gemacht – einen hilflosen Zauderer. Und ich trauere wirklich, Nico, das kannst Du mir glauben. Auf der Beerdigung und auch die ersten paar Wochen danach konnte ich mich noch zusammenreißen, aber jetzt, wo die Jahreszeiten wechseln, wird mir Mums Fehlen so richtig bewusst, und ich fühle mich leer, als hätte ich einen Teil von mir verloren, ohne es zu merken und ohne die Aussicht, ihn wiederzubekommen.
Heute habe ich den ganzen Tag den Sog der Vergangenheit gespürt. Ich sitze jetzt an Dads Schreibtisch und schreibe Dir auf

einem Papier, das ich in Mums Schreibschatulle gefunden habe. Schon allein Dir einen Brief zu schreiben statt einer E-Mail oder einer SMS kommt mir irgendwie realer vor, wenn auch altmodisch – wie etwas, das Dad getan hätte. Mitunter spüre ich seine Gegenwart, wenn ich spätabends allein hier in seinem Arbeitszimmer sitze, auf seinen Schreibtisch gestützt. Manchmal wünschte ich, ich könnte seinen Geist heraufbeschwören, wenn auch nur ein einziges Mal, um ihm von all den Problemen und Zweifeln zu erzählen, mit denen ich zu kämpfen habe, als könnte er mir einen klugen Rat geben, mir sagen, was ich tun soll, mir helfen, aus dem Nebel herauszufinden.

Bei Mum ist es anders, ihre Gegenwart spüre ich überhaupt nicht. Seit ihrem Tod nicht mehr, und ich werde das Gefühl nicht los, dass sie mich durch ihren Tod irgendwie im Stich gelassen hat. Als wäre sie jetzt restlos mit mir fertig.

Ich glaube, wir haben einen Fehler gemacht, Nico. Das Wetter hier ist jetzt sehr kalt, und wenn ich daran denke, wie sie da draußen in der gefrorenen Erde liegt, kommt mir das so falsch vor, dass ich mit dem, was ich gerade tue, aufhören muss, um mich erst mal wieder zu beruhigen. Ich weiß, wir haben sie neben Dad beerdigt, weil wir es für richtig hielten, aber jetzt frage ich mich, war es das wirklich? Erinnere dich an ihr Temperament, Nick, an ihr Wesen – sie war ein Geschöpf der Wärme, sie hat die Sonne angebetet. Ich hatte immer das Gefühl, dass sie in Afrika ein anderer Mensch war – glücklicher, unbeschwert. Aber damals waren wir wohl alle anders … Egal. Vielleicht war es falsch, sie in einem kalten Klima zu beerdigen. Ich will damit nicht vorschlagen, dass wir ihren Leichnam exhumieren und nach Kenia bringen sollten. Ich glaube, ich will damit nur sagen, dass ich manches bereue, und das gehört dazu.

Wenn ich mal sterbe, möchte ich kein Grab in der kalten, feuchten irischen Erde. Lass mich einäschern, ja? Und dann verstreu meine Asche irgendwo, wo die Sonne scheint – Kenia zum Beispiel. Ich habe dasselbe heute zu Julia gesagt, aber sie meinte bloß, ich sei larmoyant. Ich glaube, zurzeit nimmt sie überhaupt nichts ernst, was ich sage, weil sie denkt, da spricht nur die Trauer aus mir. Aber das stimmt nicht, Nico. Deshalb sage ich es Dir. Wenn ich mal sterbe, möchte ich zurück nach Kenia. Zurück in die Masai Mara. Verstreut meine Asche am Fluss Mara. Betrachtet es als eine Art Buße.
Mann, bin ich müde. Mein Kopf ist schwer vom Brandy. Aber man tut, was man kann, um durch den Tag zu kommen, nicht wahr? In letzter Zeit brauche ich mehr und mehr Hilfe, damit die Stunden vergehen. Ich glaube, ich hab mich übernommen, Nico, aber ich weiß nicht recht, wie ich die Last loswerden soll. Mum hat mir alles aufgehalst, aber das war schon immer ihre Masche – und während es ihr Auftrieb gab, möglichst oft nach Nairobi zu reisen, ist das nichts für mich. Ich habe Angst davor, dorthin zurückzukehren, und doch spüre ich ständig den Sog, den dieses Land auf mich ausübt. Ich hatte überlegt, Dich zu bitten, das Ganze zu übernehmen. Aber an dem Tag – dem Tag von Mums Beerdigung –, als wir beide uns hier im Arbeitszimmer unterhalten haben, hab ich Dir angemerkt, dass du das nicht wolltest. Dass du wegmusstest. Auf Distanz gehen. Das hast du schließlich dein ganzes Leben lang gemacht, nicht wahr, Nico? Sei jetzt nicht beleidigt – ich mein das nicht böse. Eigentlich will ich damit nur sagen: Ich verstehe das.
So, ich hör jetzt besser auf. Es ist spät, und ich hab mir die nötige Bettschwere angetrunken. Ich werde diesen Brief eintüten, und vielleicht schicke ich ihn Dir, vielleicht aber auch nicht. Ich werde

drüber schlafen. Aber wann immer und wo auch immer Du ihn liest, Nico, ich hoffe, Du bist glücklich, und ich hoffe, Du denkst gut von mir.

Dein Dich liebender Bruder
Luke

Während wir durch die trockene Landschaft fahren, geht mir der Brief durch den Kopf. Er steckt in meiner Hemdtasche, nah an meinem Herzen, und als der Tag voranschreitet, mich immer weiter dorthin zieht, spüre ich, wie die Worte in einem beharrlichen Rhythmus durch mich hindurchpulsieren: *Denke gut von mir, Bruder.*

Ein Klopfen am Fenster. Ich setze mich blinzelnd auf. Der Pick-up hat angehalten, und durch die verdreckte Windschutzscheibe sehe ich, dass der Himmel mit breiten orangegelben Streifen durchzogen ist. Ich weiß nicht, wie lange ich geschlafen habe, aber wir sind am Ufer des Mara, und Karl ist draußen und zündet sich eine Zigarette an. Lauren steht ein wenig abseits, die Arme vor der Brust verschränkt. Ich steige aus. Mein ganzer Körper schmerzt, als ich mich strecke und versuche, die schwere Benommenheit abzuschütteln.

Die Trauergäste haben sich in einem engen Kreis am Wasser versammelt und warten auf uns. Dunkel gekleidete Gestalten stehen schweigend am Ufer und schauen in meine Richtung.

Die Sonne sinkt und lässt die Bäume lange Schatten werfen. Jetzt, wo ich aus dem Pick-up gestiegen bin, ist mir plötzlich kalt. Ich spüre, wie der Schweiß auf meinem Rücken trocknet, mein Hemd steif davon wird, und ich zittere am ganzen Körper.

»Sind wir zu spät?«, frage ich Karl heiser, als ich die Tür hinter mir schließe.

»Pünktlich auf die Minute«, sagt er, lässt seine Zigarette fallen und tritt sie aus. »Na los, Kumpel. Die warten schon.«

Mit Lauren gehen wir durch das weiche Savannengras, und der Menschenkreis begrüßt uns mit Kopfnicken und Raunen, wie eine Gruppe Theaterbesucher, die Spätankömmlinge zur Kenntnis nehmen.

»Ihr habt es geschafft«, sagt Murphy, tritt vor und umarmt mich.

Erst als er einen Schritt zurückweicht, sehe ich die Urne, die er in einer Hand hält, und sogleich setzt ein Rauschen in meinen Ohren ein.

»Gerade noch rechtzeitig«, erwidert Karl.

Mein Mund ist trocken. Mir ist schwindelig. Ich hole tief Luft, spüre dann eine Hand in meiner. Es ist Lauren. Ich drücke ihre Hand, dankbar für die Geste, auch wenn dieser Friede zwischen uns nur vorübergehend ist.

In der Nähe ist das Plätschern von Wasser zu hören, irgendein Tier, das ein Stück flussabwärts auftaucht. Eine Herde Impalas rupft Blätter von den unteren Ästen der Akazien auf der Wiese nebenan. Man sieht auch die Lichter in den Lodges und Camps rings um uns herum und am Horizont angehen. Aber so hatte ich es nicht in Erinnerung. Ganz und gar nicht. Es ist so anders, ich könnte Gott weiß wo sein. Klar, ich war damals noch ein Kind, und es kann sein, dass ich mich an gewisse Dinge falsch erinnere. Der Fluss ist hier breiter und heller, die Vegetation zurückgeschnitten. Die Stelle hier kommt mir völlig anders vor.

Ich bin irgendwie enttäuscht, fühle mich in gewisser Weise betrogen. Und ich habe auch ein schlechtes Gewissen, weil wir in meinen Augen Luke einen Bärendienst erweisen. So hat er sich diese Stelle am Fluss nicht vorgestellt.

»›Verstreut meine Asche am Fluss Mara.‹ Das war Lukes letzter Wunsch, und deshalb sind wir hier«, sagt Murphy, durchbricht das beklommene Murmeln der Anwesenden.

Er nimmt seine Brille ab und blickt uns feierlich an. Wir stellen uns im Halbkreis um ihn herum, und er beginnt mit seiner Predigt.

»Wir haben uns an dem Ort versammelt, wo Luke zur letzten Ruhe gebettet werden wollte, wo seinem Wunsch gemäß seine sterblichen Überreste, seine Asche, verstreut werden soll. ›Verstreut meine Asche am Fluss Mara. Bringt mich nach Hause‹, sagte er. Wir sind hier an dem Ort, wo Luke Yates wieder Teil des Landes werden wollte, das er so sehr liebte, eines Landes, in das er das erste Mal als Kind kam, und dieses Gebiet hier, die Masai Mara, streckte ihm die Arme entgegen, hieß ihn, seinen Bruder Nicholas und ihre Eltern, Sally und Kenneth, mit einer herzlichen Umarmung willkommen, und nun nehmen wir in tiefer Traurigkeit Abschied von einem heimkehrenden Sohn Afrikas. Lasst uns beten.«

Er beginnt mit dem Psalm: »Der Herr ist mein Hirte, mir wird nichts mangeln.«

Und wir alle fallen als stockender Chor mit ein. Anfangs sind unsere Stimmen schwach, gewinnen aber im schwindenden Licht allmählich an Kraft:

»Er weidet mich auf einer grünen Aue und führet mich zum frischen Wasser. Er erquicket meine Seele und führet mich auf rechter Straße um seines Namens willen. Und ob ich schon wanderte im finstern Tal, fürchte ich kein Unglück ...«

In der Dämmerung sehe ich Rauch von einem Lagerfeuer in der Ferne aufsteigen, höre rhythmischen Stammesgesang in der

Nähe. Ich kann nicht sagen, ob die Musik eine Darbietung für Touristen ist oder nicht, obwohl das jetzt anscheinend auf das meiste hier zutrifft.

Aber damals nicht. Nicht, als wir hier waren: Luke, Katie und ich. Ich frage mich, ob manche der Leute hier auch gekommen wären, wenn sie wüssten, was vor vielen Jahren an dieser Stelle geschehen ist.

Julia nicht. Karl nicht. Lauren nicht. Bestimmt nicht.

Vielleicht hätte keiner von uns wieder herkommen sollen. Vielleicht ist das alles eine ganz schlechte Idee, und wir hätten Lukes befremdlichen Wunsch einfach ignorieren sollen.

Während ich jetzt Murphys Stimme lausche, muss ich daran zurückdenken, wie wir damals aus diesem Land geflohen sind, als würden wir es beschämt und klammheimlich verlassen, und wie sich nach unserer Ankunft in Dublin alles verändert hatte.

Ich fröstelte in der Kälte des Hauses in den Wicklow Mountains, verschloss sämtliche Worte fest in meinem Innern, umhüllte mich mit Schweigen. Unsere Eltern hatten sich entfremdet. Ich erinnere mich auch, dass Luke plötzlich ein verstörendes Stottern entwickelte. Es war, als wären wir zwei verschiedene Familien. Eine Familie in Afrika. Eine Familie in Irland. Die eine war der Negativabzug der anderen. Zurück in Irland waren wir alle wie in Dunkelheit gehüllt, lebten uns auseinander, strebten voneinander weg.

Ich erinnere mich daran, dass Luke und ich heimlich mit Dads Auto fuhren und einen Unfall bauten. Er war siebzehn. Ich war fünfzehn. Mum besuchte eine Tante im Krankenhaus. Dad war auf einem Treffen seines alten Rugbyclubs in Donnybrook. Ich war in meinem Zimmer und hörte Dexter Gordons geniale Schallplatte *True Blue*. Plötzlich stand Luke in der Tür und wirbelte Dads Autoschlüssel an einem Finger herum. Ich setzte den Kopfhörer ab, und er sagte: »Lust auf eine Spritztour?«

Ich hielt das für einen Witz und lachte. Er ging nach draußen zum Wagen, und ich folgte ihm. »Mensch, Luke, spinnst du?«, wollte ich sagen, doch vor lauter Freude darüber, dass er mich gefragt hatte, sagte ich nichts und stieg in den alten roten Mercedes.

Als wir zu der Straße kamen, die in die Featherbed Mountains führt, sagte er: »Jetzt bist du dran.«

Wir tauschten die Plätze.

»Kupplung, Bremse, Gas«, sagte er, und ich erinnerte mich daran, was ich in einer der wenigen Fahrstunden gelernt hatte, die Dad uns unter, wie er es nannte, »kontrollierten Bedingungen« gegeben hatte.

»Immer schön langsam«, sagte Luke.

Ich hatte den Dreh im Nu raus, brauste die Featherbeds hoch bis zur Military Road und hielt am Aussichtspunkt an. Ein Trupp Radsportler jagte an uns vorbei, und ich gab wieder Gas, ging aber bei Kilakee zu schnell in die Kurve und krachte gegen einen Baum.

Luke und ich wurden mit Wucht in unsere Sicherheitsgurte geschleudert. Luke stieg aus, zerrte mich aus dem Wagen und inspizierte den Schaden. Dann setzte er sich ans Steuer. Der Wagen sprang an, aber die vordere Stoßstange war eingedrückt.

Auf der Fahrt nach Hause sagte ich, dass es mir leidtue. Doch Luke meinte bloß, ich sollte den Mund halten und ihn die Sache erledigen lassen.

Er nahm den Unfall auf seine Kappe und bekam monatelang Hausarrest. Dad war wütend. Das Auto wurde repariert. Doch dann kam Luke ein halbes Jahr später von einer Kneipentour mit Freunden betrunken nach Hause, und Dad rastete aus. Als ich die Treppe runterkam, um nachzusehen, was los war, zeigte Luke auf mich und sagte: »Er war's, er war's ... Er hat den Wagen kaputtgefahren. Er war's, er war's ...«

Luke war außer sich, das Gesicht tränenüberströmt. Dad musste ihn beruhigen und auf einen Küchenstuhl bugsieren, wo er in Dads Armen weinte, während beide mich ansahen und die Worte nachhallten: *Er war's, er war's.*

Es war ein weiteres Beispiel für unsere allmähliche Entfremdung, ein Prozess, der mit unserer Rückkehr nach Irland begonnen hatte. Wir waren erst ein paar Wochen wieder zu Hause, als mein Vater mir eröffnete, dass Luke und ich ab sofort in getrennten Zimmern schlafen würden.

»Du bist jetzt alt genug«, sagte er. »Das Haus hat genug Zimmer, und wenn Luke im kommenden Schuljahr mehr Hausaufgaben zu machen hat, braucht er einen eigenen Schreibtisch und Ruhe zum Lernen.«

Ich sagte nichts – ich konnte nicht –, obwohl die Worte in mir nach oben drängten, drückten und schoben, als könnten sie plötzlich herausplatzen und das Schweigen brechen, das mich gefangen hielt.

»Wir sind nicht mehr in Afrika, Nicholas. Wir brauchen neue Gewohnheiten, neue Regeln. Und dazu gehört, dass du und Luke getrennte Zimmer bekommt.«

Er hörte sich an, als würde er von einem Manuskript ablesen oder als wäre er ein Roboter, redete mit mir, als ob er mich nicht kennen würde, als ob ich nicht sein Sohn wäre, nicht Nick wäre.

»Und«, sagte er, »wir finden es besser, wenn ihr auch auf verschiedene Schulen geht. Ihr habt beide ... Na ja, ihr habt unterschiedliche Bedürfnisse.«

Vielleicht sah er meine unausgesprochene Angst und Verwirrung. Oder vielleicht hatte auch er schon begonnen, sich an die veränderte Dynamik in unserer Familie zu gewöhnen, und fing an, mein Schweigen und die Gedanken, die sich in mir verbergen mochten, zu deuten. Jedenfalls setzte er sich auf mein Bett und sprach sanft mit mir, zärtliche Falten auf der Stirn. Offenbar fiel es ihm schwer, mir das zu sagen, aber er wusste, dass es zu meinem Besten war.

»Du musst das verstehen«, sagte er mit leiser, ungewohnt beschwörender Stimme. »Ich versuche nur, dich zu beschützen.«

Da fing ich an zu weinen. Ich wusste, dass er alles wieder in Ordnung bringen wollte, dass er versuchte, uns vor den Gefahren zu bewahren, die um uns und in uns lauerten. Trotzdem wollte ich alles so haben, wie es vorher war. Als er das Licht in meinem *neuen* Zimmer ausmachte, sagte er, wie der alte Dad es vielleicht getan hätte: »Keine Sorge, mein Junge, wird nicht so schlimm werden. Du schaffst das.«

Wir sprachen nie wieder über Afrika. Es wurde mit keinem Wort erwähnt, nicht mal andeutungsweise. Auch die Walshes waren kein Thema. Es war, als versuchten meine Eltern gezielt, die Zeit in Afrika aus unserem Leben zu löschen – was sie bei mir nur noch tiefer ins Unbewusste drängte. Nach einiger Zeit merkte ich, dass meine Erinnerungen an die Ereignisse in Afrika nie gleich waren, sondern jedes Mal leicht anders ausfielen, wenn ich versuchte, sie heraufzubeschwören.

Vielleicht wirkt dieser Ort hier am Fluss ja deshalb so fremd auf mich.

Murphy verstummt. Das leise Gebet verklingt. Schließlich sagt er: »Bitte nehmt euch kurz die Zeit für eure persönlichen Erinnerungen an Luke und betet für seine Seele.« Er senkt den

Kopf, und wir tun es ihm gleich. Ich weiß nicht, ob ich erleichtert oder untröstlich bin, dass es fast vorüber ist.

Murphy hebt den Deckel von der Urne, nimmt eine Handvoll Asche heraus und lässt sie durch die Finger rieseln. »Asche zu Asche«, murmelt er, »Staub zu Staub.«

Er tritt mit der Urne zu Julia, deren Gesicht von Schmerz und Trauer gezeichnet ist, und als sie einen Strom Asche von der sanften Brise fortwehen lässt, flüstert sie leise eine Art Botschaft, fängt dann an zu weinen, und ihre Mutter geht zu ihr, um sie zu trösten.

Ich bin an der Reihe. Murphy hält mir die Urne hin. Ich tauche eine Hand hinein und spüre zwischen den Fingern das körnige Pulver, das sich verblüffend kühl anfühlt.

»Adieu, Luke.« Ich werfe die Asche in die Luft.

Mir fällt sonst nichts ein, was ich sagen könnte. Nichts würde dem Leben meines Bruders gerecht werden. Julia schluchzt jetzt leise.

Es ist immer noch Asche in der Urne. Ich greife erneut hinein, und diesmal spüre ich etwas Hartes, vielleicht ein Stückchen von einem unverbrannten Zahn oder Knochen.

Dann schleudere ich den letzten Überrest meines Bruders in die Wildnis.

Die Gruppe Trauergäste geht auseinander und entfernt sich zögernd vom Fluss. Die große Masai Mara ist jetzt in Dämmerlicht gehüllt. Man hört die ersten Nachttiere, die sich regen. Es raschelt im Unterholz, und der gewaltige Hintergrundgesang der Grillen beginnt sich in nicht enden wollenden Schleifen zu wiederholen. Sie greifen das Lied auf, das die Vögel der Masai Mara singen. Seine Strophen und sein Refrain sind gleich: *Wer hat das Seil durchgeschnitten? Wer hat das Seil durchgeschnitten?*

Ich bleibe stehen und drehe mich noch einmal zu der Stelle um, wo wir die Asche verstreut haben. Im letzten Tageslicht wirkt sie zu nackt, zu kahl, zu sehr den Elementen ausgesetzt. Wieder steigt Angst in mir hoch, und die Erinnerungen kommen zurückgeströmt. Ich bin fünf Jahre alt, stehe auf Zehenspitzen im Badezimmer meiner Eltern und schaue mit großen Augen zu, wie Luke sich das Kinn mit Rasierschaum beschmiert, dann nach dem Rasierer unseres Vaters greift; oder wir sitzen an einem Samstagabend frisch gebadet nebeneinander vor dem Kamin, die Haare noch nass, und essen Sandwiches, während wir die *Muppet Show* gucken; oder ich versuche, mit Luke mitzuhalten, der über eine Wiese rennt, kriege Seitenstechen, während sein Freudengeschrei und ausgelassenes Lachen erklingen; oder es ist unser erster Tag an der Internationalen Schule in Nairobi, mir ist schlecht vor Aufregung, und Luke sagt mit seiner Großer-Bruder-Stimme zu mir: »Keine Bange, ich pass auf dich auf«; oder ich stehe an einem kalten grauen Tag am Killiney-Strand und schaue aufs Meer, als eine weiße Gestalt an mir vorbeiflitzt: Luke, der sich mit fröhlichem Gebrüll nackt in die Wellen stürzt. Ich spüre das alles in mir aufsteigen, als würde ich überquellen von diesen Erinnerungen an ihn als kleinen Jungen, bevor es passierte, bevor es alles veränderte, und sogleich befällt mich das Gefühl, dass durch das Verstreuen seiner Asche im Wind auch all diese Erinnerungen an ihn mit davonfliegen – Erinnerungen, die mir jetzt so kostbar sind, weil er trotz allem, was geschehen ist, trotz dem, was er damals getan hat, mein Bruder war und ich ihn geliebt habe.

»Ich will ihn nicht hier zurücklassen«, sage ich mit zittriger Stimme. Ich spüre, dass Lauren meine Hand drückt. Die Geste soll mir Trost spenden, aber sie tut es nicht. Stattdessen löst sie in mir etwas Furchtbares und Lebendiges aus.

Ich kämpfe gegen das, was passiert ist, wehre mich. Und doch schwillt die Furcht nur noch weiter an. Ich spüre sie so klar, wie meine Finger die Melodielinie in den vielen billigen Nachtbars gefunden haben, in denen ich aufgetreten bin, jede verstimmte Klaviertaste, die ich angeschlagen habe – eine Furcht, so real und vertraut, dass sie sich anfühlt wie ein wiederkehrender Albtraum. Wie ein Déjà-vu. Diese Furcht lässt mich zittern, und ich blicke hinaus in die Dunkelheit, und da ist sie: die Vergangenheit, die sich an mich heranschleicht wie ein Raubtier in der Nacht – lautlos, hungrig –, näher und näher kommt.

»Komm«, sagt Lauren, die meine Unruhe spürt und mich an sich zieht. »Verschwinden wir von hier.«

12.

KATIE

Merkwürdig, was einem alles so rausrutscht, wenn man ein paar Drinks intus hat.

Ich war schon auf etlichen Beerdigungen, und auf wirklich jeder, egal wie tragisch oder schockierend der Todesfall war, kommt anschließend unweigerlich der Moment, wo die Leute ein paar Gläser getrunken haben und die kalte Trauer am Grab sich ein wenig aufgelöst hat durch Reden, Erinnerungen, die Nähe der Angehörigen und Freunde, die noch bleiben, die Verbindung, die im Nachhinein spürbar ist, ein Moment, wo es irgendwie okay ist, wo sich die Zuversicht einstellt, dass die Trauer erträglich sein wird, das Leben weitergeht. Als würde man die angehaltene Luft endlich ausatmen. Eine Entspannung, die sich unter den Trauergästen breitmacht.

Ich sitze allein in der Lounge, einen Drink in der Hand. Im Raum verteilt sind diverse Grüppchen von Trauergästen sowie andere Gäste dieser Luxus-Safari-Lodge. Draußen legt sich die Dämmerung mehr und mehr über die Savanne, Nachttiere schnattern und kreischen ihr Abendlied. Hinter mir findet ein Gespräch statt. Julia und Murphy sitzen zusammen, und er redet in beruhigendem Ton mit ihr, ungefähr so wie gestern mit mir, als wir in Nairobi waren und ich ein Häufchen Elend war. Julia hat sich besser im Griff, aber in der letzten Stunde hat sie sichtlich die Kraft verlassen – Müdigkeit oder Niedergeschlagenheit, schwer zu sagen. Ein leichtes Lallen verrät Murphy, und er spricht eine Spur zu laut, fällt in diesen öden belehrenden Ton, den ältere Männer manchmal anschlagen, wenn sie ein Glas zu viel getrunken haben und die Wichtigkeit ihrer eigenen Gedanken und Erfahrungen neu entdecken.

»Es war das Richtige, Julia.«

»Ich weiß, Father.«

»Das Richtige. Und Luke hat immer Wert darauf gelegt, das Richtige zu tun. Dinge in Ordnung zu bringen.«

»Sie abzuschließen.«

»Genau. Ganz genau, Julia. Und es war eine unerledigte Aufgabe. Er wollte zurückkommen, um das in Ordnung zu bringen. Und ich hab's gewusst«, sagt er jetzt zu ihr. »Ich hab's gleich gewusst, als Sally mir erzählt hat, dass sie abreisen.«

Ich setze mich ein wenig aufrechter hin.

»Ich hab gewusst, dass es falsch war. Für die Jungs, für ihre Zukunft. Einfach so wegzulaufen. Ich fand einfach ... es war eine kopflose Flucht.«

»Sie waren noch Kinder«, sagt Julia.

Ihre Worte sind wie eine kalte Dusche. Sie weiß Bescheid.

»Kinder«, wiederholt er. »Ich hab Sally gesagt, es wäre ein Fehler. Und Ken auch. Am Abend ihrer Abreise habe ich zu ihm gesagt: ›Ihr pflanzt ihnen nur Schuldgefühle ein, wenn ihr sie jetzt einfach von hier wegbringt.‹« Ein schweres Seufzen. »Hat nicht auf mich gehört. Wollte sich nichts sagen lassen.«

»Sie hatten Angst. Das war doch verständlich.«

»Aber ich *wusste* es. Ich *wusste*, dass es nicht vorbei war. Vor manchen Dingen kann man nicht davonlaufen, weil sie zu gravierend sind. Manche Dinge ziehen dich zurück. Es hätte anders für sie sein können, Julia. Für die Jungs. Es hätte anders sein können …«

Seine Worte verlieren sich in melancholischem Schweigen. Aber mir ist nicht melancholisch zumute. Ich bin jetzt hellhörig, wacher und präsenter als seit Wochen.

Eine Gestalt erscheint an der Tür. Ich sehe sie, und Murphy offensichtlich auch, weil er mit einer unbeholfenen, schwerfälligen Bewegung aufsteht, und ich höre, wie er zu Julia sagt, dass da jemand auf ihn wartet, jemand, mit dem er sprechen muss. Ich sehe, wie er zur Tür geht, ein alter Mann, betrunken, mit unzähligen Kümmernissen und Sorgen.

Er hat es also gewusst. Er hat es die ganze Zeit gewusst. Aber er hat es mir gegenüber abgestritten, und mir ist schleierhaft, wieso.

Ich folge ihm mit den Augen durch den Raum, bis er verschwunden ist und von ihm bloß noch das Misstrauen zurückbleibt, das er ihn mir geweckt hat.

Reilly ruft an, wie versprochen. Es ist spät. Ich sitze auf den Terrassenstufen, das Handy ans Ohr gepresst. Licht fällt vom Hotel über die Kieszufahrt bis auf den Rasen. Dahinter verschwimmen allmählich die Konturen der Bäume und Sträucher, verwandelt sich die Dämmerung in Dunkelheit. Reillys Stimme klingt weit weg, das Schweigen des Äthers zwischen uns, als würde jemand Drittes zuhören.

»Wie war's«, fragt er sanft, und ich erzähle ihm von der Versammlung am Flussufer, der untergehenden Sonne, dem

Verstreuen der Asche. Ich erzähle ihm von dem anschließenden gemeinsamen Essen im Hotel, von der leisen und gedämpften Atmosphäre, als ob wir alle fast krank wären vor Erschöpfung und emotionaler Verausgabung.

Ich habe die Lounge verlassen, wo die anderen in Grüppchen um niedrige Tische hocken und die Lautstärke allmählich zunimmt, je später der Abend wird und je mehr Wirkung der Alkohol zeigt. Nick sitzt am Klavier, über die Tasten gebeugt, spielt mit sanfter Hand langsame Bluesnummern, die die Gespräche rings um ihn herum untermalen. Er hält den Kopf gesenkt, ganz auf die Musik konzentriert, und mir kommt der Verdacht, dass er sich dahinter versteckt, ein Stück nach dem anderen spielt, um sich selbst zu schützen, alle anderen auf Abstand zu halten. Und ich bin hier draußen und rede mit Reilly, während das leise Zirpen der Nachtinsekten vom Garten und der Savanne dahinter aufsteigt.

»Na, jetzt ist es vorbei«, sagt er, und ich sage, ja, stimmt.

Sofort horcht er auf. »Was ist los, Katie? Du klingst seltsam.«

»Keine Ahnung. Ich hab einfach gedacht, ich würde mich anders fühlen, sobald es erledigt ist.«

»Inwiefern?«

»Als würde ich es wie eine Art Abschluss empfinden. Erleichtert sein, schätze ich.«

Die Luft ist noch immer drückend von der Hitze des Tages. Sie ist mit jedem Atemzug spürbar. Irgendwo da draußen in der Dunkelheit ist Luke zur Erde zurückgekehrt.

»Du brauchst Schlaf«, rät Reilly. »Vielleicht hast du dann ja morgen früh das Gefühl, erleichtert zu sein.«

»Vielleicht ...«

Aber ich weiß, dass das nicht stimmt. Seit Jahren lebe ich mein Leben, als wäre das, was in Afrika passiert ist, vorbei – ein abgeschlossenes Kapitel. Unser Geheimnis ist jetzt in der Welt. Andere wissen Bescheid. Julia. Murphy. Wer noch? Aber ich weiß auch, dass ich nicht länger wegschauen kann, egal, wie lange ich warte, es geht nicht vorbei. Ich wusste es gleich, als ich im Schein des roten Sonnenuntergangs stand und zusah, wie Nick seine Hand öffnete, um die Asche seines Bruders vom sanften Wind wegwehen zu lassen.

»Erinnerst du dich an den Vogel, der mir geschickt wurde?«

»Klar.«

»Ich glaube, derjenige, der ihn mir geschickt hat, ist jetzt hier.«

Ich spüre förmlich, wie er sich anspannt, plötzlich ganz Ohr ist, und ich erzähle ihm von dem Umschlag, der mir anonym unter der Tür meines Hotelzimmers in Nairobi durchgeschoben wurde. Fotos von Ertrunkenen. All diese Gliedmaßen, an denen nasse Kleidung klebt, kreideweiße Haut, Haare wie Seetang. Das mit Cora lasse ich unerwähnt.

»Mein Gott«, haucht er, und ich kann mir vorstellen, wie er dasitzt, sich eine Hand an die Schläfe drückt. »Bist du mit den Fotos zur Polizei gegangen?«

»Nein.«

»Katie! Verdammt nochmal, das ist kein Scherz!«

»Ich halte es auch nicht für einen Scherz. Ich nehme die Sache ernst. Aber ich denke einfach, das ist nicht der richtige Weg. Ich will selbst rausfinden –«

»Wie denn? Was genau hast du vor?«

Ich stocke, hole tief Luft. Die Wahrheit ist, ich habe keinen Plan. Die Wahrheit ist, das hier erfordert etwas anderes als Logik oder Vernunft. Ich muss mich langsam vortasten, darauf vertrauen, dass meine Instinkte mich zur Wahrheit führen. Ich schließe die Augen, höre Murphys Stimme im Kopf: *Lassen Sie ihn gehen*. Spüre den Griff des Argwohns, etwas, das an Widerwillen grenzt.

»Die Charity-Organisation«, sage ich jetzt zu Reilly und öffne die Augen. »ALIVE. Hast du da schon was rausgefunden?«

»Ja – darauf wollte ich gerade zu sprechen kommen. Die hat ziemliche Probleme. Der Wirtschaftsprüfer, der für Luke Yates die Bücher kontrolliert hat, hat ein Riesenloch entdeckt. Gelder, die auf rätselhafte Weise verschwunden sind. Angeblich hat der Wirtschaftsprüfer dringend zu einer polizeilichen Untersuchung geraten, aber Luke war dagegen. Er wollte die ganze Sache sogar unter den Tisch kehren.«

»Glaubst du, der Priester hat was damit zu tun?«

Er atmet geräuschvoll aus, gereizt, und dann sagt er mit leiserer Stimme. »Keine Ahnung. Aber im Augenblick können wir ihn nicht ausschließen.«

Ich spüre, wie sich der Instinkt in mir regt – der Instinkt, der mir sagt, wann ich misstrauen, zweifeln, hinterfragen soll. Jeder gute Journalist hat ihn. Die Saat des Misstrauens keimt in mir seit dem Moment, als Murphy meine Hand nahm, mit forschendem Blick mein Gesicht betrachtete, seit er meine Hand eine Sekunde zu lange festhielt und sagte: *Ich erinnere mich an Sie.*

Unten im Garten, zwischen den in Form geschnittenen Sträuchern und Grotten, sehe ich im Dunkeln ein winziges rotes Licht aufleuchten, das gleich darauf verschwindet. Der Geruch von Zigarettenrauch in der Luft. Ich behalte die Stelle im Auge, und die Dunkelheit setzt sich zu Schatten, zu Silhouetten zusammen. Der bläuliche Schimmer eines weißen Hemdes.

»Ich wünschte, ich könnte jetzt bei dir sein«, sagt Reilly, und ich muss lächeln.

Selbst aus der Ferne spüre ich die Wärme und Geborgenheit

seiner Gegenwart, die Tiefe seiner Stimme, die Güte, die offenbar der Kern seines Wesens ist.

»Wenn ich wieder zu Hause bin, machen wir einen langen Spaziergang, nur wir beide«, sage ich.

»Sehr gern.«

»Wir gehen irgendwohin, wo wir uns richtig durchpusten lassen und ausgiebig reden können.«

»Ich würde Dún Laoghaire vorschlagen – den Westpier. Der Ostpier ist zu fein für uns, finde ich.«

»Reilly«, sage ich unvermittelt, weil sich plötzlich ein Drang in mir aufbaut, den ich weder verstehen noch erklären kann, »es gibt Dinge, die ich dir nicht erzählt habe ... Dinge, die ich getan habe ...«

»Katie, Schätzchen«, sagt er sanft. »Wir werden noch genug Zeit haben, uns gegenseitig das Herz auszuschütten.«

Hinter mir spielt die Musik immer weiter, mitunter übertönt von Gesprächslärm. Ich beende das Gespräch, stecke das Handy ein und stehe auf. Doch statt zu den anderen zurückzukehren, entferne ich mich von der Terrasse und gehe nach unten in die Dunkelheit des Gartens.

Es ist still hier, die einzigen Geräusche sind die Laute von nächtlichen Tieren im dunklen Geäst der Sträucher und im hohen Savannengras dahinter. Das Grundstück grenzt an den Fluss, neigt sich sanft bis ans Ufer, das von hochaufragenden schwarzen Bäumen und von kümmerlichen Büschen gesäumt ist. Während ich weitergehe, kann ich im Dunkeln mehr und mehr Formen ausmachen, die Konturen eines Trampelpfades, wie eine Wildfährte, die sich durchs Unterholz schlängelt. Ich setze die Füße langsam, behutsam auf: Ich will unbemerkt bleiben, keine Aufmerksamkeit auf mich lenken. Ein Raubtier, das sich an seine Beute heranpirscht.

Zwei Gestalten, unweit des Flussufers. Eine klein und untersetzt, die Haut dunkel wie die Nacht. Die andere groß und weiß, mit einem Hemd, das bläulich schimmert. Aus dieser Entfernung erkenne ich die gebeugte Haltung des Priesters, sehe, wie er das Gesicht dicht an das des anderen Mannes schiebt, mit einem heftigen Wortschwall in einer afrikanischen Sprache auf ihn einredet. Kikuyu oder Swahili, keine Ahnung. Gutturale Laute, scharfe Zungenschnalzer, was immer er da sagt, er redet heftig, fast wild, aber im beherrschten Flüsterton. Er gestikuliert, scheint eine Frage zu stellen, während der andere Mann an irgendetwas lehnt – einem Pfahl? einem Baum? – und geradeaus schaut, den Blickkontakt mit Murphy meidet, aber die Art, wie er raucht, entlarvt seine Lässigkeit als vorgetäuscht. Hier, im Schutz der Dunkelheit, kann ich förmlich die aufgeladene Luft zwischen den Streitenden spüren. Murphy ist aufgebracht: Er schüttelt den Kopf, ratlos, senkt ihn kurz, birgt das Gesicht in den Händen. Der kleine Mann – sein Freund? – tritt vor, legt dem Priester eine Hand auf die Schulter, sagt etwas Leises, sein Tonfall weich vor Sorge, dennoch bleibt eine gewisse Härte in seiner Stimme. Irgendwas an ihm kommt mir bekannt vor und lässt meinen Puls rasen.

Ich schleiche mich etwas näher ran, registriere angstvoll jedes Rascheln von Gras unter den Füßen, jedes kullernde Steinchen. Als ich fast bei ihnen bin, halte ich unwillkürlich die Luft an, lausche auf die Worte, die der Mann – der Fremde – von sich gibt, die mit kehliger Eindringlichkeit die Stille durchdringen.

»Nein, nein, nein«, sagt Murphy mit Nachdruck. »Das habe ich nicht gewollt!«

Der andere Mann redet in seiner Sprache weiter, scheint ihm zu widersprechen. Ich versuche, sein Gesicht zu erkennen, aber es ist so dunkel. Kleine Augen, flache Wangenpartie, breite Nase, tiefe Falten, die zu den Winkeln eines ernsten Mundes führen.

Plötzlich bewegt sich etwas – ein Tier im Unterholz; ein erschrockenes Keuchen. Das Gespräch der Männer verstummt. Alles wird still, und in der Stille, die mich umgibt, spüre ich, wie Angst mich beschleicht. Sie haben mich gesehen. Ihre erstarrte Körperhaltung verrät es mir. Instinktiv möchte ich mich umdrehen und weglaufen, doch irgendetwas nagt in meinem Kopf – eine Frage, die eine Antwort verlangt. Ich mache einen Schritt auf die beiden zu.

Murphys Begleiter wirkt aus der Nähe älter. Er strahlt etwas leicht Bedrohliches aus. Seine Augen – klein, im Mondlicht glänzender Obsidian – lösen irgendetwas in mir aus.

»Sind Sie mir gefolgt?«, fragt Murphy, und ich sehe ihn an. Er hat weiße Stoppeln am Kinn, dunkle Ringe unter den Augen; von Freundlichkeit keine Spur mehr.

»Ja.«

Er nickt und mustert mich von oben bis unten.

»Warum haben Sie mich belogen, Father?«

»Belogen?«

»Sie wissen, was damals passiert ist. Sie wissen, was wir getan haben. Also, warum haben Sie gelogen?«

Er sagt noch immer nichts, und sein Blick verhärtet sich.

»Sie sind auch sonst nicht aufrichtig zu mir gewesen, Murphy.«

»Ich weiß nicht, was Sie meinen.«

»Tote Vögel. Fotos von ertrunkenen Mädchen. Drohungen. Auch Luke. Ich glaube, Sie wissen genau, wovon ich rede.«

Nur so ein Gefühl, mehr nicht. Die beharrliche Instinktstimme sagt mir jetzt, dass er weiß, wovon ich rede, er muss es wissen. Ich denke an Reilly und an das, was er gesagt hat, spüre, wie mein Misstrauen zunimmt.

Er hält meinem Blick einen Moment lang stand, und als er die Augen abwendet, zeigt sich ein schwaches, selbstironisches Lächeln in seinem faltigen Gesicht. Ein Beben durchläuft seine Schultern, ein kaum merkliches Zucken, als wollte er diesen unangenehmen Moment abschütteln, und diese kleine Geste ist der Auslöser. Sofort werde ich mit Macht zurück durch die Zeit geschleudert, bis zu einem Moment in meiner Kindheit, als ich an einer Tür stand und einen Streit beobachtete. Ich hatte das völlig vergessen, als ob mein Verstand es auf den Boden gekippt und liegengelassen hätte. Doch jetzt weiß ich, dass es immer da war, lauernd im Dunkeln.

»Ich erinnere mich an Sie«, sage ich jetzt zu Murphy, und er hebt den Kopf, hellhörig geworden durch den Ernst in meiner Stimme. »Ich habe Sie gesehen. An dem Tag im Haus, mit Sally.«

Ich schließe die Augen und bin wieder dort. Acht Jahre alt, fühle mich unbehaglich und fremd in dem Haus, in das ich nicht gehöre, suche nach einem kühlen Fleckchen in den dämmerigen Räumen, deren Fensterläden gegen die sengende Hitze der Mittagssonne geschlossen sind. Wo waren die anderen? Meine Mutter, die Jungs und ihr Vater? Ich weiß es nicht. Dieser Teil der Erinnerung ist verloren. Aber das, was jetzt wieder in mir erwacht, ist so atemberaubend klar, dass ich alles mit lupenreiner Schärfe sehe – die dunklen Holzmöbel, die gestreifte Bettwäsche, das träge Kreisen eines Deckenventilators, meine Füße heiß und staubig in den roten Sandalen, die ich nicht ausstehen konnte, und der Schwung von Sally Yates' Rock, als Murphy ihren Arm packte und sie an sich zog. Hinter der Tür hielt ich den Atem an, wusste sehr wohl, dass ich da nichts zu suchen hatte, nicht von meinem Versteck aus zuschauen sollte, und obwohl ich nicht richtig begriff, was sich da vor meinen Augen abspielte, ahnte ich, dass es etwas Heimliches war, sogar Verbotenes. Ein leise flüsternder Mann in einem Schlafzimmer, das nicht seins war. Sein Griff an Sallys Arm, wie er sie an sich zog, dann ihren Arm losließ, seine Hand hinunter zu ihrer Hüfte gleiten ließ. Ich konnte sein Gesicht nicht sehen, nicht verstehen, was er sagte, aber ich hörte etwas in seinem Tonfall – etwas Beschwörendes, Entschlossenes. Und während er sprach, sah sie ihn nicht an, stand bloß da und blickte zu Boden, als ob sie darauf wartete, dass er zum Ende kam, als erduldete sie seine Hand auf ihrem Körper und seinen Wortschwall, bis er sie irgendwann losließ und sie wegkönnte. Dann schüttelte sie ihr dunkles Haar und stritt heftig ab, was immer er ihr auch vorhielt. Als sie schließlich sprach, klang ihre Stimme zittrig und aufgewühlt.

»Nein«, sagte sie. »Du weißt, das kann ich nicht, also bedräng mich nicht weiter. Das macht alles nur noch schwerer, begreifst du das denn nicht?«

Wieder redete er leidenschaftlich auf sie ein, zog ihren Körper eng an sich, so dass sie in seiner Umarmung gefangen war. Ihr Widerstand schwand kurz, und mich durchfuhr eine Welle von Angst oder Schrecken, als sie sich an ihn zu schmiegen schien, den Kopf auf seine Schulter legte, die Arme locker um seine Taille. Die Worte *o nein, o nein, o nein* jagten durch meinen Kopf. Während ich dastand, unfähig, den Blick abzuwenden, spürte ich, dass sich die Ordnung der Dinge veränderte. In meinen Sandalen sammelte sich Schweiß, mein Herz raste, weil mich die Tragweite dieser Veränderung übermannte. Ich wusste nicht, wieso mich das, was ich da sah, so aufwühlte. Sally war schließlich nicht meine Mutter. Aber als ich ungesehen dort stand und die beiden gebannt durch den schmalen

Spalt zwischen Tür und Rahmen beobachtete, spürte ich, wie mir etwas entglitt, und das machte mir Angst.

Sally richtete sich gerade auf, entzog sich Murphys Umarmung mit wilder Entschlossenheit, und als sie wieder etwas sagte, klang ihre Stimme nicht mehr weinerlich, und ihr Ton war aufgebracht, vorwurfsvoll.

»Meinst du etwa, ich würde nicht, wenn ich könnte?«

Sie bewegte sich so schnell, dass ich keine Zeit hatte zu reagieren. Die Tür wurde aufgerissen, Sallys Miene, als sie mich sah, verwandelte sich in eine Maske aus Wut und Furcht. »Katie! Was machst du denn da?«

Ich blickte zu ihr hoch, sah, wie sich das Gesicht, das ich mal so schön gefunden hatte, argwöhnisch verzog, und sofort stiegen mir Tränen in die Augen, und ich wollte nur noch weglaufen.

Von ihm erntete ich bloß einen Blick. Aber der reichte. Seine Augen, klein und blau, funkelten mich vorwurfsvoll an. Doch dann lächelte er in sich hinein, sah zu Boden und schob die Hände in die Taschen, und dann kam das kleine Beben der Schultern – das sich gerade wiederholt hat, fast dreißig Jahre später –, als ich mich schon von den beiden abwandte, und die Gummisohlen meiner Sandalen über den Fliesenboden klatschten, bis ich draußen in der Sonne war.

»Sie waren das«, sage ich jetzt zu Murphy, und es fällt mir wie Schuppen von den Augen. »Sie waren das, von dem Luke gesprochen hat. Sie waren das, von dem er Nick erzählt hat.«

Er reagiert nicht, hat die Augen noch immer zusammengekniffen, den Blick entschlossen auf die Bäume hinter mir gerichtet.

»Sie und Sally Yates. Ich habe Sie beide an dem Tag im Haus gesehen. Bevor wir zu der Safari aufgebrochen sind. Sie haben sich gestritten.«

Das muss kurz vor unserer Abfahrt in die Masai Mara gewesen sein, da Sally danach keine Gelegenheit mehr hatte, mich zur Rede zu stellen, herauszufinden, was ich gesehen oder gehört hatte.

»Hat meine Mutter davon gewusst?«, frage ich Murphy jetzt. »Oder Ken? Wussten die, dass Sie beide eine Affäre hatten?«

»Es reicht!«, bricht es wütend aus ihm heraus. Er hebt eine Hand, aber ich sehe, dass sie zittert.

Er fixiert mich mit einem bösen Blick, doch in dem Moment sehe ich lediglich einen vom Alter gezeichneten Mann, verloren in der Wüste seines Kummers, seiner Verbitterung und Enttäuschung.

Für einen Moment tritt Stille ein, bis auf das Murmeln von fließendem Wasser. Der andere Mann sagt etwas, das ich nicht verstehe. Ich hatte ihn fast vergessen. Aber als ich jetzt meine Aufmerksamkeit auf ihn richte, sehe ich die Härte in seinem Blick, ein bösartiges Aufblitzen im bernsteinfarbenen Licht seiner glasigen Augen, ehe er ein paar Schritte rückwärts in die Dunkelheit macht.

»Warten Sie«, sage ich zu ihm, doch er dreht sich auf dem Absatz um.

»Sagen Sie ihm, er soll warten«, fordere ich Murphy auf, doch der senkt das Kinn und schaut seinem Freund nach, der jetzt zwischen den dunklen Bäumen verschwindet.

»Wer ist der Mann?«, frage ich, und mein Herz pocht jetzt heftig. Aufregung erfasst mich, durchsetzt mit Angst. Ich bin nah dran, so nah dran, dass ich es fast berühren kann.

Ich kann die Anspannung in Murphys Gesicht sehen, seine Lippen ziehen sich zu einem trotzigen Schmollmund zusammen. Mit den Händen in den Taschen wendet er sich von mir ab und geht zurück in Richtung Hotel.

»Murphy!«, rufe ich ihm nach, aber er dreht sich nicht um.

Einen Moment lang stehe ich unschlüssig da, wie erstarrt, doch der magnetische Sog des Flusses ist da – ein Trampelpfad durch die Bäume. Ohne nachzudenken, folge ich dem Fremden.

Ich weiß nicht, in welche Richtung er gegangen ist, aber ich spüre, dass ich ihm ganz nah bin. Weiter vorne eine leichte Bewegung der Äste, knirschende Schritte. Ich gehe jetzt schneller, die Bäume ragen hart und dunkel über mir auf, der Fluss plätschert. Ich weiß nicht, wo ich bin, aber ich muss mich beeilen, diesem Mann folgen, ihn finden. Ich kenne ihn. Irgendwo in den dunklen Gängen meines Gedächtnisses ist ein Streichholz entzündet worden. Dieser Wald birgt Antworten auf meine Fragen, und ungeachtet des Risikos drängt mich etwas, das stärker ist als ich, ihn einzuholen, ihn zur Rede zu stellen.

Der Pfad wird schmaler – eine Wildfährte –, und das Blattwerk dichter. Die Erde unter meinen Füßen ist jetzt weich, Zweige streifen mein Gesicht, und ich biege sie beiseite, zwänge mich durch das Buschwerk, das tiefe Geäst. Die Hitze hier ist eingeschlossen, feucht und wild, Gerüche steigen vom Fluss auf, animalisch und fremd. Der Pfad führt mich zum Wasser, und als ich mich dem Ufer nähere, nimmt etwas Gestalt an, das sich plötzlich bewegt, eine Eidechse, die ins Dunkel huscht. Ich bleibe stehen. Spüre, wie mir der Atem stockt. Die Dunkelheit um mich herum ist beklemmend. Eine Drohung liegt plötzlich in der Luft. Und sie kommt auf mich zu: Ich bin nicht mehr die Verfolgerin, sondern die Gejagte. Schlagartig spüre ich es – da ist etwas. Wachsam. Beunruhigt. Die stille Macht des Flusses. *Cora.* Ihr Name treibt im Wasser, tropft von den Bäumen, steckt in dem nassen Schlamm, der an meinen Füßen saugt. Coras allgegenwärtige Präsenz; die Luft ist durchtränkt von ihrem Tod.

Ich stehe reglos da. Meine Sinne sind geschärft wie die eines aufgeschreckten Rehs.

Ein Knacken hinter mir, und ich wirbele herum. Schmerz brandet wie eine Welle gegen meinen Kopf, unzählige Nervenenden schreien im Chor. Schwärze singt in meinen Ohren, eine Woge davon spült über mich hinweg, zieht mich nach unten, tiefer und tiefer. Irgendetwas am Rande meines Blickfeldes, eine gesichtslose Gestalt, die mein Fallen still beobachtet, allein, bis auf die lauschenden Bäume und herabhängenden Ranken.

13.

NICK

In der Nacht schlafe ich unruhig. Die kühlende Luft der Masai Mara ist mir bis in die Knochen gedrungen. Lauren bewegt sich neben mir. Ihr Atem geht schwer. Wir reden nicht. Das kann bis morgen warten.

Als das Licht endlich ins Zimmer dringt, steht Lauren auf. Sie reckt sich und geht dann ins Bad.

Ich schwinge meine Beine aus dem Bett, und als ich aufstehen will, überfällt es mich – ein Gefühl, als wäre ich unter Wasser, ein Sauggeräusch in den Ohren.

»Alles in Ordnung?«, fragt Lauren, die aus dem Bad kommt. Sie hält das Handtuch an den Körper gedrückt, blickt mich besorgt an.

»Ich fühl mich nicht gut.«

Sie kommt näher, fühlt mir die Stirn. »Du glühst ja.«

»Wird schon nicht so schlimm sein«, sage ich, will in die Gänge kommen, will weg hier. Ich mache zwei Schritte, und prompt dreht sich der Raum um mich herum.

»Nick, du bist krank. Du brauchst einen Arzt.«

»Ich brauche Paracetamol, mehr nicht. Und etwas Wasser.«

»Ich rufe Karl an – sage ihm, dass wir heute nicht abreisen können.«

»Nein!«

Mein Aufschrei lässt sie erschrocken zurückweichen.

»Nein«, wiederhole ich, diesmal leiser, aber noch immer mit Nachdruck. Das Pfeifen in meinen Ohren, das auf der Reise hierher begonnen hat, ist angeschwollen, treibt mich in den Wahnsinn. Ich werde das Gefühl nicht los, dass ich erst Frieden finde, wenn ich hier weg bin, wenn ich mich von dem Land entfernt habe, wo mein Bruder jetzt ruht. Ich fange an, mich anzuziehen, während Lauren in ihrer Reisetasche kramt, mir dann ein paar Schmerztabletten und eine Flasche Wasser reicht. Ich nehme die Tabletten und schlucke schwer.

»Wir müssen reden«, sagt sie ruhig.

»Ich weiß. Ich weiß das. Aber, Schatz, hat das nicht Zeit? Ich fühle mich total seltsam. Das Geräusch in meinen Ohren ...«

»Nein, ich finde nicht, dass das Zeit hat, Nick.«

Etwas in mir gibt nach. Ich höre auf, mir das Hemd zuzuknöpfen, lege die Hände auf die Hüften und versuche, mich zu erden, den Boden unter den Füßen zu spüren. Mir ist schwindelig vom Fieber, Wasser rauscht durch meine Gehörgänge, und obwohl ich weiß, dass Lauren Anspruch auf eine anständige Erklärung hat, bin ich nicht sicher, dass ich die nötige Energie dazu habe.

»Es ist nichts passiert, Lauren. Ehrenwort. Wir haben geredet – mehr nicht.«

Sie runzelt die Stirn, ist frustriert von sich selbst, von mir, ist ungehalten. »Weißt du, was, Nick? Ich glaube dir. Wirklich. Du bist zu Katie ins Hotelzimmer, ihr habt geredet, du bist eingeschlafen. Schön. Wenn du sagst, dass es so war, dann akzeptiere ich das.«

»Wenn du es akzeptierst, wieso klingst du dann so sauer?«

»Du kapierst es einfach nicht, was? Du denkst, es geht bloß um Sex. Um Treue. Aber die Sache ist die, Nick.« Sie kommt näher, so nah, dass ich die hellen Bernsteinflecken in ihren Augen sehen kann. »*Ich* bin deine Frau. Das heißt, *ich* sollte diejenige sein, zu der du gehst, wenn du reden musst. *Ich* sollte diejenige sein, der du dich anvertraust. *Ich* sollte diejenige sein, bei der du Verständnis oder Trost suchst. Nicht sie.«

Jedes *Ich* aus ihrem Mund spüre ich wie einen Stich, und ich setze mich aufs Bett. Ich bin es so satt, davor wegzulaufen, es ständig totzuschweigen, und jetzt, da die weite Savanne der Masai Mara da draußen näher drängt, sich in diesen Raum zwängen will, in meinen Kopf, kann ich es nicht mehr ertragen.

»Es gibt ein paar Dinge, über die ich mit dir nicht reden kann, Lauren.«

»Was für Dinge?«, fragt sie, aber ich kann nicht antworten.

»Verstehe«, sagt sie, und ihre Stimme wird eisig. »Du kannst also nicht mit mir darüber reden, aber du kannst mit ihr darüber reden.«

Ich schließe die Augen, doch das verschlimmert das Pfeifen in den Ohren nur noch. Als ich sie wieder öffne, sind Laurens Augen rot und tränennass. Mein Gehirn läuft heiß. Es gibt zu viele Dinge, die ich im Augenblick nicht durchschaue. Zu viele Erinnerungen, die aufeinanderprallen.

Eine Stimme in meinem Kopf drängt mich, es ihr zu sagen, flüstert: *Weih sie ein.*

Der Raum kommt mir jetzt kleiner vor. Ich kriege keine Luft. Ich stehe auf, gehe zum Fenster und reiße es auf. Ich habe Platzangst, ringe nach Luft. Mir zittern die Hände, und in meinem Kopf lärmt ein Geräusch, das sich anhört wie ein Radio mit schlechtem Empfang.

Als ich mich wieder zu Lauren umdrehe, starrt sie mich mit einem harten Blick an, den ich noch nie an ihr gesehen habe. Als wollte sie mich bedrängen, endlich etwas zu sagen. Und in dem Moment habe ich das Gefühl, wir könnten uns gegenseitig umbringen oder miteinander ins Bett gehen.

Wir tun keins von beidem. Natürlich nicht.

Stattdessen geht Lauren ans Fenster und blickt hinaus auf die Savanne, die sich jenseits der Hotelanlage erstreckt. »Dieser Ort. Was er Menschen antut ...«, sagt sie rätselhaft.

Und endlich gebe ich dem Druck nach, der sich in mir aufgebaut hat, und ich sage das, was ich schon immer sagen wollte, mir aber bis jetzt nicht erlaubt habe: »Als ich acht war, habe ich mit angesehen, wie mein Bruder ein Mädchen getötet hat. Es ist hier im Fluss passiert. Ich habe mit angesehen, wie er das Mädchen unter Wasser gehalten hat, bis es sich nicht mehr rührte. Ich habe zugeschaut, und ich habe ihn nicht davon abgehalten. Und Katie hat es auch gesehen. Deshalb war ich bei ihr. Deshalb musste ich mit ihr reden. Deshalb konnte ich nicht mit dir reden.«

Lauren sieht mich an, sagt aber nichts. Sie dreht sich um, nimmt ihre Reisetasche und geht. Die Tür fällt laut hinter ihr ins Schloss.

Ich setze mich wieder aufs Bett, lasse den Kopf in die Hände sinken. Ich zittere am ganzen Körper.

Mir ist klar, dass ich sie vielleicht verloren habe. Ihr Gesichtsausdruck, die Furcht, die sich in ihren Blick geschlichen hat. Ich habe ihr nicht gesagt, dass ich sie liebe. Ich habe nicht gesagt, wie leid es mir tut, dass es passiert ist – dass ich nichts im Leben mehr bedauere. Ich bin verblüfft über meine Leichtsinnigkeit – dass ich so mit unserem Glück spiele, ein so dummes Risiko eingegangen bin und ihr erzählt habe, was wir getan haben. Ich starre auf meine Hände und sehe meine schmutzigen Fingernägel, die rötlichen Bögen Staub darunter, und ich denke daran, wie ich die Hand in die Urne getaucht habe, in die kühle Asche, und bekomme plötzlich Panik. Rasch stehe ich auf und eile zur Tür, obwohl mir schwindelig ist, als würde mein Gehirn in Wasser schwimmen.

Ich werde sie suchen, werde ihr sagen, dass ich sie liebe. Ich werde ihr sagen, dass das, was ich als Kind erlebt habe, schrecklich war, zu schrecklich für mich, um daran zu denken, um mich damit zu befassen. Aber ich werde mich ihr öffnen, wenn sie möchte, ich werde ihr genau erzählen, was passiert ist, ihr meine Rolle dabei gestehen, aber dann werden wir die Sache hinter uns lassen, in der Vergangenheit wegschließen, sie wieder ganz tief ins Dunkle schieben, an jene Stelle im trüben Wasser, wo sie hingehört.

Doch meine Beine knicken ein, und meine Hand rutscht von der Türklinke. Ich bin zu schwach, sogar zu schwach, um die Tür zu öffnen.

Ich wanke zurück zum Bett, setze mich auf die Kante und halte mir den Kopf. Mir ist schwindelig und kotzübel, und die Welt scheint sich wie verrückt zu drehen. Kalter Schweiß steht mir auf der Stirn. Ich wische ihn mit zitternder Hand ab, schließe die Augen und versuche, die Fassung wiederzugewinnen. Während ich aus- und einatme, taucht er wieder auf, wie eine halb vergessene Melodie, die mein Vater mal gesummt hat: der Tag, an dem alles geschah.

»Wir gehen zum Fluss«, sagt Luke.

»Ehrlich?«, frage ich.

»Mum hat nichts dagegen.«

Dad ist einen neuen Fahrer suchen gegangen. Katies Mum begleitet ihn. Sie ist eingeschnappt, sagt Katie. Luke sagt, sie ist ›neben der Spur‹, und ich muss an die einsame Spur denken, die unser Wagen hinterließ, als wir wenige Monate zuvor eine weite Wüste durchquerten. Irgendwann auf der Fahrt meinte ich, einen Wassertümpel zu sehen, doch mein Dad sagte, das sei eine Fata Morgana. So nennt man etwas, das man sieht, obwohl es gar nicht da ist.

»Los«, sagt Luke. »Kommt mit.«

Wir drei rennen ins Unterholz Richtung Fluss, Luke vorneweg, Katie neben mir. Wir rennen durchs hohe Gras, und nach einer Weile bleiben wir stehen, um zu verschnaufen, und blicken zurück. Wir können den Minibus sehen, in dem wir gekommen sind, aber nicht den Fahrer. Der schläft auf den Vordersitzen.

Das Gras kratzt und kitzelt uns, während wir hindurchlaufen. Luke singt ein Quatschlied, und ich lächele breit in den rauschenden Wind. Dann, als der schlammige Geruch vom Fluss aufsteigt, sehen wir sie – Cora.

Sie sitzt in einem Baum, lässt die Füße über dem Fluss baumeln. Sie trägt das blonde Haar in Zöpfen mit grünen Schleifen. Sie redet, nicht mit jemand anders, sondern mit sich selbst. Als wir näher kommen, merke ich, dass sie gar nicht redet, sondern leise singt. Ich finde, es klingt wie eine Art Schlaflied.

Sie hält sich mit einer Hand an dem Ast fest, auf dem sie sitzt, mit der anderen schwingt sie einen grünblättrigen Zweig hin und her. Ich frage mich, was sie da für ein Lied singt oder wo sie in ihrer Phantasie gerade ist. Ich kann die Worte, die ihr sanft über die Lippen kommen, beinahe verstehen.

Ihre kleine Schwester Amy hockt am Ufer, ganz versunken in irgendein Spiel. Als Luke keuchend ankommt, sieht es aus, als könnte er die Mädchen erschrecken, doch dem ist nicht so.

Sie drehen sich um und sehen ihn an, als ob sie ihn erwartet hätten, als ob wir alle Erwachsene wären und er ein vornehmer Besucher.

Ich winke, als wären wir alte Freunde, nicht bloß Kinder, die sich gerade erst kennen. Gestern haben wir sie hier das erste Mal am Fluss getroffen, und wir haben zu fünft im Wasser herumgeplanscht, bis die Sonne langsam unterging und unser Dad kam und uns zurück ins Camp rief, weil es schon spät war.

Luke geht zum Ufer und kickt gegen Steine, schiebt die Hände tief in die Taschen und schaut von einem Mädchen zum anderen. Dann zieht er das T-Shirt aus und watet ins Wasser.

Ich folge ihm, doch Katie bleibt, wo sie ist, auf Abstand. Das Wasser ist kühl und klar, nicht kalt. Es fühlt sich gut an, als ich die Zehen hineintauche. Das Wasser kitzelt. Cora springt vom Baum, folgt uns kichernd ans Wasser. Die Mädchen tragen Kleider. Das eine ist pink, das andere grün. Sie setzen sich mit Stöcken an den Fluss und sagen Zaubersprüche auf.

Luke fragt, ob sie Hexen sind, und sie lachen.

»Ist es tief?«, fragt Luke und zeigt ins Wasser.

Cora zuckt die Achseln. Er springt kopfüber hinein, und die Mädchen schnappen erschreckt nach Luft. Als er wieder hochkommt, ist sein Lächeln breit, und das Wasser rinnt ihm übers Gesicht.

»Da gibt's vielleicht Krokodile!«, ruft Katie.

»Ist nicht mal kalt«, sagt Luke. Er winkt ihr. »Los, komm rein«, brüllt er, aber sie rührt sich nicht vom Fleck.

Ich möchte ihm folgen – es ist so heiß, und der Fluss lockt mich –, aber Katies Warnung hält mich zurück. Ich hocke mich in den Schatten, suche die Wasseroberfläche nach einem geschuppten Rücken ab, der lautlos durchs Wasser gleitet. Eine der Schwestern durchquert den Fluss – Amy, die jüngere. Sie kommt langsam auf mich zu, starrt mich neugierig an.

Mum kommt nach uns sehen, ihre Gestalt eine Silhouette vor dem weißen Licht jenseits der Bäume. Die Hände auf den Hüften, ruft sie Luke zu, er soll aus dem Wasser kommen, doch er gehorcht nicht. Ich weiß nicht, ob sie mich im Schatten sehen kann. Ich weiß nicht, ob ich das will.

Nachdem sie wieder gegangen ist, hechte auch ich ins Wasser. Luke und ich springen uns gegenseitig auf den Rücken und planschen. Cora ist näher gekommen: Sie watet ins Wasser, und gleich darauf bespritzen wir uns gegenseitig.

»Wo sind eure Alten?«, fragt Luke, und sie lacht.

»Alten?«, sagt sie und kichert wieder.

»Eltern?«, stellt Luke klar.

Sie lacht weiter. Anscheinend gibt es keine Antwort auf die Frage oder darauf, wo sie herkommen; Eltern sind lachhafte Geschöpfe oder existieren vielleicht gar nicht. Ich renne aus dem Wasser, um Katie hineinzuziehen, aber sie kreischt auf, und ich lasse los. Dann sagt Luke, ich soll zählen, wie lange er den Kopf unter Wasser tauchen kann.

»Jetzt bist du dran«, sagt er, als er wieder auftaucht.

Nach etlichen Versuchen sieht es so aus, als gäbe es nur einen Gewinner. Ich kann Luke nicht besiegen, doch Cora – sie könnte sogar älter sein als er, ist auf jeden Fall schlaksiger und größer – sagt: *Ich probier's mal.* Dann bin ich wieder dran, aber Luke hat eine Idee: »Bleib länger unten, ich assistier dir«, sagt er mit einem von den Erwachsenenwörtern, die er von unseren Eltern aufgeschnappt hat. Er hält die Hände über meinen Kopf und murmelt etwas. Es hört sich an wie ein Gebet, als ich im kühlen Wasser untertauche, wie etwas, das der Priester in der Messe sagen würde, während er die Hände segnend über die

Gemeinde hebt, nicht *Leib Christi,* nicht *Nimm hinweg die Sünden der Welt,* sondern etwas Unverständlicheres: eine Art Unterwasserpredigt.

Das Spiel hat keinen Namen. Das Spiel ist das Spiel. Das Spiel besteht aus Ziehen und Drücken und Lachen. Einander abwechseln. Ich bin wieder dran. Ich hole tief Luft und schaue hoch. Ich hole so tief Luft, den Mund weit geöffnet, dass ich das Gefühl habe, ich würde den ganzen blauen Himmel verschlucken.

»Okay. Jetzt machen wir Teams«, sagt Luke. »Immer ein Junge und ein Mädchen. Haltet euch an den Händen und stellt euch da drüben hin«, sagt er zu mir und Amy, und ich nehme ihre Hand, und wir gehen ins Wasser, wie Luke und ich in dem Schwimmbad, in das unser Dad in Dublin mit uns gegangen ist. Da lebten wir noch in Irland. Jetzt leben wir in Afrika. Luke sagt, wir sind jetzt Afrikaner. In dem Schwimmbad in Dublin musst du eine Schwimmbrille tragen, und von dem Chlor prickelt dir die Haut, und du kriegst Ausschlag, wie rote Landkarten, und es juckt wie verrückt. Aber hier im Wasser ist kein Chlor, und ich kann die Augen auflassen, weit auf. Ich glaube, ich könnte ein Fisch oder irgendein anderes Unterwassertier sein.

Ich zähle im Kopf. Ich könnte schwerelos sein, im Weltraum schweben. Ich ziehe an Amys Hand, und wir waten zusammen dahin, wo das Wasser tief ist, der Boden gibt nach und wir gehen unter. Dann zieht Amy an meiner Hand, und wir schießen aus dem Wasser ohne einen klitzekleinen Rest Luft in der Lunge.

Wasser sprüht wie eine Fontäne aus meinem Mund. Amy lacht. Ihre Hand ist klein in meiner und weich wie Teig. Ich habe das Gefühl, die Luft ewig anhalten zu können. Auch Cora ist mutig. Sie kann die Luft länger anhalten. Weil sie älter ist als ich? »Nein«, sagt Luke. »Weil sie mutig ist.«

Katie läuft im Kreis herum, redet mit sich selbst, bleibt manchmal stehen, um zuzuschauen, manchmal mit gesenktem Kopf. Ihr wird noch schwindelig vom vielen Im-Kreis-Laufen, denke ich.

Aber ich werde allmählich müde. Luke sagt: »Noch mal.«

Die Sonne wird heißer. Wir spielen, bis mir die Lunge wehtut. Außerdem habe ich Durst. Ich will zurück zum Camp. Vielleicht ist Dad schon wieder da. Vielleicht hat er einen neuen Fahrer gefunden. Ich halte vom Wasser aus nach Mum Ausschau. Ich kann sie nicht sehen. Ich wünschte, sie würde uns holen kommen. Ich frage mich, wo Amys Eltern sind. Ich hab sie noch nie gesehen. Vielleicht gibt es sie gar nicht.

Luke sagt: »Noch mal.« Aber ich habe keine Lust mehr. »Komm schon«, sagt er. »Vielleicht gewinnst du ja diesmal.«

Ich keuche, schlucke schwer, falle dann schwindelig aufs Flussufer. Ich habe Wasser im Mund, und ich klinge, als würde ich gurgeln.

Luke nennt die nächste Runde »das Finale«. »Alle startklar?«, fragt er.

Wir nicken, und auf sein Kommando hin tauchen wir alle ab. Amy und ich bleiben unten, bis sie sich windet und losreißen will. Ich lasse ihre Hand los, tauche auf, und sie kommt gleich nach mir aus dem Wasser geschnellt. Ich halte nicht gern Amys Hand, wenn sie anfängt, so zu zappeln.

Luke und Cora sind noch unter Wasser. Cora versucht, hochzukommen, um Luft zu holen. Luke hält sie unten.

Über uns kreist ein Habicht. Er gleitet mühelos durch die Luft. Manchmal wünschte ich, ich könnte fliegen. Stille liegt in der Luft, und die Zeit scheint stehengeblieben zu sein. Aber irgendwas ist nicht in Ordnung.

Ich zähle: »Einunddreißig, zweiunddreißig ...«

»Luke«, rufe ich und gehe durchs Wasser. Ich habe jetzt Angst.

Meine Ohren sind voll Wasser. Ich kann nichts hören, bloß diesen hohlen Klang, wie der gespenstische Wind, wenn du dir eine Muschel ans Ohr drückst.

Vielleicht gibt es ja auch nichts zu hören. Vielleicht ist es ja mucksmäuschenstill.

Weil das Mädchen noch immer unter Wasser ist. Wie eine Stoffpuppe treibt Cora im Wasser, das Gesicht nach unten.

Sie fängt an, sich ein wenig zu drehen. Ich warte, dass sie den Kopf hebt, Wasser aus dem Mund spritzt und sagt: »Ich hab euch reingelegt.«

Ich warte, dass sie sich überhaupt irgendwie bewegt. Aber das tut sie nicht. Luke sieht mich an, und Blut kommt ihm aus der Nase. Er greift nach Cora, und sie dreht sich im Wasser, ein Streifen Blut zieht sich über ihr Gesicht.

Luke nimmt sie in die Arme. Sie ist schlaff, die Arme hängen herab, das Gesicht verliert mehr und mehr Farbe, der Mund ist verzerrt, die Augen sind auf.

Luke sieht nicht mehr aus wie er selbst. Er sieht aus wie jemand anders. Er sieht nicht mehr aus wie mein Bruder, sondern wie jemand Älterer. Seine Augen sind fassungslos, starre Sterne.

»Hilf mir«, sagt er, aber ich kann mich nicht bewegen. Er zieht Cora durchs Wasser und legt sie aufs Ufer.

Wieso setzt sie sich nicht auf?, denke ich. Ich bin noch im Wasser. Ich zittere jetzt. Ich will sagen: »Hör auf mit dem Theater.«

Aber ich kann nichts sagen.

Ich will sagen: »Luke, lass uns das Spiel nicht noch mal spielen.« Ich will sagen: »Lass uns das Spiel nie wieder spielen, Luke. Luke, kannst du mich hören?«

Luke kniet neben Cora und drückt die Hände auf ihre Brust, auf und ab. Er ist hektisch und panisch.

Den Kampf und das Entsetzen, das sie am Ende empfunden haben muss, lassen weder ihr Körper noch ihre Augen erahnen. Stattdessen sehen ihre blassblauen Augen aus, als hätten sie den Himmel gesehen.

Katie kommt jetzt weinend zu uns gelaufen. Amy ist nirgends zu sehen.

Katies Augen sind groß und ängstlich. In meinem Kopf lärmt es. Ich stehe im Wasser, bibbernd.

Luke presst den Mund auf Coras – atmet in sie hinein.

Die Bäume um uns herum rücken näher, schwarz und still.

Dann waten wir durchs Wasser – ich, Luke und Katie – ziehen, zerren. Das Flusswasser rinnt mir den Rücken hinab, trocknet schon in der Hitze. Irgendetwas streicht mir über die Hand: Coras Haare, die wie Algen unter der Oberfläche treiben, während wir sie flussaufwärts bringen. Ich halte ihr Handgelenk mit beiden Händen umklammert. Ich schreie auf, lasse ihren Arm los, sehe zu, wie er sich an ihren Körper legt.

»Verdammt nochmal!«, brüllt Luke.

Was passiert dann? Rufe und Getuschel. Luke sagt: »Passt auf, ob jemand kommt.« Wir sammeln Äste, Blätter, Zweige. Schon bald ist Cora nicht mehr zu sehen. Ein Vogel kreischt hoch oben in den Bäumen. Bewegung am Ufer, und Katie schreit. Sie steht im Wasser, mit riesigen Augen, Hände vor dem Mund. In meinem Kopf lärmt es noch immer. Ich kann nicht hören, was irgendwer sagt. Ich kann bloß das Rauschen des Flusses hören. Katie schreit wieder, und Luke fährt herum, stößt sie so fest, dass sie das Gleichgewicht verliert und ins Wasser fällt. Er dreht sich wieder zum Ufer um, das Gesicht rot glühend vor Wut, bringt seine Aufgabe zu Ende. Irgendetwas bewegt sich am anderen Flussufer – Katie blickt in die Richtung. Dann packt Luke mich am Handgelenk und zieht mich so fest, dass ich mitgerissen werde, meine nackten Füße suchen in der Erde nach Halt, doch er zieht mich weiter. Katie ist neben mir, und dann rennen wir alle drei.

Später löchert mein Dad uns mit Fragen, wieder und wieder.

»Erzählt mir«, sagt er, »so verständlich ihr könnt, ganz genau, was passiert ist.«

War das vor oder nach dem Eintreffen der Polizei? Ich weiß es nicht mehr. Aber ich kriege kein Wort heraus. Irgendetwas verstopft mir die Kehle.

»Wir haben gespielt«, sagt Luke.

»Und dann?«

»Wir hatten so ein Spiel.«

»Was für ein Spiel?«

»Bloß so ein Spiel.«

Mein Dad hat uns noch nie geschlagen, aber ich spüre, wie wütend er ist und was für eine Willenskraft es ihn kostet, Luke nicht zu packen und durchzuschütteln oder mich zu ohrfeigen, als ich nichts sage.

»Was ist mit dem anderen Mädchen?«, fragt er Luke.

»Was?«

»Das andere Mädchen? Amy?«

Dad versucht, die Ruhe zu bewahren, doch er stellt eine Frage nach der anderen. Die Stunden vergehen wie in einem

Nebel. Manche Dinge stechen aus dem Schleier hervor. Die Größe des Polizisten – er war vielleicht der größte Mann, den ich je gesehen habe. Ich höre, dass mein Dad das Wort »Unfall« sagt, während ich auf der Polizeiwache sitze und den Schorf von meinem Knie knibbele. Meine Finger sind noch weiß und verschrumpelt vom Fluss. Die Wache ist kahl. Mum, die dicht neben mir sitzt, rutscht nervös herum, kaut am Daumennagel. Mein Vater füllt unser Aussageformular aus; wir unterschreiben. Ein Badeunfall. Kinder unbeaufsichtigt. Die Aussagen werden gegengezeichnet.

Ich habe das komische Gefühl, dass es da keine Leichenhalle gab. Das Mädchen lag vielleicht auf einer Pritsche in einem hinteren Raum der Wache.

Der Polizist streckt seine Prankenhände aus. »Ein tragischer Unfall«, sagt er und seufzt.

Er schließt die Augen.

Ich stelle mir vor, als er sie wieder öffnet, wünscht er sich, wir wären weg.

Die lange schweigende Fahrt zurück nach Nairobi. Nur mein Vater murmelt immer wieder leise »Jesus, Maria und Joseph«. Er sagt das wieder und wieder und wieder; bis in den späten Abend, den ganzen Abend, jeden Abend für den Rest unseres Lebens.

Mum weint und weint.

An dem Abend, als wir wieder in unserem Haus in Lavington sind, müssen wir gleich ins Bett. Katies Bett bleibt leer. Sie schläft diese Nacht bei ihrer Mutter. Ich kann mir nicht vorstellen, je wieder zu schlafen. Ich habe Angst davor, einzuschlafen. Angst davor, dass ich, wenn ich die Augen schließe, nichts anderes sehen werde als das Wasser, seine schlickige Trübheit, und das Mädchen, das mich mit flackernden Augen anstarrt.

Ich lasse den Blick über die Maserung der Holzbalken über meinem Bett gleiten. Ich folge ihren gewundenen, kreisenden, labyrinthischen Pfaden, die mich von da, wo ich bin, wegführen. Luke dagegen hat sich unter seiner Bettdecke verkrochen, völlig vergraben. Von unten dringen die Stimmen der Erwachsenen herauf. Katies Mum ist panisch, hat einen schrillen, verängstigten Tonfall.

»Wir müssen hier weg«, sagt sie. »Morgen in aller Früh. Das Risiko ist zu groß. Bitte, Ken.«

Die Stimme meines Vaters ist tief, gefasst, doch er klingt jetzt anders, ungewohnt ernst. Er bekniet Helen, die Ruhe zu bewahren, aber sie ist weit davon entfernt.

»Mich beherrschen? Ein Kind ist tot! Wir können unmöglich hierbleiben.«

Meine Mum macht undeutliche Einwände, die am Ende klingen wie eine Reihe Aber.

»Mach, was du willst, Sally«, sagt Helen scharf. »Aber Katie und ich reisen ab. Mein Gott, ich wünschte, wir wären nie hergekommen!«

Der Streit geht die ganze Nacht weiter. Ich habe die Augen fest geschlossen. Ich döse im Dunkeln immer mal wieder ein und meine zwischendurch, Luke unter seiner Bettdecke wieder zählen zu hören, mit zittriger Stimme: »Dreißig, einunddreißig, zweiunddreißig ...«

Katies Mutter geht in ihr Zimmer. Katie ist offenbar wach, denn ich höre sie beide tuscheln, aber ich verstehe kein Wort.

Meine Eltern bleiben unten und reden. Ich höre das Gemurmel ihrer Stimmen, bewusst leise.

»Ein tragischer Unfall.« Die Stimme meines Dads. »Das hat der Polizist gesagt.«

»Ja, aber der andere. Der Kleinere. Der Blick, mit dem er uns angesehen hat ...«

»Sally.«

»Wenn wir mehr Zeit gehabt hätten ... Wenn wir uns bloß was Plausibleres hätten einfallen lassen, was Stichhaltigeres ...«

Daraufhin sagt Dad etwas, etwas Undeutliches und Gedämpftes.

Mums Stimme, spitz vor Angst: »Ich weiß es nicht, Ken. Ich wünschte wirklich, wir könnten uns da sicher sein.«

Ich zähle jetzt im Kopf. Ich löse Luke ab, der verstummt ist. Vielleicht schläft er. So oder so, ich zähle weiter, als wäre Zählen eine Art Gebet, das mich in den Schlaf lullt.

Die Erinnerung verblasst.

Ich höre draußen einen Automotor aufheulen. Ich öffne die Augen und sehe Staub durch die Luft schweben. Ich stemme mich vom Bett hoch und gehe ans Fenster. Draußen steigt in der Ferne flimmernde Wärme auf. Die Welt wabert darin, wie eine Art Fata Morgana. Meine Gliedmaßen sind bleiern. Ich gehe zurück zum Bett und will mich gerade wieder darauffallen lassen, als ich auf dem Flur hastige Schritte höre, die sich meinem Zimmer nähern.

Und dann klopft es hektisch an der Tür. Ich drehe mich um.

»Nick? Bist du da? Mach auf!«

Ich schleppe mich zur Tür, reiße sie mit letzter Kraft auf, und da steht Murphy vor mir – verschwitzt und mit wildem Blick.

»Es ist was passiert«, sagt er und streckt die Hand nach mir aus. »Ein Unfall. Du musst sofort mitkommen.«

TEIL VIER

KENIA 1982

14.

SALLY

Der Schrei. Sie kann den Schrei nicht aus ihrer Erinnerung löschen. Er kommt ihr immer wieder in den Sinn, unangekündigt und unerwünscht.

Dieser letzte Schrei, anders als die anderen. Und sie wusste, noch ehe sie den Fluss erreichte, dass das nicht die Stimme eines Kindes war. Der durchdringende Ton, die Tiefe sprachen etwas Instinktives in ihr an, ihre Mutterliebe, und sie hörte die Qual darin, und die war der Auslöser, der sie losrennen ließ, atemlos und keuchend, dass ihre Füße über die trockene Erde trommelten, bis zum Fluss. Da sah sie sie – eine Frau, die bis zu den Hüften im Fluss stand, sich hysterisch im Kreis drehte und die Wasseroberfläche, das Ufer, die Bäume ringsum absuchte. Sie sah, wie sich die Brust der Frau hob und senkte, wie sie den Hals reckte, wie ihr Gesicht sich vor Verzweiflung verzerrte, in der Hand grüne Schleifenbänder, und aus ihrem Mund drang wieder und wieder der eine Name in einem schrillen Ton der Panik. Hinter ihr am Ufer, im Schatten der Bäume, kauerte das kleine Mädchen, die jüngere der beiden, und beobachtete Sally mit ernsten Augen.

»Alles hat sich geändert«, sagt sie zu Jim.

Sie sitzen vor einem Café unweit ihres Hauses in Lavington – Plastiktische, Sonnenschirme mit Wellenrand, die sie vor der gleißenden Sonne schützen, in der Hitze schwitzende Cola-Dosen.

»Nicht alles«, sagt er. Er hält ihre Hand, massiert ihre Finger und Knöchel, und sie spürt das Fordernde in seiner Berührung. »Wir sind noch immer dieselben – du und ich.«

Sie fühlt sich plötzlich wie auf dem Präsentierteller, zieht ihre Hand zurück und schaut sich nach den anderen Gästen um.

Danach sitzt er eine Weile in verletztem Schweigen da, mit grimmigem Blick.

Vor der Fahrt in die Masai Mara, vor der *Sache,* hatte er sie bedrängt, eine Entscheidung zu treffen, ihr ein Ultimatum gestellt: Er oder ich. Sie war drauf und dran gewesen, ihren Mann zu verlassen.

Jetzt geht es für sie ausschließlich darum, diese *Sache* in Schach zu halten. Sie bringt es nicht einmal fertig, dem Geschehenen einen Namen zu geben. Und sie kann es ihm auch nicht erzählen – nicht richtig. Sie hat ihm nur vage, lückenhafte Informationen gegeben. Und schon das kommt ihr vor wie Verrat. Sie möchte von ihm beruhigt werden, abgelenkt werden, doch selbst wenn sie mit ihm zusammen ist, durchlebt sie im Geist alles noch einmal. Den Panikschrei der Frau. Den ernsten Blick des Mädchens, das sie vom anderen Flussufer aus beobachtet hat. Die Angst um ihre eigenen Kinder, die ihr plötzlich die Kehle zuschnürte, als sie sich auf die Suche nach ihnen machte und nun ihre Namen hinausschrie, mit ihrer eigenen hellen Stimme der Angst. Sie hatte die andere Mutter angesprochen, sie nach den Jungs gefragt, nach Katie, doch die Frau reagierte nicht, war längst zu tief in ihrer Panik vergraben. Sie drückte sich die grünen Schleifenbänder an die Brust, schrie schluchzend immer wieder den Namen ihrer Tochter. Die Frau watete durchs Wasser, und Sally lief am Ufer entlang und suchte zwischen den Bäumen, im hohen Gras auf der Wiese dahinter, während der Druck in ihrer Brust zunahm und ein Gebet wie ein Mantra in ihrem Kopf kreiste: *Nicht die Jungs, bitte, Gott, nicht die Jungs.*

Das erzählt sie Jim nicht. Sie erzählt ihm auch sonst nicht viel. Ihr Treffen kommt ihr fade vor, ein wenig verzweifelt, sogar belanglos, und als sie sagt, dass sie los muss, versetzt sein verletzter Blick ihr einen kleinen Stich.

Sie steigt auf ihr Rad, und ehe sie losfährt, ringt er ihr das Versprechen ab, das, was sie zusammen haben, nicht aufzugeben, sondern daran festzuhalten, die Kraft und Tiefe seiner Liebe zu spüren, die ihr helfen wird, diese schwierige Zeit durchzustehen.

»Versprich es mir«, sagt er mit einem beschwörenden Tonfall, der sie anrührt.

Aber Sally weiß, dass Versprechen – nach dem, was passiert ist – nicht länger gegeben oder eingelöst werden können.

Auf der Fahrt nach Hause geht es überwiegend bergauf, und Sally spürt die Anstrengung in den Oberschenkeln, während sie in der grellen Nachmittagssonne auf die verschwommene Sandpiste vor sich starrt. Als sie ankommt, ist ihre Kleidung durchgeschwitzt, und ihr ist schummrig von der Hitze und ihrem Treffen mit Jim.

Ein ihr unbekannter Jeep parkt vor dem Haus, und auf der Veranda steht Jamil und spricht ernst mit einem Mann in einem weißen Anzug. Sally kann das Gesicht des Mannes nicht sehen und tritt schneller in die Pedale. Auch ihr Herzschlag beschleunigt sich ein bisschen. Jamil sieht sie kommen und zeigt auf sie. Der Mann dreht sich um, ein großer, kräftiger Mann, dessen dunkles Gesicht in der Sonne glänzt. Er blinzelt, hebt grüßend eine Hand und setzt ein breites Lächeln auf, während Sally das Rad gegen den Verandapfosten lehnt und die Stufen hochsteigt.

»Mrs Yates«, sagt der Mann mit tiefer Stimme. Er lächelt wieder, und seine Augen leuchten irgendwie interessiert, als er einen Schritt auf sie zukommt, um ihr die Hand zu schütteln. »Ich bin froh, dass ich Sie doch noch antreffe.«

»Hallo«, sagt sie und versucht ein Lächeln, als sie seine Hand ergreift. Sie spürt seine kühle, trockene Haut an ihrer verschwitzten Handfläche und lacht entschuldigend. »Bitte verzeihen Sie.«

»Macht doch nichts. Es ist ein heißer Tag«, sagt er freundlich. »Und Sie sind bergauf gestrampelt.«

Sein Anzug ist zerknittert, hat aber eine gewisse Eleganz. Sie schätzt ihn auf Anfang vierzig. Sein Englisch ist tadellos, sein Akzent kultiviert, in seinen sanften Augen schimmert Intelligenz auf, und die stille Autorität, die er ausstrahlt, verrät Sally, dass er bei aller Freundlichkeit einen offiziellen Grund für seinen Besuch hat. Dieser Mann ist von der Polizei, und sie hat die ganze Zeit damit gerechnet.

»Jamil, bringen Sie uns doch bitte etwas Eistee – ich bin halb verdurstet.«

Jamil nickt und geht ins Haus, und erst als die zwei allein auf der Veranda sind, stellt der Besucher sich vor, »Ich bin Inspektor Atabe von der Rift-Valley-Polizei. Ich untersuche den Tod des kleinen Mädchens.«

Noch während er das sagt, spürt sie, wie sie weggezogen wird, von einer Art Woge, die sie jedes Mal erfasst, wenn die Erinnerung zurückkommt. Wenn sie es wieder hört: »Hallo,

Lady!«, in dieser Singsangstimme. Das Mädchen, Sommersprossen auf der Nase. Ein kaninchenartiges Gesicht.

»Verstehe«, sagt sie und nickt, setzt eine ernste Miene auf. »Was für eine Tragödie. Wir stehen alle noch unter Schock.«

»Das kann ich mir vorstellen«, sagt er herzlich und fügt hinzu: »Ich habe selbst Kinder, und das ist meine größte Angst. Dass einem von ihnen so etwas passiert.«

»Natürlich.«

»Ich hatte gehofft, dass Sie mir vielleicht bei meinen Ermittlungen helfen können.«

»Selbstverständlich«, stimmt sie rasch zu. »Wir haben unmittelbar danach bei einem Ihrer Kollegen eine Aussage gemacht ...«

»Ja. Danke. Das war sehr hilfreich. Es gibt da nur noch ein paar Kleinigkeiten, die ich mit Ihnen durchgehen möchte.«

»Natürlich«, sagt sie und spürt den Schweiß auf ihrem Körper, ihr gerötetes Gesicht. »Mein Mann arbeitet in der Stadt, aber ich bin sicher, er könnte nach Hause kommen, wenn Sie ihn –«

»Nein, nein. Das wird nicht nötig sein. Ich habe bloß ein paar Fragen, bei denen Sie mir gewiss allein helfen können. Sollten sich Fragen an Ihren Mann ergeben, kann ich später noch immer zu ihm in die Stadt fahren.«

Sie bittet ihn, in einem der Korbsessel auf der Veranda Platz zu nehmen und entschuldigt sich dann, um sich kurz frisch zu machen.

»Selbstverständlich.«

Sie lächelt wie eine höfliche Gastgeberin, doch sobald sie im Haus ist, eilt sie in die Küche zu Jamil, der gerade Gläser und einen Krug auf ein Tablett stellt. »Wo sind die Jungs?«, fragt sie mit möglichst leiser Stimme.

»Oben, Miss Sally.«

»Ich übernehme das. Gehen Sie doch nach oben und sorgen Sie dafür, dass die Jungs in ihrem Zimmer bleiben, bis unser Gast gegangen ist.«

Falls ihn die Bitte überrascht, lässt Jamil sich nichts anmerken, und als sie über die Schulter hinzufügt: »Und sie sollen leise sein, Jamil, okay?«, verrät sein Gesicht nicht das Geringste.

Draußen hat der Inspektor seinen Sessel Richtung Garten gedreht, und wie er so dasitzt, ein bisschen lässig mit übereinandergeschlagenen Beinen, wirkt er fast ein wenig halbseiden. Bougainvilleen hängen vom Verandadach, ranken tief an den Holzpfosten herunter. Schweigend beobachtet er die Wasserfontänen des Rasensprengers, die das Sonnenlicht in einen wirbelnden Sternenschauer verwandeln. Er nimmt das Glas Eistee entgegen, das sie ihm reicht, und lobt ihren Garten.

»Eine grüne Oase!«, sagt er anerkennend.

»Eine kleine Erinnerung an zu Hause.«

»Ach ja. Obwohl ich noch nie in Ihrem Land war. Näher als England bin ich ihm nicht gekommen.«

»Na, das ist schon sehr nahe«, sagt sie, setzt sich ihm gegenüber und nippt an ihrem Glas, versucht, ihre Nerven zu beruhigen. Sie fragt sich, wie lange er bleiben wird, und horcht angestrengt auf irgendwelche Geräusche von den Jungs.

»Ich bin immer froh, wenn ich wieder nach Hause komme«, fährt er im Plauderton fort. »Selbst jetzt hier in Nairobi kann ich es kaum erwarten, nach Narok zurückzukehren.« Er lächelt sie kurz an, richtet dann die Augen wieder auf den Garten. »Aber so bin ich eben. Heimatverbunden. Manche Leute reisen für ihr Leben gern, nicht wahr?«

»Das ist wahr.«

»Wie die Gordons zum Beispiel.«

»Wer?«, fragt sie, und er sieht sie an, noch immer mit einem Lächeln auf den Lippen, obwohl seine Augen ernster wirken, als würde er sie das erste Mal richtig anschauen.

»Die Familie des kleinen Mädchens.«

»Oh«, sagt sie und spürt, wie ihr Röte erneut in die Wangen steigt.

Ein Erinnerungsblitz: die Frau im Wasser, wie sie die Schleifenbänder an sich drückt, das Gesicht angstverzerrt, taub und blind für alles bis auf ihr einziges Verlangen – ihr Kind zu finden.

»Das Schlimmste, was Eltern passieren kann. Es tut mir unendlich leid für sie«, sagt sie, doch er antwortet nicht, neigt nur leicht den Kopf. Sie hat das Gefühl, den ersten Test nicht bestanden zu haben.

Jetzt, wo er zum Grund seines Besuches gekommen ist, bewegt er sich kaum noch.

»Sind Sie ihnen mal begegnet?«, fragt er, und sie verneint.

»Sie leben schon eine ganze Weile im Tal«, sagt der Inspektor. »Sie pflegen nicht viele Kontakte. Suchen das einfache Leben, schätze ich.«

»Wir haben abends das Licht von ihrer Hütte gesehen, am anderen Flussufer. Aber wir haben sie nie zu Gesicht bekommen, nie mit ihnen gesprochen. Bis auf die Kinder.«

»Die Kinder kannten einander.«

»Ein wenig. Sie haben in den Tagen, die wir dort waren, ein paarmal miteinander gespielt. Gott, ich kann noch immer nicht fassen, dass das arme Mädchen ertrunken ist.«

»Cora.« Er sagt ihren Namen, und Sally hebt den Kopf.

»Ja, Cora.«

Er hält ihren Blick für den Bruchteil einer Sekunde fest,

schaut dann erneut in den Garten. »Sie war acht Jahre alt. Genauso alt wir Ihr Sohn, Nicholas.«

»Ja.«

»Sind Ihre Söhne zu Hause?«, fragt er beiläufig, während er nach seinem Glas greift und einen Schluck trinkt.

»Nein. Sie sind bei einem Freund.« Sie versucht, es entspannt klingen zu lassen, fürchtet, dass ihre Stimme sie verrät.

»Und das Mädchen, die Freundin Ihrer Söhne – Katherine?«

»Katie.«

»Ja.«

»Sie und ihre Mutter sind leider schon nach Hause geflogen.«

Er stutzt, ein Schatten gleitet kurz über sein glattes Gesicht. »Wie schade. Ich hätte gern mit ihr gesprochen.«

»Ihre Ferien waren zu Ende. Die beiden waren nur ein paar Wochen hier.«

»Aha. Tja ...« Er lässt ein Schweigen entstehen, während er seine Gedanken sammelt.

Sally hört aus dem Käfig hinter sich das Gezwitscher des Starenpärchens. Unwillkürlich muss sie an Jim denken. Eine Erinnerung kommt ihr in den Sinn: Sie beide zusammen in einem floßbreiten Bett, das Quietschen des Holzrahmens, die Wolke des Moskitonetzes, das sich jedes Mal, wenn ein Lufthauch durchs offene Fenster hereinwehte, über ihnen bauschte, als würde sich eine Qualle träge aufblähen. Mit der Kuppe seines Zeigefingers fuhr er über die braune Rundung ihres Nippels, den leicht gekräuselten Warzenhof, wie ein Ring aus winzigen Bläschen. Ihre Hand strich über die Haare auf seinen Armen. Sie lagen zusammen da, in der ermatteten, lähmenden Benommenheit dieser seltsamen neuen Liebe, erschöpft von den langen Monaten unterdrückter Versuchung und der strahlenden Explosion in ihrem Innern, als sie sich ihr endlich hingaben.

Sally hatte das Gefühl, als würde das breite Bett auf eine weite Wasserfläche hinaustreiben, und wollte nie wieder an Land kommen.

Inspektor Atabe hat das Interesse am Garten verloren. Er dreht seinen Stuhl zu ihr, so dass er sie ansehen kann. Dann greift er in seine Jacketttasche, holt Notizbuch und Stift heraus und fragt: »Wären Sie so nett, Mrs Yates, und schauen sich das hier mal kurz an?«

Sie nickt, und er schlägt eine Seite mit einer gezeichneten Karte auf. Die säuberlichen Markierungen, die sorgsamen und wohlüberlegten Linien verraten ihr, dass er ein penibler Mann ist, der trotz des zerknitterten Anzugs Wert auf Genauigkeit legt.

»Ich habe hier eine kleine Karte von der Gegend gemalt, wo das Mädchen gestorben ist«, erklärt er und zeigt mit der Spitze seines Stifts auf einzelne Punkte: »Das da ist Ihr Camp, und da drüben steht die Hütte der Gordons. Und da, genau in der Mitte, ist der Fluss. Das kleine X auf dem Fluss markiert die Stelle, wo Coras Leiche gefunden wurde. Und das andere X hier markiert die Stelle, wo die Kinder gespielt haben.«

Sie beugt sich über das Blatt, folgt der Bewegung seines Stifts, fragt sich, worauf er hinauswill.

»Laut der Aussage Ihrer Söhne bei meinem Kollegen in Narok haben die Kinder dort gespielt – die Jungs und ihre Freundin Katie und die zwei Gordon-Mädchen.«

»Das stimmt«, sagt sie. »Ich habe sie selbst da gesehen.«

»Und laut der Aussage haben sie im Wasser geplanscht und ein Spiel gespielt, bei dem sie die Luft anhalten mussten?«

»Ja. Das spielen sie manchmal. Sie halten unter Wasser die Luft an. Wer am längsten unter Wasser bleibt, hat gewonnen.«

Er lächelt und nickt, doch sie spürt die unterschwellige Gefahr.

»Dann, so ihre Aussage, haben sie irgendwann gemerkt, dass Cora verschwunden war.«

»Ja.«

»Seltsam, finden Sie nicht? Dass sie nicht gemerkt haben, dass sie nicht wieder aus dem Wasser aufgetaucht ist, dass sie nicht auf sie geachtet haben – als hätte sie bei dem Spiel gar nicht mitgemacht?«

»Äh, nein ... ich meine, sie hatten schon eine ganze Weile gespielt. Es war ein heißer Tag, sie waren müde, wahrscheinlich ein bisschen benommen, weil sie so lange die Luft angehalten hatten ...«

Er beobachtet sie genau, während sie diese Erklärung liefert, und sein Gesichtsausdruck ist unergründlich.

»Und als sie sie im Wasser nicht finden konnten«, sagt er, »haben sie am Ufer nach ihr gesucht?«

»Ich denke ja. Eine Weile.«

Er sieht sie an. Wartet, dass sie fortfährt.

»Sie waren müde vom Spielen, der Hitze des Tages.«

»Als sie Cora nicht finden konnten, sind sie dann zu Ihnen gekommen, um Ihnen Bescheid zu sagen?«

Kurzes Zögern. Ein leichter Anflug von Panik. Sie versucht, an den Tag zurückzudenken, überlegt, was sie auf der Polizeiwache ausgesagt hat.

»Sie haben angenommen, sie wäre nach Hause gegangen.«

»Ach ja?«

»Die jüngere Schwester war schon fort. Als sie Cora nicht sehen konnten, haben sie gedacht, sie muss ihrer Schwester nach Hause gefolgt sein.«

»Dann haben die Kinder Ihnen also nicht Bescheid gesagt.«

»Nein.«

»Was haben sie denn gemacht?«

»Sie sind zurück auf die Wiese. Haben da weitergespielt.«

Sie sagt das möglichst leichthin, ohne den Augenkontakt mit ihm abzubrechen. Aber ihr Herz pocht wie wild, und sie durchlebt alles noch einmal – den Augenblick, als sie die Kinder fand. Drei Köpfe, im hohen gelben Gras eng zusammengesteckt. Erleichterung wie ein stechender Schmerz, der sie blitzartig durchfuhr. Die Kinder hatten sich umgedreht, als sie sie kommen hörten, und der Ausdruck in ihren Gesichtern ließ sie auf der Stelle verharren. Angst vermischt mit Schuldgefühlen. Und in dem Moment hörte sie es. Einen weiteren Schrei. Das Wort »Nein!«, das durch die Luft gellte. Ihr stockte der Atem, als sie begriff, was das bedeutete. Die Kinder starrten zu Boden, nicht zu ihr hoch, nicht in die Richtung des verzweifelten Schreis. Sie hatten die Köpfe gesenkt, um ihr nicht in die Augen sehen zu müssen, als wüssten sie, was passiert war – als hätten sie damit gerechnet.

»Und da haben Sie die drei gefunden?«, hakt Atabe nach.

»Ja.«

»Wie lange waren sie schon dort gewesen?«

»Das weiß ich nicht genau. Eine Weile, denke ich.«

»Die Kinder haben nicht gehört, wie Sie nach ihnen gerufen haben? Sie haben nicht gehört, wie Mrs Gordon nach Cora gerufen hat?«

»Nein.«

»Finden Sie das nicht seltsam?«

Sie zuckt die Achseln. »Wasser in den Ohren – vom Fluss. Mein Sohn Nicky kann seit dem Tag nicht mehr richtig hören.«

»Verstehe.« Er lächelt, aber nur flüchtig. »Und als Sie die Kinder gefunden hatten, was haben Sie da gemacht?«

»Ich habe sie zurück ins Camp gebracht. Mein Mann war gerade zurückgekommen, zusammen mit meiner Freundin Helen.«

»Sie sind nicht wieder zurück zum Fluss gegangen? Um zu sehen, ob Mrs Gordon ihr Kind gefunden hatte?«

Sie zögert, panisch und unsicher, auf was sie sich geeinigt hatten – sie und Ken –, als sie die Geschichte gemeinsam durchgegangen waren. Sie reden nur spätabends darüber, wenn die Jungs schlafen. Jeden Abend, seit es passiert ist, kratzen sie beide den Schorf ab, führen im Flüsterton Gespräche, durchsetzt von Schmerz und Schock, diesem schrecklichen Cocktail aus Furcht und einer Enttäuschung, die so bitter ist, dass sie sie schmecken kann.

»Nicht direkt, nein. Aber ein paar Minuten später.«

»Warum nicht sofort?«

»Ich wollte meinem Mann erzählen, was passiert war.«

Wieder Leichtigkeit in ihrem Tonfall, um ja nicht durchblicken zu lassen, wie fieberhaft das Gespräch im Camp verlief, wie Kens Augen vor Entsetzen größer wurden, wie gehetzt er von ihr wegging, mit immer schnelleren Schritten, bis er schließlich rannte, über die Wiese, hinunter zum Fluss, wo die klagenden Schreie lauter wurden.

»Verständlich. Verzeihen Sie«, sagt er, und sie merkt, wie trotzig sie geklungen haben muss, trotz aller Bemühungen.

Er sieht nach unten auf sein Notizbuch, blättert ein paar Seiten weiter, wirft einen Blick auf Notizen, die sie nicht lesen kann. »Nur der Vollständigkeit halber: Sie haben sich die ganze Zeit, während die Kinder am Fluss waren, im Camp aufgehalten?«

»Ja. Ich habe alles für die Abreise zusammengepackt.«

»Und Sie wussten, dass die Kinder am Fluss waren?«

»Ja.«

»Waren Sie nicht besorgt? Schließlich waren Sie in der Masai Mara. Da wimmelt es von Flusspferden, Krokodilen ...«

»Uns war gesagt worden, dieser Teil des Flusses sei sicher.«

»Verstehe.«

Er blättert wieder in seinem Notizbuch, zurück zu der kleinen Karte, fährt sich mit einem Finger über die Stirn und nickt. Sie spürt, mit einiger Erleichterung, dass das Gespräch sich dem Ende nähert.

»Eines noch, und dann lasse ich Sie in Frieden.« Er zeigt erneut auf die Karte und sagt: »An dieser Stelle im Fluss haben die Kinder ihr Spiel gespielt, aber Coras Leichnam wurde hier gefunden.«

Sie folgt der Bewegung des Stifts von der einen markierten Stelle zur anderen.

»Das ist zehn oder zwölf Meter entfernt.«

Sie sieht ihn an, unsicher.

»Was glauben Sie, wie konnte sich die Leiche so weit weg von der Stelle bewegen, wo die Kinder gespielt haben?«

Er hält ihren Blick fest, und sie gerät vorübergehend aus dem Konzept, weiß nicht, was sie sagen soll. Wieder bricht ihr der Schweiß auf dem Rücken aus, und sie schluckt, beugt sich vor, um auf das Blatt zu schauen. »Könnte sie nicht abgetrieben sein? Durch die Strömung ...«

»Aber die Leiche wurde flussaufwärts von der Stelle gefunden, wo die Kinder gespielt haben.«

Sie runzelt die Stirn und zieht mit Daumen und Zeigefinger an ihrer Unterlippe. »Vielleicht sind die Kinder irgendwann ein Stück flussaufwärts gegangen, um zu spielen –«

»Nein. Amy Gordon sagt, sie sind die ganze Zeit an der ursprünglichen Stelle geblieben. Da steht ein Baum am Ufer, an dem ihr Vater ein blaues Seil befestigt hat. Er hat ihnen eingeschärft, immer dort zu bleiben, wenn sie im Fluss waren.«

»Sind Sie sicher? Ich meine, Kinder sagen alles Mögliche, erst recht, wenn sie ungehorsam waren. Und dieses kleine Mädchen – Amy – kam mir sehr jung vor. Höchstens vier oder fünf ...«

»Fünf. Aber ich habe mit ihr gesprochen, und ihre Aussage erscheint mir glaubhaft. Sie ist ein intelligentes kleines Mädchen und recht sprachgewandt für ihr Alter.«

Sally sucht ratlos nach einer Antwort. »Vielleicht hat ein Tier den Leichnam flussaufwärts gezogen. Irgendein Raubtier, im Wasser versteckt.«

»Bei der Obduktion wurden keinerlei tierische Spuren festgestellt. Außerdem«, sagt er in einem aalglatten Ton, der ihr nicht gefällt, »sagten Sie nicht eben, dieser Teil des Flusses sei sicher?«

»Ja. Aber ich nehme an –«

»Sie hatte Blätter im Haar. Und Zweige.«

»Und das heißt?«

»Als ich noch mal zu der Stelle gegangen bin, wo sie gefunden wurde, habe ich gesehen, dass am Ufer noch mehr Blätter und Zweige aufgehäuft waren. Genau solche hatten sich in ihrem Haar verfangen.«

»Ich kann Ihnen nicht ganz folgen.«

»Diese Äste und Blätter sind nicht von allein dahin gelangt. Für mich sieht es so aus, als hätte jemand sie dahin gebracht. Um den Leichnam zu verstecken.«

»Aber die Strömung, die nahen Bäume, ich könnte mir denken ...« Ihre Stimme versiegt.

Er sieht sie nur an, und Sally weiß, dass sie versagt hat. Sie hat diesen Test nicht bestanden, aber schlimmer noch, sie hat ihre

Söhne im Stich gelassen. Furcht packt ihr Herz, und Worte kommen ihr über die Lippen, Worte, die sie gar nicht hatte sagen wollen.

»Der Fahrer …«, setzt sie an und sieht, wie seine Augen schmaler werden, sein Blick einen neugierigen Ausdruck annimmt.

»Was ist mit ihm?«

»Haben Sie schon mit ihm gesprochen?«

»Ja.« Er breitet die Hände aus – große Hände, wie sie bemerkt. »Er konnte uns nicht viel erzählen, weil er ja die ganze Zeit in dem Minibus geschlafen hat. Betrunken, glaube ich.«

»Ja«, sagt sie, aber so gedehnt, so vielsagend, dass er sich aufsetzt und ein wenig vorbeugt.

»Soll das heißen, er hat nicht geschlafen?«

Er fragt das fast beiläufig, locker, und genauso locker kommt ihr die Lüge über die Lippen.

»Ich war dabei, die Zelte einzupacken. Mein Mann und meine Freundin waren zusammen ins nächste Dorf gegangen. Die Kinder waren am Fluss. Und während ich die Zelte einpackte, habe ich zwischendurch mal einen Blick in den Minibus geworfen, um nach dem Fahrer zu sehen. Er war nicht da.«

»Er war nicht da?«

»Nein.«

»Sind Sie sicher?«

»Ja, ganz sicher.«

»Haben Sie ihn irgendwo gesehen?«

»Nein. Ich hab auch nicht nach ihm gesucht. Ich dachte, er hat sich einen kühleren Platz zum Schlafen gesucht – in dem Minibus muss es furchtbar heiß gewesen sein. Aber jetzt frage ich mich …«

Sie verstummt. Die Lüge ist in der Welt.

Er zögert. Lässt sich die neue Information durch den Kopf

gehen. Sie liegt zwischen ihnen – die Saat, die Sally gelegt hat. Und für einen kurzen Moment kann sie sich selbst fast einreden, dass es stimmt. Dass es wirklich so war. Später wird sie sich sagen, dass es eine Notlüge war, die von ihren Söhnen ablenken sollte. Sie wird sich sagen, dass man ihr daraus keinen Strick drehen kann, dass sie vor Gericht keinen Eid darauf schwören wird.

Er runzelt die Stirn, als würde dieses neue Indiz ihm zu denken geben, schreibt irgendwas in sein kleines Notizbuch. Derweil versucht Sally, Ruhe zu bewahren, fleht innerlich, dass er endlich geht, die Vernehmung beendet.

Inspektor Atabe erhebt sich, trinkt den Rest seines Eistees mit einem Schluck und stellt das leere Glas auf den Tisch neben ihres. Er steckt Notizbuch und Stift wieder in die Jacketttasche, und Sally steht auf, um sich von ihm zu verabschieden. Am Fuß der Verandastufen dreht er sich um und sagt, während er ihr die Hand schüttelt: »Vielleicht haben Sie recht. Vielleicht ist sie von irgendetwas unter Wasser gezogen worden.« Er sieht ihr direkt ins Gesicht, mit klaren, forschenden Augen. »Da im Fluss lauern alle möglichen Arten von Raubtieren.«

Unversehens ist die Entscheidung gefallen. Statt nach dem Besuch von Inspektor Atabe in Panik zu geraten, breitet sich eine gewisse Ruhe in Sally aus. Nach dem ganzen Chaos, der Unentschlossenheit, den durchwachten Nächten, den endlosen Ausflüchten und Diskussionen kommt die Entscheidung rasch und endgültig, wie von Kräften gesteuert, über die sie keine Kontrolle hat.

Gefasst greift sie zum Telefon und wählt die Nummer. Ruhig erzählt sie ihrem Mann, was passiert ist.

»Hat er gesagt, ob er noch mal wiederkommt?«, fragt Ken leise, damit seine Sekretärin nebenan nichts aufschnappen kann. Dennoch nimmt Sally den aufgewühlten Ton in seiner Stimme war.

»Nein, aber das wird er«, sagt sie lapidar.

»Sally –«

Sie kommt ihm zuvor. »Wenn du nach Hause kommst, sind unsere Sachen gepackt.«

Noch ein weiterer Anruf. Sie fasst sich kurz, sagt nur das, worauf es unbedingt ankommt – dass sie ihn liebt, aber dass ihre Söhne an erster Stelle stehen. Sie lässt sich auf keine Diskussion ein, duldet kein Gegenargument. Ihr Entschluss ist gefasst.

Dann macht sie sich still und leise an die Arbeit – geht von Zimmer zu Zimmer, packt alles Notwendige für sich und die Jungs. Sie drei werden als Erste abreisen; Ken kommt in den nächsten Wochen nach. Er hat es am Telefon vorgeschlagen, und sie hat zugestimmt: Er wird seinen Vertrag erfüllen und dafür sorgen, dass der Rest ihrer Habseligkeiten verpackt und per Schiff nach Hause geschickt wird. Aber Sally und die Jungs werden so schnell wie möglich abreisen, den ersten Flug nehmen, den sie kriegen können. Sie werden niemanden informieren – nicht mal Jamil. Das Risiko wäre zu groß. Aber sie hat Jim angerufen. Das war sie ihm schuldig.

Als Kens Auto am Abend durchs Tor gefahren kommt, hat sie fertig gepackt und wartet auf ihren Mann, damit sie es gemeinsam den Jungs sagen können. Sie sieht, wie er die Stufen heraufkommt, Aktentasche in der Hand, Jackett über die Schulter geworfen, und ihr fällt auf, wie kraftlos er sich bewegt. Er hat sie noch nicht bemerkt, und in diesem kurzen Moment wirkt er so niedergeschlagen auf sie, dass sie ihn am liebsten in die Arme nehmen würde. Der Impuls vergeht, und als sie ihm die Tür öffnet, nimmt sie ihm bloß die Aktentasche aus der Hand und berührt ihn kurz am Arm, Ausdruck einer unausgesprochenen Entschlossenheit zwischen ihnen.

»Euer Flug ist gebucht«, sagt er leise. »Mit Air France nach Paris, Anschluss nach Dublin. Die Maschine geht morgen früh.«

Sie nickt, die Schatten draußen werden länger, die Dämmerung naht – es ist ihr letzter gemeinsamer Abend in Kenia als Familie. Irgendetwas in ihr zerfällt.

Gemeinsam sagen sie es den Jungs. Luke weint, aber Nicky sagt kein Wort. Sie nehmen ihre Söhne in die Arme, sagen ihnen, wie lieb sie sie haben, dass die Rückkehr nach Irland für sie alle das Beste ist, ein neues Abenteuer in ihrem Leben, doch so beruhigend sie auch auf sie einreden, Sally hört dennoch, wie hohl ihre Stimmen sind, wie blechern die Musik ihrer aufgesetzten Begeisterung klingt.

Sie essen schweigend, lustlos, eine kollektive Appetitlosigkeit, nachdem die Entscheidung gefallen ist. Und als Sally schließlich das Besteck quer auf ihren Teller legt, sieht sie Scheinwerferlicht über die Fenster gleiten, hört Bremsen quietschen. Ken, der ihrem Blick folgt, dreht sich um und steht auf. Sally sieht den bangen Ausdruck in seinem Gesicht, sieht, wie die Farbe aus seinen Wangen weicht, als er zur Tür eilt. Die Jungs sehen sie an, und sie bleibt still sitzen, lauscht angestrengt, um zu hören, wer da kommt. Eine Autotür knallt, das Klacken der Fliegentür und Kens Schritte auf der Veranda. Dann begrüßt er jemanden laut. Eine Männerstimme antwortet, tief und rau, und Sally erkennt sie auf Anhieb.

»Geht in euer Zimmer«, befiehlt sie den Jungs, hört die Schärfe in ihrer eigenen Stimme.

Die beiden schlurfen davon, und Sally hastet zur Haustür, spürt ihr Herz hoch und leicht in der Brust schlagen.

Jim ist jetzt unten vor den Stufen, und von da, wo sie halb versteckt steht, kann sie sein Gesicht im Licht der Verandalampe sehen. Seine Körperhaltung wirkt irgendwie wackelig, das Hemd hängt ihm aus der Jeans, seine Hände sind auf die Hüften gestemmt, und er hat eine Wildheit an sich, die sein Körper kaum im Zaum halten kann. Er ist betrunken. Ken steht mit dem Rücken zu ihr, so dass sie sein Gesicht nicht sehen kann, nur die Konturen seiner Schultern, die herabhängenden Hände, während er zu Jim hinunterblickt, der gerade mit leiser Stimme sagt: »Das können Sie nicht machen, Ken. Das ist dumm – eine totale Überreaktion.«

»Danke für Ihre Besorgnis, Father Jim«, Ken klingt steif und förmlich, starr vor unterdrückter Wut, »aber unsere Entscheidung steht fest.«

»Bitte denken Sie noch mal drüber nach – schlafen Sie noch mal drüber. Reißen Sie die Jungs nicht so plötzlich aus ihrem Zuhause. Verstehen Sie denn nicht, dass die beiden gerade jetzt die Stabilität einer vertrauten Umgebung brauchen? Es wäre falsch, sie zu entwurzeln und wieder in ein Leben umzupflanzen, an das sie keine Erinnerung haben.«

»Bitte, Jim. Ich weiß, Sie meinen es gut«, sagt Ken, und sie hört die Gereiztheit in seiner tiefen Stimme, »aber Ihre Sorge ist jetzt wenig hilfreich. Wir möchten in Ruhe gelassen werden.«

Sie hält den Atem an, betet, dass ihr Liebhaber wieder geht. In dem Moment erkennt sie, wie gefährlich er für sie ist, zum Äußersten getrieben durch die Entscheidung, die sie gefällt hat. Sie beschwört ihn lautlos, wieder zu fahren, fragt sich, ob sie nach draußen gehen und versuchen soll, die Situation zu entschärfen, oder ob sie dadurch den Brand nur weiter anfachen würde. Unterdessen steht er da, die Hände noch immer in die Hüften gestemmt, und redet auf Ken ein.

»Wenn Sie die beiden wegschicken, wirken sie erst recht schuldig. Begreifen Sie das denn nicht?«, sagt er beschwörend und legt den Kopf schief, das Gesicht gespenstisch vom Lampenlicht beleuchtet, ein bleicher, bestürzter Mond, verzweifelte Augen. »Wenn Sie sie wegschicken, verraten Sie die beiden – verurteilen sie. Ihre eigenen Söhne ...«

Ken hebt warnend eine Hand und sagt: »Sie haben gesagt, was Sie zu sagen hatten. Jetzt gehen Sie bitte.«

Aber Jim bleibt wie angewurzelt stehen, als würde er zusammenbrechen, wenn er sich entfernen würde.

»Was ist mit Sally?«, fragt er hitzig. »Was will sie?«

Sally erstarrt.

»Sie will ihre Söhne schützen.«

»Sie macht das nur, weil Sie Druck auf sie ausüben.«

»Sie gehen zu weit, Father.«

»Ach ja?«

»Wagen Sie es nicht, mir zu erklären, was meine Frau will.«

»Wieso nicht?«

Entsetzen steigt in Sally auf, wie etwas Hartes, das sich in der Kehle festsetzt.

Jim redet impulsiv weiter: »Ich kenne sie besser, als Sie denken, ich weiß, was sie will, was sie sich ersehnt –«

Kens Reaktion ist unerwartet. Plötzlich geht er die Stufen hinunter und versetzt Jim mit beiden Händen einen Stoß gegen die Brust. Ihr Liebhaber taumelt rückwärts, sieht geschockt und verblüfft aus. Ken stößt ihn erneut, und dann läuft Sally auf die Veranda und die Stufen hinunter, während die beiden Männer schon ächzend miteinander ringen, beide versuchen, die Oberhand zu gewinnen. Wilde Schläge, die fast alle verfehlen, ein ungelenker Tanz aus Zerren und Stoßen, und Sally ist bei ihnen, versucht vergeblich, die Streithähne auseinanderzubringen, fleht sie an. Eine Lücke tut sich auf, und Sally schiebt sich zwischen die beiden, mit dem Rücken zu ihrem Mann – eine schützende Pose. Beide stehen sie schwer atmend da und starren Jim an.

Kurzes Verschnaufen. Hinter ihr hört sie Ken sagen: »Sieh zu, dass er verschwindet.« Sein Kampfgeist hat ihn verlassen, und er wendet sich ab.

Oben an den Verandastufen bleibt er stehen und dreht sich zu ihnen um. Ein forschender Blick, voller Schmerz und Verwirrung. Er gilt nicht ihr, sondern Jim, den er dann auch fragt: »Verraten Sie mir eines, Father. Wie soll ich ihr je verzeihen?«

Sally spürt diese Frage wie ein glühendes Eisen auf der Haut.

Von nun an ist alles anders.

Die Fliegengittertür knallt hinter ihm zu, und Murphy und Sally sind allein.

Einen Moment lang stehen sie da, betrachten einander. Im Licht von der Veranda sieht sie, dass sein Gesicht weiß vor Schock ist, trotz des Gerangels mit Ken.

»Tut mir leid«, sagt er und ringt um Fassung. »Ich wollte nicht, dass es so rauskommt –«

»Hör auf«, sagt sie, mit kaum beherrschter Stimme.

Er atmet schwer, sieht sie mit flehenden Augen an, doch sie rührt sich nicht, sagt kein Wort.

»Begreifst du denn nicht?«, fährt er fort. »Ich kann dich doch nicht einfach gehen lassen. Nicht nach allem, was zwischen uns war ... Das kann ich einfach nicht.«

»Du hast keine Wahl. Wir beide haben keine. Die Jungs –«

»Ich kümmere mich um sie. Ich kümmere mich um euch drei.«

Sie starrt ihn entgeistert an. »Du kannst sie nicht schützen. Was sie getan haben –«

»Es war ein Unfall. Das liegt doch auf der Hand. Sie sind noch Kinder.«

»Dieses Land kann brutal sein. Es kann verlangen, dass Kinder wie Erwachsene behandelt werden. Der Polizist, der heute da war ... er hat mir Angst gemacht.«

»Wir finden eine Lösung, Sally. Gott wird uns beistehen.«

Noch immer spricht er von Gott, als hätte er das Recht dazu.

»Bitte, Sally. Du kannst nicht gehen. Das kannst du mir nicht antun. Ich weiß, das wirst du nicht. Du kannst es nicht.«

»Ich habe keine andere Wahl. Es ist zu riskant für die Jungs, hierzubleiben.«

»Dann lass sie gehen!«, entfährt es ihm. »Soll ihr Vater sie mitnehmen. Aber du und ich«, er tritt auf sie zu, nimmt ihre Hände, »wir gehören zusammen. Was ich für dich empfinde ... was wir füreinander empfinden ...«

Sie ist fassungslos. »Ich bin ihre Mutter. Sie brauchen mich.«

»*Ich* brauche dich.«

Er zieht sie näher und schaut sie direkt an, so dass sie den wilden Ausdruck in seinen Augen sehen kann. Wie soll sie ihm den Unterschied zwischen seinem Verlangen nach ihr und dem ungleich stärkeren Sog der Mutterliebe erklären? Sie betrachtet ihn jetzt, den Bartschatten, der sich bis über den Hals zieht, die tiefliegenden Augen, verblüffend blau unter Brauen, die dicht und dunkel und ein wenig buschig sind. So ein ernster Mann, sowohl zu Wutausbrüchen fähig wie auch zu ungeheurer Zärtlichkeit. Sie sieht die Sehnsucht in seinen Augen – und die Angst – und spürt gleichzeitig ein Gefühl der Enttäuschung in sich. Dieser Mann, den sie immer für so stark gehalten hat, ist jetzt der Verzweiflung nahe, und die enge Bindung zwischen ihnen löst sich auf.

»Bitte tu das nicht, Sal. Bitte schließ mich nicht aus. Nach allem, was ich getan habe. Nach den Opfern, die ich für dich gebracht habe.«

»Opfer?« Das Wort kratzt an ihr – ein Streichholz an Zunder.

»Jawohl! Ich habe Opfer gebracht. Ich habe deinetwegen mein Gelübde gebrochen!« Seine Stimme ist lauter geworden. »Glaubst du, das war einfach für mich? Glaubst du, mein Gelübde war mir so unwichtig, dass ich es mal eben so gebrochen habe, als würde ich eine Jacke ausziehen?«

Seine Augen funkeln wütend, die Adern an seinem Hals treten hervor.

Sie denkt an all die Dinge, die sie über ihn weiß: sein langes Ringen mit dem Glauben, die Auseinandersetzungen mit Vorgesetzten, der endlose Kampf zwischen erdrückenden geistlichen Pflichten und der Kraft seiner weltlichen Begierden; und stets der stumme, aber beharrliche Druck vonseiten seiner Familie in Irland, die unausgesprochene Regel, dass er niemals Schande über sie bringen darf. Sie hat von Anfang an gewusst, dass das mit ihnen beiden falsch war – eine schreckliche Sünde –, doch irgendwie hat gerade das ihr Verlangen noch geschürt, ein elektrisierender Stromstoß, der ihr sofort in den Unterleib fuhr, als sie sich zum ersten Mal seiner Umarmung öffnete. Und nun, in diesem Garten, der sich mit Dunkelheit füllt, wird ihr schlagartig klar, wie leichtfertig, wie naiv sie war, zu glauben, dass sie für das, was sie getan hatte, nicht würde bezahlen müssen, dass nicht irgendwann der Tag der Abrechnung kommen würde.

Sein Griff um ihre Handgelenke wird fester.

Sie reißt ihre Arme los, macht einen Schritt nach hinten. Sie sagt nichts. Ein kalter Zorn hat sie gepackt, und sie weicht zurück, wendet sich den Verandastufen zu.

Wütend über ihr Schweigen ruft er ihr nach: »Herrgott nochmal, Sally, was muss ich tun?«

Flügelschlagen erregt ihre Aufmerksamkeit. Flattern in dem Käfig auf der Veranda: die Vögel auf ihrer Stange, Zeugen dieser Trennung.

Plötzlich muss sie an den Nachmittag denken, als das mit ihnen anfing. Er war hierhergekommen, hatte den Käfig hinten in seinem Wagen, ein Geschenk für die Jungs. Zwei Vögel mit leuchtendem Gefieder – petrolblaue Federn und orangefarbene Brust, zwitschernd, schwarze Augen, die wie blankpolierte Samenkörner glänzten.

Wie oft hat sie ihn in ihr Haus gelassen? In ihr Bett? Mit blendender Klarheit erkennt sie jäh, wie töricht ihr Verhalten war – wie ungeheuer egoistisch –, und wie viel es zerstört hat. In diesem dunkler werdenden Haus, einem Haus, das sie bald verlassen wird, leidet jeder in ihrer Familie unter einer Verletzung, die sie allen zugefügt hat.

Sie wirft einen letzten Blick auf Jim, geht dann zu dem Käfig, öffnet das Türchen und greift mit beiden Händen hinein. Sie fängt einen Vogel und lässt ihn frei, rasch gefolgt von dem anderen. Sie breiten sofort die Flügel aus, flattern kurz auf der Veranda herum, ehe sie schwungvoll hoch übers Dach fliegen und in der Dunkelheit verschwinden.

Sie schaut nicht zu Jim hinüber, will den Schmerz in seinem Gesicht nicht sehen. Stattdessen geht sie ins Haus und schließt leise die Tür hinter sich.

TEIL FÜNF

KENIA 2013

15.

KATIE

Licht dringt durch die Dunkelheit. Zunächst flüchtig, nur eine Ahnung in den verklebten Augen, während mein Kopf in Nebel gehüllt ist. Doch irgendetwas zieht mich auf das Licht zu. Dunkle Silhouetten entpuppen sich als Bäume. Das lange verfilzte Haar irgendeines Dämons erweist sich als tief hängende Ranken. Die gewundenen Wurzeln im Boden unter mir pressen sich in mein Fleisch. Abgehackte Atemzüge, kleine Steinchen in meine Wange gedrückt. Modergeruch steigt von der Erde auf. Schatten vertiefen sich, das Licht wird klarer und deutlicher, ein allmähliches Vordringen der Wirklichkeit, die sich durchsetzen will.

Dann Stimmen. Irgendwer sagt: *Sie ist gestürzt.* Der metallische Geschmack von Blut in meinem Mund. Meine Zunge, dick geschwollen, ein Fremdkörper. Das Zirpen von Insekten, das Plätschern von Wasser in der Nähe, als irgendein unsichtbares Geschöpf in den Fluss gleitet. Der Fluss. Etwas erwacht in meinem Gedächtnis. Dann eine andere Stimme: *Bringen wir sie zum Wagen.*

Hände unter meinen Armen – eine unerwartete menschliche Berührung. Ich bin auf den Beinen, werde gestützt von Fremden, die ich nicht sehen kann, doch ich spüre ihre robuste Präsenz neben mir. Füße stolpern und schleifen über den Boden. Wurzeln, wie uralte Finger in der Erde. Mein Kopf baumelt kraftlos – ich kann ihn einfach nicht hochhalten. Ein Schmerz erblüht tief in meinen Ohren. Füße straucheln über Steine, taumeln, versuchen vergeblich, Halt zu finden. Wir kommen zwischen den Bäumen hervor, und, Gott, wie das Licht mich durchbohrt, wie die Innenseiten meiner Augenlider vor Schmerz vibrieren.

Ich kann mich einfach nicht orientieren. Der Schmerz, wie ein schwerer Stein in meinem Kopf, betäubt mich. Lange Schatten und ein Hauch kühler Luft. Früher Morgen also. Dennoch, es ist zu hell, ich kann es kaum ertragen, die Augen zu öffnen. Meine Lunge klingt wie eine pfeifende Orgel. Ein Gedanke steigt an die Oberfläche: *Ich hätte da draußen sterben können.* Schotter und roter Staub auf der Erde vor mir. Dann der unverhoffte Anblick eines staubigen Rads. Alles ist verzerrt. Das Quietschen einer Autotür schrillt mir durch den Kopf.

Auf einmal sitze ich in einem Auto. Meine schmerzenden Beine ausgestreckt im Fußraum. Eine Flasche Wasser in meinen Händen, eine Stimme, die mich auffordert zu trinken, aber ich bin so schwach, und die Flasche ist so schwer. Wasser in meinem Mund, es fließt über die ausgetrocknete Haut meiner Lippen, über Zähne und Zunge. Ich könnte weinen, so verflucht dankbar bin ich. Ein Zittern durchläuft meinen Körper. Mein Herz ist ein dumpfes Pochen in der Brust. *Mehr,* fordert die Stimme mich auf, und ich fühle, wie das Wasser die Trockenheit unten in meiner Kehle erreicht, die ausgedörrten Bereiche in meinem Inneren.

Das dumpfe Zuschlagen einer Tür. Leise Stimmen, die sich

draußen unterhalten. Ich neige den Kopf, um zu sehen, wer da ist, doch der Schmerz dringt in mein Ohr wie ein Schwarm schwarzer Fliegen, und ich halte mich still. Schließe die Augen, spüre den Schlaf kommen.

Bewegung weckt mich. Das Ruckeln des Wagens, der über ein Schlagloch rollt. Die Landschaft bloße Farbschlieren jenseits einer dreckbespritzten Windschutzscheibe. Mein Kopf ist schlaftrunken und schwer, doch der Schmerz ist ein wenig abgeklungen. Mein Atem geht ruhiger. Ein Haufen Müll quillt mir über Füße und Knöchel, reicht bis an die Beine meiner Jeans. Der Wagen rumpelt über eine holprige Straße; der Traumfänger, der am Rückspiegel baumelt, hüpft und dreht sich bei jedem Stoß.

»Du bist wach«, sagt Lauren.

Sie fährt konzentriert, beide Hände am Lenkrad, die Augen zusammengekniffen, auf die Straße gerichtet.

Ich will etwas sagen, doch es kommt nur ein ersticktes Krächzen heraus. Sie schaut kurz zu mir rüber. »Versuch lieber nicht zu sprechen«, sagt sie. »In der Flasche ist noch Wasser. Trink.«

Es ist warm und schmeckt nach Plastik. Ich trinke, so viel ich kann, fühle mich aber wieder seltsam, zittrig und erschlagen, und das Wasser schwappt in mir herum wie Meerwasser in einer Höhle. Ich lechze nach einer Zigarette, doch gleichzeitig wird mir übel bei der Vorstellung, dass trockener Rauch sich durch mein Inneres windet. Wir fahren durch eine spartanische Landschaft, alles ist kahl, nur hier und da eine Akazie oder ein Dornbusch, Grasbüschel verteilt auf der staubigen Savanne. Keine Spur von Zivilisation.

Das Sprechen tut weh, doch ich bringe die Frage heraus, wohin wir fahren.

»Du solltest lieber nicht reden«, sagt sie wieder. »Du stehst unter Schock.«

Und schlagartig bin ich wieder am Fluss, spüre, wie sich hinter mir etwas regt, drehe mich in der Dunkelheit um, und plötzlich brandet eine Woge Gewalt über mich hinweg wie eine Meereswelle. Mir wird schlecht, und ich schließe fest die Augen gegen die Erinnerung.

Als ich sie wieder öffne, sehe ich vor mir am Armaturenbrett einen Aufkleber – ein Anti-Atomkraft-Zeichen in Schwarz-Weiß – und zerschlissene Fransen, die wahrscheinlich mal rot waren, aber jetzt rostbraun verblasst sind. Das Lenkrad hat einen gräulichen Wollüberzug. Als ob jemand versucht hat, diese Schrottkarre weniger schäbig wirken zu lassen, es hier drin gemütlich zu machen. Der Wagen quietscht und ächzt über die unebene Straße, die Sprungfedern unter meinem Sitz wippen enthusiastisch, wodurch mir noch übler wird.

»Ins Hotel«, sage ich.

»Bald«, sagt sie.

An einem Handgelenk trägt sie eine Vielzahl billiger Armbänder – Lederriemen mit orange- und türkisfarbenen Plastikperlen. Sie winden sich den Arm hoch, der sich braungebrannt abhebt von dem dunklen Lila ihrer weit ausgeschnittenen Bluse. Ein blauer Batikrock reicht ihr bis über die Knie. Ihre Füße auf den Pedalen sind braun und kräftig, als wäre sie ihr Leben lang barfuß oder in Flipflops gegangen. Ich bin das erste Mal allein mit ihr und weiß nicht recht, wie ich das finden soll. Ich wende den Blick ab und starre zum Fenster hinaus.

Ein Hitzeschleier lastet über dem Land und lässt es verschwimmen. Im Auto ist es drückend heiß. Keine Klimaanlage in dieser Rostlaube. Ich lehne den Kopf gegen das Fenster und lasse mich von dem tanzenden Traumfänger ablenken, dessen Perlen und Federn wild herumhüpfen.

»Mein Vater hatte an seinem Rückspiegel immer einen Rosenkranz hängen«, sage ich. Mein Tonfall ist verträumt, ruhig, fast beduselt von der Hitze und der Erschöpfung nach dem Adrenalinrausch.

»Wo ist dein Vater?«, fragt sie, und ich sage, dass er tot ist. Meine Mutter auch. Meine Stimme wird allmählich kräftiger.

»Genau wie Nicks Eltern«, sagt sie.

Sie sieht zu mir rüber, ein taxierender Blick, und fügt hinzu: »Noch etwas, das ihr zwei gemeinsam habt.«

Ich rutsche nervös auf meinem Sitz hin und her. Der Kopf tut mir immer noch weh. Hinten am Schädel habe ich eine Beule von der Wucht des Schlags. Ich betaste die Stelle mit den Fingern, eine vorsichtige Erkundung von aufgeplatzter Haut, rauen Abschürfungen. Als ich die Hand wegnehme, sehe ich getrocknetes Blut unter den Fingernägeln. Plötzlich habe ich das Gefühl, dass wir zu weit weg von der Stadt sind.

»Wo sind wir?«, frage ich, als sie von der Straße auf eine kaum noch befahrbare Piste abbiegt.

Erst jetzt kommt mir der Gedanke: Es war kein Zufall, dass sie mich am Fluss gefunden hat. Sie wollte mich hierherbringen.

»Bleib ruhig«, sagt sie gelassen, aber bestimmt. »Wir sind gleich da.«

Sie parkt den Wagen und steigt aus, schlägt die Tür hinter sich zu. Der Knall stört die friedliche Stille, und aus einem Baum in der Nähe erhebt sich kreischend ein Vogelschwarm, der wie eine zerrissene Wolke über das hohe Gras fliegt. Sobald sie sich auf neue Äste niedergelassen haben, wird es wieder still.

Ich bleibe im Auto sitzen und schaue zu. Irgendetwas hält mich zurück. Ich bin ungern hier draußen mit Lauren allein, doch trotz meiner Vorbehalte ihr gegenüber siegt meine Neugier, und ich steige vorsichtig aus. In meinen Ohren rauscht es, und die Landschaft um mich herum schimmert undeutlich.

»Komm«, sagt Lauren, geht zu einem schmalen Pfad im hohen Gras und folgt ihm, ohne sich umzuschauen, ob ich mitkomme.

Die Hitze hängt dick um uns herum, wie etwas Zähflüssiges, durch das man waten muss. Schon bald ist meine dünne Kleidung durchgeschwitzt, meine Beine sind wie Gummi, Schweißperlen tropfen mir in die Augen. Lauren bleibt einmal kurz stehen, um sich die Haare zu einem losen Nackenknoten zusammenzubinden. Ansonsten wirkt sie völlig gelassen und marschiert mit stiller Entschlossenheit drauflos. Wir reden kein Wort. Ich brauche all meine Energie, um mit Lauren Schritt zu halten. Während ich ihr folge, überlege ich, was ich über sie weiß, und mir wird klar, dass es nicht viel ist. Jedes Mal, wenn Nick über sie sprach, hatte ich den Eindruck, dass sein Wissen über sie kaum größer ist als meins und sich nur auf bestimmte Bereiche beschränkt. Selbst ich kann sehen, dass darin eine gewisse Romantik steckt.

»Du und Nick«, sage ich, als sie ihr Tempo so weit verlangsamt, dass ich neben ihr hergehen kann. »Wie habt ihr euch kennengelernt?«

Ein kleines Lächeln, eine Hand, die sich ausstreckt, um die Spitzen der langen Gräser neben dem Pfad zu berühren.

»Ich hab den Kontakt zu ihm gesucht.«

»Ach ja?«

»Ich hatte von einem Pianisten gehört, der in einer Bar im Zentrum von Nairobi Jazz spielt.« Sie zuckt die Achseln, als wäre das Erklärung genug.

»Wenn ich Nick richtig verstehe, habt ihr nach knapp fünf Minuten beschlossen, zu heiraten.«

Die Haut zwischen ihren Brauen kräuselt sich – die Andeutung eines Stirnrunzelns, das sich gleich wieder glättet.

»Für manche Menschen kommt die Liebe schnell. Vor allem, wenn sie keine Angst davor haben.«

Sie wirft mir einen Seitenblick zu, der mir nicht gefällt, und ich bleibe stehen. »Wieso bist du mit mir hierhergefahren, Lauren?«

Doch sie geht unbeirrt weiter, ohne auch nur eine Sekunde zu verharren. »Wo bleibst du denn?«, ruft sie über die Schulter, und ich ärgere mich über mich selbst, weil ich unwillkürlich hinter ihr herhaste, um sie einzuholen.

Wir kommen zu einer Lichtung, und ich merke, dass der Pfad uns langsam bergauf geführt hat. Jetzt stehen wir am Rand einer offenen, mit hohem Gras bewachsenen Fläche, die sich seitlich zu einem Wäldchen senkt: dunkle, dichtstehende Bäume und Vogelrufe aus dem üppig belaubten Geäst.

Ich stemme die Hände in die Hüften und sehe mich um. Lauren geht schon wieder weiter, doch ich bleibe, wo ich bin. Irgendetwas an diesem Ort kommt mir bekannt vor.

An einer Seite ist eine kahle Stelle, die aussieht, als wäre das Gras dort weggebrannt. Offenbar hat dort einmal ein Haus oder dergleichen gestanden. Ganz langsam, vorsichtig, gehe ich weiter auf die Lichtung, hinter Lauren her. Sie hat die Mitte erreicht und steht in der prallen Sonne, verscheucht mit träger Hand Fliegen von ihrem Gesicht. Vom Boden ringsherum höre ich das leise Wispern und Rascheln von Insekten. Ich beäuge misstrauisch das hüfthohe Gras, in dem sich leicht ein Raubtier anschleichen könnte. Diese Nervosität kenne ich. Ich habe sie schon einmal gespürt.

Erschreckt blicke ich zu dem kleinen Wald, der sich fast unmerklich zu einem Fluss hinneigt, den ich nicht sehen kann, von dem ich aber weiß, dass er da ist. Auf dieser Lichtung hatten wir unsere Zelte aufgeschlagen. Hier hat Sally im Gras gelegen und sich gesonnt. Und da unten, wo die dunklen Bäume sich zueinanderbeugen und weiter unten das Wasser murmelt, da sind wir zum Spielen hingegangen, da ist die Idee zu dem Spiel entstanden, da haben die Mädchen knietief im braunen Wasser gestanden und neugierig zu uns hochgegrinst.

»O Gott«, sage ich und spüre den Schock am ganzen Körper. Es ist, als würde die ganze Lichtung wegkippen, als könnte ich jeden Augenblick den Halt verlieren und hinunter in den Fluss rutschen und wieder die dünnen Knöchel über mir im sonnengesprenkelten Schatten der uralten Bäume sehen.

Lauren ist mir jetzt ganz nahe, und von ihrem Gesichtsausdruck – geduldig und neugierig – ist abzulesen, dass sie es weiß. Sie weiß, ich habe begriffen, warum sie mich hergebracht hat. Ich begreife nur nicht, wieso.

»O Gott«, sage ich erneut, als mir Tränen in die Augen schießen.

Ich fröstele in dem hellen Sonnenlicht und versuche, die Erinnerung zu vertreiben. Die Luft scheint durchsetzt mit dem Gift des Grauens, das sich hier ereignet hat. Ich kann kaum atmen, als würde ich im düsteren Kerker der Vergangenheit hocken – dem engen, stickigen Raum, der für immer verschlossen bleiben sollte.

»Nick hat dich hierhergebracht?«, frage ich ungläubig.

Und ich kann wirklich kaum glauben, dass er unser schreckliches Geheimnis jemandem offenbart haben soll, nicht mal seiner Frau. Dass er sie mit hierhergenommen haben soll, um ihr die Stelle zu zeigen, wo wir unsere Unschuld verloren, erscheint mir unvorstellbar schmerzlich, wie das Aufreißen einer Wunde.

»Nick?«, fragt sie, obwohl es eigentlich keine Frage ist. In ihrer Stimme liegt keine Verwunderung. »Nein. Nick hat nichts damit zu tun.«

»Wer dann?«

»Meine Mutter hat mir von dieser Stelle erzählt.«

Etwas regt sich am Rande meines Bewusstseins – irgendeine verborgene und entscheidende Wahrheit, die fast zum Greifen nah ist, mir aber dennoch entgleitet.

»Deine Mutter? Ich verstehe nicht.«

Ihr Gesicht ist völlig ausdruckslos – nur ein tiefer konzentrierter Blick. »Sie haben da drüben gewohnt.« Mit einer Hand deutet sie auf eine Stelle hinter dem Wäldchen, eine Stelle, die ich nicht sehen kann.

Und auf einmal klärt sich das Rätsel in meinem Kopf, die Wahrheit nimmt unvermittelt Gestalt an.

»Die Mädchen«, sage ich, als ich endlich begreife.

»Ja«, antwortet sie mit einem langsamen Nicken. »Meine Schwestern.«

Ich beuge mich nach vorne, stütze mich mit den Händen auf den Schenkeln ab, weil meine Beine zittern. Ein Teil von mir – ein kalter, dunkler Teil – hat immer gewusst, dass ich hierher zurückkommen würde. Solche Dinge gehen nicht einfach weg. All die Jahre – fast mein ganzes Leben lang – habe ich mir vorgemacht, ich könnte das, was passiert ist, auf Abstand halten, weggeschlossen in der Vergangenheit. Doch der harte, ehrliche Teil von mir wusste, dass es eines Tages ausbrechen und mich überwältigen würde.

Ich schaue hoch zu Lauren, die in der Sonne steht, so kühl und ungerührt.

»Weiß er es? Nick?«

Ein Schatten huscht über ihr Gesicht. »Noch nicht. Aber bald.«

Ich richte mich wieder auf und schaue ihr voll ins Gesicht. »Wie konntest du ihm das verheimlichen?«

»Ich erwarte nicht, dass du das verstehst«, sagt sie kalt, aber mit einem trotzigen Unterton. »Es ist nicht leicht, jemandem so etwas zu erklären.« Ihre Stimme verklingt, ihr Blick driftet ab zu den Bäumen in der Ferne, als käme ihr ein Gedanke, den sie für sich behalten will.

»Ich kann mich nicht an dich erinnern«, sage ich.

Sie dreht sich wieder um, wirft mir einen durchdringenden Blick zu. »Ich war noch nicht geboren, als es passiert ist.«

Ein Hitzeflimmern in der Luft. Wir stehen da, sehen einander an. Über die Distanz zwischen uns spüre ich, dass sie unruhig wird – dass sich zahllose Emotionen aufbauen, zahllose Informationen, dass ihre Geschichte in ihr aufwallt. Und jetzt, da es so weit ist, jetzt, da sie mich hier hat, an diesem Ort, ihr unfreiwilliges Publikum, spüre ich, dass sie so etwas wie Lampenfieber überkommt. Doch dann findet sie ihre Stimme wieder und sagt: »Nachdem das mit Cora passiert war, ist meine Mutter von hier weggegangen. Sie hat Amy mitgenommen. Hat ihren Mann verlassen und ist zurück in die Staaten, obwohl sie geschworen hatte, nie mehr dorthin zurückzukehren. Aber ich schätze, nach so einer Katastrophe bekommt der Begriff Heimat eine ganz neue Bedeutung.«

Sie stockt kurz, ehe sie fortfährt.

»Sie hat meinen Vater schon bald nach ihrer Rückkehr kennengelernt. Es war nicht gerade die große Liebe, aber die ist ja nicht jedem vergönnt, oder? Mein Dad sagt, sie hat ihn von seiner Einsamkeit geheilt, und er hat ihr dafür Schutz geboten, ein sicheres Zuhause. Mein Bruder Daniel kam bald, nachdem sie ein Paar wurden, zur Welt, und ich dann einige Zeit danach.«

»Hast du von Cora gewusst und von dem, was hier passiert ist?«

»Jahrelang nicht. Mein Dad hat uns alle gleich behandelt – mich, Dan, Amy. Ich habe immer gedacht, Amy wäre von ihm. Ich glaube, selbst sie hat nach einer Weile vergessen, dass er nicht ihr richtiger Vater war. Sie war ja noch so klein, als es passierte. Und meine Mutter hat nie ein Wort darüber verloren.«

»Wann hast du davon erfahren?«

»In der Highschool. Da wollte ich auf einmal unbedingt einen Reisepass haben, weil ich mich in die alberne Idee verliebt hatte, die Welt zu bereisen, obwohl ich bis dahin kaum mal den Bundesstaat verlassen hatte. Also habe ich in den Unterlagen meiner Mum gekramt und ihre Heiratsurkunde gefunden. Nur dass da nicht der Name von meinem Dad stand, sondern ein Name, den ich noch nie gehört hatte – die Heirat lag Jahre zurück. So habe ich rausgefunden, dass meine Mum und mein Dad gar nicht miteinander verheiratet waren und dass meine Mum einen Ehemann hatte, der irgendwo am Ende der Welt in Afrika lebte. Dass meine Schwester in Wirklichkeit meine Halbschwester war.«

»Und Cora?«

Sie stockt. Ich beobachte sie genau.

»Ja. Das kam dann auch heraus.«

Erinnerungen verdunkeln ihr Gesicht.

»Bei uns zu Hause gab es Phasen, in denen meine Mutter so tief in ihr eigenes Leid versunken war, dass sie es kaum schaffte, den Tag zu überstehen. Das war nicht immer so, aber dennoch.

Sie zog sich dann ganz in sich selbst zurück. Sie war nicht einfach bloß niedergeschlagen – es ging sehr viel tiefer. Als würde jede Faser ihres Körpers trauern.«

Das Wogen der Gräser hat aufgehört, die Luft um uns herum ist still geworden. Mein Hinterkopf schmerzt, und etwas rinnt mir den Nacken herunter, so dass ich mir Sorgen wegen der Wunde mache. Aber ich kann mich jetzt nicht ablenken lassen, bin gebannt von Laurens Geschichte.

»Schon als kleines Kind wusste ich, dass sie nicht so war wie andere Mums – sie war innerlich gebrochen, und das würde sich nie ändern.«

»Ich kann mir gar nicht vorstellen, wie das für dich gewesen sein muss.«

»Nein, das kannst du ganz sicher nicht.«

Ihr Ton ist hart und schneidend, und ich höre die Drohung, die darin mitschwingt. Doch sie fängt sich wieder, und als sie weiterspricht, klingt ihre Stimme sachlich.

»Eine Zeitlang war es seltsam, aber wir haben irgendwie weitergemacht. Ich hab die Highschool abgeschlossen, bin aufs College, aber ständig war da in meinem Hinterkopf diese Neugier. Auf Kenia, auf diese andere Schwester, auf dieses ganze andere Leben, das meine Mutter gehabt hatte.«

»Bist du deshalb hergekommen?«

Sie nickt, fährt mit den Fingern über einen Grashalm, den sie gepflückt hat.

»Eines Tages bekam meine Mutter einen Brief, in dem ihr mitgeteilt wurde, dass ihr Mann gestorben war. Eine seltsame Nachricht nach all den Jahren – etwas und nichts zugleich, verstehst du?«

»Und da hast du beschlossen herzukommen.«

»Ich musste mir selbst ein Bild machen.«

»Und von wem war der Brief an deine Mutter?«

»Von Father Murphy.«

»Murphy? Aber woher wusste er …?«

Sie scheint über die Frage nachzudenken, und währenddessen wandern ihre Augen nach oben.

»Es gibt Regen«, sagt sie.

Ich folge ihrem Blick und sehe eine massige Wand aus eisengrauen Wolken, die rasch vom Horizont näher kommt. Ich spüre wieder die Schwäche in den Beinen, ein Pochen hinten am Schädelansatz. »Wir sollten zurück zum Wagen.«

»Nein«, sagt sie entschieden. »Komm mit.«

Wir beeilen uns. In diesem Teil der Welt kommt der Regen schnell. Wolken jagen über den Himmel oder bauen sich zu gewaltigen Massen auf, verhüllen die Sonne und lassen Regen auf die staubtrockene Erde strömen. Während wir dahinhasten, versuche ich, alles, was sie mir erzählt hat, zu verarbeiten, doch im Grunde ist es einfach zu viel für meinen Verstand. Stattdessen denke ich über ihre Ehe nach, diesen Abgrund in deren Zentrum – dass sie sich hin- und hergerissen fühlen muss zwischen der Liebe zu ihrem Mann und ihrer schmerzhaften Familiengeschichte. Wie hat sie es geschafft, das für sich zu behalten? Tagtäglich ihren Mann zu sehen und zu wissen, dass er verantwortlich ist für diese tiefe Trauer, die ihre Mutter immer wieder lähmte? Wenn man ihre gerade Haltung, ihre lockeren Schultern sieht, käme man niemals auf die Idee, dass ein solcher Konflikt in ihr toben könnte.

Sie führt mich zu den Bäumen am abschüssigen Ufer des Flusses. Unter dem dunklen Blätterdach ist es kühl. Ich fröstele, aber das hat mehr mit den Erinnerungen zu tun als mit der gesunkenen Temperatur. Unwillkürlich spähe ich hoch ins Geäst, halte Ausschau. Wonach? Nach dem kleinen Mädchen, das auf einem Ast sitzt, mit den Füßen baumelt und nach unten grinst? Mit erstaunlicher Klarheit sehe ich sie plötzlich lächeln, die Lücke, wo ihr ein Zahn ausgefallen ist, gleich daneben das strahlende weiße Viereck eines nagelneuen Zahns. Doch die Erinnerung vergeht, und ich starre auf einen leeren Ast, höre das Rascheln und Säuseln von Blättern darüber, den einsamen Klang von fließendem Wasser.

Am anderen Flussufer führt ein Trampelpfad einen steilen Hang hinauf, und als ich unter den Bäumen hervorkomme, gelange ich auf eine andere, diesmal kleinere Wiese mit einer Hütte darauf. Sie ist niedrig und gedrungen mit höchstens neun Quadratmetern Grundfläche, einem flachen Dach, einem Fenster mit Vorhang und einer nicht sehr stabil aussehenden Tür. Die Art von Hütte, die man in den Townships und Dörfern sieht, notdürftig und ärmlich. Sie macht einen verwitterten Eindruck, an den Ecken blättert die Farbe ab, ein Streifen Dachpappe löst sich.

»Hier hat er gewohnt?«, frage ich, und sie nickt, lässt den Blick über die armselige Behausung schweifen.

Ich möchte fragen, ob er hier gestorben ist, doch die Worte bleiben mir im Hals stecken. Vielleicht liegt es daran, dass ich durch das, was gestern Abend passiert ist, geschwächt bin, vielleicht auch daran, weil so viel Misstrauen zwischen uns brodelt, aber ich bekomme plötzlich Angst bei dem Gedanken, mit ihr allein zu sein. Hier draußen gibt es nichts, wohin ich mich flüchten könnte, kein Haus oder Dorf, keine Menschenseele, nur die Tiere, die durch die Savanne streifen, könnten meine Hilfeschreie hören.

Lauren greift nach der Klinke, öffnet die Tür und tritt ein. Ihr Gesicht liegt im Schatten, als sie sich zu mir umdreht. »Kommst du?«

Ich zögere.

Sie zuckt die Achseln. »Deine Entscheidung.«

Aber die Entscheidung ist schon gefallen. Ich muss es wissen.

Ich eile hinter ihr her, in die winzige, beengte Hütte, und sie schließt die Tür.

Einen Moment lang stehe ich da, während meine Augen sich nach dem grellen Licht der Nachmittagssonne an das Halbdunkel gewöhnen. Es riecht muffig hier drin, der typische Geruch, wenn jemand zu lange auf zu kleinem Raum gelebt hat. Der Vorhang vor dem Fenster ist zugezogen, und darunter sehe ich die Bestandteile einer primitiven Küche – ein winziger, schief stehender Kühlschrank, eine Kochplatte auf einem Resopaltisch, Gewürze ordentlich aufgereiht neben einem Stapel Teller und ein paar Tassen. An der Wand hinter mir steht ein schmales Bett. Ein blauer Plastikkorb voller Kleidungsstücke hängt an einem Haken, Ärmel baumeln gespenstisch daran herab.

Lauren sagt nichts, und ich kann sehen, dass ihr Gesicht sich verändert hat. Sie betrachtet mich mit einem Ausdruck, der so ernst und eindringlich ist, dass ich ihn als bedrohlich empfinde. Das Gefühl von Gefahr, das uns die ganze Zeit umschwebt hat, kommt jetzt in diesen Raum geströmt.

»Da«, sagt sie plötzlich und deutet auf die Wand hinter mir, und obwohl ich ihr nur ungern den Rücken zukehre, drehe ich mich um.

Ich schnappe nach Luft.

Über dem Bett ist die ganze Wand mit gemalten Bildern und Fotos tapeziert, dicht an dicht, als wollten sie sich gegenseitig den Platz streitig machen. Blonde Mädchen mit Zöpfen grinsen zu uns herab, eingefangen im ausgeblichenen Licht eines Sommers in den 1970ern. Gepunktete Kleider im hohen Gras.

Ein blauer Badeanzug, ein molliger Arm, der einen Krebs in die Höhe hält. Eine Frau mit dem gleichen weißblonden Haar, deren von der Sonne rot verbranntes Gesicht gerade erst braun wird, die Zähne leicht schief, blickt in die Kamera, ein Baby an die Schulter gedrückt. Das Baby, das mit seinem zarten kahlen Kopf die Wange der Mutter berührt, wirkt so real, dass ich fast meine, die frische Kopfhaut riechen zu können. Aber es sind die gemalten Bilder, die mir die Kehle zuschnüren: die Kunstwerke eines Kindes, dick gekleckste knallbunte Farben auf Papier, das vom Alter mürbe geworden ist. Die ganze Wand ist voll von ihnen, mal mehr, mal weniger gelungen und phantasievoll. Auf dem Bett sehe ich eine Reihe Spielsachen: Puppen und Teddybären, Plüschhasen und Barbies. Die Art, wie sie dasitzen, verrät mir, dass sie sorgsam arrangiert wurden. Das alles – die Bilder, die Fotos, die Puppen – so aufbewahrt, als sei die Zeit an dem Tag stehengeblieben, als Cora starb. In dieser kleinen Hütte ist das Leben des Kindes sorgsam konserviert worden. Ich stehe da, nehme das alles in mich auf, mache mir klar, was es bedeutet. Ich sehe hier weitaus mehr als bloß Bilder und Andenken. Ich betrachte ein Lebenswerk. Eine Obsession. Und als ich mich zu Lauren umdrehe, ist ihr Blick leer, als ob sie diesen Raum schon so oft gesehen hätte, dass sie ihn gar nicht mehr richtig wahrnimmt.

»Er hat sogar ihre Kleidung behalten«, sagt sie, und ihre Stimme klingt gleichgültig.

»Aber warum?«, frage ich und mache eine ausladende Geste, die den ganzen Raum umschließt.

»Er hatte das Einzige verloren, das ihm etwas bedeutet hat. Er musste die Leere füllen.«

Etwas wallt in mir auf – eine Art Panik. Ich will wissen, was passiert ist. Ich will es verstehen. Aber ich habe Angst, vielleicht, weil ich in diesem Raum mit seinen Geistern bin oder weil mich die Erinnerung an den brutalen Schlag von gestern Abend verfolgt. Jedenfalls spüre ich die Gefahr.

Genau in diesem Moment ist das Quietschen von Bremsen zu hören, das Schlagen einer Autotür.

Lauren geht ans Fenster und späht hinter den Vorhang.

Mit einer Stimme, die keinerlei Emotion verrät, sagt sie: »Sie sind da.«

16.

NICK

»Ist Lauren was zugestoßen?«, frage ich Father Murphy. Er sieht besorgt aus. Sein Gesicht ist abgespannt, sein Blick verstört.

Ich muss daran denken, dass ich ihr erzählt habe, was Luke getan hat, und meine Ohren füllen sich mit einem lärmenden Rauschen.

»Katie ist verletzt«, sagt er und zieht mich zur Treppe und hinunter in die Hotel-Lobby.

»Verletzt? Aber wie? Was ist denn passiert?«, frage ich und zögere auf den Eingangsstufen vom Hotel.

»Erklär ich dir später. Bitte komm einfach. Ich bring dich zu ihr«, sagt er, während er mich zu einem wartenden Wagen bugsiert.

Die Fenster sind heruntergelassen, und die hintere Tür ist geöffnet. Ein Mann mit einer schwarzen Lederkappe lehnt an der Motorhaube. Er sieht uns mit träger Gleichgültigkeit entgegen. Irgendwie kommt er mir bekannt vor, vielleicht ein Einheimischer, aber mir fällt nicht ein, wer er sein könnte oder woher ich ihn kenne.

Murphy nickt ihm zu, doch der Mann begrüßt ihn nicht. Er spuckt bloß den Halm aus, auf dem er kaut, und setzt sich hinters Lenkrad.

Ich steige hinten ein und Murphy auf der Beifahrerseite. Er sagt irgendetwas zu dem Fahrer, der den Motor startet, und der Wagen setzt sich stotternd in Bewegung.

»Nun sagen Sie schon, Murphy«, fordere ich mit pochendem Kopf. »Was ist passiert?« Meine Stimme klingt zittrig und angespannt – in ihr hallt die gleiche Nervenanspannung wider wie damals, als ich all die Fragen stellte, nachdem ich von Lukes Verschwinden gehört hatte.

»Ich weiß nichts Genaues, Nick, aber sie soll gestürzt sein oder so«, sagt Murphy langsam, die Augen auf die Straße gerichtet, während der Wagen mit zügigem Tempo dahinfährt.

Ich starre durchs Fenster auf das Land, das an uns vorbeizieht. Wir haben die Häuser hinter uns gelassen, und ringsum erstreckt sich nichts als weite Savanne, hier und da durchbrochen von einer Baumgruppe, einem Gebüsch. Die Straße ist schmal und staubig – eine Piste, über die der Wagen rumpelt und schlingert. Wir sind weit und breit das einzige Fahrzeug. Ich weiß nicht genau, wo wir sind, und mein Gehirn ist wie ausgetrocknet und wirr vor lauter Erinnerungen, die ich nicht wieder aufleben lassen will.

Der Fahrer zündet sich eine Zigarette an, und Rauch wabert durchs Wageninnere. Stille legt sich über uns, während wir weiter landeinwärts fahren – sie erinnert mich an eine Stille, die ich erlebt habe, als ich allein in einer kleinen Hütte am Rande eines Nomadendorfes in Mosambik aufgewacht bin, in den Jahren, bevor ich Lauren kennenlernte; Regentropfen fielen mir ins Gesicht, als der Tag anbrach, das Dorf noch lautlos, während die Tiere in der Natur ringsum erwachten.

Ein Augenblick der Unschuld, ähnlich wie der Moment, als mir Tränen der Erleichterung kamen, nachdem mein Dad einmal nachts in Wicklow zu mir gesagt hatte: »Mach dir keine Vorwürfe. Du warst noch ein Kind.«

Ich war aus einem Albtraum erwacht und hatte vor Panik geschrien. Er tauchte in der Tür meines Zimmers auf. Ich zitterte vor Angst.

»Was ist? Hast du schlecht geträumt?«

Ich nickte und erzählte ihm, was ich geträumt hatte, erzählte ihm wieder vom Fluss.

Er kam an mein Bett, setzte sich. Er wollte keine Einzelheiten von meinem Traum hören: Zu diesem Zeitpunkt fragte er schon längst nicht mehr, was genau passiert war. Er sagte lediglich, wir sollten die Sache vergessen. »Es war ein Unfall«, sagte er, »es ist Zeit, einen Schlussstrich zu ziehen«, wobei er mir beruhigend den Rücken streichelte, bis ich wieder einschlief.

Ich hab's versucht, Dad. Ich hab versucht, einen Schlussstrich zu ziehen, die Sache zu vergessen, mit aller Kraft zu unterdrücken, aber sie kommt immer wieder hoch. Sie lässt mich einfach nicht in Frieden.

Aus dieser Zeit sind nur noch Katie und ich übrig, und jetzt, da sie vielleicht in Gefahr ist, verletzt ist, hat mich wieder eine lähmende Angst ergriffen, und ich male mir die wildesten Dinge aus, die ihr passiert sein könnten. Hat sie sich vielleicht in eine schlechte Gegend verirrt und ist gesetzlosen Milizionären in die Arme gelaufen, hat sie die Hitze nicht verkraftet, einen Cocktail aus Alkohol und Beruhigungsmitteln zu sich genommen, um diese furchtbare Zeit zu ertragen, die wir durchmachen, weil wir wieder an diesem für uns grässlichen Ort sind?

Mir zittern die Hände, wie sonst vor einem Auftritt. »Ich hoffe, es geht ihr gut«, sage ich, bekomme aber keine Antwort.

Wir fahren schweigend weiter. Ich blicke aus dem Fenster. Die Landschaft entfaltet sich vor uns, die immer gleiche wellige unermessliche Weite – wir sind mitten in der Wildnis. Nach einer Weile hält der Wagen ruckelnd an. Der Fahrer nimmt die Zigarette aus dem Mund.

»Da«, sagt er, seine Stimme tief und rau, und zeigt. »Zwei Löwen.«

Ich meine so etwas wie einen Funken Wiedererkennen in seinen Augen zu sehen, sogar eine Provokation.

Im Schatten einer großen Akazie ruhen zwei Löwen. Sie beäugen uns mit bedrohlicher Neugier, einer hat eine Tatze auf den Kopf des anderen gelegt. Die beiden sind fast gleich groß und alt, sie könnten Brüder sein, und die Leichtigkeit und Anmut ihrer Bewegungen täuschen nur über ihre Kraft hinweg.

»Wieso haben wir angehalten?«, fragt Murphy aufgebracht.

»Um die Löwen zu beobachten«, erwidert der Fahrer barsch.

Eines der Tiere kommt näher, beobachtet uns genau, trottet mit langsamen, vorsichtigen Schritten auf kraftvollen Beinen auf uns zu. Die Löwen scheinen entspannt, aber sie nehmen alles um sie herum wahr. Sie sind schließlich Raubtiere, und später am Tag werden sie mit großer Wahrscheinlichkeit töten. Der Gedanke löst in meinem Kopf ein Bild aus, die Erinnerung an eine Safari in meiner Kindheit: Wir sind im Van, mein Dad hat einen Arm um mich gelegt, und ich kann die Wärme seines Körpers am Gesicht spüren, als ich mich an ihn schmiege. »Sieh mal da«, sagt er und zeigt auf einen Löwen, der in der Ferne eine Hyäne jagt. Der Van rast hinter ihnen her, und ich halte mich an Dad fest, so gut ich kann. Ebenso schnell, wie es gekommen ist, verschwindet das Bild wieder und mit ihm auch das Lächeln meines Dads.

Wir sind den Löwen hier näher, als ich gedacht hatte. Wenn

sie sich plötzlich für uns interessieren würden, könnte es richtig gefährlich werden: Der Wagen würde vielleicht nicht schnell genug anspringen, sie könnten uns attackieren, und als die Räuber, die sie nun mal sind, würden sie keine Gnade kennen.

Wir beobachten sie eine Weile schweigend, während der Fahrer eine Rauchwolke nach der anderen auspustet. Sein Gleichmut regt mich auf – Katie ist verletzt, und er bestaunt hier seelenruhig die Fauna. Dann nähert sich einer der Löwen weiter dem Wagen. Das ist jetzt nah genug, denke ich. Zeit abzuhauen, Zeit weiterzufahren. Doch der Fahrer tut nichts, und dann ist der Löwe auch schon bei uns, hebt eine Vordertatze auf die Motorhaube und stemmt sich hoch und springt auf sie drauf. Der Wagen ächzt, und mir läuft der Schweiß von der Stirn in die Augen. Ich will den Fahrer auffordern, den Motor zu starten, kriege aber kein Wort heraus.

Der Löwe fixiert uns träge. Selbst Murphy wirkt verstört.

»Mack ...«, sagt er nervös.

Aber Mack antwortet nicht. Stattdessen dreht er den Kopf nach hinten, um meine Reaktion zu sehen, als hätte ich ihn angesprochen. Er lächelt, die Augen auf mich gerichtet, und ich kann mich des Eindrucks nicht erwehren, dass er es genießt, mich auf der Rückbank nervös hin und her rutschen zu sehen – verängstigt und wehrlos.

Und während er mich ansieht, spielt sich etwas zwischen uns ab – eine Art Wiedererkennen. Er lächelt erneut, aber absolut freudlos. »Sie wissen jetzt, wer ich bin, oder?«, sagt er.

Und plötzlich weiß ich es wirklich. »Sie sind das«, sage ich, und im selben Moment sehe ich mich vor vielen Jahren, wie ich auf Zehenspitzen durch das Fenster des Minibusses luge, wo ein jüngerer Mack auf den Vordersitzen schläft, Mütze über die Augen gezogen, Arme schlaff neben sich, Mund offen – beobachte das stetige und Auf und Ab seiner Brust. Luke kommt dazu und späht auch in den Wagen, tritt dann zurück und kichert über die Verfassung des Fahrers. Ich kann noch immer sein belustigtes Lachen hören – ein rhythmisches Rat-tat-tat in meinem Ohr, wie leise Trommelschläge.

Auch der zweite Löwe hat sich inzwischen genähert und umkreist unseren Wagen.

»Murphy« – ich beuge mich nach vorn, um ihm ins Ohr zu flüstern –, »sagen Sie Ihrem Fahrer, er soll uns hier wegschaffen.«

»Mackenzie, es reicht jetzt«, sagt Murphy. Doch Mackenzie startet den Wagen noch immer nicht.

»Kennen Sie ihn gut?«, frage ich Murphy.

»Ich kenne ihn seit vielen Jahren«, erwidert er leicht abgelenkt. »Er ist einer meiner Stellvertreter – ein eigenwilliger Stellvertreter.«

Er sagt das laut, schaut dabei aber leicht wehmütig und zerstreut zum Fenster hinaus, keine Spur mehr von der Entschlossenheit und Konzentration, die er normalerweise an den Tag legt. Schweiß bildet sich auf meiner Oberlippe, und die Trockenheit in meinem Mund ist extrem unangenehm. Das Summen in meinen Ohren setzt wieder ein.

Ich denke daran, wie ich ihn erst neulich in seinem Büro besucht habe: seine Gereiztheit am Telefon, genauso genervt und zerfahren wie jetzt.

»Wieso eigenwillig?« Ich kann mir die Frage nicht verkneifen.

Der zweite Löwe kommt zu Murphys Tür und drückt den Kopf dagegen, bringt den Wagen ins Schwanken.

Murphy sagt zu Mackenzie etwas in dessen Sprache, das ich nicht verstehen soll. Er wendet sich an mich. »Mack neigt dazu, Dinge in die eigene Hand zu nehmen. Es fällt ihm manchmal schwer, Autoritäten zu akzeptieren, zu tun, was man ihm sagt.«

Mack knurrt: »Ich tue alles, was du mir sagst.«

»Aber jetzt nicht?«, sagt Murphy.

Der Fahrer mustert ihn unnachgiebig, ernst.

»Mackenzie hat viel Ungerechtigkeit, viel Elend erlebt. Ich sollte nicht so hart mit ihm umgehen«, sagt Murphy.

Mein Herz schlägt ein bisschen schneller. »Wie meinen Sie das?«, frage ich, doch Murphy antwortet nicht.

Der Löwe auf der Motorhaube springt wieder runter und kommt auf meine Seite des Autos. Ich kann spüren, wie er sein Gesäß an der Karosserie reibt, höre sein schweres Atmen.

»Ich erinnere mich an Sie«, sagt der Fahrer kalt, »und an Ihre Familie. Sie meckern. Sie wollen Mackenzie nicht als Fahrer.«

»Ist lange her, Mack. Sehr lange her«, sagt Murphy.

»Hören Sie, fahren Sie doch endlich weiter, Mackenzie«, sage ich. »Wir haben genug von den Löwen gesehen, und wir sollten uns wirklich beeilen. Katie ist verletzt, verdammt nochmal.«

Er dreht jäh den Kopf zu mir nach hinten und sagt voller Wut: »Sie wagen es, mir zu sagen, was ich machen soll? Sie? Nach allem, was Sie getan haben?«

»Ich?«, sage ich.

»Ich habe alles verloren wegen Ihnen – meinen Job, meine Familie, mein Haus ...«

»Wegen mir? Ich verstehe nicht.«

»Sie und Ihre Familie haben mein Leben zerstört.« Seine Stimme ist voller Verbitterung. »Ich habe meinen Job verloren. Ich habe meine Familie verloren.« Er spuckt den winzigen Zigarettenstummel von seinen rissigen Lippen auf den Boden des Wagens.

»Das war sehr bedauerlich«, sagt Murphy. »Sehr traurig. Alles, was passiert ist ...«

»Ich musste eine Familie ernähren. Hungrige Mäuler stopfen. Als ich dann meinen Job verloren hab, musste meine Familie hungern. Verstehen Sie?«, sagt er mit lauterer Stimme, doch er will kein Verständnis. Das verrät sein Tonfall. Er will jemanden, den er dafür verantwortlich machen kann.

»Fahrer war ein guter Job. Aber ich habe alles verloren«, sagt er zähneknirschend, mit wachsender Wut. Auch wenn Murphy ihm allem Anschein nach wieder Arbeit verschafft hat, es ist offensichtlich, dass er noch immer einen tiefen Groll hegt.

»Die Polizei ist gekommen ... hat mich verhaftet.«

»Verhaftet?«, sage ich, und das Wort trifft mich wie ein Schlag in die Magengrube.

»Jawohl, verhaftet«, sagt er und starrt mich noch vorwurfsvoller an. »Die haben gesagt, ich wäre für den Tod von dem ertrunkenen Mädchen verantwortlich!«

»Aber ...«

»Sie sind spätabends gekommen, haben mich abgeführt und die ganze Nacht verhört. Ich musste mir alle möglichen Lügen anhören ... Die haben gesagt, ich hätte das Mädchen umgebracht. Ich hab gesagt: ›Wie?‹«

Seine Stimme klingt verzweifelt, fast schon hysterisch, und er stößt wieder und wieder und immer heftiger mit dem Zeigefinger in meine Richtung.

»Unten am Fluss, haben sie gesagt ... unten am Fluss, weil ich schlimme Sachen mit ihr machen wollte. Ich hab gesagt: ›Nein!‹«

Sein »Nein« wird von einem wilden Blick begleitet, seine Hände greifen nach mir, flehend, drohend.

Jetzt richtet er sich auf, beugt sich zu mir und senkt seine raue Stimme in ein noch tieferes Bassregister: »Ich hab gefragt:

›Wer sagt denn so was? Wer behauptet, ich wäre am Fluss gewesen?‹«

Sein Gesicht schiebt sich dicht an meines. Ich kann schalen Tabak und den Fusel von letzter Nacht in seinem Atem riechen. »Die haben gesagt, Ihre Mutter, Nick. Die hätte das behauptet.« Sein Blick ist so wild und seine Wut so greifbar, dass ich am liebsten aus dem Auto springen möchte. Aber ich kann nicht raus, solange die beiden Löwen da draußen sind. »Die haben gesagt, Ihre *Mutter*«, wiederholt er. Die Augen treten aus den Höhlen, und sein Atem droht, mich zu ersticken.

Er schreit fast vor Qual, knirscht mit den Zähnen. »Meine Frau hat mich im Gefängnis besucht. Sie hat gefragt: ›Was hast du getan?‹ Ich hab gesagt: ›Nichts hab ich getan, nichts‹«, brüllt er und fuchtelt wieder mit dem Finger vor meinem Gesicht herum. »Ich hab ihr gesagt: ›Ich bin unschuldig.‹«

Über Jahre aufgestaute Wut findet ihre Stimme, scheint ihn dermaßen aufzuputschen, dass er kurz davor ist, auf die Rückbank zu hechten und über mich herzufallen. »Als ich schließlich entlassen werde, ist meine Familie weg. Ich habe keinen Job mehr. Keiner will mir Arbeit geben – keiner will weiße Touristen von einem Fahrer durch die Mara kutschieren lassen, der ein kleines weißes Mädchen umgebracht haben soll.«

Sein brennender Blick verrät mir, dass er schon seit vielen Jahren mit dieser furchtbaren Wahrheit lebt, dass sie an ihm nagt, ihn regelrecht innerlich zerfrisst.

Ich sehe hilfesuchend Murphy an, doch was er zu sagen hat, nützt mir nicht viel: »Mackenzie wurde offenbar zu Unrecht beschuldigt.«

»Nach einem Jahr und zweiundsiebzig Tagen haben sie die Anklage fallengelassen. Eines meiner Kinder ist gestorben, während ich im Gefängnis war«, sagt Mack. Speichel sammelt sich in seinen Mundwinkeln, seine Stimme bebt.

Murphy senkt den Kopf.

»Alles eure Schuld«, sagt Mackenzie und zeigt anklagend auf mich. »Wissen Sie, wie viele Jahre ich den Safari-Bus gefahren hatte?«

Ich sage nichts.

»Fünf Jahre. Fünf. Nicht ein einziges Mal hatte ich Probleme in den fünf Jahren. Erst als Ihre Familie sich beschwert hat. Erst als das Mädchen gestorben war, erst als ihr alle das Weite gesucht habt, erst als Ihre Mutter mich bei der Polizei beschuldigt hat. Wissen Sie, wie es in einem kenianischen Gefängnis zugeht? Wissen Sie, was die da mit Kindermördern machen?«

Draußen streifen die Löwen umher, Mack starrt mich drohend an, und ich spüre die Angst, die in Wellen von mir abstrahlt. Dieser Mann hat im Gefängnis gesessen wegen etwas, das Luke getan hat, wegen etwas, an dem ich beteiligt war, wegen etwas, das meine Mutter ihm in die Schuhe geschoben hat, und mir wird schlecht vor Scham.

»Es reicht«, sagt Murphy. »Bitte. Schuldzuweisungen ändern jetzt nichts mehr.«

Mackenzie dreht sich wieder nach vorne, starrt durch die Windschutzscheibe und zündet die nächste Zigarette an. Er ist mit dem Thema noch nicht fertig, das spüre ich, legt bloß eine Pause ein, wägt ab, was er machen soll. Er hat die Augen auf die Raubkatzen draußen gerichtet, fixiert sie herausfordernd, als wollte er eine Art manische Kraft aus ihnen ziehen.

Murphy hustet heftig, reibt sich die Schläfen. Ich wünsche mir nichts sehnlicher, als dass er diesen Mann und seine Wut in den Griff bekommt, aber er ist so müde, dass seine nächste Bemerkung nichts damit zu tun hat, dass Mackenzie seinen Job verloren hat oder ins Gefängnis musste oder dass meine Familie irgendwie dafür verantwortlich ist.

»Nick, erinnerst du dich noch an die Stare in dem Käfig auf der Veranda?«

»Ja klar«, sage ich in der Hoffnung, ihn wieder auf meine Seite zu bringen, damit er mich irgendwie beschützen kann.

»Die hab ich euch geschenkt – euch beiden, einen Vogel für jeden von Sallys Jungs. Dreifarben-Glanzstare, um genau zu sein.«

Auf einmal lächelt er, ein leises, erinnerungsseliges Lächeln, und mich beschleicht der Verdacht, dass Katie vielleicht gar nichts passiert ist. Vielleicht geht es hier gar nicht um sie, sondern um mich – vielleicht stecken Mackenzie und Murphy ja unter einer Decke. Das Licht, das mir in die Augen fällt, erinnert mich irgendwie an den Moment, als ich das Schlafzimmer meiner Eltern betrat und Luke an dem Seil baumeln sah. Ein Schauer durchläuft mich.

Murphy redet weiter, hängt seinen eigenen Gedanken nach: »Ich war sehr einsam, nachdem Sally ... nachdem ihr alle abgereist wart. Ich habe ihr geschrieben.«

»Ach ja?«

»Sie hat nie geantwortet.«

»Sie haben mir auch geschrieben.«

»Stimmt.« Er dreht den Kopf und schenkt mir ein Lächeln, das aber gleich wieder erstirbt. »Du hast auch nie zurückgeschrieben«, sagt er traurig.

»Mein Dad fand das unangebracht«, sage ich, und mir fällt ein, wie ich einen Brief von Murphy in Händen hielt, ihn las und ihn dann Mum zeigte. Ich hörte meine Eltern streiten – die genauen Worte habe ich vergessen, aber der Ton war scharf und unerbittlich.

»Keine Briefe mehr«, sagte Dad dann zu mir. »Nicht von ihm.«

Ich konnte mir damals nicht erklären, warum er so wütend war, aber heute ist es mir klar. Er wollte nicht, dass Murphy die Vergangenheit ans Licht holte. Er wollte alles, was in Afrika passiert war, in Afrika zurücklassen.

Einer der Löwen kratzt an der Fahrertür. Dann versetzt er dem Wagen einen so heftigen Schlag mit der Pranke, dass wir durchgeschüttelt werden. Einen Moment lang fürchte ich, wir kippen um.

Murphy wird aus seiner Verträumtheit gerissen und ruft: »Mack! Jetzt fahr endlich.«

Mack lässt den Motor aufheulen, und wir brausen davon, ziehen eine Staubwolke hinter uns her.

Ich blicke hinaus auf die vorbeiziehende Landschaft: noch mehr Staub, noch mehr Grassavanne, eine Gnuherde läuft auseinander, aufgeschreckt vom Tempo und Krach unseres Wagens. In der Ferne steigt ein roter Heißluftballon auf, aber ich habe keine Ahnung, wo wir sind, wo Mack mit uns hinwill. Ich wünschte, ich wäre in dem Ballon, um mich von der Landschaft und vom Himmel verschlucken zu lassen. Gleichzeitig möchte ich dem Mann am Steuer sagen, wie leid es mir tut, möchte es wiedergutmachen – was natürlich unmöglich ist. Ich weiß nicht, wie ich ihm helfen, was für eine Entschädigung ich ihm anbieten könnte. Was könnte ich ihm geben, was auch nur halbwegs als Sühneopfer ausreichen würde?

»Wo fahren wir hin, Father?«

»Zum Fluss.«

Nicht zum Fluss. Nicht schon wieder. Früher war der Fluss für uns eine Verlockung, und wir liefen zu ihm – jetzt will ich nur noch von ihm weglaufen.

»Was ist mit Katie?«

»Sie ist bei Lauren.«

»Lauren?«

»Nick. Ich muss dir etwas über Lauren erzählen ...«

Ich lausche seinen Worten, höre, wie er Laurens Vergangenheit auseinanderreißt, die Vergangenheit, die ich bisher von ihr kannte, und eine neue erschafft, die schockierender ist, als ich es mir je hätte vorstellen können.

»Da ist etwas, was du nicht über sie weißt«, sagt er, stockt und sammelt neuen Mut. »Ihre Mutter hat früher hier gelebt, vor Laurens Geburt. Sie war mit einem anderen Mann verheiratet, der nicht Laurens Vater war, aber er war der Vater von dem Mädchen ...«

Was er da sagt, kommt mir seltsam bekannt vor, aber gleichzeitig jagt es mir eine solche Angst ein, als würde ich vom Strudel der Wahrheit nach unten gerissen.

»... das ertrunken ist«, beendet er den Satz.

Ich zucke zusammen – schon allein der Klang des Wortes macht mich verrückt. Ich habe mein Leben lang versucht, vor der Vergangenheit davonzulaufen, gegen ihre Ragtime-Rhythmen anzuspielen, ihr weißes Rauschen zu übertönen, und jetzt ist sie wieder da, strömt aus Murphys Mund.

Ich bin wie ein Mann, der aus dem Heißluftballon gefallen ist, ein Mann, der ohne Fallschirm Richtung Erde stürzt.

»Das hat sie mir verschwiegen ...«, sage ich, und ehe Murphy etwas erwidern kann, reißt Mack das Steuer herum, um einem Wildhund auszuweichen, der die Straße entlangtrabt. Ich werde über die Rückbank geschleudert.

Murphy sagt: »Vorsichtig, Mack, bitte.«

Ich setze mich wieder aufrecht hin, und obwohl die Erkenntnis, wer Lauren in Wirklichkeit ist, meine Welt aus den Angeln heben wird, muss ich in diesem Moment an meinen Dad denken, wie er durch die Wicklow Mountains gerast ist, vorbei an den Featherbeds und durch die Sally Gap, mit Vollgas seinem eigenen Ende entgegen. Hat er es kommen sehen? In jenem letzten Moment, als der Wagen in der Kurve ausbrach, hat er da versucht, ihn unter Kontrolle zu bringen, gegenzusteuern, die Gefahr abzuwenden? Oder ist er nach allem, was das Leben ihm angetan hatte, freudig in die wartenden Arme des Todes geflogen, um sich von ihm umschlingen zu lassen? Hat er geweint, als der Wagen gegen die Mauer krachte, oder hat er einen tiefen Seufzer der Erleichterung ausgestoßen, weil es vorbei war? Hat er an uns gedacht, an mich und Luke, an das, was wir getan hatten?

Ich hoffe nicht. Und ich hoffe, er hat nicht an Mum und die hitzigen Debatten gedacht, die sie beide im Flüsterton austrugen, die ich aber trotzdem oft genug spätnachts mit anhören musste. Und sie drehten sich immer um ein und dasselbe: Wem sollten sie glauben? Mir oder Luke?

»Er sagt, er war's nicht«, sagte Mum über mich.

Murphy dreht sich zu mir um. »Weißt du, ich hab viel an sie gedacht, an Cora, all die Jahre hindurch. Sie ist gewissermaßen immer bei mir gewesen, mir durch den Kopf gespukt, wie ein Gespenst. Ihr Tod hat das Leben von so vielen Menschen verändert, Nick, und wir haben alle Narben davon zurückbehalten. Jetzt haben wir endlich die Chance, ihres Todes zu gedenken und, wenn wir können, in diesem Gedenken eine gewisse Heilung zu erfahren. Das ist jetzt meine letzte Chance, einiges wieder in Ordnung zu bringen, Nick. Ich bin ein alter Mann. Deshalb brauchen wir das hier, du und ich ... und Mackenzie. Wir haben alle gelitten. Und ich will das nicht in einer Kirche oder einer Kapelle machen. Ich habe allen Glauben an die Bauwerke der Religion, die großen und kleinen, verloren. Für mich wohnt Gott hier draußen, in der Luft, in der Erde, zwischen den Menschen und Tieren der Savanne und in ihren Flüssen. Hier gibt es für uns alle eine echte Chance auf Heilung.

Es wird auch eine Gelegenheit sein, uns an das Mädchen zu erinnern, das im Fluss ertrunken ist«, fährt Murphy fort, »der Vergänglichkeit des Lebens zu gedenken. Es geht nicht um Schuldzuweisungen, Nick, aber es wäre doch ein Akt der Nächstenliebe, ein paar Gebete zu sprechen für ein Leben, das viel zu früh endete, meinst du nicht auch? Das kann nicht falsch sein. Und es wird Lauren ... und Mackenzie sicherlich sehr viel bedeuten.«

Mack, der jetzt schneller fährt, pustet den Zigarettenrauch heftiger aus und nickt übertrieben. »Gebete«, sagt er laut und hustet röchelnd – oder ist es eine verächtliche Lachsalve?

»Father, das ist Wahnsinn«, sage ich, und dennoch, ein Teil von mir, der Teil, der überschattet von den Zweifeln meiner Eltern gelebt hat, verzehrt sich geradezu nach einer solchen Zeremonie – auch wenn sie mich zutiefst verängstigt. Und wenn sie auch nur ein kleines bisschen als Abbitte Mack gegenüber fungieren kann, tja, dann folge ich Murphy überall hin und spreche die Gebete, die ich sprechen soll, und bitte Mack und auch Lauren in Lukes Namen um Vergebung.

»Meine Tage sind gezählt, Nick. Ich bin sehr krank. Ich habe nicht mehr lange, und ich brauche einen Tag der Sühne, ehe ich meinem Schöpfer gegenübertrete. Den brauchen wir alle. Heute ist der Tag.«

Murphy ist todkrank. Plötzlich sehe ich ihn mit anderen Augen. Seine Kraft und Vitalität sind geschwunden, fast unmerklich für mich. Er ist ein blasser Schatten seiner selbst. Es fällt mir schwer, ihn in diesem neuen Licht zu sehen, und ich spüre, wie seine Worte mich beinahe wieder zusammenbrechen lassen, mir die Fassung zu rauben drohen, doch irgendetwas in mir wehrt sich vehement dagegen. »Es war ein Spiel, das aus dem Ruder gelaufen ist. Ein Unfall ...« sage ich, doch es bleibt keine Zeit, darüber zu sprechen, denn der Wagen hat jäh angehalten.

Wir sind da.

Als Murphy aussteigt, sagt er: »Hab keine Angst. Es ist besser so.«

Mackenzie blickt in den Rückspiegel, das Gesicht in Rauch gehüllt, aber er sagt nichts, lächelt bloß verächtlich, ehe er Murphy folgt.

Auf der Lichtung steht eine Hütte – ein ärmlicher Holzkasten, einsam und verlassen hier draußen so ganz allein im weiten Grasland.

Jetzt, wo der Wagen steht, weht keine kühlende Brise mehr herein. In der Ferne grollt es. Das Wetter schlägt um.

Ich schaue auf das Gras, die Bäume und auf die triste Hütte vor uns.

Da bin ich also wieder.

Der Fluss ist nicht weit entfernt, und der Himmel strahlt in einem glühenden Blau. Mir zittern die Hände, und ich kann mich vor Angst nicht bewegen. Ich sehe, wie die Tür der Hütte aufgeht. Lauren kommt heraus, und ich spüre die jähe Fremdheit zwischen uns. Alles hat sich verändert.

Ein räudiger schwarzer Hund kommt hinter der Hütte hervorgetrottet, um zu sehen, was los ist, und setzt sich neugierig hin. Die Zunge hängt ihm über die dunkle Unterlippe, Fliegen umschwirren seinen Kopf. Die Zeit scheint stehenzubleiben. Wind kommt auf. Ein Schwarm Bienenfresser fliegt vorbei.

Ich stelle mir vor, wie meine Mutter damals an dem Tag auf uns zu rannte. Ich sehe den schlaffen Körper des Mädchens in Lukes Armen. Ich höre ihn wieder zählen.

»Dreißig, einunddreißig, zweiunddreißig ...«

Ein schrecklicher Schmerz breitet sich an meinen Schläfen aus. Irgendetwas, das ich unterdrückt habe, droht, sich mit Gewalt einen Weg an die Oberfläche zu bahnen. Ich habe furchtbare Schmerzen in der Brust und kriege schwer Luft.

Ich stelle mir vor, wie Mackenzie in einer Zelle sitzt und in die Hände schluchzt, ehe Polizisten ihn zum Verhör holen, ihm drohen, ihn schlagen.

Über uns kracht ein Donnerschlag. Der Wind wird stärker. Ich will Lauren fragen, warum sie dieses Geheimnis vor mir verborgen gehalten hat. Wir hatten beide das Bedürfnis, dem jeweils anderen etwas von uns vorzuenthalten. Ich hielt das für einen Ausdruck von Liebe und Vertrauen, jetzt jedoch halte ich es für etwas anderes – ich halte es für einen Fehler, einen schrecklichen Fehler. Die breite Kluft, die sich zwischen uns auftut, verschlägt mir die Sprache, und der Tinnitus in meinen Ohren schwillt an wie eine hereinbrechende Flut.

Ich habe Angst, weiß nicht genau, was hier vor sich geht. Wieder ein lautes Krachen am Himmel. Meine Hand ist am Türgriff, aber ich schaffe es einfach nicht, die Tür zu öffnen. Lauren hebt flehend die Arme.

Ehe ich irgendetwas tun kann, wird die Autotür aufgerissen.

Mackenzie steht breit und drohend vor mir. Er hat ein Jagdgewehr in den Händen und zielt damit auf mich. »Aussteigen«, knurrt er. »Sofort!«

17.

KATIE

So passiert es also.

Es sind drei Männer, zwei stehen neben dem Wagen, der mit dem Gewehr schreit den dritten an, der auf der Rückbank sitzt. Ich schaue den Mann mit dem Gewehr an und spüre, wie mir die Knie weich werden, Luft entströmt meiner Lunge in angstvollen Stößen. Er ist es. O Gott, er ist es wirklich. Ich kann den dritten Mann im Auto nicht sehen, aber ich weiß, dass es Nick ist. Schließlich greift der mit dem Gewehr durch die offene Tür, packt Nick am Hemd und zerrt ihn raus. Einen Moment lang steht Nick einfach wie benommen da, mit hängenden Armen. Murphy sagt irgendetwas, das ich nicht hören kann – seine Stimme ist zu leise, und ich bin zu weit weg, aber seine Geste – er hebt und senkt die ausgestreckten Hände vor sich – verrät mir, dass er versucht, den Mann mit dem Gewehr zu beschwichtigen. Die Luft um uns herum knistert vor Gefahr. Ich würde sie auch ohne das Gewehr spüren. Die Woge aus Schmerz spült wieder über mich hinweg, der Schlag gegen meinen Schädel, eine sengende Schwärze, in meiner Erinnerung unter dieser heißen Sonne fast so lebendig wie in der

Nacht zuvor im Stockdunkeln. Mein Angreifer, der Mann, der mich niedergeschlagen hat: Ich weiß, dass er es war.

Lauren macht einen Schritt nach vorn, die Augen gebannt auf die Szene am Auto gerichtet. Ich kann ihr Zaudern spüren. Nick hat sie nicht angesehen – kein einziges Mal –, mit Absicht, so kommt es mir vor. Ich merke Lauren an, dass sie es auch spürt.

Es ist so heiß. Zu heiß zum Denken. Ich stehe in dieser Backofenhitze auf der Wiese, gelähmt von Unentschlossenheit und Angst, spüre die sengende Sonne und denke an den Schatten der Bäume am Fluss. Die graue Wolkenbank nähert sich aus Westen, schräg fallender Regen ist in der Ferne zu sehen, Donnergrollen lässt die Luft vibrieren.

Murphy ist jetzt zu dem Mann mit dem Gewehr getreten und zupft ihn am Ärmel – eine wirkungslose Geste, denn seine Hand wird einfach abgeschüttelt. Die drei stehen da, scheinen angespannt zu verhandeln. Lauren und ich warten, nur die Stille des Grases um uns herum, der flüchtige Schatten eines Vogels hoch oben am Himmel. Die Savanne ringsherum erstreckt sich über Meilen – diese leere Weite, das wogende Schweigen, die flirrende Hitze. Nichts, wohin wir fliehen könnten.

Dann Bewegung. Es geschieht ganz schnell. Eine erhobene Hand, die schwarze Form des Gewehrs, der Kolben wird mit Wucht gesenkt und findet mit einem widerlichen Knirschen sein Ziel. Ein Schrei, dann taumelt Nick rückwärts, drückt sich die Hände ans Gesicht.

Lauren rennt an mir vorbei, panisch. Ich kann mich nicht rühren, bin starr vor Angst. Ich sehe Nick auf einem Knie – ein seltsamer Kniefall, die Hände vor dem Gesicht –, der Mann mit dem Gewehr macht einen zögerlichen Schritt auf ihn zu, ehe Murphy ihn zurückreißt und anherrscht. Als meine Beine endlich funktionieren, ist Lauren schon bei Nick und zieht ihm die Hände vom Gesicht; eine Platzwunde kommt auf der Wange zum Vorschein, Blut tropft ihm aufs T-Shirt, malt eine leuchtend rote Blume auf helle Baumwolle.

»Was fällt dir denn ein?«, brüllt Murphy den Mann mit dem Gewehr an. »Das haben wir nicht vereinbart! Das nicht!«

Aber der Mann mit dem Gewehr scheint ihn nicht zu hören, starrt bloß zu Nick herunter, die Nasenflügel gebläht, schwer atmend.

Ich weiß jetzt, wer mein Angreifer ist. Natürlich. Die Erinnerung trifft mich wie ein Peitschenhieb, der Geruch holt mich wieder ein. Schweiß, der beißende Qualm von selbstgedrehten Zigaretten. Das frustrierte Flüstern meiner Mutter: *Wenn er doch bloß nicht diese scheußlichen Dinger rauchen würde.* Unser Fahrer.

Lauren drückt einen Zipfel ihrer Bluse an Nicks Gesicht, um die Blutung zu stillen, und einen Moment lang lässt Nick es geschehen, duldet schweigend die Fürsorge seiner Frau. Er hat etwas Verletzliches an sich, das durch meine Angst zu mir durchdringt. Doch dann steht er auf und stößt Lauren weg – eine harte und brüske Zurückweisung, die sie rückwärts taumeln lässt.

Er weiß also jetzt auch, wer sie ist.

Laurens Gesichtsausdruck verrät, wie verletzt sie ist, als sie seinen Namen sagt und auf ihn zugeht, doch er hebt warnend eine Hand, und sie tritt von einem Fuß auf den anderen, ein Bild der Unentschlossenheit.

Ihre Ruhelosigkeit greift auf mich über. Die Trockenheit des Landes, das Gefühl, dass sich das Leben hier trotz des weiten Blicks über die Savanne überwiegend im Verborgenen abspielt, versteckt im Unterholz, getarnt und lauernd. Ich halte das Warten nicht länger aus. Der Schatten, unter dem ich seit dem Morgen lebe, an dem Reilly mir von Lukes Verschwinden erzählte – wie lange her das jetzt scheint –, drückt mich mit seinem Gewicht nieder, und ich fühle mich ausgelaugt vor Erschöpfung und bin es satt, ihn über mir hängen zu haben. Ich denke an Reillys warnende Worte: »Father Murphy? Bei dem bin ich mir nicht sicher, Katie«, und sage zu dem Priester: »Was machen wir hier, Murphy? Was wollen Sie eigentlich?«

»Ruhe!«, brüllt der Fahrer, und ich spüre, wie mir heiß im Gesicht wird. Seine Augen lodern vor Wut und huschen zwischen mir und den anderen hin und her, tiefliegende Augen, die versuchen, alles mitzukriegen. Kaum möglich, ihnen zu entgehen.

Murphy ignoriert mich und betrachtet Nick mit zusammengekniffenen Augen, um die Schwere der Verletzung einzuschätzen. »Ist halb so schlimm, Junge«, murmelt er, doch seine finstere Miene verrät seine Besorgnis. Als er Nicks Schulter drückt, bebt die Hand des alten Mannes. Er zittert sichtlich. Nicks Gesicht ist blass, sein Teint wirkt gräulich.

»Was wollen Sie?«, wiederhole ich, ohne dem Fahrer Beachtung zu schenken, seinem finsteren Blick. Mein Tonfall ist hart und eindringlich, ein Versuch, die verstörende Leere in Murphys Stimme und Augen zu durchdringen.

Sein Blick ruht noch immer auf Nick, besorgt, liebevoll, wie der eines ängstlichen Vaters. »Ich habe viel zu lange tatenlos zugesehen, wie Nick leidet«, sagt er, »wie er die Vergangenheit verdrängt, in dem Glauben, sie ließe sich auslöschen. Aber so etwas lässt sich nicht ausmerzen, dafür ist es zu groß. Es ist wie ein Tumor. Es wächst lautlos im Dunkeln.«

Das Blut pulsiert mir pochend hinter den Augen. Die erbarmungslose Sonne brennt von oben auf uns herab, und ich sehne mich nach dem Regen – ich kann ihn fast schmecken. Der Fahrer hat ein paar Schritte auf mich zugemacht, das Gewehr in einer Hand. Er kommt so nah, dass ich seinen Schweiß riechen kann.

»Wenn man mit seiner eigenen Sterblichkeit konfrontiert ist, hat man das große Bedürfnis, die Dinge in Ordnung zu bringen.«

Ich blicke Murphy an, sehe das ausgemergelte, knochige Gesicht, die mageren Handgelenke, den Gelbstich im Weiß seiner Augen, und auf einmal sehe ich ihn: den lauernden Schatten des Todes, der ihn verfolgt. Wieso hab ich das vorher nicht bemerkt?

»Ich wollte die Dinge in Ordnung bringen«, sagt Murphy jetzt mit gequälter Miene. »So viele Leben zerstört. Dieses schreckliche Ereignis wirkt bis heute nach. Ich wusste irgendwie, wenn wir alle hier zusammenkommen, an diesem Ort, wenn wir uns offen damit auseinandersetzen, dann können wir das Gift heraussaugen, und der Heilungsprozess kann beginnen.«

»Eine Katharsis?«, sage ich, und mein spöttischer Tonfall ist nicht zu überhören.

Murphy setzt zu einer Antwort an, doch der Fahrer kommt ihm zuvor.

»Schluss mit dem Gequatsche!«, sagt er direkt in mein Ohr, und ich spüre seinen heißen Atem am Hals.

Mit einem Schwenk des Gewehrs macht er deutlich, dass wir uns in Bewegung setzen sollen. Dahin, wo die schwarzen Äste sich zum Fluss neigen.

»Bitte, Mack«, sagt Murphy matt.

»Nein!« Das Wort gellt wie ein Schuss. »Kein Gequatsche mehr! Bewegung!«

Im Gesicht des Priesters blitzt etwas auf – Irritation. Aber er sagt nichts, sondern nickt friedfertig, als könnte ihn nichts verstören. Er wendet sich von Mackenzie ab und geht durchs Gras, die Hände auf dem Rücken, die Augen auf den Boden vor seinen Füßen gerichtet. Ich möchte am liebsten auflachen über seine Dummheit: als ob er diesen Mann kontrollieren könnte, diese tickende Zeitbombe.

Doch das Lachen dringt nicht bis oben. Es wird verschluckt von der brennenden Furcht, die in meinem Bauch rumort. Wir geben eine seltsame Prozession ab, wie wir da so hintereinander hertrotten – ein Trauermarsch, nur die Leiche fehlt noch. Das trockene Gras piekst unter den Füßen, die Erde ist hart und unnachgiebig, Schmerz zieht an meinen Waden hoch. Nick vor mir wirkt nachdenklich, das Blut auf seinem T-Shirt eine schockierende Mahnung. Ich kann mir gar nicht vorstellen, was für Gedanken ihm durch den Kopf gehen mögen. Lauren schließt zu ihm auf, berührt ihn am Arm, doch er entzieht sich ihr heftig.

»Bitte, Nick –«

Er fällt ihr ins Wort: »Du hast hiervon gewusst? Du warst mit von der Partie?«

»So ist das nicht«, sagt sie beschwörend, während sie versucht, mit ihm Schritt zu halten. »Von Gewalt war nie die Rede. Ich hätte niemals mitgemacht, wenn ich gewusst hätte –«

»Ich verstehe dich nicht«, sagt er. »Ich weiß nicht, wer du bist.«

»Ich bin derselbe Mensch, Nick. Ich bin deine Frau –«

»Du bist eine Fremde, Lauren. Eine Lügnerin.«

»Nein!«

»Sag mir eins. War irgendwas echt von dem, was wir hatten?«

»Natürlich.«

»Was war dein Plan? Nahe an mich rankommen und dann zuschlagen, wenn ich nicht aufpasse?«

»Ich liebe dich, Nick, das musst du mir glauben.«

»Liebe! Ehrlich gesagt, ich weiß nicht mehr, was das ist.«

Das Gelände senkt sich allmählich zum Fluss hinunter. Ich kann jetzt das Rauschen des Wassers hören. Mein Puls beschleunigt sich.

»Ich wollte dir helfen. Du hast dich so verändert, seit Luke sich umgebracht hat ... das hat mir Angst gemacht.«

»Wieso hast du mir nicht von deiner Mutter erzählt? Von deinen Schwestern? Wieso musste ich es so erfahren?«

Ich sehe, dass sie nach Worten sucht, ihre Reue ist unübersehbar. »Ich wollte es dir die ganze Zeit sagen. Ich habe immer auf den richtigen Moment gewartet, aber der kam irgendwie nie. Und dann wurde das mit uns so schnell ernst, und ich hatte Angst, du würdest mich nicht mehr wollen, wenn ich es dir sage.«

»Du hast mich belogen –«

»Das war nicht meine Absicht! Wirklich nicht, aber plötzlich wurde alles so kompliziert und chaotisch, ich wusste einfach nicht, wie ich es dir beibringen sollte. Und als Murphy sagte, es gäbe eine Möglichkeit, wie ich dir helfen könnte, eine Möglichkeit, die Wahrheit ans Licht zu bringen, da dachte ich, ich könnte mein Geheimnis endlich loswerden. Ich fand die Heimlichtuerei nämlich ganz schrecklich, Nick.«

Er bleibt stehen, sieht ihr direkt in die Augen. In seinem Blick liegt nicht nur pure Enttäuschung, sondern auch so viel Bestürzung und Schmerz, als wäre alles, woran er je geglaubt hat, aus ihm herausgeprügelt worden.

»Du hast mit ihm über mich geredet? Hinter meinem Rücken? Lauren –« Er verstummt, vielleicht, weil es ihm zu weh tut, weiterzureden. Lauren wirft einen Blick nach hinten, sieht, dass ich sie beobachte, und ich schäme mich für meine Neugier, dafür, dass ich dieses sehr private Gespräch zwischen ihnen belausche, Zeugin werde, wie etwas Kostbares und Intimes zwischen ihnen zerbricht.

Es dauert nur einen Moment, und dann bellt der Mann mit dem Gewehr einen Befehl, und wir tun, was er sagt, und marschieren weiter unserem Schicksal entgegen.

So passiert es also. Das ist der Teil, der sich abspielt, bevor Schlagzeilen schreiend von aufgefundenen Leichen an einem Fluss berichten, bevor sie grausige Einzelheiten über Schusswunden und Blutvergießen liefern, die Anzahl der Toten, die Analyse einer Exekution. Fotos der Opfer aus einer Zeit, als sie noch nicht ahnten, welches Entsetzen sie erwartet. Ich denke an Reilly, zusammengesunken über seinem Schreibtisch, wie er versucht, ein Foto von mir für die nächste Ausgabe auszuwählen, und in diesem Moment empfinde ich keine Angst, sondern ein seltsames Bedauern. Ich sehe die Bäume vor uns aufragen.

Ich habe immer gewusst, dass die Vergangenheit uns irgendwann einholen würde. Dass wir nicht ungestraft davonkommen würden. Du entwickelst Bewältigungsstrategien, Strategien des Vergessens. Du stürzt dich in die Arbeit, strebst nach Erfolg, Reichtum und Macht. Du engagierst dich für wohltätige, gemeinnützige Zwecke, als könnte das die Schuld mindern. Oder du läufst weg, reist auf einer endlosen Sinnsuche durch die Weltgeschichte. Du greifst zu kurzfristigen Mitteln, um die Erinnerung zu betäuben – Alkohol, Drogen und eine Reihe von unklugen Affären. Oder du lässt die Erinnerung ein schwarzes Loch werden, ein Vakuum in deiner Seele. Aber tief in dir drin weißt du, dass du ihr nicht entfliehen kannst, dass der Tag der Vergeltung irgendwann kommt.

Murphy bleibt stehen. Er hat den Fluss erreicht.

Wir stehen da, betrachten seinen Rücken, seine breiten hängenden Schultern, sehen, wie er vorsichtig auf einen Felsen im Wasser tritt, dann Haltung annimmt.

Das blaue Seil hängt von einem hohen Ast. Unheimlich, dass es noch immer da ist. Ich muss an die Hütte denken und alles, was sie enthielt – das Mausoleum, ein Schrein für die Tote. Das Seil leuchtet noch immer im Schatten, obwohl die Farbe mit den Jahren verblasst ist. Sein unteres Ende ist ausgefranst und pendelt leicht im Wind. Ich muss an Luke denken, an sein eigenes einsames Ende. Ich blinzele den Gedanken weg.

Irgendwo über uns flattert ein Vogel im Geäst. Ein Windstoß erfasst uns, erstirbt dann wieder. Das einzige Geräusch ist das Fließen des Flusses, bis sich erneut das Bedürfnis nach einer Antwort in mir aufbaut, eine Frage herausdrängt.

»Was ist mit den Vögeln, Murphy?«

Er dreht sich zu mir um. Sein Gesichtsausdruck verändert sich.

Nick blickt jäh auf.

»Sie waren das, stimmt's? Sie haben die toten Vögel geschickt.«

»Vögel?«, fragt Nick.

»Nein«, sagt Murphy, aber sein Gesicht verrät mir, dass das nicht die ganze Wahrheit ist. »Ich war das nicht.«

Seine Augen huschen zu Mack, dessen Kiefer sich anspannt, ehe er trotzig das Kinn reckt. Sein Blick zeigt keinerlei Reue oder Bedauern.

»Sie?«, sage ich und spreche ihn damit das erste Mal an. »Warum? Ich verstehe das nicht.«

»Es war ein Zeichen, eine Botschaft«, sagt er mit schneidender Stimme. »Ein Appell.«

Ich muss plötzlich lachen, spüre aber die dumpfe Angst in mir. Wie er mich ansieht – so kalt, so überzeugt von seiner Mission, seiner eigenen Wahrheit. Es ist faszinierend und zugleich zutiefst verstörend.

»Die Stare«, sagt Nick zu Murphy, und der verwunderte Ausdruck in seinen Augen verliert sich. »Das Starenpärchen, das Luke und ich von Ihnen bekommen haben.«

»Ein Geschenk für euch beide«, antwortet er leise. »Einer für jeden von Sallys Jungs.« Er senkt den Kopf, legt eine Hand an die Schläfe, als hätte er Kopfschmerzen. Kurzes Schweigen tritt ein. Über uns streicht der Wind träge durch die Bäume. »Manchmal passieren Dinge«, sagt er, »Dinge, die uns innehalten lassen, so dass wir aufschauen und sie wahrnehmen. Ungewöhnliche Dinge, die uns glauben lassen, dass es einen Gott geben muss, der dafür verantwortlich ist. Vor einigen Monaten ist mir so etwas passiert.« Er schluckt schwer und mustert uns alle nacheinander, doch als er weiterredet, spricht er allein Nick an, und wir Übrigen sind Zuschauer. »Ich saß in meinem Büro in Kianda, als ein Mann hereingerannt kam. Er war aufgeregt, richtig aufgewühlt, und er sagte, ich müsse schnell mitkommen, es sei etwas Schreckliches passiert. Ich wollte es gar nicht wissen. Nicht ausgerechnet an diesem Tag – der für mich ein harter Tag gewesen war. An dem Morgen hatte ich meine Diagnose bekommen, und die war nicht gut. Ein inoperabler Tumor, eine tickende Uhr. Ich saß also da, versank in Selbstmitleid, geschockt, wütend, voller Angst, und da kam dieser Mann herein und erzählte mir, es seien Vögel vom Himmel gefallen. Widerwillig folgte ich ihm zu einem Stück Buschland, wo ein großer Haufen Müll aufgeschüttet war, und da sah ich es: Vögel,

Dutzende, vielleicht sogar an die hundert lagen tot auf dem Müllberg, als seien sie mit einem Kugelhagel vom Himmel geschossen worden.«

Er stockt, die Stirn vor Konzentration gerunzelt.

»Aber sie waren nicht abgeschossen worden, diese kleinen Stare, von denen einige noch im Sterben kläglich mit den Flügeln flatterten. ›Sie sind vom Himmel gefallen‹, sagte Hamisi. Er hatte vor Erstaunen einen ganz wilden Blick. ›Sie sind einfach vom Himmel gefallen. Wie Regen.‹ Er sah mich erwartungsvoll an, als ob ich ihm erklären könnte, was da passiert war.

Es gab unterschiedliche Theorien: Die Vögel seien von Habichten angegriffen worden und dann in Panik gegen einen Baum oder ein Gebäude geflogen, oder sie hätten mit giftigen Pestiziden behandelte Körner oder Pflanzen gefressen. Wir sind zu dem Berg und haben uns diese kleinen gefiederten Körper genauer angesehen, und auf einmal musste ich an Sally denken.«

»Meine Mutter?«, entfährt es Nick.

»Diese Stare, die ich euch geschenkt hatte. Sie hat sie freigelassen – an dem Abend, als sie mit mir Schluss gemacht hat.« Und ich sehe, wie sich sein Gesicht verschließt, verhärtet. Doch dann scheint er sich einen Ruck zu geben. »Ich habe ein paar von den kleinen Vögeln aufgehoben und sie mit ins Büro genommen. Keine Ahnung, was ich damit vorhatte. Nichts, schätze ich. Ich bin zurück ins Büro, habe sie auf meinen Schreibtisch gelegt und eine Flasche Whiskey aufgemacht. Ich war ... ich war überwältigt. Es war alles zu viel – der Krebs und all die Erinnerungen an Sally, die mich wieder einholten. Und dann kam Mackenzie herein.«

Er blickt seinen Verbündeten an, der mit undurchdringlicher Miene im dunklen Laubschatten steht, das Gewehr in den Händen.

Murphy atmet geräuschvoll aus, und ich sehe ihm an, dass er kurz vor dem Zusammenbruch ist, die Belastung kaum noch erträgt. Er späht durch das Blätterdach zum Himmel und blinzelt plötzlich Tränen weg, schenkt mir dann ein wässriges Lächeln. »Es heißt, aller guten Dinge sind drei, nicht?« Ein müder Anflug von Humor, aber das Lächeln in seinem Gesicht erstirbt. Als er weiterredet, ist seine Stimme leise, wehmütig vor Erinnerungen. »Ich hatte Mack über zwanzig Jahre nicht gesehen. Nicht wahr, mein Freund? Hatten uns aus den Augen verloren, hatten jeder mit unseren eigenen Dämonen zu kämpfen. Aber als Mackenzie an dem Tag in mein Büro spaziert kam, hatte ich mich wieder einigermaßen im Griff, mein Leben wieder halbwegs in Ordnung gebracht. Ich hatte meine Arbeit, und ALIVE gab mir ein Ziel, das Gefühl, etwas Sinnvolles zu tun. Sally war tot, aber ich kam klar. Dachte ich wenigstens ...«

Er schweift kurz in Gedanken ab, richtet dann seine nächsten Worte an Mackenzie. »Wir haben uns bestimmt die ganze Nacht unterhalten, bis der Whiskey alle war und es draußen schon hell wurde. Es war niemand da, der uns hätte hören können, bis auf die Vögel auf meinem Schreibtisch. Es war eines von diesen seltenen Gesprächen voller Geständnisse und Zweifel und zerstörter Träume. Ich hab ihm von Sally erzählt. Was wir gemeinsam hatten. Ich hab ihm von den Staren erzählt, die ich ihren Jungs geschenkt hatte und die Sally freigelassen hatte. Ich hab ihm von ALIVE erzählt, von unserer gemeinsamen Arbeit für die Organisation. Ich hab ihm von den Jungs erzählt – von Luke und Nick – von dem, was sie getan hatten. Und ich hab ihm das wenige erzählt, was ich über Sie wusste, Katie, Dinge, die Sally mir erzählt hatte. Ich hab ihm erzählt, wie das Leben für euch nach dem Tag am Fluss weitergegangen war. Ich hab ihm das alles in gutem Glauben erzählt, ohne zu ahnen ...«

Seine Stimme bebt leicht. Mackenzie starrt ihn teilnahmslos an. Dennoch spüre ich die zitterige Nervosität unter der ruhigen Fassade, spüre, dass er jeden Moment explodieren könnte.

»Wir haben über unsere ganzen Enttäuschungen gesprochen«, erzählt Murphy weiter, »darüber, wie unterschiedlich unser Leben aus der Bahn geraten war, über unsere Probleme, über das, was wir bereuen. Ich glaube wirklich, mein Freund, ich habe dir in dieser einen Nacht mehr gestanden als meinem Beichtvater in meinem ganzen Leben. Es war eine lange, dunkle Nacht der Seelenbekenntnisse, meinst du nicht auch, Mack? Für uns beide. Aber jetzt ... jetzt wird mir klar, dass ich zu viel gesagt habe.« Er sieht Mackenzie an, und seine Augen werden schmal. »Ich wusste nicht ... wie dunkel dein Herz ist.«

Schwüle Hitze erfüllt die Luft um uns herum. Eine stickige Decke, die meine Glieder schwer macht, mir in die Lunge kriecht. Ich kann die Schweißperlen auf Mackenzies Gesicht sehen. Sie glänzen im Licht, und eine läuft ihm die Wange hinunter wie eine Träne. Aber er weint nicht. Seine Miene verrät stille Wut, während er den Priester fixiert.

»Du und dein Gerede«, sagt er so leise, dass es fast nicht zu hören ist. In seiner Beherrschtheit liegt etwas Bedrohliches, das mir mehr Angst macht, als wenn er toben, das Gewehr auf uns richten würde. Eine unheimliche Stille breitet sich um uns und zwischen uns aus – ein schleichendes Tier, das sein Fell an unseren starren Körpern reibt. »Dafür bin ich nicht hier.«

»Du bist hier, weil es dir um die Wahrheit geht«, sagt Murphy.

»Jemand muss für den Tod des Mädchens bezahlen. Und auch für alles, was ich verloren habe.«

Seine Augen gleiten zu Nick, der finster auf den Fluss starrt.

»Jetzt bin ich mal der Priester«, sagt er finster. »Und Sie werden mir beichten.«

»Du hättest die Vögel nicht verschicken sollen«, sagt Murphy weiter. »Das wollte ich nicht.«

»Oh, ich weiß.« Seine Stimme ist dunkel vor Sarkasmus. »Du warst zufrieden damit, in deinem Büro zu hocken, deinen Zorn mit Whiskey zu befeuern und daran zu denken, was für Ungerechtigkeiten man dir angetan hat. Luke, der Boss, vertraut dir sein Geld nicht an. Deine Geliebte verlässt dich, weil sie ihre Söhne mehr liebt als dich. Ich bitte dich«, sagt er, und seine trockenen Lippen verziehen sich zu einem angewiderten Grinsen, »du redest über Leid, aber du weißt gar nicht, was das ist. Keiner von euch weiß das.«

Seine Augen huschen von einem zum anderen.

»Also mache ich das, wozu du zu feige bist. Ich verschicke die Vögel. Als Päckchen mit der Post. Und Fotos von Ertrunkenen. Ich schicke sie als Botschaft, um ihnen Angst einzujagen. Tote Vögel singen nicht. Eine kleine Kostprobe von dem, was Mackenzie durchgemacht hat.«

»Sie haben Ihre Spuren gut verwischt«, sage ich, und er wendet sich mir zu, als er die Herausforderung in meiner Stimme registriert. »Die englischen Briefmarken.«

»Ich konnte es euch doch nicht zu einfach machen, was?« In seinen Augen glimmt so etwas wie Humor, als würde ihn das hier zum Teil auch amüsieren. »Ich hab das Päckchen an einen Freund in England geschickt. Der hat Ihre Adresse rausgefunden und es weitergeschickt.«

Nick hat die ganze Zeit zugehört, ohne die Augen vom Fluss zu nehmen. Doch jetzt dreht er sich wieder um, und ich sehe, dass sein Ausdruck sich verändert hat. Die vielen Informationen dringen zu schnell auf ihn ein. An die Stelle von Verwirrung tritt Entsetzen. Er sagt zu Murphy: »Sie und meine Mutter?«

»Ja, Nick, ich habe sie geliebt«, sagt Murphy schlicht. »Ich habe sie aus ganzem Herzen geliebt. Und sie hat mich geliebt.«

»Nein«, sagt er kopfschüttelnd.

Aber Murphy redet weiter: »Sie wollte deinen Vater verlassen. Sie wollte mit mir zusammen sein, aber dann ...« Er stößt einen Seufzer aus.

»Aber dann ist es passiert«, beende ich seinen Satz. »Haben Sie wirklich gedacht, dass sie hier bei Ihnen bleibt? Dass Sie ihr wichtiger wären als ihre Kinder?«

Er lächelt mich kaum merklich an. »Ein törichter Traum. Mehr nicht.«

Ich spüre Nicks Augen auf mir ruhen, und als ich ihn ansehe, hat sich sein Gesicht verdüstert; irgendetwas arbeitet in ihm.

»Was ist?«, frage ich.

»Du wusstest das mit den beiden?«, fragt er. »Du wusstest das mit ihm und meiner Mutter?«

»Ihre Mutter!«, entfährt es Mackenzie. »Hören Sie uns bloß auf mit Ihrer Mutter!« Er legt eine solche Betonung auf »Mutter«, dass es klingt wie ein Schimpfwort.

Nick hört ihm gar nicht zu. Stattdessen sieht er mich ernst an, ein unausgesprochener Vorwurf, ihn verraten zu haben, ein Vorwurf, der mich verwirrt.

»Ja«, erwidere ich. »Wir haben es alle gewusst. Du auch.«

»Was?«, sagt er und weicht einen Schritt zurück.

»Erinnerst du dich nicht?«

»Wovon redest du?«

»Als wir damals hier waren? Weißt du wirklich nicht mehr, was Luke in der Nacht im Zelt zu dir gesagt hat?«

Sein leerer Blick ist mir Antwort genug. Er steht da wie ein kleiner Junge, mit einem fassungslosen Ausdruck im Gesicht.

»Als wir hier ankamen«, sage ich, »vor all den Jahren, weißt du nicht mehr, wie mürrisch Luke da war? Ganz still und in sich gekehrt?«

Das ist das Erste, woran ich mich erinnere, wenn ich an die Safari denke: Lukes Griesgrämigkeit im Minibus während der langen, strapaziösen Fahrt. Drei Tage lang blieb er in dieser Stimmung, starrte mit glasigem Blick zum Fenster hinaus, zeigte keinerlei Reaktion, wenn Löwen, Elefanten oder Flusspferde auftauchten.

»Eure Eltern hat das total aufgeregt. Die ganze Zeit, die wir unterwegs waren, hat er kein Wort mit eurer Mutter gesprochen – er hat sie kaum angesehen. Eurem Vater ist irgendwann deswegen der Kragen geplatzt. Erinnerst du dich wirklich nicht mehr?«

Er starrt mich mit großen Augen an, völlig konsterniert. Ich spüre, dass Mackenzie langsam die Geduld verliert. Er hält das Gewehr jetzt mit beiden Händen. Trotzdem rede ich weiter.

»Am letzten Abend, da lagen wir drei in unserem Zelt, sollten eigentlich längst schlafen, doch stattdessen haben wir die Erwachsenen belauscht. Die saßen am Lagerfeuer. Euer Vater hatte eine Gitarre dabei und fing an, irgendeinen schnellen Folksong zu spielen, mit viel Gejohle und einem derben Text. Eure Mutter ist aufgestanden und hat angefangen zu tanzen.«

Ich sehe es noch deutlich vor mir: Sally Yates wiegende Hüften, ihre kurvige Silhouette im Licht des Lagerfeuers, das Glühen ihrer Wangen und der in sich gekehrte Ausdruck auf ihrem Gesicht, als ob sie nur für sich allein tanzte und nicht zum Vergnügen anderer. Ich war gebannt. Ich muss wohl irgendetwas geflüstert haben, einen bewundernden Kommentar, irgendetwas Albernes, denn Luke schnaubte. »Die?«, sagte er, die Lippen zu einem höhnischen Grinsen verzogen. »Die ist eine Schlampe.«

Das Wort traf mich wie eine Ohrfeige. Wie konnte er das über seine eigene Mutter sagen? Doch ehe ich reagieren konnte, hatte sich Nick auf seinen Bruder gestürzt, saß auf seiner Brust und klemmte ihm den Hals mit den Knien ein. »Nimm das zurück!«, rief er. »Nimm das zurück, oder ich bring dich um!«

Sie rauften eine Weile, zerrten und traten und schrien einander an, bis ihr Dad ins Zelt kam und sie voneinander trennte. Zwei unartige Jungs, die nicht sagen wollten, weshalb sie sich geprügelt hatten.

Als er wieder gegangen war, krochen wir drei in unsere Schlafsäcke. Ich drehte das Gesicht weg und versuchte zu schlafen. Doch in der Stille der Dunkelheit hörte ich, wie Luke flüsternd auf seinen Bruder einredete, und obwohl ich kein Wort verstand, wusste ich, was er zu ihm sagte. Ich hatte Sally Yates mit dem Mann in ihrem Schlafzimmer gesehen. Als ich in jener Nacht einschlief, zirpten draußen die Grillen und neben mir weinte ein kleiner Junge.

»Kannst du dich wirklich nicht erinnern?«, frage ich Nick, doch er weicht noch weiter zurück, hebt eine Hand an den Kopf, und ich bin mir nicht sicher, ob ihm die Sache gerade wieder einfällt oder ob ihm der Schlag an den Kopf noch immer zu schaffen macht.

»Nick«, sagt Murphy und geht auf ihn zu, doch Nick schüttelt heftig den Kopf.

»Bleiben Sie mir vom Leib«, sagt er in leisem Tonfall, aber die Drohung darin ist unüberhörbar.

»Es tut mir leid, Nick, wirklich. Genau darum geht es heute.

Um Buße. Ich habe für meine Sünde schon lange genug bezahlt«, sagt er mit brüchiger Stimme.

Als Murphy erneut auf ihn zugeht, macht Nick einen Schritt vorwärts und verpasst ihm mit der rechten Faust einen Kinnhaken. Murphy torkelt rückwärts, rutscht aus, verliert das Gleichgewicht und fällt ins Wasser, das Gesicht weiß vor Schock.

Nick atmet schwer, und es sieht ganz so aus, als wollte er in den Fluss waten, um Murphy noch eine zu verpassen. Aber er bleibt, wo er ist.

Ein Geräusch hinter uns, das Klacken einer Patrone, die in die Kammer gleitet. Ich drehe mich zu Mackenzie um. Er hält den Kolben des Gewehrs fest an die Schulter gedrückt, hat ein Auge geschlossen und späht mit dem anderen den Lauf hinunter. Lauren schlägt die Hände vor den Mund. Nick richtet sich langsam auf, hebt kapitulierend die Hände. »Bitte«, sagt er. »Bitte nicht schießen.«

Mackenzie sagt nichts, zielt nur weiter auf ihn.

Mein Herz rast. Jetzt ist es so weit, denke ich. Alles wird in diesem Moment still. Nicks Hände zittern, seine Angst ist greifbar.

»Was wollen Sie von mir?«, fragt er schließlich.

Eine schlichte Antwort. »Ihr Geständnis.«

Das Gewehr ist weiter im Anschlag, schussbereit.

»Es war ein Spiel«, stammelt Nick. »Es war bloß ein Spiel. Ein albernes Spiel, das aus dem Ruder gelaufen ist.«

Er hält inne, wartet auf irgendeine Reaktion, dann befiehlt Mack kühl und trocken: »Weiter.«

»Okay. Okay«, sagt Nick mit bebender Stimme, einem wilden Ausdruck in den Augen. »Wir waren zu viert im Wasser – zwei Teams. Das Team, das länger unter Wasser bleiben konnte, hatte gewonnen. Wir haben ewig lange gespielt – bis mir die Lunge weh tat und ich im Kopf einen Schmerz spürte, als wäre mein Schädel zu eng. Ich wollte aufhören, aber Luke war dagegen. Er musste einfach gewinnen. Er musste immer gewinnen.«

Stille hat sich über die Bäume und das Wasser gelegt. Murphy wirft mir einen Blick zu, sieht den Schmerz in meinem Gesicht. Ich recke mich förmlich in Nicks Richtung, jede Faser meines Seins ist auf die Worte gerichtet, die aus seinem Mund kommen.

»Ich war total müde. Ich wollte aufhören, aber Luke ...« Er verstummt, und ich sehe ihm an, dass er den Tag am Fluss wieder durchlebt, dass die Bäume näher und näher auf ihn eindringen.

»Weiter!«, fordert Mack, und seine Stimme reißt Nick zurück in die Gegenwart.

Als er wieder spricht, klingt er aufgewühlt und verängstigt. Er erzählt uns jetzt, wer damals in welchem Team war – Nick zusammen mit der jüngeren Schwester Amy, Luke mit Cora –, und ich bin am Flussufer, die anderen bis zum Bauch im Wasser, halten sich fest an den Händen, holen tief Luft, ehe sie untertauchen. Ich denke an die beiden Teams, und etwas lässt mich stutzen. Ich blicke Nick forschend an.

»Ich hab ihm gesagt, dass ich keine Lust mehr hatte, dass ich zurück ins Camp wollte. ›Noch einmal‹, hat er gesagt, ›nur noch einmal, und dann sind wir quitt.‹«

Lauren hat die Arme verschränkt, hört gebannt zu, was er über Cora zu sagen hat – die Schwester, die sie nie kennengelernt hat. Und während er die Geschichte erzählt, wird Nicks Stimme energischer. Etwas in seinem Innern treibt ihn an, bis zum Ende durchzuhalten.

»Und als ich diesmal – beim letzten Mal –, hochkam, um

Luft zu holen, konnte ich ihre Hand wedeln sehen. Coras Hand. Sie war noch unter Wasser. Er hielt sie unten. Er musste einfach immer gewinnen, verstehen Sie?«

Seine Stimme bricht, und ich spüre, wie sich eine große Traurigkeit über uns legt, von den Bäumen herabströmt, aus dem trüben Wasser des Flusses aufsteigt.

Aber ich empfinde nicht nur Traurigkeit, sondern eine wachsende Frustration – sie baut sich in mir auf, wird rasch zu einer Art Zorn.

»Er hat sie unten gehalten, und ich habe nichts unternommen«, sagt er wieder. »Ich war so müde, und ich hab nicht erkannt ... Ich hab zugesehen, wie mein Bruder das Mädchen getötet hat, und ich hab nichts unternommen, und das tut mir aufrichtig und zutiefst –«

»Nein!«, rufe ich. Das Wort hallt von den Bäumen wider.

Ich halte mir den Mund zu, aber es ist zu spät. Alle sehen mich jetzt an, während ich spüre, wie die Worte in mir hochbrodeln.

»Ich muss das machen, Katie«, sagt Nick zu mir. »Ich muss die Wahrheit sagen.«

»Nein, Nick! Lass es! Verdammt, lass es doch bitte! Nach so vielen Jahren, nach so langer Zeit, bleibst du noch immer dabei?« Ich lege die Hände an den Kopf, spüre den Schmerz dort, verschlimmert durch Nicks leeren Blick, der mich zur Verzweiflung treibt.

»Ich sage die Wahrheit«, beteuert er.

»Nein!«, sage ich wieder, leiser, ernster, die herabhängenden Hände zu Fäusten geballt. »O Gott, du weißt es nicht, stimmt's? Du erinnerst dich wirklich nicht.«

Nickt stutzt. Murphy hebt den Kopf und blickt zum Himmel, sieht die Wolken hoch über uns dahinjagen. Lauren und

Mackenzie schauen bloß wachsam und stumm zu. Und auch sie ist da: Cora. Ihre geisterhafte Präsenz hoch oben in den Bäumen, wartend.

»Luke war mit Amy ein Team«, sage ich.

Lauren blickt mich alarmiert an.

»Ich hab am Ufer gesessen«, rede ich weiter. »Ich hab dagesessen und zugeschaut. Ich hab dich gesehen, Nick. Du warst bei Cora.«

»Nein«, sagt er leise, und ich spüre seine Abwehr, den verständlichen Widerstand dagegen, sich der brutalen, kalten Wahrheit zu stellen.

»Luke hat das Mädchen nicht getötet. Er hat sie nicht unter Wasser gehalten. Das warst du, Nick«, sage ich sanft. »Das warst du.«

18.

NICK

Ich will, dass es aufhört. Alles. Die unaufhörlichen Worte, die auf mich einströmen, eine endlose Serie von krachenden Wellen, die mir mit ihrem Bass in den Ohren dröhnen.

Katie öffnet den Mund, und sie kommen auf mich zugestürzt – *das warst du, das warst du, das warst du* –, und ich will nur noch, dass es aufhört.

»All die Jahre hast du hartnäckig an dieser Version der Ereignisse festgehalten«, sagt sie. »Und ich hab idiotischerweise mitgespielt, weil ich dich mochte, Nick. Irgendwie hab ich verstanden, dass du das brauchtest, um klarzukommen. Aber jetzt sehe ich, wie falsch das war. Ein gewaltiger Fehler.«

»Was redest du denn da?«, frage ich sie, verwirrt und verängstigt.

Jetzt schildert sie eine Situation während des Studiums, in der wir ausnahmsweise über das sprachen, was wir in jenem Sommer getan hatten, und sie sagt, wie erschreckt sie über meine Darstellung der Ereignisse war, welchen Schock das bei ihr auslöste.

»Du bist kein schlechter Mensch, Nick. Du hast ein gutes

Herz, das weiß ich. Aber du warst ein Kind. Und du warst an dem Tag völlig aufgelöst. Ich vermute, ich hab Luke die Schuld gegeben und deiner Mutter und ihm«, sagt sie mit einem Seitenblick zu Murphy, aber ich kann mich nicht dazu überwinden, ihn anzusehen oder die anderen. Stattdessen stehe ich stocksteif da, blinzle kaum und warte, dass der schreckliche Druck in meinem Kopf nachlässt.

»In Wahrheit sind wir alle schuld an dem, was damals passiert ist«, sagt Katie, die Hände ausgestreckt, während sie mit mir redet, aber auch mit Lauren, um ihr begreiflich zu machen, wie ihre Halbschwester gestorben ist.

»Aber, Nick, es war kein Unfall. Es war nicht Teil eines Spiels. Es ist passiert, weil du wütend warst. Cora hat diese Wut angestachelt, ohne zu ahnen, wie verletzt du warst, wie tief bei dir der Schock saß nach dem, was Luke dir erzählt hatte. Sie hatte keine Ahnung. Sie war völlig arglos. Es war beängstigend, das mit anzusehen, und auch die Erinnerung ist beängstigend, aber du musst es versuchen, Nicky – du musst versuchen, dich zu erinnern –, denn die Wut, die an dem Tag aus dir rauskam, hat ein kleines Mädchen getötet.«

Ein seltsames Schwindelgefühl überkommt mich, als würde die Welt sich neigen, als wäre ich wieder im Wasser, meine Füße unsicher, weil das Flussbett unter mir schwankt und wegrutscht. Ich muss versuchen, irgendwo Halt zu finden, meine Gedanken zu verankern, mich vor diesen verwirrenden Zweifeln zu schützen. Instinktiv schaue ich Murphy an.

Er steht am Rand des Geschehens, dünn, ausgezehrt, die Schultern schlaff vor Ermüdung oder Resignation. Mack, neben ihm, ist ein Panther, bereit zum Sprung, das Gewehr eine Verlängerung seines Arms, während Lauren mich mit Mitleid in den Augen ansieht. Alle vier blicken mich erwartungsvoll an.

Ich durchforsche mein Gedächtnis, doch es ist so dunkel im Fluss, das Wasser trübe vom Schlamm, den wir aufgewühlt haben. Unsichtbare Steine sind rutschig unter meinen Füßen. Ich erschrecke durch irgendeine Bewegung, spüre, wie etwas meinen Knöchel streift – ein Fisch oder irgendein anderes Wassertier, das gegen meine Fersen stupst.

Ich sehe Luke dastehen, die Hände in die Hüften gestemmt, Schultern breit, spüre seinen Wunsch, zu gewinnen, durchs Wasser pulsieren. Und dieses Mädchen – ihr gedrungenes Gesicht bleich unter den Bäumen, die Oberarme besprenkelt mit Sommersprossen, die Haare zu kindlichen Zöpfen gebunden, die Nase lachend gekräuselt – Verschmitztheit in den fröhlichen Augen, eine Verschmitztheit, die ihre blanke Verständnislosigkeit kaschiert.

Dennoch, das ist alles so undeutlich. Stand sie neben Luke? Ihr Grinsen – ihr meckerndes Lachen. Ich erinnere mich mit plötzlich aufwallender Gereiztheit daran.

Dann kommt die Erinnerung pfeilgerade zu mir zurück – ein anderes Bild – sich windende Körper, verschlungene Arme und Beine – Luke, der mir mitten in der Nacht ins Ohr flüstert: »Sie haben gebumst – weißt du, was das heißt? Er hat ihr sein Ding reingesteckt, von hinten, wie die Hunde, die wir neulich auf der Straße gesehen haben. Ich hab's gesehen.«

Der modrige Geruch der Zeltwand an meinem Gesicht, Rauch von dem Lagerfeuer draußen, das Gemurmel der Erwachsenen, Katies gleichmäßiges Atmen im Schlafsack auf der anderen Seite von Luke. Alles ist auf einmal wieder da. Meine Mutter. Der Priester. Eine kochende Masse Falschheit. Sie brodelt in mir genau wie damals, und mit ihr kommt eine große, anschwellende Wut.

Das Gesicht des Mädchens – Sommersprossen auf der Nase, neue Schneidezähne, ein blödes Grinsen: Ich sehe es wieder und spüre ein unbändiges Verlangen, hineinzuschlagen.

»Nick«, sagt Katie verzweifelt. »Du musst dich doch erinnern?«

»Nein!«, schreie ich fast.

Das »Nein« ist kein Abstreiten, und ich glaube, das weiß sie auch: Sie sagt nichts. Es ist einfach Ausdruck meines Bedürfnisses, dass das alles aufhört – dass die Flut der Erinnerung aufgehalten wird, nicht die falsche Erinnerung, mit der ich all die Jahre gelebt habe, sondern die schreckliche Wahrheit.

»Bitte«, sage ich zu ihr. »Schluss jetzt.«

Ich blicke auf, sehe die Bäume und den Himmel, fühle ein Schwanken und wie etwas in meiner Brust nachgibt, als wäre alles in mir kurz vor dem Zusammenbruch. Mack tritt zurück, hebt das Gewehr und pustet aufs Visier. Der Kolben ist mit meinem Blut beschmiert. Instinktiv streiche ich mit den Fingerspitzen über die Platzwunde an meiner Wange und spüre den Schmerz.

»Wird er gestehen?«, will Mack von Murphy wissen.

Murphy faltet die Hände, sagt aber nichts.

Ich erinnere mich, wie wir damals als Kinder gleich am ersten Tag hierhergerannt sind, um den Fluss zu erkunden, während unsere Eltern die Zelte aufschlugen. Wir drei hockten am Ufer und spähten ins trübe Wasser, und Katie fragte: »Meint ihr, da ist irgendwas Gefährliches drin?«

Wieso ist die Erinnerung daran so klar, während das eine Ereignis, an das ich mich erinnern muss, in eine Wolke des Vergessens gehüllt bleibt?

Aus Furcht, schätze ich, aber ich spüre auch Wut, Wut, weil ich mir erlaubt habe, zu vergessen und mir eine falsche Erinnerung zu schaffen, um mich darauf zu stützen, als könnte sie irgendwie all meine Schuldgefühle zerstreuen.

Das Wasser ist still und kühl im gesprenkelten Schatten. Mack steht noch immer drohend mit dem Gewehr im Anschlag da, aber das ist mir jetzt egal. Das Wasser lockt mich. Ich bücke mich und tauche die Hände hinein, sehe, wie die Oberfläche sich kräuselt und wieder beruhigt, eine eigene Stille um die Stille meiner Hände bildet. Alles verlangsamt sich – mein Herzschlag, meine wildrasenden Gedanken, mein keuchender Atem. Und da – in diesem Moment – beginnt es.

Die Erinnerung fängt in meinen Händen an. Genau wie wenn ich am Klavier sitze und spüre, dass meine Finger nach der Musik greifen, ist es auf einmal wieder da: Ich spüre das kühle Wasser an den Händen und beobachte, wie es eine Linie um meine Handgelenke zieht, spüre den schwachen Sog der Oberflächenspannung, und als ich diesmal den Blick senke, sehe ich meine Hände wieder so wie damals, als ich ein Junge war – kleiner, glatter, ohne die rauen Haare an den Unterarmen. Ich sehe diese Hände, die Adern dünn und blau, Hände, die ein Mädchen unter Wasser halten, unter das kalte, schwere Wasser, und im diffusen Schimmer der Erinnerung blicke ich von der Hand zum Arm und vom Arm zur Schulter und von der Schulter zum Hals und vom Hals zum Kopf.

Es könnte einer von uns beiden sein. Ich oder Luke. Natürlich. Wir sind Brüder. Wir sind aus demselben Stoff gemacht, aus denselben Muskeln und Sehnen, aus demselben Blut.

Und dennoch.

Und dennoch fällt mir diesmal nicht das wieder ein, woran ich mich erst vor wenigen Stunden im Hotelzimmer erinnert habe, oder das, was ich mir schon mein Leben lang einrede, sondern etwas anderes – etwas Beängstigenderes als das Unglück, das mich jahrelang erschüttert hat. Ich spüre es in den Händen, vom Wasser umschlossen, als wären sie gefangen, und irgendetwas pulsiert mir durch die Adern – das geisterhafte Flackern einer alten Wut und wie sie an jenem Tag im Wasser aufgeflammt ist. Ich spüre den Sog der Wahrheit in ihr, und trotz meiner Angst bleibe ich still und in dem Moment verhaftet, denn ich weiß jetzt, wie wichtig das ist.

Ich stehe frierend im Fluss. Luke ruft nach Katie. Amy ist gegangen, und er will, dass Katie für sie einspringt. Ich kann das Drängen in seiner Stimme hören, obwohl seine Worte mit Unterbrechungen bei mir ankommen, weil ich Wasser in den Ohren habe. Ich sehe, wie er zum Ufer watet, auf Katie zu, doch sie weigert sich, reinzukommen.

Dann kichert Cora. Ich blicke sie an, sehe das Grinsen in ihrem Gesicht. Sie ist tief im Wasser, so tief, dass nur ihr Kopf und ihre Hände an der Oberfläche sind. Sie lässt sich Wasser in den offenen Mund laufen und spuckt es wieder aus, grinst die ganze Zeit. Ich kann sie nicht besonders leiden und will mit ihr kein Team bilden. Die und ihr blödes Lachen – häck-häck-häck –, als würde ihr irgendwas im Hals stecken.

»Luke!«, rufe ich. »Lass sie doch! Komm, wir gehen!«

»Nein!«, erwidert er heftig.

»Ach, komm schon. Mir ist kalt!«

Ich sehe, wie Katie sich am Ufer rührt, zwischen uns hin- und hersieht.

Er ruft ihr wieder etwas zu, aber ich kann nicht verstehen, was. Das Wasser in meinen Ohren macht ein saugendes Geräusch, und ich versuche, es rauszuschütteln. Bewegung hinter mir, das Mädchen mit seinen Kaninchenzähnen spuckt Wasser aus, sagt etwas, das ich nicht ganz mitbekomme.

Ich drehe mich zu ihr um. »Was hast du gesagt?«

Ihre Augen, rund und groß über dem Wasser, ein Grinsen im Gesicht.

»Deine Mum ist 'ne Schlampe«, sagt sie, und ihr Mund öffnet sich zu einem breiten freudigen Lächeln.

»Halt die Klappe«, sage ich leise.

»Schlampe«, sagt sie und taucht den Mund ins Wasser.

»Nimm das zurück.«

Sie kommt wieder hoch, sagt das Wort schon wieder. »Schlampe, Schlampe, Schlampe.«

»Nimm das sofort zurück«, sage ich lauter.

Sie strahlt mich mit ihrem dämlichen Lächeln an und taucht dann komplett unter. Ich starre auf die Stelle, wo das Wasser Wellen schlägt und wieder still wird, bis sie herausgeschossen kommt und fröhlich schreit: »Schlampe! Schlampe! Schlampe!«

»Halt's Maul!«, brülle ich. »Halt dein verdammtes Maul!«

»Deine Mum ist 'ne Schlampe! Deine Mum ist 'ne Schlampe!«, ruft sie in ihrer Singsangstimme, und ich versuche, sie zu packen, doch sie weicht zurück.

Ich springe hinter ihr her, von Wut getrieben, verliere den Halt unter den Füßen und falle ins Wasser. Als ich keuchend auftauche, steht sie da und lacht ihr blödes Lachen, häck-häck-häck – und ich stürze mich wieder auf sie. Ich kriege einen Zopf von ihr zu fassen, reiße fest daran, und sie kreischt kurz auf, fängt dann wieder an zu lachen.

»Nimm das zurück!«, schreie ich, aber sie lacht einfach weiter, und ich sehe ihre großen Zähne blitzen und würde sie ihr am liebsten mit einem Stein vom Flussbett einschlagen.

Ich weiß nicht, wo Luke ist oder Katie – sie sind verschwunden, aus dieser Szene ausgewaschen wie alle Farbe. Es gibt nur noch mich und Cora, deren giftiges Lachen jede wunde Stelle in mir verätzt, als würde ich innerlich von tausend Nadeln zerstochen, so dass da nur noch Schmerz und Wut sind. Meine Mutter und Father Murphy haben gebumst, gefickt. Das ist so falsch. So unsäglich falsch. Der Verrat ist ein quälender Stachel, der sich mir bis ins Mark bohrt.

Schlampe. Den ganzen Tag schon dringt das Wort mit seinem Gift in mich ein, strömt durch meine Blutbahn, aber es ist ein stiller Passagier, und ich habe sein allmähliches Einnisten kaum bemerkt. Selbst als ich meine Hände auf ihren Schultern habe und sie unter Wasser drücke, selbst als ich das Fieber in Schläfen und Hals kochen spüre, begreife ich noch immer nicht, dass etwas von mir Besitz ergriffen hat. Dass ich nicht mehr ich selbst bin. Ich will nur, dass sie still ist. Ich will nur, dass sie aufhört, das Wort zu sagen. Und obwohl sie aufgehört hat, obwohl sie nichts mehr sagen kann, weil ich sie mit aller Kraft unter Wasser drücke, während sie wild um sich schlägt, ist es dennoch nicht genug, weil das Wort jetzt heraus ist. Sie hat es nach draußen gelassen, in die Welt geschrien.

Ich muss es ungeschehen machen, als hätte sie es nie ausgesprochen. Deshalb drücke ich sie mit einer Hand nach unten und balle die andere zur Faust und schlage ihr wieder und wieder ins Gesicht.

Das Wasser bremst meine Schläge, also wende ich noch mehr Gewalt an, spreize die Finger und kratze ihr durchs Gesicht wie mit Krallen, als wäre ich ein wildes Tier.

Denn in diesem Moment bin ich ein wildes Tier.

War ich eines.

Irgendwie habe ich das Gefühl, dass ich das Wort ungeschehen mache, den Ehebruch ungeschehen mache und auslösche, indem ich sie unter Wasser halte und ihr Gesicht zerkratze, bis ihre Gegenwehr nachlässt und ihre Arme und Beine ruhig werden. Und das allein zählt.

Also tue ich es.

Und das Blut, das ihr aus dem Mund quillt, ein rotes Band, ist für mich ihre Kapitulation.

Aber das Wort ist noch immer in der Welt, und als mein Bruder plötzlich bei mir ist und an meinen Armen zerrt und mir ins Gesicht schreit, stoße ich ihn mit dem Ellbogen weg, weil ich das Wort auslöschen muss. Das allein zählt.

Als Luke mich endlich wegzerrt und ans Ufer schleppt, nehme ich kaum wahr, wie er zurück ins Wasser watet und das Mädchen packt und herauszieht, nehme kaum wahr, dass Wasser aus ihren nassen Haaren läuft, das Gesicht blutig zerkratzt, der Mund weit offen, die Augen starr zum Himmel gerichtet, dass Luke ihr ins Gesicht schreit: »Wach auf!« Ich beobachte das alles aus der Ferne, als würde es nicht mir passieren, sondern jemand anderem. Als würde es dem Menschen passieren, den ich am besten kenne – meinem Bruder.

Luke.

Und dann kommt Katie angerannt, heulend und zitternd. Und ich erinnere mich an die Panik. An Lukes Schock, seine Wut. ›Scheiße, Nick, du hast sie umgebracht. Sie ist tot.«

Wie verängstigt ich bin. Katies Geheule gellt mir in den Ohren.

»Sei still, Katie!«, schreit Luke, und sie verstummt.

»Was machen wir jetzt?«, fragt sie. »Was passiert jetzt? Was wird Mum sagen? Was ...?« Die Fragen sprudeln aus ihr heraus, bis Luke sie unterbricht.

»Sei still!«, sagt er wieder und übernimmt die Führung. »Wir können sie nicht so liegen lassen. Wenn rauskommt, was passiert ist ... was wirklich passiert ist, sind wir erledigt ...«

»Aber was sollen wir denn machen?«, fragt Katie.

»Wir müssen die Sache vertuschen«, sagt Luke, der plötzlich älter klingt.

Wir ziehen Cora zurück in den Fluss. Sie ist schwerer, als ich gedacht hätte, ihr Körper versinkt rasch im Wasser, kommt dann aber wieder hoch, Haarsträhnen quer über dem zerkratzten Gesicht.

Langsam, leise, nehmen wir drei sie und ziehen sie sachte durchs Wasser. Katie weint, und Luke schnauzt sie an, sie soll mit der Heulerei aufhören. Ich spüre bereits, dass ich mich in meinen Panzer zurückziehe – wo Stille herrscht, wo niemand mich berühren kann. Luke blafft mich an, ich soll mithelfen, sagt, wir müssen sie stromaufwärts bringen, wo der Fluss breiter ist, wo ein Flusspferd sie am Ufer finden könnte oder sogar ein verirrter Löwe, der sie wittert. Hier in der Savanne sind alle möglichen Vögel und Säugetiere auf der Suche nach Fleisch – Hyänen, Geier, Marabus.

Doch letzten Endes lassen wir sie nicht offen liegen, damit sie gefunden wird. Wir decken sie zu. Und mein Bruder ist sanft und behutsam, als er sie an einer flachen Stelle ablegt, versteckt in einer kleinen Ufereinbuchtung. Er will es ihr möglichst bequem machen. Ich weiß, das hört sich falsch an. Aber so war's.

Luke und Katie hasten herum, holen Zweige und Äste, um das Mädchen abzudecken: um Cora abzudecken. Wenn ich daran zurückdenke, finde ich es unglaublich, wie sie zusammenarbeiteten, ohne sich groß abzusprechen, als wüssten sie beide, dass sie das tun mussten, als hinge unser Leben davon ab. Eine plötzliche Bewegung, und Katie kreischt auf – schrill und laut.

»Sie hat sich bewegt!«, sagt Katie und zeigt zum Ufer, auf Cora, und wir alle drehen uns um und starren hin.

Luke geht zu ihr, berührt sie, und ich spüre, wie die Luft, die ich angehalten habe, sich in meiner Brust schmerzhaft ausweitet, gegen die Rippen drückt, während ich darauf warte, dass Cora sich noch einmal bewegt, sich aufsetzt und uns angrinst, sagt, es sei alles nur ein Scherz gewesen, ein Teil des Spiels, und dass sie, Cora, nun endgültig gewonnen hat.

Luke hebt kurz einen Arm von ihr an, und er fällt schlaff herab, eine Hand platscht ins Wasser, und Katie kreischt wieder auf. Diesmal wirbelt Luke herum und versetzt ihr einen Stoß, und sie fällt in den Fluss. »Sei still! Sei verdammt nochmal still, kapiert?«

Dann dreht er sich um. Sein Gesicht ist weiß, in den Augen ein lodernder Blick, den ich noch nie bei ihm gesehen habe. Für einen kurzen Moment weiß ich nicht, wer er ist. Ich erkenne meinen Bruder nicht wieder. Ich stehe im Wasser, während Luke die letzte Handvoll Blätter und Erde über die ausgestreckte Hand des Mädchens wirft. Dann warten wir drei, dass einer von uns etwas sagt. Doch es gibt keine Ansprache, kein tröstendes Wort. Es kommt nur ein Befehl, und zwar aus Lukes Mund: »Weg hier!« Er packt meine Hand, reißt mich aus meiner Apathie, und wir laufen los.

Wir rannten – Luke und ich –, dicht gefolgt von Katie, der Wind füllte meine Ohren mit einer seltsamen Stille, drängte alle Worte, nach denen ich suchte, tiefer in mich hinein, tiefer, als ich es je für möglich gehalten hätte – und wir rannten immer weiter.

Es ist, als wäre ich zufällig auf einen versteckten Garten gestoßen, von dem ich seit Jahren gewusst, dessen Existenz ich aber verleugnet hatte, und wo all diese Erinnerungen warteten. Ich habe das rostige Tor zu diesem geheimen Garten aufgestoßen und bin hineingegangen. Aber dort wachsen keine Blumen. Ich finde nur Tod und Verfall.

Rufe. Laute, streitende Stimmen. Ich bin zurück. Erst jetzt merke ich, dass ich weine, dass ich in einen Tagtraum versunken war, während die anderen darauf warteten, dass meine Erinnerung zurückkam. Aber sie haben nicht nur gewartet, sondern auch gestritten. Mack hat Katie offenbar sein Leid geschildert, ihr von seinem Unglück erzählt – Job verloren, Familie verloren, Untersuchungshaft –, und sie hat zugehört, das sehe ich ihr an, aber sie ist ihm gegenüber argwöhnisch, misstrauisch und auch trotzig, denn sie widersetzt sich ihm, als er ihr drohend mit dem Gewehr zeigt, wo sie sich hinstellen soll. »Ich lass mich von Ihnen nicht rumkommandieren«, sagt sie.

Lauren greift nach meiner Hand, aber ich ziehe sie weg. Meine Hände haben ein Kind getötet. Wie kann ich sie je wieder von irgendwem anfassen lassen? Ich setze zu einer Erklärung an, doch es kommt nur wildes Schluchzen aus mir heraus. Ich stehe hier am Ufer des Flusses, genau wie damals als Kind, aber ich bin kein Kind mehr. Ich wende mich an Mack: »Sie wollen mein Geständnis? Hier, bitte sehr.«

Sein Gesicht verkrampft sich, er kneift die Augen zusammen und hebt das Gewehr, hält es auf mich gerichtet. Aber er hört mir jetzt zu, wartet gespannt. Genau wie die anderen, denn ich spreche auch zu ihnen, während ich mir alles von der Seele rede.

Und mit meinen Worten, mit dem Geständnis, das ich ablege, wird es still – als würden nicht nur die Menschen lauschen, sondern auch alles um mich herum: die Tiere und Vögel und Insekten, der Staub auf der Erde, die Äste der Bäume, das fließende Wasser des Flusses, andere Geisterwesen. Alles treibt mich an, akzeptiert das, was ich sage, als endgültige Aussage, und als ich fertig bin, herrscht erschüttertes Schweigen.

Murphy sieht erleichtert aus, als habe er die Anspannung,

die er so lange in sich aufgestaut hat, endlich rausgelassen – sein Körper erschlafft. Laurens Augen sind voller Mitgefühl. Nur Mackenzie wirkt ungerührt. Er hat den Gewehrkolben fest unter den Arm geklemmt, stützt mit den Fingern den Lauf.

»Ich weiß nicht, warum meine Mutter den Verdacht auf Sie gelenkt hat, ehrlich nicht«, sage ich in der Hoffnung, den Groll des Mannes zu mildern. »Das war unaufrichtig von ihr. Es war falsch. Aber sie ist nicht hier, und ich kann nicht für die Toten sprechen.«

Seine Nasenflügel beben, und seine Mundwinkel verziehen sich zu einem höhnischen Grinsen. »Dreißig Jahre«, knurrt er. »Dreißig Jahre, und mehr haben Sie mir nicht zu bieten?«

»Ich habe auch ein Geständnis abzulegen«, meldet Katie sich zu Wort. Ihre Stimme ist resolut, fest und klar. Sie sieht mich an – und ihre Augen verraten mir, dass sie zu mir steht. Sie nimmt die Schultern zurück, demonstriert eine Art Solidarität zwischen uns. »Weißt du«, sagt sie, »in gewisser Weise war ich der Auslöser für alles.«

Sie richtet die dunklen Augen auf den Fluss, starrt zurück in die Vergangenheit.

»Ich hab den Mund nicht halten können. An jenem Tag am Fluss, bevor es passiert ist ... Deine Mutter ist gekommen, um nach uns zu sehen. Sie hat Luke gesagt, er dürfte nicht ins Wasser, und er hat sich mit ihr angelegt, bis sie nachgab. Erinnerst du dich?«

Ich denke an meine Mutter, wie sie unter den Bäumen stand, in ihrem blauen Sommerkleid mit den winzigen weißen Punkten am Saum. »Ja«, sage ich schwach und wische mir die Tränen mit dem Ärmel ab.

»Die kleinere Schwester, Amy, saß neben mir und hat zugesehen, wie deine Mum und Luke miteinander geredet haben. Und als Sally weg war, hat Amy mich gefragt: ›Wieso kann er seine Mum nicht leiden?‹ Und ich hab gesagt ...« Sie stockt, schluckt hastig, fährt dann fort: »... ich hab gesagt: ›Er kann sie nicht leiden, weil sie eine Schlampe ist.‹«

Das Licht wirbelt um uns herum. Der Himmel verdunkelt sich. Meine Sinne richten sich aufs Unterholz, als ob dort irgendetwas auf seine Beute lauert.

»Cora war auch dabei. Sie hat gehört, was ich gesagt habe. Und wenn ich das nicht gesagt hätte, wenn ich es für mich behalten hätte, dann wäre vielleicht, vielleicht ...« Es verschlägt ihr für einen Moment die Sprache. Doch dann findet sie ihre Stimme wieder, mit neuer Entschlossenheit. »Ich hab Cora das Wort in den Mund gelegt. Sie wollte niemandem wehtun. Sie war einfältig, arglos. Sie wusste gar nicht, was das Wort bedeutet. Sie hat bloß wiederholt, was sie von mir aufgeschnappt hatte. Mehr nicht. Ohne jede böse Absicht. Aber, Nick, du konntest das nicht erkennen, weil du an dem Tag so aufgewühlt und verletzlich warst. Und das Wort hatte sie von mir, also sind wir alle mitschuldig.«

Sie hält inne, nagt an der Unterlippe, kämpft mit den Tränen. Aber sie kann sie nicht zurückhalten, und ich sehe das Beben ihrer Schultern, als sie leise weint. Selbst nach diesem Solidaritätsbeweis finde ich keine tröstenden Worte für sie. Und ich strecke auch nicht die Hand aus, um sie zu berühren. Es ist, als hätte mich ein furchtbarer medizinischer Eingriff von einem Geschwür befreit, und jetzt kann ich einfach nur dastehen, erschöpft und ausgelaugt.

Katie tritt neben mich. Sie wischt sich die Tränen von den Wangen und dreht sich um, so dass wir beide Mack anschauen. »So – jetzt kennen Sie die Wahrheit.«

Murphy hebt den Kopf, hört auf mit den Gebeten, die er vor sich hin gemurmelt hat, und blickt Mack an, der das Gewehr mit beiden Händen umklammert hält. Ich spüre den Trotz in ihm, die Abscheu. Falls er von dem Geständnis, das er schon so lange hatte hören wollen, enttäuscht ist, falls er sich mehr davon versprochen hat, so ist ihm das jedenfalls nicht anzumerken. Die Gefahr, die schon die ganze Zeit von ihm ausgeht, scheint plötzlich noch zuzunehmen, als er auf mich zukommt, und ich sehe, dass er vor Wut bebt.

»Was seid ihr für ein Lügenpack. Deine Mutter. Du! Du bist genauso schlimm wie sie! Schiebst anderen die Schuld in die Schuhe.« Er ist mir jetzt so nahe, dass ich den sauren Geruch seiner selbstgerechten Empörung rieche, und seine verächtlich verzogenen Lippen lassen erkennen, welch bedrohlichen Vorsatz er gefasst hat.

»Dreißig Jahre hab ich mit den Folgen der Lüge gelebt, die deine Mutter der Polizei aufgetischt hat. Dreißig Jahre.« Er flüstert jetzt, und ich höre in seinen gezischelten Worten, was für eine schreckliche Last er getragen hat, wie sehr er sich danach sehnt, dem Menschen in die Augen zu sehen, der ihn beschuldigt hat, sich an ihm zu rächen. Aber meine Mutter ist tot. Es gibt nur noch mich.

»Du hast das Mädchen umgebracht«, sagt er jetzt zu mir, und ich spüre die Hitze seines Atems im Gesicht. »Du hast sie umgebracht. Nicht ich. Also, sag mir eines: Wieso hab ich dafür bezahlen müssen?«

Ich weiß, egal was ich jetzt sage, es wird nicht genügen. Seine ganze Körperhaltung zeigt mir, dass er mehr will als ein Geständnis, er will eine Art Entschädigung, mit der Murphy nicht gerechnet hat. Und ich kann mir ungefähr vorstellen, was ihm da vorschwebt ... und ich bin bereit.

Die Wolken hängen tief und dick und dunkel über uns. Sie haben eine üppige, schwebende Schönheit an sich, als ob der Himmel zu dem Ganzen hier etwas zu sagen hätte und es nur durch die Bewegung der Elemente über uns zum Ausdruck bringen könnte. Ja, die Wolken sind dunkel und schön und drohen zugleich, jeden Moment aufzureißen.

Lauren sieht mich an, und die Distanz zwischen uns scheint sich zu vergrößern. Ist das die Frau, die noch vor wenigen Wochen zu mir gesagt hat, dass sie ihr Leben mit mir teilen will? Ihre Augen sagen alles: Sie sind nachdenklich, traurig. In ihnen liegt etwas – nicht Vergebung, aber Verständnis. Ich muss daran denken, wie lange sie schon gewusst hat, wer ich bin, und ich empfinde wilde Scham. Jetzt wünsche ich mir mehr als alles andere *ihre* Vergebung.

Ich weiß nicht, was für Gebete Murphy sprechen wollte, um diesen verfluchten Ort zu segnen, aber sie können mich nicht erlösen. Diese uralten Beschwörungen können höchstens einen kalten Trost spenden, den Trost der Endgültigkeit, wie er sich in den fatalistischen Fürbitten widerspiegelt, die immer und immer wieder, Jahr für Jahr, an einen unsichtbaren Gott gerichtet werden.

Ein Krachen über uns, und warmer, schwerer Regen prasselt nieder. Ich wünsche mir, dass er mich in die Erde hämmert und einfach wegspült.

Dann hebt Mack das Gewehr langsam an meinen Kopf, ich starre am Lauf entlang in seine mörderischen Augen, bin jetzt bereit.

Es wird doch keine Gebete geben.

Wieder sehe ich die fliehende Gestalt von Amy, ein Schatten aus der Vergangenheit, am Ufer entlangrennen. Und ich sehe Coras leere Augen unter Wasser, die mich ansehen – nicht wütend oder böse, sondern einfach verwundert –, Augen, die nicht *aufhören* flehen, sondern *warum* fragen.

Warum?

»Nenn mir einen einzigen Grund, warum ich dich nicht abknallen soll«, sagt Mack seelenruhig, sein Ziel fest vor Augen.

Die Bäume um mich herum scheinen sich hin und her zu wiegen wie ein schrecklicher Flügelschlag. Der graue Himmel rast auf mich zu und zieht sich zusammen; in meiner trügerischen Wahrnehmung scheint der Fluss über die Ufer zu treten. Murphy reißt die Augen weit auf, Katie sagt irgendwas, das ich nicht verstehen kann, und Lauren ist wie erstarrt. Mir ist auch, als hätten sich zuletzt noch andere Geister hier versammelt, um das Ende mitzuerleben.

»Nur einen einzigen Grund«, wiederholt Mack.

Ich sehe, wie sein Finger sich am Abzug krümmt. Stille rings um uns herum. Lauschende Geister.

»Nein«, antworte ich und schließe die Augen. »Mir fällt keiner ein.«

EPILOG

NICK

Leises Klopfen an der Tür. Ich weiß, wer das ist: Karl. Er kommt jetzt jeden Tag auf einen Sprung vorbei, um mir zu helfen. Ich glaube, er weiß, dass ich ohne ihn zusammenbrechen würde.

Heute Morgen ist er freundschaftlich und pragmatisch zugleich.

»Tord Gustavsen«, sagt er und hält eine CD hoch. »Kann ich die auflegen?«

»Von mir aus«, sage ich, und er kniet sich vor die Stereoanlage. Gleich darauf ist das sanfte Jazz-Piano zu hören, genau die richtige Musik zur Besänftigung des aufgewühlten Gemüts.

»Ich mach uns Kaffee«, sagt er dann. Und ich bin dankbar für seine liebevolle Fürsorge.

»Mach ihn stark«, rufe ich hinter ihm her, als er die Küche betritt.

»Mein Kaffee ist immer stark«, ruft er zurück.

Ich fange an, Laurens Sachen in den ersten Karton zu packen. Zunächst ein paar Bücher – eins nach dem anderen.

Ich rieche den Kaffee, höre ihn durch den Filter tröpfeln. So oft schon habe ich dieselbe kräftige Röstung gerochen und dasselbe beruhigende Geräusch gehört, aber dann war ich es immer, der den Kaffee gemacht hat, und Lauren wartete darauf, erzählte mir derweil von ihrem Forschungsprojekt oder von ihren Kollegen an der Uni.

Karl kommt mit zwei dampfenden Tassen zurück. »So, was liegt für heute an?«

»Packen.« Ich deute auf die Kartons, und er nickt.

Karl hat sich als guter Freund erwiesen. In den letzten paar Wochen habe ich mehrere ziemlich ernsthafte Versuche unternommen, mich zu Tode zu saufen. Wäre Karl nicht gewesen, wäre es mir vielleicht gelungen. Er kam mir zu Hilfe, kümmerte sich um mich, als wäre ich sein Kind, nahm mir die Flasche weg und flößte mir stattdessen kannenweise Tee ein. »Schön runter damit, Bruder«, sagte er dann sanft. »Das wird dir guttun.«

Und falls er die schreckliche Verzweiflung bemerkte, die er mit dem Wort »Bruder« in mir auslöste, so ließ er es sich nicht anmerken. In vielerlei Hinsicht verdanke ich ihm mein Leben.

Neben mir auf dem Fußboden liegt eine Rolle Klebeband, doch irgendetwas sträubt sich in mir, die Kartons schon zuzukleben – die Geste kommt mir zu endgültig vor. Außerdem weiß ich nicht, wohin Lauren sie geschickt haben möchte. Anscheinend hat sie sich noch nicht entschieden, wo sie sich niederlassen will. Zurzeit besucht sie ihre Mutter in Michigan, das hat sie mir erzählt, aber sie will nicht dort bleiben.

Ich habe das Klebeband in dem Laden auf der anderen Straßenseite gekauft. Das Leben draußen geht so hektisch und chaotisch weiter wie eh und je – aber nicht hier in dem stillen Raum, zu dem die Wohnung geworden ist. Der Lieferwagen hält noch immer einmal die Woche mit quietschenden Bremsen vor der Bar unten. Die Straßenverkäufer bauen ihre Stände auf, preisen lautstark ihre Waren an, und unten in der Bar gehen die Leute weiter ein und aus. Noch immer ist in der ganzen Stadt viel Militär präsent.

Alles ist mehr oder weniger, wie es war. Das Leben geht weiter.

Das muss ich mir immer wieder sagen. Das sagt auch Karl.

Und doch: Wie ist das möglich?

»Was soll ich machen?«, fragt Karl, und ich sage ihm, dass wir einfach schon mal möglichst viel einpacken müssen.

Es ist schon zwei Monate her, seit Lauren in die USA gereist ist. Ein Teil von mir wollte sie anflehen, zu mir zurückzukommen, doch der andere Teil – der bessere Teil – wusste, dass sie Abstand zu mir brauchte, um über uns nachzudenken. Als sie nach Nairobi kam, um ein paar von ihren Sachen zu holen, riss ich mich für die wenigen Stunden, die sie da war, zusammen, versuchte, mich möglichst vernünftig, möglichst nüchtern zu geben, damit wir wenigstens miteinander reden konnten.

Ich weiß noch, wie ich am Türrahmen lehnte, die Hände in den Taschen, und zusah, wie sie schweigend in unserem Schlafzimmer herumkramte, Sachen in die Reisetasche legte, die offen auf dem Bett stand. Ich sah die genauen Bewegungen ihrer Hände, die Anmut, mit der ihr Körper sich bewegte, ihre Haltung und Selbstbeherrschung, die ich bewunderte, weil ich selbst Mühe hatte, nicht die Fassung zu verlieren.

Wir hatten nicht miteinander gesprochen – jedenfalls über nichts wirklich Bedeutsames –, und dabei hatte ich so viele Fragen an sie. Mir ging so viel Ungeklärtes und Verwirrendes durch den Kopf, dass ich nicht wusste, wo ich anfangen sollte, und ich hatte Angst, die Dinge anzusprechen, als würde dann sofort alles aus den Fugen geraten. Im Grunde lief es auf eine einzige Frage hinaus: »Wie lang hast du es gewusst?«, fragte ich.

Sie verharrte in der Bewegung, blickte nach unten auf das T-Shirt in ihren Händen. »Lange«, sagte sie leise und legte das Shirt in die Reisetasche.

»Schon als wir uns kennenlernten?«

»Schon vorher. Ich hab den Kontakt zu dir gesucht ...«

»Gesucht?«

Ihre Augen waren sanft und voller Mitleid. »Ja, Nick. Meine Mum hat mir erzählt, was damals passiert ist ... Ich wurde neugierig auf ihr anderes Leben, ihr Leben in Afrika, ihren Mann hier, meine Schwestern, deshalb hab ich weitere Fragen gestellt«, sagte sie, sprach jetzt schneller, mit leiser, aber eindringlicher Stimme, als ob sie eine aufregende Episode in ihrem Leben im Geist noch einmal durchleben würde. »Aber ihre Antworten führten nur dazu, dass ich noch mehr wissen wollte. Was meine Mutter mir erzählte, hat meine Neugier nicht befriedigt, sondern nur noch weiter geschürt. Schon ehe sie vom Tod ihres Mannes hier erfuhr, hatte ich mir vorgenommen, in Kenia zu studieren, das Haus ihres Mannes zu besuchen und sein Grab ...«

»Was ist mit Amy?«

»Amy wollte nie zurückkehren. Sie möchte die Vergangenheit lieber Vergangenheit bleiben lassen. Sie ist mit einem Zahnarzt in Ohio verheiratet, hat zwei Kinder, und das ist ihr Leben ... Seltsam, wie sich die Dinge so entwickeln.«

»Und ich? Woher wusstest du, dass ich in Nairobi lebe?«

»Von Father Murphy. Er hat meine Mutter über den Tod ihres Mannes unterrichtet, deshalb bin ich nach meiner Ankunft in Kenia zu ihm gegangen, und er hat mir von dir, deinem Bruder und euren Eltern erzählt«, sagte sie. Sie sprach langsam, wählte ihre Worte mit Bedacht. »Und zu wissen, dass du in derselben Stadt warst wie ich, hat mich neugierig gemacht. Von Murphy wusste ich, dass du Musiker bist – er hat mir sogar gesagt, in welchem Club du spielst.«

Ihre Augen leuchteten auf, und sie lächelte, doch dann wurde ihr Gesicht wieder ernst. »Und als wir uns unterhalten haben, konnte ich noch immer nicht glauben, dass du der Mensch warst, von dem mir erzählt worden war ... Ich konnte nicht ahnen, dass ich mich in dich verlieben würde, Nick. Ich wollte es nicht, aber es ist passiert.«

Ich dachte an eine Nacht, kurz nachdem wir uns kennengelernt hatten: Wir hatten aneinandergeschmiegt im Bett gelegen, die Nachtluft drückend und schwül, und ich hatte mich so unglaublich im Einklang mit dieser Frau gefühlt, als könnte ich zum ersten Mal in meinem Leben ganz ich selbst sein, ohne mich rechtfertigen oder verstellen zu müssen. Und obwohl ich sie erst ein paar Wochen kannte, war ich mir da schon sicher, dass das, was ich für sie empfand – diese Liebe, die förmlich in mir explodiert war – mein Leben lang halten würde.

Ich weiß noch, wie ich dachte, dass ich ihr unmöglich erzählen konnte, was damals passiert war. Also behielt ich es für mich.

Ich erinnere mich genau daran, wie still sie in meinen Armen lag, als würde sie die Luft anhalten, als ich ihr von mir erzählte, von den Jahren meiner Kindheit hier, der Rückkehr nach Irland und von meinen Reisen, die mich schließlich wieder hierhergeführt hatten.

Damals dachte ich, das sei die faszinierte Aufmerksamkeit einer neuen Liebe.

Ich ahnte ja nicht, was sie über mich wusste, dass das der Grund für ihre Stille war. Wie gefährlich ihr das vorgekommen sein muss ... wie ungemein seltsam, von den Händen gehalten zu werden, die diese schreckliche Tat begangen hatten.

»Wieso hast du es mir nicht erzählt? Wieso hast du nichts gesagt?«

»Ich hatte Angst«, sagte sie und setzte sich aufs Bett, wohl wissend, dass es kein Ausweichen mehr gab.

»Wovor?«

Sie runzelte konsterniert die Stirn, und ich sah ihr an, dass sie versuchte, ihre Gedanken zu ordnen.

»Meine Gefühle für dich waren so stark. Obwohl ich da schon wusste, dass du irgendwas mit Coras Tod zu tun hattest. Und das über dich zu wissen – dass du dabei warst, als Cora getötet wurde –, das war so ungeheuerlich, so schwer vorstellbar. Und ich wollte es nicht glauben – wirklich nicht«, sagte sie. »Ich wusste, dass es wahr war, aber ich redete mir ein, es würde keine Rolle spielen. Dass das, was passiert war, der Vergangenheit angehörte – dass du damals noch ein Kind warst, zu jung, um zu wissen, was du tatest, oder um aus echter Bösartigkeit zu handeln.« Sie rang um Fassung. »Ich hab mir gesagt, dass es so lange her war, dass ich noch nicht mal auf der Welt war, als es passierte. Vorbei ist vorbei, hab ich mir gesagt. Ich nahm mir vor, die Vergangenheit nicht zwischen uns treten zu lassen.«

Ich nickte und blieb stehen, doch innerlich brach ich langsam zusammen.

»Es ist spät«, sagte sie dann. »Ich geh besser.«

Ich sah, wie sie aufstand, ihre Reisetasche näher zog und den Reißverschluss zumachte. Etwas in mir sträubte sich dagegen, sie gehen zu lassen, und ich konnte mich nur mit Mühe davon abhalten, die Tür zu verbarrikadieren, damit sie nicht rauskonnte. Aber ich wusste, dass sie innerlich schon Abschied von mir genommen hatte, und ich konnte es ihr nicht verdenken.

Sie beugte sich zu mir und gab mir einen flüchtigen Kuss auf die Wange – nicht auf den Mund –, und es fühlte sich irgendwie distanziert an, endgültig. Dann ging sie an mir vorbei, und ehe sie die Wohnungstür erreichte, blieb sie am Klavier stehen, berührte den Deckel. »Er ist geschlossen«, sagte sie. »Spielst du denn nicht?«

»Nein.«

»Aber wieso nicht?«

Wie sollte ich das erklären? Dass meine Hände nicht mehr funktionierten – dass ich ihnen nicht mehr traute? Seit sie an dem Tag am Fluss die Erinnerung ausgelöst hatten, kamen sie mir vor, als wären sie mit brackigem Wasser gefüllt, leblos. Manchmal ertappte ich mich dabei, wie ich auf sie hinabschaute, als würden sie nicht mir gehören. Die Hände, die einem kleinen Mädchen das Leben genommen hatten.

Aber ich sagte Lauren nichts davon, obwohl ich glaube, dass sie sich das irgendwie dachte.

»Pass auf dich auf, Nick«, sagte sie, ging die Treppe hinunter und verschwand.

Karl trinkt seinen Kaffee aus und stellt die Tasse auf den Tisch.

»Lass uns heute Abend was unternehmen«, sagt er mit Blick auf seine Uhr. »Ich muss jetzt los, aber ich komme wieder, sagen wir halb acht. Wird dir guttun, mal vor die Tür zu kommen.«

Es ist keine Frage, und trotz meiner Unlust weiß ich, dass er darauf bestehen wird.

»Adieu, mein Freund«, sage ich.

Er grinst mich an. »Bis später.«

Es war Karl, der Murphy in jenen ersten Wochen, als ich mich kaum im Griff hatte, schließlich in einem kleinen Hospiz am Rande der Stadt ausfindig machte.

»Wie hast du ihn gefunden?«, fragte ich Karl.

»Mit Ausdauer«, erwiderte er.

Ich ließ mir die Adresse geben, stieg aufs Motorrad und fuhr in eine Gegend, wo sich die Graffiti ausbreiteten wie ein Buschbrand.

»Father«, sagte ich, als ich das kleine, in Gelb gehaltene und übelriechende Stationszimmer betrat.

Er lag in einem schmalen Bett, den Kopf von einem Kissen gestützt, den abgemagerten, skelettartigen Körper mit einem dünnen Laken bedeckt. Seine Augen waren halboffen, tief in den Schädel gesunken. »Nick«, sagte er. »Nick, du bist gekommen.«

»Leicht haben Sie es mir nicht gerade gemacht«, sagte ich und setzte mich auf den Korbstuhl neben dem Bett.

»Entschuldige, Nick. Ich wollte dir nicht noch mehr Ärger machen.«

»Ist schon gut, Father.«

»Mit mir geht es bald zu Ende, Nick«, sagte er mit schwacher Flüsterstimme.

»Ich möchte Ihnen danken«, sagte ich.

Statt zu antworten, winkte er ab.

»Sie haben mir das Leben gerettet, Father. Am Fluss. Ich dachte, er würde abdrücken.«

»Hast du mich nicht mal als einen Ikonoklasten bezeichnet?«

»Aber keinen waffentragenden.«

Er lächelte schwach. »Schon komisch, was man manchmal für Sachen macht. Sachen, die man nie von sich erwartet hätte. Vielleicht hat Gott ja doch Humor.«

»Vielleicht.«

»Die kleine Pistole hat mir ein Freund gegeben, nachdem mal im Büro eingebrochen worden war. Aus Sicherheitsgründen. Eigentlich nur zur Abschreckung. Ich hab das Ding nie geladen«, sagte er schwer atmend. »Keine Ahnung, warum ich sie überhaupt mit in die Masai Mara genommen habe. Aber an dem Tag hatte ich irgendwie so ein Gefühl, dass es besser wäre, sie mitzunehmen.«

»Sie hatten nicht damit gerechnet, dass Sie sie brauchen würden?«

»Nein«, krächzte er.

Ich erinnerte mich, wie seine Hand zitterte und die Pistole schwankte, als er sie auf Mack richtete und ihn aufforderte, das Gewehr runterzunehmen.

»Ich hatte Angst, ich müsste abdrücken ...«

»Mussten Sie aber nicht.«

»Zum Glück hat es gereicht, ihn mit der Pistole zu bedrohen«, sagte er und sah an mir vorbei. »Das hat ihn zur Vernunft gebracht.«

»Es hat ihm genug Angst eingejagt«, sagte ich. »Ganz schön mutig von Ihnen, Father.«

»Sag bitte Jim zu mir.

»Ich bin sehr dankbar, Jim.«

In Gedanken kehrte ich zurück zu dem Tag und dem Moment, als Mack zu Murphy hinübersah, der die Pistole fest in der zitternden Hand hielt, und sich auf Macks Gesicht ein langsames Lächeln ausbreitete – wohl, weil er den Anblick eines Priesters mit einer Schusswaffe lächerlich fand. Er stieß ein hohles Lachen aus, und vielleicht begriff er, dass er sich niemals würde rächen können, weil ich nicht Sally war. Ich war bloß ein Ersatz – noch dazu ein dürftiger –, und mich zu töten würde sein Verlangen nach Gerechtigkeit nicht befriedigen. Er senkte das Gewehr und wandte sich von uns ab. Der Regen war heftiger geworden, fiel auf die Bäume und den Fluss, prasselte auf das Land nieder und auf alle, die dort standen. Ich sah, wie Mack resigniert die Schultern hängen ließ, als habe er allen Kampfgeist verloren. Ein letzter Blick zu uns, Wasser strömte ihm übers Gesicht, dann verschwand er zwischen den Bäumen. Ich sah ihn nie wieder.

Murphy hustete und griff nach einem Glas Wasser.

»Ich mach das schon«, sagte ich. Ich hielt ihm das kleine Glas an die ausgetrockneten Lippen. Er trank ein bisschen Wasser, und ein paar Tropfen fielen ihm aufs Kinn.

Ich nahm eine Serviette vom Nachttisch und wischte ihm behutsam den Mund ab. Er atmete tief ein und sank zurück ins Kissen.

»Ich hab nicht mehr viel Energie«, sagte er.

Ich nahm seine Hand, und wir saßen eine Weile einfach da und schwiegen, während der Deckenventilator unermüdlich kreiselte und draußen der Verkehr vorbeiströmte.

»Darf ich dich um Verzeihung bitten, Nicholas?«, fragte er.

»Wofür, Jim?«

»Für all den Schmerz, den ich dir über die Jahre bereitet habe.«

Ich musste nichts sagen. Murphy schloss die Augen, und als er eingeschlafen war, ging ich. Später am selben Abend erhielt ich den Anruf, dass er gestorben war.

Wieder eine Beerdigung. Diesmal auf einem Friedhof neben dem Hospiz: Ich und Karl, Dutzende Einheimische aus Kianda, Geistliche und Entwicklungshelfer sowie Angehörige des Hospizpersonals gaben Father Murphy das letzte Geleit.

In den Monaten danach findet das Leben wieder eine gewisse Struktur. Ich gehe jeden Tag ins Büro, sichte Unterlagen, versuche, den buchhalterischen Albtraum zu durchschauen, verhandele mit Banken, bemühe mich, Ruhe und Ordnung in die Situation zu bringen. Diese Art von Arbeit fällt mir nicht leicht, aber ich kann mich in etwas hineinknien und gewissenhaft sein, wenn es nötig ist, und irgendetwas tief in mir treibt mich dazu an.

Wenn ich allein im Büro bin und es draußen auf der Straße still geworden ist, ertappe ich mich manchmal dabei, dass ich richtig vertieft in diese Zahlenlisten bin, und ich frage mich vor lauter Verblüffung über mich selbst, was mein Vater jetzt wohl von mir halten würde. Dad, der penible Buchhalter, und ich, sein missratener Sohn. Ich kann mich nicht mal mehr als Musiker bezeichnen. Der Klavierdeckel bleibt geschlossen.

Ich merke, wie sich mit jedem weiteren Tag eine gewisse nervöse Aufregung in mir aufbaut, weil ich hoffe, dass Lauren vielleicht anruft. Und das tut sie – hin und wieder. Unsere Beziehung hat sich verändert und sie ist insofern reifer geworden, als wir nicht mehr so naiv und arglos sind. Aber dennoch, ich muss realistisch bleiben. Lauren ist wieder in Amerika. Eine Versöhnung ist unwahrscheinlich, und ich wünsche ihr alles Gute, auch wenn es mir schwerfällt, sie loszulassen.

Eines Tages, kurz vor Beginn der Regenzeit, ruft Julia an. Ich habe ihre Stimme lange nicht mehr gehört, erkenne sie aber auf Anhieb. Der Dubliner Akzent, der sanfte Klang.

»Es ist schön, dich zu hören«, sage ich.

»Finde ich auch.« Ihre Stimme ist leiser, ruhiger als vorher, was mich vermuten lässt, dass sie Lukes Tod akzeptiert hat und nun nach vorne schaut. »Ich dachte, du würdest es vielleicht gern wissen«, sagte sie, »das Haus – euer Elternhaus – wird doch abgerissen.«

»Oh.« Die Neuigkeit überrascht mich.

»Der Bauunternehmer ist bankrottgegangen, das weißt du ja«, erklärt sie. »Die Bank hat es an einen anderen verkauft.«

»Wann?«

»Soviel ich weiß, ist der Verkauf schon über die Bühne und die Baugenehmigung beantragt. Die Bulldozer werden wohl noch vor dem Sommer anrollen.«

»Ich muss rüberkommen«, sage ich instinktiv.

Ich höre, wie sie überrascht Luft holt, und ehrlich gesagt, hab ich mich selbst überrascht.

»Bist du sicher, dass du herkommen willst?«, fragt sie vorsichtig. »In dem Haus stecken so viele Erinnerungen – gute und schlechte.«

»Ich glaube, ich brauche das, Julia.«

Und so regele ich alles, buche die Flüge und bin bald darauf wieder einmal in dem kühlen Klima von Dublin.

Alles ist vertraut. Und alles ist anders. Ich fühle mich älter. Das bin ich natürlich auch, aber diesmal fühle ich mich deutlich älter. Jedenfalls nicht mehr wie ein junger Mann. Ich bin zwar noch nicht im mittleren Alter, aber auch weiß Gott nicht mehr jung. Das zeigen mir nicht nur die Falten um die Augen oder die Tatsache, dass meine Kleidung mir um den Körper schlottert, sondern auch die leichte Steifheit in meinen Gelenken, die Müdigkeit meiner Bewegungen.

Bevor ich zum Haus fahre, bin ich noch mit jemandem verabredet.

Sie wartet in einem Café an der Dawson Street auf mich. Ich sehe sie im hinteren Teil sitzen, das Kinn in die Hand gestützt, ein leises Lächeln im Gesicht, während sie zusieht, wie ich Tische und Kellner mit weißen Leinenschürzen umschiffe. Als ich bei ihr bin, steht sie auf, und ich breite wortlos die Arme aus und spüre, wie sie sich an mich drückt. Einen Moment lang halte ich sie einfach fest, die Augen geschlossen, und denke: So fühlt es sich an, nach Hause zu kommen.

Sie tritt zurück und schaut mich an. »Nick«, sagt sie glücklich.

»Tut gut, dich zu sehen, Kay.«

Als ich mich ihr gegenübersetze, mustere ich sie und stelle die Veränderungen fest. Sie wirkt irgendwie kraftvoller, als würde sie Sport machen, sich fit halten. Die Schatten unter ihren Augen sind verschwunden, und ihr Gesicht sieht jung aus. Sie trägt das Haar kurz, zu einem Bob geschnitten, der ihr genau bis zum Unterkiefer reicht, und der etwas strenge Look steht ihr, passt gut zu der weißen Bluse, die sie trägt, dem wenigen Schmuck. Ich lasse diese Veränderungen auf mich wirken und frage mich, ob es eine neue Liebe in ihrem Leben gibt. Aber ich spreche es nicht aus.

Stattdessen reden wir über das Haus und den geplanten Abriss, und als sie merkt, dass ich ihren Fragen ausweiche, wie es mir damit geht, hakt sie nicht weiter nach.

»Wo wohnst du?«

»Bei Julia«, sage ich und sehe ihre Augenbrauen überrascht hochschnellen. »Ich weiß, ich weiß, aber was soll ich machen? Sie hat's mir angeboten, und der Flug hat mein letztes Geld gekostet, also ...« Sie lacht, und ich fahre fort, jetzt ernst: »Außerdem fand ich es so richtig.«

»Und wie geht's Julia?«

»Ganz gut. Sie ist natürlich noch immer ziemlich mitgenommen, aber es geht ihr besser, als ich gedacht hätte.«

Tatsächlich hat Julia alle überrascht: Sie hat Lukes geschäftliche Schulden in Angriff genommen, begonnen, seine Zahlungsrückstände abzubauen, sich mit Händen und Füßen gegen die Pfändung gewehrt.

»Und wie geht's dir?«, frage ich. »Was macht deine glänzende Karriere?«

Sie verdreht die Augen und späht in ihre Tasse. Heute trinken wir Kaffee – keinen Tropfen Alkohol –, und Katies jugendlich frischem Aussehen nach zu urteilen hat sie sich von einigen Lastern befreit. In der ganzen Stunde, die wir zusammen im Café sitzen, verschwindet sie kein einziges Mal nach draußen, um eine zu rauchen.

»Läuft ganz gut«, sagt sie und seufzt theatralisch. Dann lächelt sie mich strahlend an und sagt: »Ich arbeite da an was – nebenher.«

»Ach ja?«

»An einem Buch über die Finanzkrise.«

»Im Ernst?«

Sie zuckt die Achseln, grinst dann. »Machen doch alle. Ich hab mir gedacht, das kann ich auch.«

Sie sagt es lässig, aber ich merke ihr an, dass ihr das Buch wichtig ist und ihr guttut.

Den Rest der Zeit bewegt sich unser Gespräch an der Peripherie dessen, was geschehen ist – ich erzähle ihr von Murphy, von der Arbeit in Kianda, meinem Engagement dort.

»Und Mackenzie?«, fragt sie.

»Ich hab nichts mehr von ihm gesehen oder gehört. Vielleicht ist er in sein Dorf zurückgekehrt.«

Sie überlegt kurz, sieht mich dann besorgt an und sagt: »Hast du denn keine Angst, dass er zurückkommt und bei dir auftaucht?«

Ich denke wieder an die ängstlichen Augen, den zögerlichen Rückzug des Mannes, sein Stolz gebrochen, sein Zorn fehlgeleitet, denke an seine Enttäuschung, die unübersehbar war in der Art, wie er sich von uns entfernte, in die Wildnis davonschlich.

Und deshalb sage ich fast bedenkenlos: »Nein, ich glaube nicht, dass Mackenzie wieder auftaucht.«

Anscheinend kann weder sie noch ich sich dazu durchringen, auf das zu sprechen zu kommen, was wirklich am Fluss passiert ist. Trotzdem ist eines in unserem Gespräch klar, obwohl es unausgesprochen bleibt: Wir haben einander verziehen, auch wenn wir uns selbst noch nicht ganz verziehen haben.

Nach fast einer Stunde schaut Katie auf ihre Uhr, und mir wird klar, dass ich sie wahrscheinlich nicht wiedersehen werde – oder jedenfalls sehr lange nicht –, und weil ich diese kurze Begegnung mit ihr so schön fand, erfasst mich unwillkürlich eine tiefe Traurigkeit, als sie Anstalten macht zu gehen.

»Hast du was von Lauren gehört?«, fragt sie.

Auf diese Frage habe ich die ganze Zeit gewartet. Erst kürzlich hat Lauren mich angerufen, und in ihrer Stimme lag eine nervöse Intensität. Sie wollte wissen, was ich davon hielte, wenn sie zurück nach Nairobi käme. Sie sagte, sie würde sich in Amerika einfach nicht zu Hause fühlen. Was ich meinen würde? War es eine verrückte Idee?

Ich versuchte, ruhig zu bleiben, nicht zu viel in ihren Vorschlag hineinzulesen. Und so lautete meine Antwort: »Ich finde die Idee nicht verrückt, Lauren. Überhaupt nicht.«

Aber ich will nicht über die Möglichkeit einer Versöhnung zwischen Lauren und mir sprechen, nicht mit Katie, noch nicht.

»Wir telefonieren ab und an«, sage ich. »Wir reden also noch miteinander ...« Dabei belasse ich es, und ich denke, mein Ton macht deutlich, dass ich dazu nicht mehr sagen will.

Ihr Handy summt, und sie liest die eingegangene SMS. »Ich muss los«, sagt sie. »Ich würd gern noch länger bleiben, aber es wartet jemand auf mich.« Ihre Augen gleiten wieder zum Handy.

Die Zärtlichkeit, die sie nicht verbergen kann, bestätigt meinen Verdacht. Ein Mann.

Wir umarmen uns, doch ich spüre, dass sie es jetzt eilig hat, wegwill, und mir fällt wieder ein, dass sie Abschiede schon immer genauso wenig mochte wie ich.

Das Café hat eine große Fensterfront zur Straße hin, und während ich auf die Rechnung warte, sehe ich Katie vorbeigehen, eingehakt bei einem Mann. Er ist älter, und die Art, wie er sich zu ihr beugt, verrät mir, dass er aufmerksam ihren Worten lauscht. Als sie aus meinem Blickfeld verschwinden, frage ich mich kurz, was sie wohl zu ihm sagt, was sie einander zuflüstern, wenn sie sich in den stillen Stunden der Nacht einander zuwenden.

Dann wieder ein Taxi, wieder eine Fahrt nach Hause. Durch Dundrum, nach Ballinteer, Ticknock, Three Rock und weiter die Dubliner Berge hoch bis nach Wicklow. Die Ortsnamen spulen sich ab wie ein Gebet.

Das Grün ist faszinierend. Es dringt von den Feldern in mein Gesichtsfeld. Ich bin längst eine andere Landschaft gewohnt, eine, die sich ständig verändert, mit Staubbecken und Savannen, Gnus und Löwen, Arm und Reich, aber jetzt bin ich wieder hier in der sanftmütigen Wiege meiner Kindheit, und die Frage, die ich mir seit jenem Tag in Kenia schon oft gestellt habe, lautet: Wie kann man so ein Ereignis aus seinem Leben ausradieren – oder wie habe ich das geschafft?

Die naheliegende Antwort ist, dass da ein Überlebensmechanismus am Werk war, eine Bewältigungsstrategie. Jedenfalls habe ich es mir so erklärt und auch damit, dass all die Jahre sprachloser Stille die Erinnerung irgendwie aus mir herausgesaugt haben, dass meine Zeit in den Schützengräben der Molltonarten das Geschehene in meinem Kopf verwandelte, so dass ich mich falsch daran erinnerte.

Ich bin sicher, wir alle machen das bis zu einem gewissen Grad, aber bei mir war es ein Ereignis, das alles verändert hat. Ich habe keine kindliche Prügelei verdrängt oder irgendein übles Verhalten, das ich mir zuschulden kommen ließ, sondern die schlimmste Sünde überhaupt: einem anderen Menschen das Leben zu nehmen. Du sollst nicht töten, haben wir in der Schule gelernt. Du sollst nicht ...

Langsam, wie Licht durch Ritzen in eine Höhle dringt, habe ich mehr und mehr erkannt, was passiert war. Allmählich kann ich die Fakten akzeptieren. Und was ist mir geblieben? Fragmente, Echos, Träume, aber auch die Erkenntnis, dass Zuhause kein Ort ist. Zuhause ist ein Bewusstseinszustand. Es ist der ehrlichste Bewusstseinszustand, in dem wir uns selbst ins Gesicht sehen und vorbehaltlos akzeptieren, wer wir sind.

Ich gibt keine wirkliche Sühne für das, was ich getan habe, aber ich tue, was ich kann. Meine Arbeit in Kianda ist zum Beispiel eine Art Buße, schätze ich, ein Versuch, etwas wiedergutzumachen. Falls es überhaupt einen Weg gibt, die eigenen Sünden irgendwie aufzuwiegen, dann vielleicht, indem man anderen hilft. Aber ich glaube, eine wahre Buße gibt es nicht, nicht in diesem Leben, nicht für das, was ich getan habe. So einfach ist das – und so schwer.

Der Wagen fährt höher in die Berge und nähert sich dem Haus, und dann, früher als erwartet, sehe ich es, seine schlichte Putzfassade, grau, fleckig, unaufdringlich. Anders ausgedrückt, es ist so, wie ich es in Erinnerung habe. Mein Herz macht einen Sprung. Ich bin nämlich erleichtert, weil ich es wiedererkenne.

Nach allem, was passiert ist, nachdem ich weiß, wie unzuverlässig meine Erinnerung ist, hatte ich befürchtet, das Haus, in dem ich vor vielen Jahren lebte, würde ganz anders aussehen als in meiner Vorstellung, und dass ich dann wieder in ein ohnmächtiges Tief stürzen würde.

Ich bezahle den Fahrer und schaue dem davonfahrenden Taxi nach. Das Gras ist viel zu hoch, natürlich. Der Zaun ist verrostet. Das Tor quietscht nicht. Es lässt sich gar nicht öffnen.

Ich klettere darüber. Vor meinem geistigen Auge sehe ich Lauren an jenem Tag, wie sie die Hintertür aufbricht. Heute ist das nicht erforderlich. Die Haustür ist aus den Angeln gebrochen und liegt auf dem Boden.

Irgendein junger Rebell ist mit einer Sprühdose eingedrungen und hat die Wände mit Graffiti dekoriert. Aber es sind keine Wörter zu erkennen. Bilder, Schnörkel, irgendwas – verständlich nur für Eingeweihte. Gut möglich, dass die Graffiti *bleib draußen* bedeuten oder *reif zum Abriss* – beides wäre passend, beides könnte richtig sein.

Die Diele ist total verdreckt. Die Küche ebenfalls. Ich zögere an der Schwelle zum Wohnzimmer. Die Decke mit Rauputz. Die schemenhaften Vierecke an der Tapete, wo früher Gemälde hingen. Offensichtlich waren schon andere vor mir hier – Hausbesetzer, Bauunternehmer, Kaufinteressenten –, ihre Füße haben Spuren auf den Böden hinterlassen, ihre Achtlosigkeit und ihr Müll verschmutzen das Haus, das einmal meiner Familie gehörte.

Ich erinnere mich, wie ich mal zusammen mit Luke den Weihnachtsbaum schmückte, hier in diesem Zimmer. Meine Eltern schauten belustigt, aber distanziert zu. Es ist erstaunlich, dass ein einziger Ort so viele Erinnerungen bergen kann: wie meine Mutter mir eine Scheibe Toast ans Bett brachte, als ich krank war, wie ich mich bei einem Keuchhustenanfall am Geländer festklammerte, wie mein Vater mit einer Flasche Whiskey am Küchentisch einschlief. Ich muss daran glauben, dass diese Erinnerungen real sind, selbst im Lichte dessen, was in Kenia passiert ist.

Ich gehe zur Treppe, lege meine Hand auf das Geländer und fröstele. Da oben habe ich Luke von dem Seil abgeschnitten. Und während ich die Stufen hochsteige, fühle ich, wie ich gleichsam nach oben gezogen werde, so dass ich, als ich schließlich in dem leeren Raum stehe, keine böswillige oder unglückliche Präsenz spüre, bloß den kühlen Wind, der durch die Risse in den kaputten Fenstern pfeift, nur die frische Luft von den Bergen, und das Einzige, was ich höre, ist *Vergebung*.

Ich war mir unsicher, wie es für mich sein würde, wieder herzukommen. Aber jetzt bin ich froh, dass ich es getan habe. Es war das Richtige, eine Möglichkeit, mich endgültig von diesen Erinnerungen zu verabschieden.

Und zum ersten Mal in meinem Leben kann ich wirklich sagen, dass ich nach vorne schaue. Vielleicht gibt es doch noch einen Neuanfang für mich – so kommt es mir in diesem Moment jedenfalls vor.

Ich denke das, obwohl ich mich der harten Tatsache dieses Raums stelle: Hier habe ich Luke abgeschnitten. Das kann ich nicht ignorieren. Ich sehe es immer wieder vor mir. Wie ich ihn abgeschnitten habe.

Ich kann nicht anders, als dem leeren Raum, meinem Bruder, falls er zuhört, die Fragen zu stellen: »Warum, Luke? Warum hast du das getan?«

Nicht meinetwegen, hoffe ich.

Ich gehe ans Fenster – die Bretter sind alle entfernt worden – und blicke über den Garten und die Felder hinweg auf die Stadt, die sich in der Ferne ausbreitet. Ich bin lange genug hier gewesen. Ich bin nicht traurig. Es ist an der Zeit, mich zu verabschieden. Ich liebe euch alle, will ich den Schatten sagen, den Geistern, jedem Echo in diesem alten und schönen Haus.

All mein Grübeln, wo ich hingehöre, war ein unsinniges Schattenspiel. Vielleicht gibt es nur ein Zuhause, eine Ruhestätte. Da landen wir schließlich alle einmal. Meine Mutter und mein Vater sind dort. Murphy ist dort. Und auch mein Bruder.

Ehe ich mich zum Gehen wende, flüstere ich dem Ort, wo wir einst lebten, ein letztes Gebet zu. Ich sage zu mir, dem Haus, jedem, der zuhört: »Herr, hab Erbarmen mit meiner Seele und mit jenen, die vor mir gegangen sind. *Wartet auf mich.*«